Madame de La Fayette

La Princesse
de Clèves

et autres romans

Préface et notices
de Bernard Pingaud

Gallimard

UNE CHOSE INCOMMODE

Je suis ravie que vous n'ayez point de caprice.
Je suis si persuadée que l'amour est une chose
incommode que j'ai de la joie que mes amis et
moi en soyons exempts. *Lettre à Ménage, 18 sep-
tembre 1653.*

*La personnalité de Mme de La Fayette est à l'image
de son œuvre : limpide en apparence, mystérieuse
dès que l'on essaie d'en toucher le fond. Ses amis
l'appelaient « le brouillard ». Voulaient-ils dire par
là qu'elle n'aimait guère se livrer? ou qu'elle était
mélancolique? Sans doute passait-elle pour distante
puisque, dans une lettre à Ménage, elle éprouve le
besoin d'expliquer qu'on n'est pas forcément tendre
« parce que l'on saute au cou de tout le monde ». Il
semble aussi qu'elle ait traîné toute sa vie un certain
air de tristesse que sa mauvaise santé ne suffit pas à
expliquer. Il y a en elle quelque chose d'excessivement
raisonnable qui fera dire à Mme de Sévigné, sa meilleure amie : « Mme de La Fayette a eu raison pendant
sa vie, elle a eu raison après sa mort, et jamais elle
n'a été sans cette divine raison qui était sa qualité
principale. » Elle-même, dans son* Histoire d'Henriette
d'Angleterre, *s'étonne de l'affection dont elle a été
l'objet : « Bien qu'on lui trouvât du mérite, c'était une
sorte de mérite si sérieux en apparence qu'il ne semblait
pas qu'elle dût plaire à une princesse aussi jeune que
Madame. »*

Cette « *divine raison* », ce « *mérite si sérieux* » s'accommodent fort bien des succès mondains. Rien dans
ses origines ne la destinait à devenir l'une des premières
femmes de la société parisienne. Son père, officier
spécialisé dans l'art des fortifications, sa mère, suivante
de la duchesse d'Aiguillon, sont de petite noblesse,
et il est probable que Marie-Madeleine Pioche de
La Vergne aurait passé son existence entière dans ce
milieu d'honnêtes gens cultivés mais sans gloire, où
l'on rencontre plus de jurisconsultes et de mathéma-
ticiens que de courtisans, si sa mère, femme de tête,
habile et prudente, n'avait su lui ménager de hautes
protections. Grâce à sa marraine, la duchesse d'Aiguillon, elle devient en 1651 demoiselle d'honneur de la
Reine. Trois ans plus tard, en 1654, la marquise
de Senecey l'introduit au couvent de Chaillot et la présente à Louise Angélique de La Fayette. Louise Angélique a un frère qui est veuf et mène dans son château
d'Auvergne une existence retirée. A défaut de passion,
il apporte à Mlle de La Vergne une fortune, ébranlée
par de nombreux procès, et surtout un nom. Le mariage
est célébré en février 1655. Dans ce même couvent de
Chaillot, la future Mme de La Fayette a eu la chance
ou l'habileté de se lier avec la jeune princesse Henriette
d'Angleterre. Le mariage d'Henriette avec Monsieur,
duc d'Orléans, en 1661, lui ouvre les portes de la Cour.
Familière de Madame, elle sera désormais de toutes
les intrigues, de toutes les fêtes, et le tendre sentiment
que Louis XIV nourrit pour sa belle-sœur lui vaudra
de conserver, même après la mort tragique d'Henriette,
la faveur royale. Une lettre de Mme de Sévigné raconte
qu'étant venue à Versailles, malgré sa mauvaise
santé, « le Roi la fit mettre dans sa calèche avec les
dames et prit plaisir de lui montrer toutes les beautés
de Versailles comme un particulier que l'on va voir
dans sa maison de campagne. Il ne parla qu'à elle

*et reçut avec beaucoup de plaisir et de politesse toutes
les louanges qu'elle donna aux merveilleuses beautés
qu'il lui montrait ». L'importance de sa situation mondaine au cours des vingt dernières années de sa vie
est attestée par les* Mémoires *de l'époque. Familière
de l'hôtel de Nevers, tenant elle-même un salon très
recherché, il n'est guère de grand personnage ou d'écrivain notoire qu'elle n'ait fréquenté. Elle est aussi à
l'aise pour s'entretenir des grands intérêts de l'État
que pour disputer des œuvres de Racine ou de La Fon-
taine. Boileau dit d'elle : « C'est la femme du monde
qui a le plus d'esprit et qui écrit le mieux », et lorsqu'elle
meurt, en 1683, le* Mercure galant *commente ainsi
sa disparition : « Elle était veuve de M. le comte de
La Fayette et tellement distinguée par son esprit et
par son mérite qu'elle s'était acquis l'estime et la considération de tout ce qu'il y avait de plus grand en France.
Lorsque sa santé ne lui a plus permis d'aller à la
Cour, on peut dire que toute la Cour a été chez elle.
De sorte que sans sortir de sa chambre, elle avait
partout un grand crédit dont elle ne faisait usage que
pour rendre service à tout le monde. »*

*Mais suffit-il pour réussir d'avoir de la chance et
d'être bien protégé? Derrière la « divine raison » de
M*me *de La Fayette on aperçoit un sens pratique remarquable. Peut-être faudrait-il parler de calcul si ce
mot n'avait une allure péjorative. Spécialiste des tourments du cœur et des égarements de la passion,
M*me *de La Fayette est aussi une tête froide et peu
d'existences ont été mieux conduites que la sienne.
De sa mère, à qui le cardinal de Retz reconnaissait
le génie de l'intrigue, elle tient un sens aigu des affaires,
au double sens de ce mot : affaires d'argent, affaires
de l'État. Dès son plus jeune âge — à l'époque où son
beau-père, le chevalier Renaud de Sévigné, militait
parmi les Frondeurs — elle a suivi de près les mouve-*

ments de la politique. Le goût lui en restera toujours, comme le montre le rôle que joue l'histoire dans son œuvre. Chacun de ses récits commence par un tableau des intrigues de la Cour, ce sont des « Mémoires » plutôt que des romans, écrit-elle elle-même, et les affaires de l'État y apparaissent étroitement liées à celles du cœur. L'Histoire d'Henriette d'Angleterre, qui est véridique, prouve même que certaines affaires d'État ne sont que des affaires de cœur. Lorsque sur la fin de sa vie, après la mort de La Rochefoucauld, Mme de La Fayette, seule et malade, essaie de se distraire en écrivant, ce n'est pas une nouvelle Princesse de Clèves qu'elle entreprend : c'est une histoire de son temps. Les Mémoires de la cour de France pour les années 1688 et 1689, écrits presque au jour le jour, sans recul sur l'événement, étonnent par la vigueur du trait, la clarté des analyses et du jugement. L'histoire n'est guère une spécialité féminine : que Mme de La Fayette soit le seul écrivain de son sexe à avoir dépeint et analysé minutieusement des batailles, c'est une originalité qui mérite attention. Sa vie ressemble d'ailleurs à une campagne militaire : c'est une suite de conquêtes et si l'on y trouve quelques faux pas, comme ses relations avec Fouquet, que de citadelles enlevées, je ne dirai pas avec le sourire — car sa diplomatie utilisait plus les armes du sérieux, de la modestie et de la serviabilité que celles de l'enjouement ou du charme — mais enlevées avec éclat, sans coup férir, comme l'amitié d'Henriette d'Angleterre, ou lentement, à force d'astuce et d'amabilité, comme celle de La Rochefoucauld. Plus que plaire, peut-être, elle aime dominer. Gourville, qui ne la prisait guère, prétend qu'« elle passait ordinairement deux heures de la matinée à entretenir commerce avec tous ceux qui lui pouvaient être bons à quelque chose et à faire ses reproches à ceux qui ne la voyaient pas aussi souvent qu'elle désirait, pour les tenir sous sa main

*et voir à quel usage elle les pouvait mettre chaque jour ».
Le jugement est méchant et sans doute injuste, d'après
ce que nous savons de Gourville lui-même. Mais il
est sûr que Mme de La Fayette avait le goût de l'intrigue.
Ce n'est pas par hasard qu'elle se trouve mêlée à l'affaire
Fouquet ni qu'elle joue un rôle — beaucoup plus
important qu'elle ne le dit — dans les amours d'Henriette et du comte de Guiche. Elle aime cette agitation,
ces manœuvres dont ses récits sont pleins. Mme de Sévigné raconte, dans une lettre, qu'elle a trouvé chez Mme de
La Fayette plusieurs Messieurs importants et qu'on
y a « fort politiqué ». L'entregent de son amie fait son
admiration : « Jamais femme sans sortir de sa chambre
n'a fait de si bonnes affaires. »*

*Elle est aussi très douée pour la chicane. Tandis
que M. de La Fayette, dans son château d'Espinasse,
mène une existence de gentleman-farmer, elle s'occupe
à Paris, avec l'aide de Ménage qui lui sert à la fois
de professeur de lettres et d'homme de paille, des nombreux procès que lui font ses cousins et ses créanciers.
« Je dispute tous les jours, contre les gens d'affaires,
de choses dont je n'ai nulle connaissance et où mon
intérêt seul me donne de la lumière. » Il faut croire
qu'elle y prend goût puisque plus tard, de la même
manière, elle débrouillera les affaires de M. de La Rochefoucauld et le tirera d'une situation juridique délicate.
Sa correspondance, sèche et directe, n'est pas d'une
rêveuse. A Ménage, qui a prêté sans garantie quatre
cents pistoles à un gentilhomme suédois, elle fait de
vifs reproches : « Est-ce que vous ne comprenez point
ce que c'est que quatre cents pistoles pour les jeter ainsi
à la tête d'un Ostrogoth que vous ne reverrez jamais? »*

*Faut-il en conclure, comme certains l'ont affirmé,
qu'elle était intéressée? Sur la foi d'une correspondance
découverte en 1880 dans les archives de la maison de
Savoie, un érudit italien, M. Perrero, a cru pouvoir*

faire le portrait d'une Mme de La Fayette « intrigante, rouée, tenace, avisée », qui aurait joué, auprès de la Cour de France, le rôle d'agent secret de la duchesse régente de Savoie. La vérité est certainement plus simple. Mme de La Fayette avait connu la duchesse de Savoie, comme Henriette d'Angleterre, avant son mariage, au couvent de Chaillot. Elle est restée son amie et s'efforce au moment où les amours tumultueuses de la duchesse défraient la chronique et où son fils conspire contre elle, de la servir auprès de Louvois. Elle donne des conseils qui ne sont pas toujours suivis, écrit des lettres, fait des démarches, reçoit des envoyés, joue au diplomate; elle sert aussi de commissionnaire à la duchesse pour l'achat de robes et de colifichets, en échange de quoi elle reçoit quelques bibelots, quelques tableaux et des étoffes qui la remboursent de ses frais. Mais ce n'est pas l'intérêt qui la mène, c'est le besoin d'agir. Il y a un goût de la puissance qui n'est que le goût de l'efficacité : elle veut que ses relations servent, que toute affaire qui peut être gagnée le soit, que l'on n'achète pas les yeux fermés. S'agissant de ceux qu'elle aime, elle est infatigable. Il faut voir avec quel zèle dans les dernières années de sa vie, elle « pousse », auprès de Louvois — une autre de ses conquêtes — son fils Armand, l'officier. Elle demande pour lui une compagnie au régiment du Roi, puis un emploi auprès du dauphin, puis un régiment, puis un congé. Elle va même jusqu'à recruter des hommes à son service. Pour l'aîné, Louis, épicurien indolent qui a embrassé la carrière ecclésiastique, elle sollicite et obtient abbayes et prieurés qui lui assurent des revenus confortables. Sa protection s'étend aux amis et aux amis des amis, et quelles que soient ses fatigues, elle n'hésite jamais à intervenir pour tous ceux qui ont besoin de son aide, ses intimes, La Rochefoucauld, Segrais — ceux qui ne l'aiment guère, comme Mme de Grignan — ou ceux qui ne le méritent pas, comme Corbinelli. On a représenté longtemps Mme de La Fayette sous les traits d'une « femme savante », accablée par ses vapeurs et discourant sur un lit galonné d'or des mérites de Pétrarque et d'Horace. Il faut renoncer à cette légende. On peut être une romancière délicate et avoir le sens des réalités. Entre les intrigues du cœur et celles de la Cour, la différence, après tout, n'est pas si considérable. Il y a en elle un homme d'État manqué. Nul doute qu'aujourd'hui elle ne serait ministre.

Les mérites de l'écrivain apparaissent minces, effacés, presque honteux à côté de ceux de la femme du monde. Tout se passe, en effet, comme si elle avait eu honte, non pas peut-être d'écrire mais de publier. Aucune de ses œuvres n'a paru sous son nom, et l'on peut juger par le passage suivant, extrait d'une lettre à Ménage, de la crainte qu'elle avait de voir son anonymat dévoilé : « Cet honnête Ferrarais qui était à moi m'a dérobé une copie de La Princesse de Montpensier et l'a donnée à vingt personnes. Elle court le monde ; mais par bonheur, ce n'est pas sous mon nom. Je vous conjure, si vous en entendez parler, de faire bien comme si vous ne l'aviez jamais vue, et de nier qu'elle vienne de moi si par hasard on le disait. » Huet ayant vendu la mèche en envoyant le livre à une amie, elle proteste : « On croira que je suis un vrai auteur de profession de donner, comme cela, de mes livres. » Il n'est pas d'usage qu'une dame de sa qualité se fasse « auteur ». Cela explique suffisamment ses craintes et son souci de rester cachée. Mais il y a peut-être une autre raison : l'œuvre de Mme de La Fayette est brève et l'on a souvent l'impression en la lisant de se trouver en présence d'esquisses, d'essais, plutôt que de livres achevés. Accaparée par ses nombreuses activités mondaines, plus intéressée par la vie que par les livres, quoi qu'elle en dise, Mme de La

*Fayette n'a jamais accordé qu'une place secondaire à
la littérature, ou du moins à celle qu'elle écrivait. C'est
un romancier du dimanche, qui d'ailleurs doute de soi,
se fait aider par ses amis, et prend si peu au sérieux
son travail qu'il lui arrive de ne même pas le montrer.
Dans une lettre à Ménage, écrite en 1664, on lit : « Je
ne vous envoie point cette petite histoire qui ne vaut
pas la peine que vous la récriviez. » Il est vraisemblable
que M*me* de La Fayette a écrit ou commencé d'écrire
beaucoup de « petites histoires ». Mais elle les a rarement poussées jusqu'à leur terme. L'*Histoire d'Henriette, les Mémoires, l'*Histoire espagnole *sont inache-
vés. La Princesse de Montpensier *et plus encore* La
Comtesse de Tende *sont des canevas que l'auteur n'a
pas pris la peine de développer. Les seules œuvres qui
donnent l'impression d'avoir été vraiment mûries sont*
Zaïde *et* La Princesse de Clèves. *De la première, un
roman à la mode espagnole, on sait qu'elle fut écrite
en collaboration avec Segrais et La Rochefoucauld et il
est malaisé de dire quelle fut la part exacte de M*me* de
La Fayette. On comprend en tout cas qu'elle n'ait pas
cru devoir la signer. L'histoire de* La Princesse de
Clèves *est plus mystérieuse. Il n'est pas douteux que
M*me* de La Fayette, aidée sans doute par La Rochefoucauld puisque l'œuvre fut écrite à une époque où ils
se voyaient tous les jours, y a apporté beaucoup de
temps et de soin. Il paraît certain, également, que ses
amis en étaient informés. M*me* Georges de Scudéry écrit,
dans une lettre en date du 8 décembre 1677 : « M. de La
Rochefoucauld et M*me* de La Fayette ont fait un roman
des galanteries de la cour de Henri II qu'on dit être
admirablement écrit. » Pourtant, M*me* de La Fayette
niera toujours avec acharnement en être l'auteur. Si
l'on en croit une lettre qu'elle adressa, après la publication du livre, à Lescheraine, le secrétaire de la duchesse
de Savoie, il faudrait même renoncer à lui attribuer ce*

roman : « *Un petit livre qui a couru, il y a quinze ans
et où il plut au public de me donner part* [1]*, a fait qu'on
m'en donne encore à* La Princesse de Clèves. *Mais je
vous assure que je n'en ai aucune et que M. de La
Rochefoucauld à qui on en a voulu donner aussi y en a
aussi peu que moi; il a fait tant de serments qu'il est
impossible de ne pas le croire, surtout pour une chose
qui peut être avouée sans honte.* » *Mais lorsque Ménage,
en 1691, lui demande, pour son* Histoire de Sablé, *si le
roman est bien d'elle, et non pas, comme l'affirment
quelques-uns, de La Rochefoucauld ou de Segrais, elle
lui répond* : « *Je ne crois pas que les deux personnes
que vous me nommez y aient nulle part qu'un peu de
correction. Les personnes qui sont de vos amis n'avouent
point y en avoir; mais à vous, que n'avoueraient-elles
point?* » *Si l'on songe que la lettre était dictée à une
secrétaire devant qui* Mme *de La Fayette ne voulait pas
se découvrir, on peut raisonnablement la considérer
comme une confirmation. Reste à savoir pourquoi l'auteur s'est ainsi désolidarisé d'une œuvre qui pouvait être
« avouée sans honte ». Est-ce uniquement en raison de
sa situation? Est-ce par goût du mystère? Est-ce parce
que la scène centrale du livre, l'aveu de* Mme *de Clèves
à son mari, était surprenante, invraisemblable, comme
beaucoup de personnes l'écrivirent à l'époque? Est-ce
encore parce que* Mme *de La Fayette craignait qu'on
ne mît des noms derrière certains personnages, et lesquels? Tous ces arguments peuvent être invoqués. Mais
il me semble que* Mme *de La Fayette n'aurait pas été si
sensible aux raisons diverses et très fortes qui s'opposaient à ce qu'elle mît son nom sur ce livre, si une sorte
d'hésitation devant elle-même, de crainte d'être percée à
jour, ne l'y avaient inclinée. On a remarqué depuis
longtemps que toute son œuvre était un réquisitoire*

1. Il s'agit de *La Princesse de Montpensier*.

*contre l'amour; mais personne n'a jamais pu dire d'où
lui venait cette frayeur ni si elle avait jamais aimé.
C'est ce qu'il serait passionnant de savoir et c'est
malheureusement ce que le « brouillard » nous cache.*

En 1653, Mme de La Fayette écrit à Ménage : « *Je
suis ravie que vous n'ayez point de caprice. Je suis
si persuadée que l'amour est une chose incommode que
j'ai de la joie que mes amis et moi en soyons exempts.* »
Une autre lettre, adressée à Huet, nous apprend qu'elle
a écrit « *sur le bout d'une table* », pour son ami Corbinelli, un « *raisonnement contre l'amour* ». Cette diatribe,
malheureusement, n'a pas été conservée. Mais vers la
même époque, un auteur anonyme qui est probablement
une femme du grand monde, écrit, sous le titre Le
Triomphe de l'indifférence, une « *dispute* » sur l'amour.
Les inconvénients de cette passion, dit-il, l'emportent
de beaucoup sur ses agréments et le plus sage est de
« *vivre sans attache* ». « *On peut bien vivre sans aimer.
Tous ceux qui n'aiment point ne meurent pas, et
l'indifférence n'a jamais tué personne.* »
Nous ne savons pratiquement rien de la vie sentimentale de Mme de La Fayette. Selon une gazette rimée
de l'époque, le remariage de sa mère avec le chevalier
Renaud de Sévigné, en 1650, aurait été pour elle une
cruelle déception. Marie-Madeleine espérait que « *la
fête serait pour elle* », écrit Loret. Affirmation impossible
à vérifier. Un peu plus tard, elle se lie avec Ménage,
qui lui fait, comme à d'autres avant elle, une cour assi-
due en vers français, latins et italiens. Elle ne le décou-
rage pas. Mais il suffit de lire ses lettres pour voir tout
ce que cette liaison a d'artificiel — encore que vers la
fin de sa vie, vieillie, malade et seule, apprenant que
Ménage n'est guère en meilleur état, elle renoue avec lui
après une longue brouille et lui écrive une lettre émouvante, en souvenir de leur tendre jeunesse. Dans le

*cercle des précieux, elle a une renommée bien établie
d'insensible. Ses «mots» témoignent d'un esprit railleur
et froid. Pourtant son amie Mme de Sévigné cite d'elle
des traits qui la montrent émotive à l'extrême : la
musique l' «alarme»; les départs lui arrachent des
larmes.*

*En 1655, brusquement, sans que rien ait pu laisser
prévoir à ses proches une décision aussi rapide, elle se
marie. Le futur, M. de La Fayette, a dix-huit ans de
plus qu'elle. Elle aime Paris et la vie mondaine, il
aime la campagne et les occupations rustiques. Tout
porte à croire que leurs rapports ressemblèrent assez à
ceux de M. et Mme de Clèves : le mari est très amoureux,
la femme n'a pour lui que de l'estime. Pendant quelques
années, les deux époux ne se quittent guère. Puis, à la fin
de 1661, Mme de La Fayette, abandonnant le château
d'Espinasse, s'installe définitivement à Paris, tandis
que M. de La Fayette retourne surveiller ses terres. On
ne sait rien sur les raisons de cette séparation, sinon
que les procès très compliqués dans lesquels se débattait
le ménage exigeaient des interventions fréquentes dans
la capitale. Les contemporains sont muets sur ce sujet
et nous n'avons aucune lettre de Mme de La Fayette à
son mari. Ce silence est au moins surprenant. Mais il
est impossible de conclure à une brouille puisque très
régulièrement, dans les années qui suivirent, M. de La
Fayette continua à venir à Paris et à faire des séjours
chez sa femme, rue de Vaugirard. Sa mort, en 1683, ne
donne lieu à aucun commentaire dans la correspondance de Mme de Sévigné, qui sera prolixe sur celle
de La Rochefoucauld. Il semble qu'on ait oublié peu
à peu ce perpétuel absent. Les rapports se sont refroidis,
jusqu'à n'être plus qu'un lien d'affaires, adouci par
une affectueuse camaraderie. Mais furent-ils jamais
très chauds?*

Lorsqu'en 1663, Mme de la Fayette se plaint de

l'« *incommodité* » de l'amour, on peut se demander si elle est aussi heureuse qu'elle l'affirme de ne point avoir de « *caprice* ». Huet, qui écrit alors à son ami Ménage, s'étonne que Mme de La Fayette condamne l'amour « *sans jamais l'avoir écouté* ». C'est pourtant vers cette époque, après — peut-être — une courte intrigue avec le nommé Corbinelli, personnage étrange et peu scrupuleux dont il est question dans l'Histoire d'Henriette, que commence sa liaison avec M. de La Rochefoucauld. Il est probable qu'elle a connu le duc très jeune, à l'époque où il « *frondait* » en compagnie de Renaud de Sévigné et du cardinal de Retz. Elle l'a revu souvent dans les salons. Mais jusque vers 1665, ils n'ont l'un pour l'autre qu'une « *belle sympathie* ». Le duc est accaparé par Mme de Sablé, et Mme de La Fayette ne sera pas dans la confidence des Maximes, qui l'horrifient lorsqu'elle les lit pour la première fois. Sur les rapports de Mme de La Fayette et de La Rochefoucauld, nous sommes un peu mieux renseignés et les amateurs de petite histoire en ont longuement discuté. L'avis qui prévaut aujourd'hui est que ces rapports furent platoniques. Nous n'en avons nulle preuve, sinon une lettre de Mme de Scudéry qui, après avoir parlé du roman écrit en commun par les deux amis, ajoute : « *Ils ne sont pas d'âge à faire autre chose ensemble.* » Mais cette lettre est de 1675 : M. de La Rochefoucauld a alors soixante-deux ans et Mme de La Fayette quarante et un. Il n'est pas certain que, dix ans plus tôt, leurs relations étaient aussi pures. Entre le duc blessé, aigri, malade, et qui écrit lui-même que les « *belles passions* » s'accommodent de « *la plus austère vertu* », et la comtesse, malade elle aussi, effrayée — pourquoi? — par l'amour, la vraisemblance veut qu'une amitié tendre, nourrie par des souffrances et des admirations communes, exclusive de toute attirance charnelle, se soit lentement développée à travers les

*lectures, les conversations, les romans préparés ensemble,
jusqu'à devenir un commerce quotidien. C'est tout ce
qu'on peut en dire. Le seul document dont nous disposions, le seul où Mme de La Fayette témoigne d'un
trouble véritable et laisse, comme on dit, « parler son
cœur », est une lettre qu'elle écrit en 1665 à Mme de
Sablé, après avoir reçu la visite du jeune comte de
Saint-Paul, fils de La Rochefoucauld. Cette lettre prouve
à la fois que des bruits couraient sur sa liaison avec le
duc et qu'elle souhaitait vivement les démentir : « Je hais
comme la mort que les gens de son âge puissent croire
que j'ai des galanteries. Il me semble qu'on leur paraît
cent ans dès qu'on est plus vieille qu'eux. » Quinze ans
plus tard, quand meurt La Rochefoucauld, son chagrin
est extrême : Mme de Sévigné en témoigne à plusieurs
reprises, d'une façon qui ne saurait tromper : « La
pauvre Mme de La Fayette ne sait plus que faire
d'elle-même... Tout le monde se consolera hormis elle. »
Mais c'est après la mort du duc qu'on la voit déployer
sa plus vive activité diplomatique. Sans aller jusqu'à
prétendre, comme Émile Magne, qu'elle fut « vite
consolée », il faut avouer avec lui qu'elle était « trop
raisonnable pour entretenir le chagrin rongeur ». Ces
chagrins, et les folies qui les provoquent, elle les réservait
à ses héros.*

« L'amour naît des douceurs », écrit l'auteur du
Triomphe de l'indifférence. *Mais ce sont de « mortelles
douceurs »; elles durent peu, et de « longues amertumes »
leur succèdent. « De toutes les passions, il n'en est point
de plus forte, de plus ardente ni de plus violente »; mais
elle apporte tant de troubles et de souffrances qu'on
peut dire que l'amour est « le monstre de la nature, la
peste du genre humain et le perturbateur du repos
public ». Ce n'est pas en vain que Mme de La Fayette
a fréquenté les jansénistes de l'hôtel de Nevers et passion-*

nément défendu les Pensées *de Pascal. Il y a, dans sa conception de l'amour, quelque chose de sombre, d'excessif, un pessimisme qui tranche avec l'aimable exubérance de ses prédécesseurs. C'est moins l'amour qu'elle condamne que l'homme, dont il révèle la faiblesse et la cruauté.*

Ce sentiment sans mesure la choque d'abord par son caractère capricieux et irraisonné. On n'aime pas l'être que l'on estime et qui rêve de vous rendre heureux : on aime une personne que l'on a rencontrée par hasard et qui généralement ne vous est pas destinée. Le premier coup d'œil sépare tout autant qu'il attache. C'est vrai de M. de Clèves lorsque, apercevant Mlle de Chartres chez le bijoutier, il est « tellement surpris de sa beauté » qu'il ne peut cacher son admiration : il épousera celle qu'il aime, mais ne pourra s'en faire aimer. C'est vrai aussi de Mme de Clèves qui reconnaît le duc de Nemours au premier coup d'œil parce qu' « il était difficile de n'être pas surprise de le voir quand on ne l'avait jamais vu » : elle aimera Nemours, mais ne pourra l'épouser. Le chevalier de Navarre, dès qu'il aperçoit la comtesse de Tende, prend pour elle « une passion violente », et Consalve découvre en Zaïde, jetée à demi morte sur la plage par la tempête, une beauté si étonnante qu'il se demande si cette étrangère est bien « une personne mortelle ». On pourrait multiplier les exemples. La monotonie même des expressions dont se sert Mme de La Fayette est significative : l'amour surgit avec brusquerie; il est de l'ordre de la fatalité.

Que l'amour, d'autre part, trouble le « repos public », c'est ce que montrent l'histoire, réelle, d'Henriette et celles, imaginaires, de Mme de Clèves, de la princesse de Montpensier et de la comtesse de Tende. Toutes les héroïnes de Mme de La Fayette aiment en dehors du mariage. On peut rêver là-dessus et imaginer, avec Sainte-Beuve, que Mme de Clèves, c'est Mme de La

Fayette jeune, tandis que La Rochefoucauld serait
« *un Nemours vieilli et auteur de maximes* ». *Mais le*
thème était à la mode dans la seconde moitié du siècle.
Sorel écrit en 1671 : « *Vous ne verrez presque plus*
dans les romans d'aujourd'hui des amours de garçons
et de filles, ce sont presque partout des hommes qui
tournent leurs desseins vers des femmes mariées et
les importunent de leurs poursuites pour tâcher de les
corrompre. » *L'année même où parut* La Princesse de
Clèves, *le* Mercure galant *publiait un article où l'on*
pouvait lire : « *Il n'est rien de si commun que de se*
marier, et rien qui le soit si peu que d'être heureux dans
le mariage. L'amour qui y doit être le premier des
invités ne s'y trouve presque jamais. » *Ce problème*
*semble avoir hanté M*me *de La Fayette : le rôle que*
jouaient dans les romans de ses devanciers les obstacles
extérieurs, c'est ici le mari qui le joue, ou plus exacte-
ment le devoir, dont il est un vivant rappel. Car si
M. de Clèves mérite toute l'estime de sa femme, ni
Monsieur ni le comte de Tende ne justifient par leur
comportement un attachement sans défaillance. Mais à
vrai dire, on peut se demander s'il ne s'agit pas là
d'une situation symbolique, et si, en choisissant sys-
tématiquement pour héroïnes des femmes mariées,
*condamnées à ne pouvoir aimer sans déchoir, M*me *de*
La Fayette n'a pas voulu illustrer une vérité plus
générale, à savoir qu'en tout état de cause, l'amour est
une faiblesse. « *Vous avez de l'inclination pour M. de*
*Nemours, dit M*me *de Chartres mourante à sa fille;...*
vous êtes sur le bord du précipice : il faut de grands
efforts et de grandes violences pour vous retenir...
Ne craignez point de prendre des partis trop rudes et
trop difficiles, quelque affreux qu'ils vous paraissent
d'abord : ils seront plus doux dans les suites que les
malheurs d'une galanterie. » *Mais le cœur humain est*
ainsi fait qu'il est irrésistiblement attiré par ce qui lui

plaît. « *L'on est bien faible quand on est amoureux* »,
« *l'on cède aisément à ce qui plaît* », *il n'est guère de
page où ne reparaisse comme un leitmotiv cette idée.
L'histoire de l'amour devient alors l'histoire d'une
déchéance que la raison est impuissante à empêcher.
La comtesse de Tende n'ignore pas où sa passion pour
le prince de Navarre va la conduire :* « *La honte et
les malheurs d'une galanterie se présentèrent à son
esprit; elle vit l'abîme où elle se précipitait et elle résolut
de l'éviter.* » *Elle n'en cédera pas moins. Cette course
à l'abîme,* Mme *de La Fayette l'a contée dans chacun
de ses récits, mais nulle part elle ne l'a décrite avec plus
d'impitoyable minutie, plus de rigueur douloureuse
que dans* La Princesse de Clèves. *Toujours lucide et
toujours vaincue,* Mme *de Clèves va de* « *résolution* »
en « *résolution* »; *elle ne manque ni de courage ni
de loyauté; mais tout se passe comme si l'univers où
l'on s'examine, où l'on prend des décisions, et celui
où l'on vit étaient deux univers différents que rien ne
rejoint. Toute décision prise un jour est caduque le
lendemain : il n'est pas de réflexion si ferme qui tienne
à la vue de celui qu'on aime. Dans ce monde où l'on
ne se parle guère, mais où l'on s'observe intensément,
où l'on se croise, où l'on se frôle, où l'on s'interroge en
silence, la vue joue un rôle décisif. C'est elle qui pro-
voque l'amour, c'est elle qui l'entretient :* « *Ces pensées
lui firent prendre de nouvelles résolutions, mais qui se
dissipèrent le lendemain par la vue du duc de Guise.* »
*Chaque chute aggrave la précédente, ne serait-ce que
parce qu'elle la répète, et le récit trouve son rythme dans
l'alternance de plus en plus rapide de deux sortes de
moments : les moments de solitude, d'obscurité, de
honte, mais aussi de calme, où la femme qui aime
constate avec une lucidité impuissante les progrès du
mal, les moments où elle ferme les yeux pour mieux
se voir, — et ceux où elle les ouvre sur l'autre, où elle*

n'est plus qu'un regard muet et passionné, enfermée avec lui dans une complicité que les circonstances rendent inavouable et qui cherche à s'exprimer dans des propos à double sens ou de furtifs tête-à-tête. A quel degré d'égarement la passion peut conduire, on le voit particulièrement dans l'histoire de Mme de Montpensier, lorsque cette princesse, utilisant l'adoration respectueuse de Chabanes, n'hésite pas à lui demander de porter les lettres qu'elle écrit à son amant. Il y a une dureté de l'amour qui apparaît aussi chez Mme de Tende (« Prévenue pour le prince de Navarre, elle était blessée et offensée de toute autre passion que la sienne. ») et qui accompagne nécessairement sa faiblesse.

Cette faiblesse est-elle au moins compensée par les joies qu'il apporte? Non, puisque ayant commencé d'aimer, on se condamne à souffrir. L'obstacle réel qui sépare les amants n'est pas dans les circonstances extérieures : il est en eux. L'amour, dit Mlle de Saint-Ange dans Le Triomphe de l'indifférence, *est « désir de posséder ce qui plaît ». C'est pourquoi il est générale-ment contraire aux lois divines; mais il n'est pas moins contraire aux lois humaines, car on ne peut pas réelle-ment posséder un autre être. L'analyse de Mme de La Fayette annonce ici celle de Proust par la place consi-dérable qu'elle accorde à la jalousie, qui n'est pas un accident de l'amour, mais qui surgit avec lui, qui est en quelque sorte son premier visage : on est déjà jaloux de celui que l'on aime avant de savoir s'il vous aime, et c'est bien souvent la jalousie qui révèle l'amour. En lisant l'admirable récit d'Alphonse, extrait de* Zaïde, *nous verrons comment cette passion funeste peut plus sûrement que tout obstacle réel, simplement parce qu'on n'a pas l'être aimé comme on a une chose, détruire l'amour même et rendre le bonheur impossible. Tous les personnages de Mme de La Fayette, à un moment ou un autre de leur histoire, éprouvent la*

*morsure de la jalousie. Celle du prince de Montpensier
est « furieuse », celle de la comtesse de Tende est « italienne », celle de Monsieur est « naturelle » : « La
jalousie dominait en lui; mais cette jalousie le faisait
plus souffrir que personne; la douceur de son humeur
le rendait incapable des actions violentes que son rang
aurait pu lui permettre. » Quant au prince de Clèves,
qui s'était quelque temps consolé de n'avoir pu conquérir
le cœur de sa femme en la croyant insensible, il a tout
ensemble « la jalousie d'un mari et celle d'un amant ».*

La jalousie, enfin, trouve son aliment dans l'inconstance. *Des reproches que M*lle *de Saint-Ange adresse
à l'amour, voici le plus grave : « Pour moi, si je voulais
aimer, il faudrait que la personne que j'aimerais
m'aimât seule, ardemment et jusques à la fin de la vie,
et comme c'est un des plus rares miracles de trouver
des personnes de ce caractère, je me renferme dans la
résolution de n'avoir nul commerce avec l'amour. »
A cette revendication impossible fait écho le discours
que, lors de leur dernière entrevue, après la mort de son
mari, M*me *de Clèves tient à Nemours. Ce passage
capital, qui est la clef de toute l'œuvre de M*me *de La
Fayette, montre bien qu'à ses yeux l'obstacle est dans le
cœur de l'homme et non pas dans son sort. M. de
Clèves mort, M*me *de Clèves n'a plus aucune raison
sérieuse de ne pas épouser Nemours, sinon celle-ci :
qu'elle n'est pas sûre de sa constance. « Les hommes
conservent-ils de la passion dans ces engagements éternels? Dois-je espérer un miracle en ma faveur et
puis-je me mettre en état de voir certainement finir
cette passion dont je ferais toute ma félicité? » Ce sont
les « obstacles » — entendez les difficultés extérieures
et les incertitudes où l'amant se trouve à l'égard des
sentiments de celle qu'il aime — qui font la constance,
et c'est le succès qui la défait. « M. de Clèves était
peut-être l'unique homme du monde capable de conserver*

de l'amour dans le mariage. Ma destinée n'a pas voulu que j'aie pu profiter de ce bonheur; peut-être aussi que sa passion n'avait subsisté que parce qu'il n'en aurait pas trouvé en moi. Mais je n'aurais pas le même moyen de conserver la vôtre. »

Ainsi le cercle est bouclé : l'amour naît hors du mariage, parce qu'un engagement éternel est sa perte; mais il ne peut vivre sans de tels engagements que l'inconstance naturelle de l'être humain l'empêche de tenir. La sagesse consiste donc à s'en écarter. Le « repos public » est l'image du « repos privé ». « *Les raisons que (M*me *de Clèves) avait de ne point épouser M. de Nemours lui paraissaient fortes du côté de son devoir et insurmontables du côté de son repos.* » La nuance est essentielle : elle exprime tout ce qu'au fond d'elle-même, M*me* de La Fayette n'a jamais cessé de désirer, le vœu secret que dissimulent ses entreprises mondaines et son apparente insensibilité, que sa vie contredit et que son œuvre révèle, non pas par hasard, mais parce que cette fin, c'est aussi celle de l'écriture elle-même : le repos. Rappelons-nous le tableau de la Cour sur lequel s'ouvre La Princesse de Clèves. « *Il y avait tant d'intérêts et tant de cabales différentes, et les dames y avaient tant de part que l'amour était toujours mêlé aux affaires et les affaires à l'amour. Personne n'était tranquille, ni indifférent.* » La beauté du roman de M*me* de La Fayette tient sans doute, plus encore qu'à la rigueur de l'analyse, à ceci que l'on y trouve accomplie, dans l'œuvre même et dans son langage, une vocation qui ne pouvait rencontrer ailleurs son véritable écho : la vocation de la tranquillité.

Bernard Pingaud.

LE TRIOMPHE
DE L'INDIFFÉRENCE

Extraits

— Je conviens, dit Mlle de Saint-Ange, que la nature du cœur est d'aimer, mais il y a dans l'homme une raison qui doit l'emporter au-dessus de tout et qui doit lui faire vouloir ce qui est le meilleur.

— Mais cette raison, répondit Mlle de la Tremblaye, a-t-elle le droit de renverser l'ordre de la nature et de transformer un cœur en rocher et un homme en plante? Si l'on ne doit pas aimer, pourquoi a-t-on un esprit pour connaître le mérite d'un objet aimable et un cœur pour l'aimer? Si cela ne se devait pas, la nature humaine n'aurait pas été formée ainsi.

— Je sais qu'il est de l'essence de la nature humaine de connaître et d'aimer, dit Mlle de Saint-Ange. Mais il est encore plus essentiel à l'homme d'être raisonnable, et cette raison lui a été donnée pour le gouverner, et c'est elle qui lui découvre ce qui lui est le meilleur, et qui le porte à le préférer; et comme il y a des abus et des maux étranges dans l'amour, elle oblige tous ceux qui la veulent croire à le renoncer et à le renoncer pour toujours.

— Mais pourquoi, encore une fois, répliqua Mlle de la Tremblaye, le cœur a-t-il été fait si sensible, s'il ne doit pas aimer?

— Voilà un paradoxe étrange : et pourquoi, dit Mlle de Saint-Ange, les hommes désirent-ils tant la félicité, que cependant ils ne sauraient jamais posséder sur terre?

— Parce que la condition des mortels, répondit Mlle de la Tremblaye, ne saurait le permettre, étant sujets au temps et aux maux qui sont attachés à leur nature fragile et inconstante.

— Je me sers de votre repartie, dit Mlle de Saint-Ange, pour vous convaincre contre l'amour. La félicité, continua-t-elle, est l'unique désir du cœur humain, d'où procèdent tous les autres désirs et où ils se terminent tous, comme à leur fin, et particulièrement à celui de l'amour, parce qu'il croit trouver en aimant la félicité, ou du moins l'approcher de fort près. Cela posé, Mademoiselle, vous voyez bien que, puisque l'amour est inséparable de la félicité et que la félicité ne saurait résister sur la terre, on ne peut donc aimer que pour ressentir la privation du bien que l'on désire, ce qui provient de la nécessité où la nature humaine se trouve d'être unie inséparablement à une infinité d'imperfections et de misère qui sont des obstacles invincibles à son bonheur; pour que l'amour pût rendre heureux, il faudrait qu'il eût les qualités que j'ai dites et c'est ce qui est impossible, parce que l'entendement humain étant aveugle, le cœur infiniment mobile, et le sort des hommes malheureux, leur amour ne peut que les tyranniser et les jeter dans des égarements effroyables, ce qui doit les obliger par ce désir qu'ils ont d'être heureux, de préférer l'indifférence à l'amour qui est bien un moindre mal. La justice que nous nous devons à nous-mêmes et l'amour que nous nous portons demande que nous préférions ce qui nous est le plus avantageux; s'il n'y a point de plaisir à ne rien aimer, au moins n'y a-t-il point de désespoir de n'avoir pas ce que l'on aime; si le cœur est presque mort ou mène une vie languissante par le défaut de ces désirs charmants qui l'animent, cet état, tout triste qu'il paraît, est

infiniment préférable aux troubles, aux égarements
de l'esprit, aux agitations et aux désespoirs du cœur,
et aux autres malheurs que l'amour cause, qui font
de la vie un enfer et d'un homme raisonnable un fol,
un furieux et un lâche qui se laisse aller à mille
bassesses indignes d'une personne raisonnable. De
bonne foi, Mademoiselle, qui doit l'emporter d'une
généreuse indifférence qui tient le cœur dans une
égalité admirable, qui calme les inquiétudes, qui
règle ses desseins, qui s'élève au-dessus de toutes les
faiblesses humaines et le fortifie contre tous les événements de la nature, ou bien d'un amour qui allume
dans le cœur d'un malheureux amant des incendies
aussi cruels que les feux de l'enfer et qui lui fait des
plaies infiniment plus sensibles que celles que pourraient faire le poignard et le poison, qui met cent
mille fois dans une heure ce pauvre cœur à des tor-
tures qui surpassent celles de tous les tyrans, qui
le fait alternativement trembler, brûler, soupirer,
craindre, espérer, désirer, désespérer?

. . . .
    N'avons-nous pas devant nos yeux des milliers
d'exemples des maux que l'amour cause? Que de
gens qui passent les nuits à soupirer sans prendre
aucun repos, qui passent les jours dans des agitations d'esprit des plus cruelles, qui souffrent tous
les combats qui se livrent par les contraires les plus
opposés, tantôt entraînés par la violence de leurs
désirs et retenus en même temps par une triste
contrainte, quelquefois portés par l'espérance jusque
sur le trône de l'amour et en même temps précipités
dans l'enfer du désespoir; à tous moments, ils veulent
rompre leurs chaînes et à tous moments, ils craignent
de se voir libres; ils veulent toujours et ne veulent
point. Ah! qui pourrait voir dans le cœur des misé-
rables amants, que l'on y verrait de troubles et d'in-

quiétudes, d'ennuis et de tristesses, de langueurs et
de fureurs et de désespoir sans aucune consolation,
parmi de tant de maux qu'une ombre d'espérance
qui se dissipe presque aussitôt qu'elle paraît. Ne
me dites point, Mademoiselle, ce que vous m'avez
tantôt dit, ajouta Mlle de Saint-Ange, que tous les
amants n'éprouvaient pas de si cruels maux, car je
vous répondrai à cela qu'il n'en est pas un de ceux
que vous appelez heureux qui ne souffre, infiniment;
entre cent mille amants, à peine en trouverez-vous
un qui puisse parvenir au bonheur où il aspire, et
lorsqu'il y en a quelqu'un assez favorisé pour posséder
l'objet de son amour, quels maux et quels tourments
n'éprouve-t-il pas avant d'arriver au comble de ses
désirs! Et lorsqu'il y est arrivé, que cette félicité dure
peu! Elle s'évanouit comme si elle n'avait jamais été,
parce que n'y ayant plus de désirs, il n'y a plus de
plaisirs, encore que l'amant le plus fortuné est
assujetti aux rigueurs de sa faim et ensuite au dégoût
de la satiété, ce qui fait qu'il ne trouve plus de goût
ni de plaisir dans l'objet qu'il a adoré, et ce qui le
jette dans une certaine indolence, à laquelle les désirs,
tout accompagnés de crainte qu'ils puissent être,
seraient infiniment préférables.

— Tous les amants sont-ils sujets à se dégoûter,
interrompit Mlle de la Tremblaye; il me semble que
j'ai vu des amants, après leur mariage, conserver
les mêmes tendresses et la même ardeur.

— Vous vous trompez, Mademoiselle, répondit
Mlle de Saint-Ange, ce n'est pas la même chose; la
privation irrite le désir et la possession le fait mourir
et un cœur sans désir ne peut être que dans une triste
langueur. Ainsi vous voyez, Mademoiselle, que
l'amour est bien cruel, de faire acheter un plaisir
par des maux infinis, et même ce plaisir ne le donne-
t-il presque jamais après l'avoir vendu si cher;

et lorsqu'il le donne à quelqu'un, il le lui ôte un moment après comme je vais le montrer dans l'amour inconstant.

. . . .

N'est-ce pas la dernière perfidie d'abandonner ce que l'on a aimé et la plus noire ingratitude d'en venir jusqu'à haïr ce qui vous a sacrifié son cœur par les mouvements les plus tendres et par les bienfaits les plus sensibles? Non, Mademoiselle, continua M{ʟʟᵉ} de Saint-Ange en s'adressant à M{ʟʟᵉ} de la Tremblaye, je ne pourrai jamais vous exprimer l'horreur que j'ai pour l'inconstance, et je vous avouerai même avec toute la confiance que j'ai accoutumé de vous parler, qu'elle seule m'a fait renoncer à l'amour. Toutes les autres raisons ne m'ébranleraient que faiblement, mais cela m'a entièrement déterminée à n'aimer de ma vie.

— Je vous l'ai avoué dès tantôt, dit M{ʟʟᵉ} de la Tremblaye, que le cœur était inconstant. C'est pourquoi vous aurez peu de peine à me convaincre sur cette matière.

— Je ne sais si vous en êtes persuadée entièrement, répliqua M{ʟʟᵉ} de Saint-Ange. Si vous l'aviez été autant que je le suis, vous n'auriez pas si opiniâtrement défendu l'amour, puisque ce seul défaut, quand il n'en aurait aucun autre, serait capable d'inspirer le dernier mépris et de le faire renoncer pour toujours.

— N'admettez-vous aucune constance? dit M{ʟʟᵉ} de la Tremblaye.

— Je n'en admettrai ni de fort longues ni d'immortelles, répondit M{ʟʟᵉ} de Saint-Ange.

— Je sais des gens qui se sont aimés toute leur vie, reprit M{ʟʟᵉ} de la Tremblaye.

— Leur vie n'a donc pas été longue, répondit froidement M{ʟʟᵉ} de Saint-Ange. Il est vrai, ajouta-t-elle, qu'il y a des gens qui se sont aimés toute leur vie parce que la mort a pris soin de les séparer dans les prémices de leur amour. Cela s'est vu; mais que l'on ait vu des gens s'aimer violemment et longtemps, c'est ce qui ne s'est point vu. N'en cherchons point les exemples plus loin qu'à la cour qui est l'école de l'amour. Rappelez dans votre esprit ce que vous savez de toutes les personnes qui la composent. Que sont devenues s'il vous plaît toutes ces belles passions qui avaient si bien commencé et qui ont si mal fini? Quelles bizarreries, quelles inégalités, quels dégoûts ont suivi les premières ferveurs de cet amour? Ah! mon Dieu, Mademoiselle, que le progrès et la fin de l'amour est bien différent de son commencement! Son commencement n'est que fleurs et que feu, son progrès que tourments et tiédeur et sa fin que glace et que dégoût.

. . . .

Quel moyen d'aimer violemment et d'aimer avec toute la circonspection qu'exige la loi du christianisme, et d'aimer avec plaisir lorsqu'on est persuadé des inconstances et des dégoûts qui doivent suivre l'amour? Pourriez-vous vous résoudre à aimer un homme, eût-il du mérite plus qu'un ange, si vous étiez sûr qu'il dût changer dans peu de temps ces ardeurs en des froideurs de glace, ces tendresses en de cruelles indifférences et en des dégoûts horribles, ces complaisances et ces respects en des mépris et des railleries offensantes, et enfin cette fidélité qu'il avait jurée éternelle et dont il avait attesté le ciel et la terre, si, dis-je, cette fidélité changeait dans une inconstance horrible, pourriez-vous laisser prendre votre cœur sous toutes ces conditions? Je m'assure que non, car la constance est si nécessaire pour faire naître l'amour que si les amants ne juraient une fidélité éternelle, ils ne pourraient s'aimer; de même qu'un homme ne voudrait pas risquer sa vie et son repos pour courir les terres et les mers pour amasser

de grandes richesses qu'il faudrait ensuite jeter dans
la mer sitôt qu'il les aurait amassées; et ainsi qu'un
prince ne souffrirait jamais bâtir un beau palais
s'il savait qu'il doive être renversé aussitôt qu'il
serait achevé. Car, Mademoiselle, ce n'est pas une
moindre douleur à l'objet aimé de perdre ce qu'il
aime qu'à un riche de perdre tous ses biens. Que
dis-je, une moindre douleur? C'est bien un plus cruel
tourment que de perdre même des sceptres et des
couronnes, comme le disait un roi de Perse à son
épouse : « Dessous un toit couvert de chaume, y
vivant avec toi, j'y trouverais encore tous les plaisirs
d'un roi. » Ce prince voyant qu'on lui avait ôté son
royaume et qu'on voulait encore lui ravir sa femme,
lui témoignait que la perte de son empire le touchait
moins que de la perdre et de la voir tomber entre les
mains de Tiridate, son rival, à qui il dit : « Cruel
roi, je t'abandonne sans regret trône, sceptre et couronne; usurpe tout et ne me laisse rien que ma femme;
ce charmant objet seul est tout mon bien, et sans
lui tu peux m'ôter la vie. » Cela fait voir qu'autant
que la possession de ce que l'on aime tendrement est
délicieuse, autant la privation en est douloureuse et
insupportable; mais si la privation involontaire qui
arrive lorsque quelque accident nous enlève un objet
aimé nous est si sensible, que ne doit pas être la
perte de cet objet qui nous abandonne volontaire-
ment, qui nous méprise et n'a plus pour nous que
du dégoût? Certes, rien n'est si cruel; mais comme il
n'est presque aucun amour qui ne soit sujet à cet
horrible défaut et à ce malheur extrême, je crois
que le meilleur est de vivre sans attache.

HISTOIRE DE LA PRINCESSE DE MONTPENSIER
SOUS LE RÈGNE DE CHARLES IX

Pendant que la guerre civile déchirait la France sous le règne de Charles IX, l'amour ne laissait pas de trouver sa place parmi tant de désordres et d'en causer beaucoup dans son empire. La fille unique du marquis de Mézières, héritière très considérable et par ses grands biens et par l'illustre maison d'Anjou dont elle était descendue, était comme accordée au duc du Maine, cadet du duc de Guise que l'on a appelé depuis le Balafré. Ils étaient tous deux dans une extrême jeunesse et le duc de Guise, voyant souvent cette prétendue belle-sœur en qui paraissaient déjà les commencements d'une grande beauté, en devint amoureux et en fut aimé. Ils cachèrent leur intelligence avec beaucoup de soin, et le duc de Guise, qui n'avait pas encore autant d'ambition qu'il en eut depuis, souhaitait ardemment de l'épouser; mais la crainte du cardinal de Lorraine, qui lui tenait lieu de père, l'empêchait de se déclarer. Les choses étaient en cet état, lorsque la maison de Bourbon, qui ne pouvait voir qu'avec envie l'élévation de celle de Guise, s'apercevant de l'avantage qu'elle recevrait de ce mariage, se résolut de le lui ôter et de se le procurer à elle-même, en faisant épouser cette grande héritière au jeune prince de Montpensier que l'on appelait quelquefois le prince dauphin. L'on travailla à cette affaire avec tant de succès que les parents, contre les paroles qu'ils avaient données au cardinal de Guise, se résolurent de donner leur nièce au prince

de Montpensier. Ce procédé surprit extrêmement
toute la maison de Guise; mais le duc de Guise en fut
accablé de douleur et l'intérêt de son amour lui fit
recevoir ce changement comme un affront insupportable. Son ressentiment éclata bientôt, malgré les
réprimandes du cardinal de Guise et du duc d'Aumale
ses oncles, qui ne voulaient pas s'opiniâtrer à une
chose qu'ils voyaient ne pouvoir empêcher. Il s'emporta avec tant de violence, même en présence du
jeune prince de Montpensier, qu'il en naquit entre
eux une haine qui ne finit qu'avec leur vie. Mlle de
Mézières, tourmentée par ses parents, voyant qu'elle
ne pouvait épouser M. de Guise, et connaissant par sa
vertu qu'il était dangereux d'avoir pour beau-frère
un homme qu'elle souhaitait pour mari, se résolut
enfin d'obéir à ses parents et conjura M. de Guise
de ne plus apporter d'opposition à son mariage. Elle
épousa donc le jeune prince de Montpensier, qui peu
de temps après l'emmena à Champigny, séjour ordinaire des princes de sa maison, pour l'ôter de Paris
où apparemment tout l'effort de la guerre allait
tomber. Cette grande ville était menacée d'un siège
par l'armée des Huguenots, dont le prince de Condé
était le chef et qui venait de prendre les armes contre
le roi pour la seconde fois. Le prince de Montpensier,
dans sa plus tendre jeunesse, avait fait une amitié
très particulière avec le comte de Chabanes et ce
comte, quoique d'un âge beaucoup plus avancé, avait
été si sensible à l'estime et à la confiance de ce prince
que, contre tous ses propres intérêts, il abandonna
le parti des Huguenots, ne pouvant se résoudre à être
opposé en quelque chose à un homme qui lui était si
cher. Ce changement de parti n'ayant point d'autre
raison que celle de l'amitié, l'on douta qu'il fût véritable; et la reine mère Catherine de Médicis en eut
de si grands soupçons que, la guerre étant déclarée

par les Huguenots, elle eut dessein de le faire arrêter :
mais le prince de Montpensier l'empêcha en lui
répondant de la personne du comte de Chabanes
qu'il amena à Champigny en s'y en allant avec sa
femme. Ce comte, étant d'un esprit fort sage et fort
doux, gagna bientôt l'estime de la princesse de
Montpensier et en peu de temps elle n'eut pas moins
d'amitié pour lui qu'en avait le prince son mari.
Chabanes de son côté regardait avec admiration tant
de beauté, d'esprit et de vertu qui paraissaient en
cette jeune princesse et, se servant de l'amitié qu'elle
lui témoignait pour lui inspirer des sentiments d'une
vertu extraordinaire et digne de la grandeur de sa
naissance, il la rendit en peu de temps une des personnes du monde la plus achevée. Le prince étant
revenu à la cour, où la continuation de la guerre
l'appelait, le comte demeura seul avec la princesse
et continua d'avoir pour elle un respect et une amitié
proportionnés à sa qualité et à son mérite. La
confiance s'augmenta de part et d'autre, et à tel
point du côté de la princesse de Montpensier qu'elle
lui apprit l'inclination qu'elle avait eue pour M. de
Guise; mais elle lui apprit aussi en même temps
qu'elle était presque éteinte et qu'il ne lui en restait
que ce qui était nécessaire pour défendre l'entrée de
son cœur à tout autre et que, la vertu se joignant à
ce reste d'impression, elle n'était capable que d'avoir
du mépris pour tous ceux qui oseraient lever les yeux
jusques à elle. Le comte, qui connaissait la sincérité
de cette belle princesse et qui lui voyait d'ailleurs
des dispositions si opposées à la faiblesse de la
galanterie, ne douta point qu'elle ne lui dît la vérité
de ses sentiments et néanmoins il ne put se défendre
de tant de charmes qu'il voyait tous les jours de si
près. Il devint passionnément amoureux de cette
princesse et, quelque honte qu'il trouvât à se laisser

surmonter, il fallut céder et l'aimer de la plus violente
et de la plus sincère passion qui fut jamais. S'il ne
fut pas maître de son cœur, il le fut de ses actions.
Le changement de son âme n'en apporta point dans
sa conduite et personne ne soupçonna son amour. Il
prit un soin exact pendant une année entière de le
cacher à la princesse : et il crut qu'il aurait toujours
le même désir de le lui cacher. L'amour fit en lui ce
qu'il fait en tous les autres : il lui donna l'envie de
parler; et, après tous les combats qui ont accoutumé
de se faire en pareilles occasions, il osa lui dire qu'il
l'aimait, s'étant bien préparé à essuyer les orages
dont la fierté de cette princesse le menaçait. Mais il
trouva en elle une tranquillité et une froideur pires
mille fois que toutes les rigueurs à quoi il s'était
attendu. Elle ne prit pas la peine de se mettre en
colère; elle lui représenta en peu de mots la différence
de leurs qualités et de leur âge, la connaissance
particulière qu'il avait de sa vertu et de l'inclination
qu'elle avait eue pour le duc de Guise et surtout ce
qu'il devait à l'amitié et à la confiance du prince,
son mari. Le comte pensa mourir à ses pieds de honte
et de douleur. Elle tâcha de le consoler, en l'assurant
qu'elle ne se souviendrait jamais de ce qu'il venait
de lui dire; qu'elle ne se persuaderait jamais une chose
qui lui était si désavantageuse; et qu'elle ne le regar-
derait jamais que comme son meilleur ami. Ces assurances consolèrent le comte comme on se le peut
imaginer. Il sentit le mépris des paroles de la princesse
dans toute leur étendue; et le lendemain, la revoyant
avec un visage aussi ouvert que de coutume, sans
que sa présence la troublât ni la fît rougir, son affliction en redoubla de la moitié et le procédé de la
princesse ne la diminua pas. Elle vécut avec lui avec
la même bonté qu'elle avait accoutumé. Elle lui
reparla, quand l'occasion en fit naître le discours, de

l'inclination qu'elle avait eue pour le duc de Guise : et, la renommée commençant alors à publier les grandes qualités qui paraissaient en ce prince, elle lui avoua qu'elle en sentait de la joie et qu'elle était bien aise de voir qu'il méritait les sentiments qu'elle avait eus pour lui. Toutes ces marques de confiance, qui avaient été si chères au comte, lui devinrent insupportables. Il ne l'osait pourtant témoigner, quoiqu'il osât bien la faire souvenir quelquefois de ce qu'il avait eu la hardiesse de lui dire. Après deux années d'absence, la paix étant faite, le prince de Montpensier revint trouver la princesse sa femme, tout couvert de la gloire qu'il avait acquise au siège de Paris et à la bataille de Saint-Denis. Il fut surpris de voir la beauté de cette princesse dans une si grande perfection; et, par le sentiment d'une jalousie qui lui était naturelle, il en eut quelque chagrin, prévoyant bien qu'il ne serait pas seul à la trouver belle. Il eut beaucoup de joie de revoir le comte de Chabanes, pour qui son amitié n'avait point diminué, et lui demanda confidemment des nouvelles de l'esprit et de l'humeur de sa femme, qui lui était quasi une personne inconnue, par le peu de temps qu'il avait demeuré avec elle. Le comte, avec une sincérité aussi exacte que s'il n'eût point été amoureux, dit au prince tout ce qu'il connaissait en cette princesse capable de la lui faire aimer et avertit aussi Mme de Montpensier de toutes les choses qu'elle devait faire pour achever de gagner le cœur et l'estime de son mari. Enfin la passion du comte le portait si naturellement à ne songer qu'à ce qui pouvait augmenter le bonheur et la gloire de cette princesse qu'il oubliait sans peine les intérêts qu'ont les amants à empêcher que les personnes qu'ils aiment ne soient dans une si parfaite intelligence avec leurs maris. La paix ne fit que paraître. La guerre recommença aussitôt par le dessein qu'eut le roi de faire arrêter à Noyers le prince de Condé et l'amiral de Châtillon, où ils s'étaient retirés : et, ce dessein ayant été découvert, l'on commença de nouveau les préparatifs de la guerre et le prince de Montpensier fut contraint de quitter sa femme pour se rendre où son devoir l'appelait. Chabanes le suivit à la cour, s'étant entièrement justifié auprès de la reine à qui il ne resta aucun soupçon de sa fidélité. Ce ne fut pas sans une douleur extrême qu'il quitta la princesse, qui de son côté demeura fort triste des périls où la guerre allait exposer son mari. Les chefs des Huguenots s'étant retirés à La Rochelle, le Poitou et la Saintonge étant dans leur parti, la guerre s'y alluma fortement et le roi y rassembla toutes ses troupes. Le duc d'Anjou son frère, qui fut depuis Henri III, y acquit beaucoup de gloire par plusieurs belles actions et entre autres par la bataille de Jarnac où le prince de Condé fut tué. Ce fut dans cette guerre que le duc de Guise commença à avoir des emplois considérables et à faire connaître qu'il passait de beaucoup les grandes espérances qu'on avait conçues de lui. Le prince de Montpensier, qui le haïssait et comme son ennemi particulier et comme celui de sa maison, ne voyait qu'avec peine la gloire de ce duc, aussi bien que l'amitié que lui témoignait le duc d'Anjou. Après que les deux armées se furent fatiguées par beaucoup de petits combats, d'un commun consentement on licencia les troupes pour quelque temps et le duc d'Anjou demeura à Loches pour donner ordre à toutes les places qui eussent pu être attaquées. Le duc de Guise y demeura avec lui, et le prince de Montpensier accompagné du comte de Chabanes s'en alla à Champigny, qui n'était pas fort éloigné de là. Le duc d'Anjou allait souvent visiter les places qu'il faisait fortifier. Un jour qu'il revenait à Loches par un chemin peu connu de ceux de sa suite, le duc de

Guise, qui se vantait de le savoir, se mit à la tête de la troupe pour lui servir de guide : mais, après avoir marché quelque temps, il s'égara et se trouva sur le bord d'une petite rivière qu'il ne reconnut pas lui-même. Toute la troupe fit la guerre au duc de Guise de les avoir si mal conduits : et étant arrêtés en ce lieu, aussi disposés à la joie qu'ont accoutumé de l'être de jeunes princes, ils aperçurent un petit bateau qui était arrêté au milieu de la rivière; et, comme elle n'était pas large, ils distinguèrent aisément dans ce bateau trois ou quatre femmes et une entre autres qui leur parut fort belle, habillée magnifiquement, et qui regardait avec attention deux hommes qui pêchaient auprès d'elle. Cette aventure donna une nouvelle joie à ces jeunes princes et à tous ceux de leur suite. Elle leur parut une chose de roman. Les uns disaient au duc de Guise qu'il les avait égarés exprès pour leur faire voir cette belle personne; les autres, qu'il fallait, après ce qu'avait fait le hasard, qu'il en devînt amoureux : et le duc d'Anjou soutenait que c'était lui qui devait être son amant. Enfin, voulant pousser l'aventure à bout, ils firent avancer de leurs gens à cheval le plus avant qu'il se pût dans la rivière pour crier à cette dame que c'était M. le duc d'Anjou, qui eût bien voulu passer de l'autre côté de l'eau et qui priait qu'on le vînt prendre. Cette dame, qui était Mme de Montpensier, entendant nommer le duc d'Anjou et ne doutant point, à la quantité des gens qu'elle voyait au bord de l'eau, que ce ne fût lui, fit avancer son bateau pour aller du côté où il était. Sa bonne mine le lui fit bientôt distinguer des autres, quoiqu'elle ne l'eût quasi jamais vu : mais elle distingua encore plus tôt le duc de Guise. Sa vue lui apporta un trouble qui la fit rougir et qui la fit paraître aux yeux de ces princes dans une beauté qu'ils crurent surnaturelle. Le duc de Guise la recon-

nut d'abord, malgré le changement avantageux qui
s'était fait en elle depuis les trois années qu'il ne
l'avait vue. Il dit au duc d'Anjou qui elle était, qui
fut honteux d'abord de la liberté qu'il avait prise :
mais, voyant Mme de Montpensier si belle et cette
aventure lui plaisant si fort, il se résolut de l'achever
et, après mille excuses et mille compliments, il inventa
une affaire considérable qu'il disait avoir au-delà
de la rivière et accepta l'offre qu'elle lui fit de le
passer dans son bateau. Il y entra seul avec le duc
de Guise, donnant ordre à tout ce qui le suivait
d'aller passer la rivière à un autre endroit et de les
venir joindre à Champigny que Mme de Montpensier
leur dit n'être qu'à deux lieues de là. Sitôt qu'ils
furent dans le bateau, le duc d'Anjou lui demanda à
quoi ils devaient une si agréable rencontre et ce
qu'elle faisait au milieu de la rivière. Elle lui apprit
qu'étant partie de Champigny avec le prince, son
mari, dans le dessein de le suivre à la chasse, elle
s'était trouvée trop lasse et était venue sur le bord
de la rivière, où la curiosité d'aller voir prendre un
saumon qui avait donné dans un filet l'avait fait
entrer dans ce bateau. M. de Guise ne se mêlait point
dans la conversation et, sentant réveiller dans son
cœur si vivement tout ce que cette princesse y avait
autrefois fait naître, il pensait en lui-même qu'il
pourrait demeurer aussi bien pris dans les liens de
cette belle princesse que le saumon l'était dans les
filets du pêcheur. Ils arrivèrent bientôt au bord, où
ils trouvèrent les chevaux et les écuyers de Mme de
Montpensier qui l'attendaient. Le duc d'Anjou lui
aida à monter à cheval, où elle se tenait avec une
grâce admirable; et ces deux princes ayant pris des
chevaux de main que conduisaient des pages de cette
princesse, ils prirent le chemin de Champigny où elle
les conduisait. Ils ne furent pas moins surpris des

charmes de son esprit qu'ils l'avaient été de sa beauté et ils ne purent s'empêcher de lui faire connaître l'étonnement où ils étaient de tous les deux. Elle répondit à leurs louanges avec toute la modestie imaginable, mais un peu plus froidement à celles du duc de Guise, voulant garder une fierté qui l'empêchât de fonder aucune espérance sur l'inclination qu'elle avait eue pour lui. En arrivant dans la première cour de Champigny, ils y trouvèrent le prince de Montpensier, qui ne faisait que de revenir de la chasse. Son étonnement fut grand de voir marcher deux hommes à côté de sa femme : mais il fut extrême quand, s'approchant plus près, il reconnut que c'étaient le duc d'Anjou et le duc de Guise. La haine qu'il avait pour le dernier, se joignant, à sa jalousie naturelle, lui fit trouver quelque chose de si désagréable à voir ces deux princes avec sa femme sans savoir comment ils s'y étaient trouvés ni ce qu'ils venaient faire chez lui, qu'il ne put cacher le chagrin qu'il en avait. Mais il rejeta la cause sur la crainte de ne pouvoir recevoir un si grand prince selon sa qualité et comme il l'eût souhaité. Le comte de Chabanes avait encore plus de chagrin de voir M. de Guise auprès de Mme de Montpensier que M. de Montpensier n'en avait lui-même. Ce que le hasard avait fait pour rassembler ces deux personnes lui semblait de si mauvais augure qu'il pronostiquait aisément que ce commencement de roman ne serait pas sans suite. Mme de Montpensier fit le soir les honneurs de chez elle avec le même agrément qu'elle faisait toutes choses. Enfin elle ne plut que trop à ses hôtes. Le duc d'Anjou, qui était fort galant et fort bien fait, ne put voir une fortune si digne de lui sans la souhaiter ardemment. Il fut touché du même mal que M. de Guise et, feignant toujours des affaires extraordinaires, il demeura deux jours à Champigny sans être obligé d'y demeurer que par les charmes de Mme de Montpensier, le prince son mari ne faisant point de violence pour l'y retenir. Le duc de Guise ne partit pas sans faire entendre à Mme de Montpensier qu'il était pour elle ce qu'il était autrefois : et, comme sa passion n'avait été sue de personne, il lui dit plusieurs fois devant tout le monde, sans être entendu que d'elle, que son cœur n'était point changé et partit avec le duc d'Anjou. Ils sortirent de Champigny, lui et l'autre, avec beaucoup de regret et marchèrent longtemps dans un profond silence. Enfin le duc d'Anjou s'imaginant tout d'un coup que ce qui faisait sa rêverie pouvait bien causer celle du duc de Guise, il lui demanda brusquement s'il pensait aux beautés de la princesse de Montpensier. Cette demande si brusque, jointe à ce qu'avait déjà remarqué le duc de Guise des sentiments du duc d'Anjou, lui fit voir qu'il serait infailliblement son rival et qu'il lui était très important de ne pas découvrir son amour à ce prince. Pour lui en ôter tout soupçon, il lui répondit en riant qu'il paraissait lui-même si occupé de la rêverie dont il l'accusait qu'il n'avait pas jugé à propos de l'interrompre; que les beautés de la princesse de Montpensier n'étaient pas nouvelles pour lui; qu'il s'était accoutumé à en supporter l'éclat du temps qu'elle était destinée à être sa belle-sœur; mais qu'il voyait bien que tout le monde n'en était pas si peu ébloui que lui. Le duc d'Anjou lui avoua qu'il n'avait encore rien vu qui lui parût comparable à la princesse de Montpensier et qu'il sentait bien que sa vue lui pourrait être dangereuse, s'il y était souvent exposé. Il voulut faire convenir le duc de Guise qu'il sentait la même chose : mais ce duc, qui commençait à se faire une affaire sérieuse de son amour, n'en voulut rien avouer. Ces princes s'en retournèrent à Loches, faisant souvent leur agréable

conversation de l'aventure qui leur avait découvert
la princesse de Montpensier. Ce ne fut pas un sujet de
si grand divertissement à Champigny. Le prince de
Montpensier était mal content de tout ce qui était
arrivé, sans qu'il en pût dire le sujet. Il trouvait
mauvais que sa femme se fût trouvée dans ce bateau.
Il lui semblait qu'elle avait reçu trop agréablement
ces princes : et ce qui lui déplaisait le plus était
d'avoir remarqué que le duc de Guise l'avait regardée
attentivement. Il en conçut dès ce moment une
jalousie si furieuse qu'elle le fit ressouvenir de l'emportement qu'il avait témoigné lors de son mariage;
et il eut soupçon que dès ce temps-là il en était
amoureux. Le chagrin que tous ces soupçons lui
causèrent donnèrent de mauvaises heures à la princesse de Montpensier. Le comte de Chabanes, selon
sa coutume, prit soin d'empêcher qu'ils ne se brouil-
lassent tout à fait, afin de persuader par là à la
princesse combien la passion qu'il avait pour elle
était sincère et désintéressée. Il ne put s'empêcher
de lui demander l'effet qu'avait produit en elle la
vue du duc de Guise. Elle lui apprit qu'elle en avait
été troublée par la honte du souvenir de l'inclination qu'elle lui avait autrefois témoignée; qu'elle
l'avait trouvé beaucoup mieux fait qu'il n'était en
ce temps-là et que même il lui avait paru qu'il voulait lui persuader qu'il l'aimait encore; mais elle
l'assura en même temps que rien ne pouvait ébranler
la résolution qu'elle avait prise de ne s'engager jamais.
Le comte de Chabanes fut très aise de tout ce qu'elle
lui disait, quoique rien ne le pût rassurer sur le duc
de Guise. Il témoigna à la princesse qu'il appréhen-
dait pour elle que les premières impressions ne
revinssent quelque jour et il lui fit comprendre la
mortelle douleur qu'il aurait pour son intérêt d'elle
et le sien propre, de la voir changer de sentiment.

La princesse de Montpensier, continuant toujours son procédé avec lui, ne répondait presque pas à ce qu'il lui disait de sa passion et ne considérait toujours en lui que la qualité du meilleur ami du monde, sans lui vouloir faire l'honneur de prendre garde à celle d'amant.

Les armées étant remises sur pied, tous les princes y retournèrent et le prince de Montpensier trouva bon que sa femme s'en vînt à Paris, pour n'être plus si proche des lieux où se faisait la guerre. Les Huguenots assiégèrent la ville de Poitiers. Le duc de Guise s'y jeta pour la défendre et y fit des actions qui suffiraient seules pour rendre glorieuse une autre vie que la sienne. Ensuite la bataille de Moncontour se donna et le duc d'Anjou, après avoir pris Saint-Jean-d'Angély, tomba malade et fut contraint de quitter l'armée, soit par la violence de son mal, ou par l'envie qu'il avait de revenir goûter le repos et les douceurs de Paris, où la présence de la princesse de Montpensier n'était pas la moindre raison qui l'y attirât. L'armée demeura sous le commandement du prince de Montpensier et, peu de temps après, la paix étant faite, toute la cour se trouva à Paris. La beauté de la princesse de Montpensier effaça toutes celles qu'on avait admirées jusqu'alors. Elle attira les yeux de tout le monde par les charmes de son esprit et de sa personne. Le duc d'Anjou ne changea pas en la revoyant les sentiments qu'il avait conçus pour elle à Champigny et prit un soin extrême de les lui faire connaître par toutes sortes de soins et de galanteries, se ménageant toutefois à ne lui en pas donner des témoignages trop éclatants, de peur de donner de la jalousie au prince son mari. Le duc de Guise acheva d'en devenir violemment amoureux et, voulant par plusieurs raisons tenir sa passion cachée, il se résolut de la déclarer d'abord à la princesse de

Montpensier pour s'épargner tous ces commencements qui font toujours naître le bruit et l'éclat.
Étant un jour chez la reine à une heure où il y avait
très peu de monde et la reine étant retirée dans son
cabinet pour parler au cardinal, la princesse arriva.
Le duc se résolut de prendre ce moment pour lui
parler et, s'approchant d'elle :

— Je vais vous surprendre, Madame, lui dit-il, et
vous déplaire en vous apprenant que j'ai toujours
conservé cette passion qui vous a été connue autrefois, et qu'elle s'est si fort augmentée en vous voyant
que votre sévérité, la haine de M. de Montpensier et
la concurrence du premier prince du royaume ne
sauraient lui ôter un moment de sa violence. Il aurait
été plus respectueux de vous la faire connaître par
mes actions que par mes paroles : mais, Madame,
mes actions l'auraient apprise à d'autres aussi bien
qu'à vous et je veux que vous sachiez seule que je
suis assez hardi pour vous adorer.

La princesse fut d'abord si surprise et si troublée
de ce discours qu'elle ne songea pas à l'interrompre :
mais ensuite, étant revenue à elle et commençant à
lui répondre, le prince de Montpensier entra. Le
trouble et l'agitation étaient peints sur le visage de
la princesse sa femme. La vue de son mari acheva de
l'embarrasser, de sorte qu'elle lui en laissa plus
entendre que le duc de Guise ne lui en venait de dire.
La reine sortit de son cabinet et le duc se retira pour
guérir la jalousie de ce prince. La princesse de
Montpensier trouva le soir dans l'esprit de son mari
tout le chagrin à quoi elle s'était attendue. Il s'emporta avec des violences épouvantables et lui défendit
de parler jamais au duc de Guise. Elle se retira bien
triste dans son appartement, et bien occupée des
aventures qui lui étaient arrivées ce jour-là. Le jour
suivant, elle revit le duc de Guise chez la reine; mais

il ne l'aborda pas et se contenta de sortir un peu
après elle pour lui faire voir qu'il n'y avait que faire
quand elle n'y était pas. Il ne se passait point de jour
qu'elle ne reçût mille marques cachées de la passion
de ce duc, sans qu'il essayât de lui parler que lorsqu'il
ne pouvait être vu de personne. Malgré toutes ces
belles résolutions qu'elle avait faites à Champigny,
elle commença à être persuadée de sa passion et à
sentir dans le fond de son cœur quelque chose de ce
qui y avait été autrefois. Le duc d'Anjou de son
côté, qui n'oubliait rien pour lui témoigner sa passion
en tous lieux où il la pouvait voir et qui la suivait
continuellement chez la reine sa mère et la princesse
sa sœur, en était traité avec une rigueur étrange et
capable de guérir toute autre passion que la sienne.
On découvrit en ce temps-là que Madame, qui fut
depuis reine de Navarre, avait quelque attachement
pour le duc de Guise : et ce qui le fit éclater davantage fut le refroidissement qui parut du duc d'Anjou
pour le duc de Guise. La princesse de Montpensier
apprit cette nouvelle, qui ne lui fut pas indifférente
et qui lui fit sentir qu'elle prenait plus d'intérêt au
duc de Guise qu'elle ne pensait. M. de Montpensier,
son beau-père, épousant alors mademoiselle de
Guise sœur de ce duc, elle était contrainte de le voir
souvent, dans les lieux où les cérémonies des noces
les appelaient l'un et l'autre. La princesse de Montpensier, ne pouvant plus souffrir qu'un homme que
toute la France croyait amoureux de Madame osât
lui dire qu'il l'était d'elle et se sentant offensée et
quasi affligée de s'être trompée elle-même, un jour
que le duc de Guise la rencontra chez sa sœur un
peu plus éloignée des autres et qu'il lui voulut parler
de sa passion, elle l'interrompit brusquement et lui
dit, d'un ton qui marquait sa colère :

— Je ne comprends pas qu'il faille, sur le fonde-

ment d'une faiblesse dont on a été capable à treize
ans, avoir l'audace de faire l'amoureux d'une personne comme moi et surtout quand on l'est d'une
autre au su de toute la cour.

Le duc de Guise, qui avait beaucoup d'esprit et
qui était fort amoureux, n'eut besoin de consulter
personne pour entendre ce que signifiaient les paroles
de la princesse. Il lui répondit avec beaucoup de
respect :

— J'avoue, Madame, que j'ai eu tort de ne pas
mépriser l'honneur d'être beau-frère de mon roi
plutôt que de vous laisser soupçonner un moment
que je pouvais désirer un autre cœur que le vôtre :
mais, si vous voulez me faire la grâce de m'écouter,
je suis assuré de me justifier auprès de vous.

La princesse de Montpensier ne répondit point;
mais elle ne s'éloigna pas et le duc de Guise, voyant
qu'elle lui donnait l'audience qu'il souhaitait, lui
apprit que, sans s'être attiré les bonnes grâces de
Madame par aucun soin, elle l'en avait honoré; que,
n'ayant nulle passion pour elle, il avait très mal
répondu à l'honneur qu'elle lui faisait, jusques à ce
qu'elle lui eût donné quelque espérance de l'épouser;
qu'à la vérité la grandeur où ce mariage pouvait
l'élever l'avait obligé de lui rendre plus de devoirs
et que c'était ce qui avait donné lieu au soupçon
qu'en avaient eu le roi et le duc d'Anjou; que la
disgrâce de l'un ni de l'autre ne le dissuadaient pas
de son dessein; mais que, s'il lui déplaisait, il l'abandonnait dès l'heure même pour n'y penser de sa vie.
Le sacrifice que le duc de Guise faisait à la princesse
lui fit oublier toute la rigueur et toute la colère avec
laquelle elle avait commencé de lui parler. Elle
commença à raisonner avec lui de la faiblesse qu'avait
eue Madame de l'aimer la première, de l'avantage
considérable qu'il recevrait en l'épousant. Enfin,

sans rien dire d'obligeant au duc de Guise, elle lui
fit revoir mille choses agréables qu'il avait trouvées
autrefois en Mlle de Mézières. Quoiqu'ils ne se fussent
point parlé depuis si longtemps, ils se trouvèrent
pourtant accoutumés ensemble et leurs cœurs se
remirent dans un chemin qui ne leur était pas
inconnu. Ils finirent enfin cette conversation, qui
laissa une sensible joie dans l'esprit du duc de Guise.
La princesse n'en eut pas une petite de connaître
qu'il l'aimait véritablement. Mais, quand elle fut
dans son cabinet, quelles réflexions ne fit-elle point
sur la honte de s'être laissé fléchir si aisément aux
excuses du duc de Guise, sur l'embarras où elle s'allait
plonger en s'engageant dans une chose qu'elle avait
regardée avec tant d'horreur et sur les effroyables
malheurs où la jalousie de son mari la pouvait jeter!
Ces pensées lui firent faire de nouvelles résolutions,
mais qui se dissipèrent dès le lendemain par la vue
du duc de Guise. Il ne manquait point de lui rendre
un compte exact de ce qui se passait entre Madame et
lui; et la nouvelle alliance de leurs maisons leur donnait plusieurs occasions de se parler, mais il n'avait
pas peu de peine à la guérir de la jalousie que lui
donnait la beauté de Madame, contre laquelle il n'y
avait point de serment qui la pût rassurer et cette
jalousie lui servait à défendre plus opiniâtrement le
reste de son cœur contre les soins du duc de Guise,
qui en avait déjà gagné la plus grande partie. Le
mariage du roi avec la fille de l'empereur Maximilien
remplit la cour de fêtes et de réjouissances. Le roi fit
un ballet, où dansait Madame, et toutes les princesses. La princesse de Montpensier pouvait seule lui
disputer le prix de la beauté. Le duc d'Anjou dansait
une entrée de Maures; et le duc de Guise, avec quatre
autres, était de son entrée. Leurs habits étaient tous
pareils, comme ont accoutumé de l'être les habits

de ceux qui dansent une même entrée. La première
fois que le ballet se dansa, le duc de Guise, devant
que de danser et n'ayant pas encore son masque, dit
quelques mots en passant à la princesse de Montpensier. Elle s'aperçut bien que le prince son mari y
avait pris garde : ce qui la mit en inquiétude et
toute troublée. Quelque temps après, voyant le duc
d'Anjou, avec son masque et son habit de Maure, qui
venait pour lui parler, elle crut que c'était encore le
duc de Guise et, s'approchant de lui :

— N'ayez des yeux ce soir que pour Madame, lui
dit-elle; je n'en serai point jalouse; je vous l'ordonne;
on m'observe; ne m'approchez plus.

Elle se retira sitôt qu'elle eut achevé ces paroles
et le duc d'Anjou en demeura accablé comme d'un
coup de tonnerre. Il vit dans ce moment qu'il avait
un rival aimé. Il comprit par le nom de Madame que
ce rival était le duc de Guise et il ne put douter que la
princesse sa sœur ne fût le sacrifice qui avait rendu la
princesse de Montpensier favorable aux vœux de son
rival. La jalousie, le dépit et la rage, se joignant à la
haine qu'il avait déjà pour lui, firent dans son âme
tout ce qu'on peut imaginer de plus violent et il eût
donné sur l'heure quelque marque sanglante de son
désespoir, si la dissimulation qui lui était naturelle ne
fût venue à son secours et ne l'eût obligé, par des
raisons puissantes en l'état qu'étaient les choses, à
ne rien entreprendre contre le duc de Guise. Il ne
put toutefois se refuser le plaisir de lui apprendre
qu'il savait le secret de son amour et, l'abordant en
sortant de la salle où l'on avait dansé :

— C'est trop, lui dit-il, d'oser lever les yeux
jusques à ma sœur et de m'ôter ma maîtresse. La
considération du roi m'empêche d'éclater : mais souvenez-vous que la perte de votre vie sera peut-être la moindre chose dont je punirai quelque jour votre témérité.

La fierté du duc de Guise n'était pas accoutumée
à de telles menaces. Il ne put néanmoins y répondre,
parce que le roi, qui sortait en ce moment, les appela
tous deux : mais elles gravèrent dans son cœur un
désir de vengeance qu'il travailla toute sa vie à
satisfaire. Dès le même soir, le duc d'Anjou lui rendit
toutes sortes de mauvais offices auprès du roi. Il lui
persuada que jamais Madame ne consentirait à son
mariage que l'on proposait alors avec le roi de
Navarre, tant que l'on souffrirait que le duc de Guise
l'approchât; et qu'il était honteux de souffrir que ce
duc, pour satisfaire à sa vanité, apportât de l'obstacle
à une chose qui devait donner la paix à la France.
Le roi avait déjà assez d'aigreur contre le duc de
Guise et ce discours l'augmenta si fort que le lendemain le roi, voyant ce duc qui se présentait pour
entrer au bal chez la reine, paré d'un nombre infini de
pierreries, mais plus paré encore de sa bonne mine,
il se mit à l'entrée de la porte et lui demanda brusquement où il allait. Le duc, sans s'étonner, lui dit
qu'il venait pour lui rendre ses très humbles services :
à quoi le roi répliqua qu'il n'avait pas besoin de ceux
qu'il lui rendait et se tourna sans le regarder. Le duc
de Guise ne laissa pas d'entrer dans la salle, outré
dans le cœur et contre le roi et contre le duc d'Anjou.
Mais sa douleur augmenta sa fierté naturelle et, par
une manière de dépit, il s'approcha beaucoup plus
de Madame qu'il n'avait accoutumé : joint que ce
que lui avait dit le duc d'Anjou de la princesse de
Montpensier l'empêchait de jeter les yeux sur elle.
Le duc d'Anjou les observait soigneusement l'un et
l'autre et, les yeux de cette princesse laissant voir
malgré elle quelque chagrin lorsque le duc de Guise
parlait à Madame, le duc d'Anjou, qui avait compris
par ce qu'elle lui avait dit en le prenant pour ce duc,

qu'elle en avait de la jalousie, espéra de les brouiller
et, se mettant auprès d'elle :

— C'est pour votre intérêt plutôt que pour le mien,
Madame, lui dit-il, que je m'en vais vous apprendre
que le duc de Guise ne mérite pas que vous l'ayez
choisi à mon préjudice. Ne m'interrompez point, je
vous prie, pour me dire le contraire d'une vérité que
je ne sais que trop. Il vous trompe, Madame, et vous
sacrifie à ma sœur, comme il vous l'a sacrifiée. C'est
un homme qui n'est capable que d'ambition. Mais,
puisqu'il a le bonheur de vous plaire, c'est assez. Je
ne m'opposerai point à une fortune que je méritais
sans doute mieux que lui; mais je m'en rendrais
indigne, si je m'opiniâtrais davantage à la conquête
d'un cœur qu'un autre possède. C'est trop de n'avoir
pu attirer que votre indifférence. Je ne veux pas y
faire succéder la haine, en vous importunant plus
longtemps de la plus fidèle passion qui fut jamais.

Le duc d'Anjou, qui était effectivement touché
d'amour et de douleur, put à peine achever ces paroles
et, quoiqu'il eût commencé son discours dans un
esprit de dépit et de vengeance, il s'attendrit en consi-
dérant la beauté de la princesse et la perte qu'il faisait en perdant l'espérance d'en être aimé. De sorte
que, sans attendre sa réponse, il sortit du bal, feignant
de se trouver mal, et s'en alla chez lui rêver à son
malheur. La princesse de Montpensier demeura affligée et troublée, comme on se le peut imaginer. Voir
sa réputation et le secret de sa vie entre les mains
d'un prince qu'elle avait maltraité et apprendre par
lui, sans pouvoir en douter, qu'elle était trompée par
son amant, étaient des choses peu capables de lui
laisser la liberté d'esprit que demandait un lieu des-
tiné à la joie. Il fallut pourtant y demeurer et aller
souper ensuite chez la duchesse de Montpensier sa
belle-mère, qui la mena avec elle. Le duc de Guise,

qui mourait d'impatience de lui conter ce que lui
avait dit le duc d'Anjou le jour précédent, la suivit
chez sa sœur. Mais quel fut son étonnement lorsque,
voulant parler à cette belle princesse, il trouva qu'elle
n'ouvrait la bouche que pour lui faire des reproches
épouvantables, que le dépit lui faisait faire si confusément qu'il n'y pouvait rien comprendre, sinon qu'elle
l'accusait d'infidélité et de trahison. Désespéré de
trouver une si grande augmentation de douleur où il
avait espéré se consoler de toutes les siennes et aimant
cette princesse avec une passion qui ne pouvait plus
le laisser vivre dans l'incertitude d'en être aimé, il se
détermina tout d'un coup.

— Vous serez satisfaite, Madame, lui dit-il. Je
m'en vais faire pour vous ce que toute la puissance
royale n'aurait pu obtenir de moi. Il m'en coûtera
ma fortune : mais c'est peu de chose pour vous
satisfaire.

Sans demeurer davantage chez la duchesse sa sœur,
il s'en alla trouver à l'heure même les cardinaux ses
oncles et, sur le prétexte du mauvais traitement qu'il
avait reçu du roi, il leur fit voir une si grande nécessité pour sa fortune à ôter la pensée qu'on avait qu'il
prétendait à épouser Madame, qu'il les obligea à
conclure son mariage avec la princesse de Porcien
dont on avait déjà parlé, ce qui fut conclu et publié
dès le lendemain. Tout le monde fut surpris, et la
princesse de Montpensier en fut touchée de joie et de
douleur. Elle fut bien aise de voir par là le pouvoir
qu'elle avait sur le duc de Guise : et elle fut fâchée en
même temps de lui avoir fait abandonner une chose
aussi avantageuse que le mariage de Madame. Le duc
de Guise, qui voulait au moins que l'amour le récom-
pensât de ce qu'il perdait du côté de la fortune, pressa
la princesse de lui donner une audience particulière,
pour s'éclaircir des reproches injustes qu'elle lui avait

faits. Il obtint qu'elle se trouverait chez la duchesse
de Montpensier sa sœur à une heure que la duchesse
n'y serait pas et qu'il s'y rencontrerait : cela fut accordé. Comme il avait été résolu, le duc de Guise eut
la joie de se pouvoir jeter à ses pieds, de lui parler en
liberté de sa passion et de lui dire ce qu'il avait souffert de ses soupçons. La princesse ne pouvait s'ôter
de l'esprit ce que lui avait dit le duc d'Anjou, quoique
le procédé du duc de Guise la dût absolument rassurer. Elle lui apprit le juste objet qu'elle avait de
croire qu'il l'avait trahie, puisque le duc d'Anjou
savait ce qu'il ne pouvait avoir appris que de lui.
Le duc de Guise ne savait par où se défendre et était
aussi embarrassé que la princesse de Montpensier à
deviner ce qui avait pu découvrir leur intelligence.
Enfin, dans la suite de leur conversation, cette princesse lui faisant voir qu'il avait eu tort de précipiter
son mariage avec la princesse de Porcien et d'abandonner celui de Madame qui lui était si avantageux,
elle lui dit qu'il pouvait bien juger qu'elle n'en eût eu
aucune jalousie, puisque le jour du ballet elle-même
l'avait conjuré de n'avoir des yeux que pour Madame.
Le duc de Guise lui dit qu'elle avait eu l'intention de
lui faire ce commandement, mais que sa bouche ne
l'avait pas exécuté. La princesse lui soutint le
contraire. Enfin, à force de disputer et d'approfondir,
ils trouvèrent qu'il fallait qu'elle se fût trompée dans
la ressemblance des habits et qu'elle-même eût appris
au duc d'Anjou ce qu'elle accusait le duc de Guise de
lui avoir dit. Le duc de Guise, qui était presque justifié dans son esprit par son mariage, le fut entièrement par cette conversation. Cette belle princesse ne
put refuser son cœur à un homme qui l'avait possédé
autrefois et qui venait de tout abandonner pour elle.
Elle consentit donc à recevoir ses vœux et lui permit
de croire qu'elle n'était pas insensible à sa passion.

L'arrivée de la duchesse de Montpensier sa belle-
mère, finit cette conversation et empêcha le duc de
Guise de lui faire voir les transports de sa joie. Peu
après, la cour s'en alla à Blois, où la princesse de
Montpensier la suivit; le mariage de Madame avec le
roi de Navarre y fut conclu et le duc de Guise, ne
connaissant plus de grandeur ni de bonne fortune que
celle d'être aimé de la princesse, vit avec joie la
conclusion de ce mariage qui l'aurait comblé de douleur dans un autre temps. Il ne pouvait si bien cacher
son amour que la jalousie du prince de Montpensier
n'y entrevît quelque chose et, n'étant plus maître de
son inquiétude, il ordonna à la princesse, sa femme,
de s'en aller à Champigny pour se guérir de ses soupçons. Ce commandement lui fut bien rude, mais il
fallut l'exécuter. Elle trouva moyen de dire adieu en
particulier au duc de Guise : mais elle se trouva bien
embarrassée à lui donner des moyens sûrs pour lui
écrire. Enfin, après avoir bien cherché, elle jeta les
yeux sur le comte de Chabanes, qu'elle comptait
toujours pour son ami, sans considérer qu'il était son
amant. Le duc de Guise, qui savait à quel point ce
comte était ami du prince de Montpensier, fut épou-
vanté qu'elle le choisît pour son confident : mais elle
lui répondit si bien de sa fidélité qu'elle le rassura;
et ce duc se sépara d'elle avec toute la douleur que
peut causer l'absence d'une personne que l'on aime
passionnément. Le comte de Chabanes, qui avait toujours été malade chez lui pendant le séjour de la princesse de Montpensier à la cour, sachant qu'elle s'en
allait à Champigny, la vint trouver sur le chemin pour
s'y en aller avec elle. Il fut d'abord charmé de la joie
que lui témoigna cette princesse de le voir et plus
encore de l'impatience qu'elle avait de le pouvoir
entretenir. Mais quel fut son étonnement et sa douleur, quand il trouva que cette impatience n'allait

qu'à lui conter qu'elle était passionnément aimée du
duc de Guise et qu'elle ne l'aimait pas moins! Sa
douleur ne lui permit pas de répondre. Mais cette
princesse, qui était pleine de sa passion et qui trouvait
un soulagement extrême à lui en parler, ne prit pas
garde à son silence et se mit à lui conter jusques aux
plus petites circonstances de son aventure et lui dit
comme le duc de Guise et elle étaient convenus de
recevoir leurs lettres par son moyen. Ce fut le dernier
coup pour le comte de Chabanes, de voir que sa maîtresse voulait qu'il servît son rival et qu'elle lui en
faisait la proposition comme d'une chose naturelle
sans envisager le supplice où elle l'exposait. Il était si
absolument maître de lui-même qu'il lui cacha tous
ses sentiments et lui témoigna seulement la surprise
où il était de voir en elle un si grand changement. Il
espéra d'abord que ce changement qui lui ôtait toute
espérance lui ôterait infailliblement son amour : mais
il trouva cette princesse si belle et sa grâce naturelle
si augmentée par celle que lui avait donnée l'air de la
cour, qu'il sentit qu'il l'aimait plus que jamais. Toutes
les confidences qu'elle lui faisait sur la tendresse et
sur la délicatesse de ses sentiments pour le duc de
Guise lui faisaient voir le prix du cœur de cette princesse et lui donnaient un violent désir de le posséder.
Comme sa passion était la plus extraordinaire du
monde, elle produisit aussi l'effet du monde le plus
extraordinaire : car elle le fit résoudre de porter à sa
maîtresse les lettres de son rival. L'absence du duc de
Guise donnait un chagrin mortel à la princesse de
Montpensier et, n'espérant de soulagement que par
ses lettres, elle tourmentait incessamment le comte
de Chabanes pour savoir s'il n'en recevait point et se
prenait quasi à lui de n'en avoir pas assez tôt. Enfin
il en reçut par un gentilhomme exprès et il les lui
apporta à l'heure même, pour ne lui retarder pas sa

joie d'un moment. La joie qu'elle eut de les recevoir
fut extrême. Elle ne prit pas le soin de la lui cacher
et lui fit avaler à longs traits tout le poison imaginable,
en lui lisant ces lettres et la réponse tendre et galante
qu'elle y faisait. Il porta cette réponse au gentilhomme avec autant de fidélité qu'il avait fait la lettre,
mais encore avec plus de douleur. Il se consola pourtant un peu dans la pensée que cette princesse ferait
quelque réflexion sur ce qu'il faisait pour elle et
qu'elle lui en témoignerait de la reconnaissance; mais,
la trouvant tous les jours plus rude pour lui par le
chagrin qu'elle avait d'ailleurs, il prit la liberté de la
supplier de penser un peu à ce qu'elle lui faisait souffrir. La princesse, qui n'avait dans la tête que le duc
de Guise et qui ne trouvait que lui digne de l'adorer,
trouva si mauvais qu'un autre mortel osât encore
penser à elle qu'elle maltraita bien plus le comte de
Chabanes qu'elle n'avait fait la première fois qu'il lui
avait parlé de son amour. Ce comte, dont la passion
et la patience étaient aux dernières épreuves, sortit
en même temps d'auprès d'elle et de Champigny et
s'en alla chez un de ses amis dans le voisinage, d'où
il lui écrivit avec toute la rage que pouvait causer son
procédé, mais néanmoins avec tout le respect qui
était dû à sa qualité : et par sa lettre, il lui disait un
éternel adieu. La princesse commença à se repentir
d'avoir si peu ménagé un homme sur qui elle avait
tant de pouvoir et ne pouvant se résoudre à le perdre,
à cause de l'amitié qu'elle avait pour lui et par l'intérêt de son amour pour le duc de Guise, où il lui était
nécessaire, elle lui manda qu'elle voulait absolument
lui parler encore une fois et puis qu'elle le laisserait
libre de faire ce qu'il voudrait. L'on est bien faible
quand on est amoureux. Le comte revint et, en une
heure, la beauté de la princesse de Montpensier, son
esprit et quelques paroles obligeantes le rendirent plus

soumis qu'il n'avait jamais été : et il lui donna même
des lettres du duc de Guise, qu'il venait de recevoir.
Pendant ce temps, l'envie qu'on eut à la cour d'y
faire venir les chefs du parti huguenot, pour cet horrible dessein qu'on exécuta le jour de saint Barthé-
lemy, fit que le roi, pour les mieux tromper, éloigna
de lui tous les princes de la maison de Bourbon et tous
ceux de la maison de Guise. Le prince de Montpensier
s'en retourna à Champigny, pour achever d'accabler
la princesse, sa femme, par sa présence et tous les
princes de Guise s'en allèrent à la campagne chez le
cardinal de Lorraine leur oncle. L'amour et l'oisiveté
mirent dans l'esprit du duc de Guise un si violent
désir de voir la princesse de Montpensier que, sans
considérer ce qu'il hasardait pour elle et pour lui, il
feignit un voyage et, laissant tout son train dans une
petite ville, il prit avec lui ce seul gentilhomme qui
avait déjà fait plusieurs voyages à Champigny et s'y
en alla en poste. Comme il n'avait point d'autre
adresse que celle du comte de Chabanes, il lui fit
écrire un billet par ce même gentilhomme, qui le
priait de le venir trouver en un lieu qu'il lui marquait.
Le comte de Chabanes, croyant seulement que c'était
pour recevoir des lettres du duc de Guise, alla trouver
le gentilhomme : mais il fut étrangement surpris
quand il vit le duc de Guise et n'en fut pas moins
affligé. Ce duc, occupé de son dessein, ne prit non plus
garde à l'embarras du comte que la princesse de
Montpensier avait fait à son silence, lorsqu'elle lui
avait conté son amour, et il se mit à lui exagérer sa
passion et à lui faire comprendre qu'il mourrait
infailliblement s'il ne lui faisait obtenir de la princesse
la permission de la voir. Le comte de Chabanes lui
répondit seulement qu'il dirait à cette princesse tout
ce qu'il souhaitait, et qu'il viendrait lui en rendre
réponse. Le comte de Chabanes reprit le chemin de

Champigny, combattu de ses propres sentiments avec
une violence qui lui ôtait quelquefois toute sorte de
connaissance. Souvent il résolvait de renvoyer le duc
de Guise sans le dire à la princesse de Montpensier :
mais la fidélité exacte qu'il lui avait promise changeait aussitôt sa résolution. Il arriva à Champigny
sans savoir ce qu'il devait faire et, apprenant que le
prince de Montpensier était à la chasse, il alla droit
à l'appartement de la princesse qui, le voyant avec
toutes les marques d'une violente agitation, fit retirer
aussitôt ses femmes pour savoir le sujet de ce trouble.
Il lui dit, en se modérant le plus qu'il lui fut possible,
que le duc de Guise était à une lieue de Champigny
qui demandait à la voir. La princesse fit un grand cri
à cette nouvelle et son embarras ne fut guère moindre
que celui du comte. Son amour lui présenta d'abord
la joie qu'elle aurait de voir un homme qu'elle aimait
si tendrement. Mais, quand elle pensa combien cette
action était contraire à sa vertu et qu'elle ne pouvait
voir son amant qu'en le faisant entrer la nuit chez
elle à l'insu de son mari, elle se trouva dans une extrémité épouvantable. Le comte de Chabanes attendait
sa réponse comme une chose qui allait décider de sa
vie ou de sa mort; mais, jugeant de son incertitude
par son silence, il prit la parole pour lui représenter
tous les périls où elle s'exposerait par cette entrevue.
Et voulant lui faire voir qu'il ne lui tenait pas ce discours pour ses intérêts, il lui dit :

— Si, après tout ce que je viens de vous représenter, Madame, votre passion est la plus forte et
que vous vouliez voir le duc de Guise, que ma considération ne vous en empêche point, si celle de votre
intérêt ne le fait pas. Je ne veux point priver de sa
satisfaction une personne que j'adore ou être cause
qu'elle cherche des personnes moins fidèles que moi
pour se la procurer. Oui, Madame, si vous voulez,

j'irai quérir le duc de Guise dès ce soir, car il est trop périlleux de le laisser plus longtemps où il est, et je l'amènerai dans votre appartement.

— Mais par où et comment? interrompit la princesse.

— Ah! Madame, s'écria le comte, c'en est fait, puisque vous ne délibérez plus que sur les moyens. Il viendra, Madame, ce bienheureux. Je l'amènerai par le parc; donnez ordre seulement à celle de vos femmes à qui vous vous fiez qu'elle baisse le petit pont-levis qui donne de votre antichambre dans le parterre précisément à minuit, et ne vous inquiétez pas du reste.

En achevant ces paroles, le comte de Chabanes se leva et, sans attendre d'autre consentement de la princesse de Montpensier, il remonta à cheval et vint trouver le duc de Guise qui l'attendait avec une violente impatience. La princesse de Montpensier demeura si troublée qu'elle fut quelque temps sans revenir à elle. Son premier mouvement fut de faire rappeler le comte de Chabanes pour lui défendre d'amener le duc de Guise : mais elle n'en eut pas la force et elle pensa que, sans le rappeler, elle n'avait qu'à ne point faire abaisser le pont. Elle crut qu'elle continuerait dans cette résolution, mais quand onze heures approchèrent, elle ne put résister à l'envie de voir un amant qu'elle croyait si digne d'elle et instruisit une de ses femmes de tout ce qu'il fallait faire pour introduire le duc de Guise dans son appartement. Cependant ce duc et le comte de Chabanes approchaient de Champigny dans un état bien différent. Le duc abandonnait son âme à la joie et à tout ce que l'espérance inspire de plus agréable : et le comte s'abandonnait à un désespoir et à une rage qui le poussa mille fois à donner de son épée au travers du corps de son rival. Enfin ils arrivèrent au

parc de Champigny et laissèrent leurs chevaux à
l'écuyer du duc de Guise et, passant par des brèches
qui étaient aux murailles, ils vinrent dans le parterre.
Le comte de Chabanes, au milieu de son désespoir,
avait conservé quelque rayon d'espérance que la
raison serait revenue à la princesse de Montpensier
et qu'elle se serait résolue de ne point voir le duc de
Guise. Quand il vit ce petit pont abaissé, ce fut alors
qu'il ne put douter de rien, et ce fut aussi alors qu'il
fut tout prêt à se porter aux dernières extrémités.
Mais, venant à penser que, s'il faisait du bruit, il
serait ouï apparemment du prince de Montpensier,
dont l'appartement donnait sur le même parterre
et que tout ce désordre tomberait ensuite sur la
princesse de Montpensier, sa rage se calma à l'heure
même et il acheva de conduire le duc de Guise aux
pieds de sa princesse. Il ne put se résoudre à être
témoin de leur conversation, quoique la princesse lui
témoignât le souhaiter et qu'il l'eût bien souhaité
lui-même. Il se retira dans un petit passage qui
répondait du côté de l'appartement du prince de
Montpensier, ayant dans l'esprit les plus tristes pensées qui aient jamais occupé l'esprit d'un amant.
Cependant quelque peu de bruit qu'ils eussent fait
en passant sur le pont, le prince de Montpensier, qui
par malheur était éveillé dans ce moment, l'entendit
et fit lever un de ses valets de chambre pour voir ce
que c'était. Le valet de chambre mit la tête à la
fenêtre et, au travers de l'obscurité de la nuit, il
aperçut que le pont était abaissé et en avertit son
maître, qui lui commanda en même temps d'aller
dans le parc voir ce que ce pouvait être. Un moment
après, il se leva lui-même, étant inquiété de ce qu'il
lui semblait avoir ouï marcher et s'en vint droit à
l'appartement de la princesse sa femme, où il savait
que le pont venait répondre. Dans le moment qu'il

approchait de ce petit passage où était le comte de
Chabanes, la princesse de Montpensier, qui avait
quelque honte de se trouver seule avec le duc de Guise,
pria plusieurs fois le comte d'entrer dans sa chambre.
Il s'en excusa toujours et, comme elle l'en pressait
davantage, possédé de rage et de fureur, il lui répondit
si haut qu'il fut ouï du prince de Montpensier, mais si
confusément qu'il entendit seulement la voix d'un
homme sans distinguer celle du comte. Une pareille
aventure eût donné de l'emportement à un esprit
plus tranquille et moins jaloux. Aussi mit-elle d'abord
l'excès de la rage et de la fureur dans celui du prince,
qui heurta aussitôt à la porte avec impétuosité; et,
criant pour se faire ouvrir, il donna la plus cruelle
surprise qui ait jamais été à la princesse, au duc
de Guise et au comte de Chabanes. Le dernier, entendant la voix du prince, vit d'abord qu'il était impossible de lui cacher qu'il n'y eût quelqu'un dans la
chambre de la princesse sa femme : et, la grandeur
de sa passion lui montrant en un moment que, si le
duc de Guise y était trouvé, Mme de Montpensier
aurait la douleur de le voir tuer à ses yeux et que la
vie même de cette princesse ne serait pas en sûreté,
il se résolut, par une générosité sans exemple, de
s'exposer pour sauver une maîtresse ingrate et un
rival aimé; et, pendant que le prince de Montpensier
donnait mille coups à la porte, il vint au duc de Guise,
qui ne savait quelle résolution prendre, et le mit entre
les mains de cette femme de Mme de Montpensier qui
l'avait fait entrer, pour le faire ressortir par le même
pont, pendant qu'il s'exposerait à la fureur du prince.
A peine le duc était-il sorti par l'antichambre, que le
prince, ayant enfoncé la porte du passage, entra
comme un homme possédé de fureur, et qui cherchait
des yeux sur qui la faire éclater. Mais, quand il ne vit
que le comte de Chabanes et qu'il le vit appuyé sur la

table, avec un visage où la tristesse était peinte, et comme immobile, il demeura immobile lui-même, et la surprise de trouver dans la chambre de sa femme l'homme du monde qu'il aimait le mieux et qu'il aurait le moins cru y trouver le mit hors d'état de pouvoir parler. La princesse était à demi évanouie sur des carreaux, et jamais peut-être la fortune n'a mis trois personnes en des états si violents. Enfin le prince de Montpensier, qui ne croyait pas voir ce qu'il voyait et qui voulait éclaircir ce chaos où il venait de tomber, adressant la parole au comte, d'un ton qui faisait voir que l'amitié combattait encore pour lui :

— Que vois-je? lui dit-il. Est-ce une illusion ou une vérité? Est-il possible qu'un homme que j'ai aimé si chèrement choisisse ma femme entre toutes les femmes pour la séduire? Et vous, Madame, dit-il à la princesse en se tournant de son côté, n'était-ce point assez de m'ôter votre cœur et mon honneur, sans m'ôter le seul homme qui me pouvait consoler de ces malheurs? Répondez-moi l'un ou l'autre, leur dit-il, et éclaircissez-moi d'une aventure que je ne puis croire telle qu'elle me paraît.

La princesse n'était pas capable de répondre et le comte de Chabanes ouvrit plusieurs fois la bouche sans pouvoir parler.

— Je suis criminel à votre égard, lui dit-il enfin, et indigne de l'amitié que vous avez eue pour moi : mais ce n'est pas de la manière que vous pouvez vous l'imaginer. Je suis plus malheureux que vous, s'il se peut, et plus désespéré. Je ne saurais vous en dire davantage. Ma mort vous vengera; et, si vous voulez me la donner tout à l'heure, vous me donnerez la seule chose qui peut m'être agréable.

Ces paroles, prononcées avec une douleur mortelle et avec un air qui marquait son innocence, au lieu d'éclaircir le prince de Montpensier, lui persuadaient encore plus qu'il y avait quelque mystère dans cette aventure qu'il ne pouvait démêler; et, son désespoir s'augmentant par cette incertitude :

— Otez-moi la vie vous-même, lui dit-il, ou tirez-moi du désespoir où vous me mettez. C'est la moindre chose que vous devez à l'amitié que j'ai eue pour vous et à la modération qu'elle me fait encore garder, puisque tout autre que moi aurait déjà vengé sur votre vie un affront dont je ne puis quasi douter.

— Les apparences sont bien fausses, interrompit le comte.

— Ah! c'est trop, répliqua le prince : il faut que je me venge, et puis je m'éclaircirai à loisir.

En disant ces paroles, il s'approcha du comte de Chabanes avec l'action d'un homme emporté de rage; et la princesse, craignant un malheur qui ne pouvait pourtant pas arriver, le prince, son mari, n'ayant point d'épée, se leva pour se mettre entre-deux. La faiblesse où elle était la fit succomber à cet effort et, en approchant de son mari, elle tomba évanouie à ses pieds. Le prince fut touché de la voir en cet état, aussi bien que de la tranquillité où le comte était demeuré lorsqu'il s'était approché de lui; et, ne pouvant plus soutenir la vue de deux personnes qui lui donnaient des mouvements si opposés, il tourna la tête de l'autre côté et se laissa tomber sur le lit de sa femme, accablé d'une douleur incroyable. Le comte de Chabanes, pénétré de repentir d'avoir abusé d'une amitié dont il recevait tant de marques et ne trouvant pas qu'il pût jamais réparer ce qu'il venait de faire, sortit brusquement de la chambre et, passant par l'appartement du prince, dont il trouva les portes ouvertes, descendit dans la cour, se fit donner des chevaux et s'en alla dans la campagne, guidé par son seul désespoir.

Cependant, le prince de Montpensier, qui voyait que
la princesse ne revenait point de son évanouissement,
la laissa entre les mains de ses femmes et se retira
dans sa chambre avec une douleur mortelle. Le
duc de Guise, qui était sorti heureusement du parc,
sans savoir quasi ce qu'il faisait, tant il était troublé,
s'éloigna de Champigny de quelques lieues : mais il
ne put s'éloigner davantage sans savoir des nouvelles
de la princesse. Il s'arrêta dans une forêt et envoya
son écuyer pour apprendre du comte de Chabanes ce
qui était arrivé de cette terrible aventure. L'écuyer
ne trouva point le comte de Chabanes et il sut seulement qu'on disait que la princesse était extrêmement malade. L'inquiétude du duc de Guise ne fut
qu'augmentée par ce qu'il apprit de son écuyer;
mais, sans la pouvoir soulager, il fut contraint de
s'en retourner trouver ses oncles pour ne pas donner
de soupçon par un plus long voyage. L'écuyer du
duc de Guise lui avait rapporté la vérité, en lui disant
que Mme de Montpensier était extrêmement malade,
car il était vrai que sitôt que ses femmes l'eurent mise
dans son lit, la fièvre lui prit si violente et avec des
rêveries si horribles que, dès le second jour, l'on
craignit pour sa vie. Le prince, son mari, feignit
d'être malade pour empêcher qu'on ne s'étonnât de
ce qu'il n'entrait pas dans sa chambre. L'ordre qu'il
reçut de s'en retourner à la cour, où l'on rappelait
tous les princes catholiques pour exterminer les
Huguenots, le tira de l'embarras où il était. Il s'en
alla à Paris, ne sachant ce qu'il avait à souhaiter ou
à craindre du mal de la princesse sa femme. Il n'y fut
pas sitôt arrivé qu'on commença d'attaquer les
Huguenots en la personne d'un de leurs chefs, l'amiral
de Châtillon : et, deux jours après, l'on en fit cet
horrible massacre, si renommé par toute l'Europe.
Le pauvre comte de Chabanes, qui s'était venu

cacher dans l'extrémité de l'un des faubourgs de
Paris pour s'abandonner entièrement à sa douleur,
fut enveloppé dans la ruine des Huguenots. Les
personnes chez qui il s'était retiré l'ayant reconnu
et s'étant souvenues qu'on l'avait soupçonné d'être
de ce parti, le massacrèrent cette même nuit qui fut
si funeste à tant de gens. Le matin, le prince de
Montpensier, allant donner quelques ordres hors de
la ville, passa dans la même rue où était le corps
de Chabanes. Il fut d'abord saisi d'étonnement à ce
pitoyable spectacle : ensuite, son amitié se réveillant
lui donna de la douleur; mais enfin le souvenir de
l'offense qu'il croyait avoir reçue lui donna de la
joie : et il fut bien aise de se voir vengé par les mains
de la fortune. Le duc de Guise, occupé du désir de
venger la mort de son père, et peu après rempli de
joie de l'avoir vengée, laissa peu à peu éloigner de
son âme le soin d'apprendre des nouvelles de la
princesse de Montpensier; et, trouvant la marquise
de Noirmoutier, personne de beaucoup d'esprit et de
beauté, et qui donnait plus d'espérance que cette
princesse, il s'y attacha entièrement et l'aima avec
cette passion démesurée qui lui dura jusques à la
mort. Cependant, après que la violence du mal de
Mme de Montpensier fut venue au dernier point, il
commença à diminuer. La raison lui revint; et, se
trouvant un peu soulagée par l'absence du prince
son mari, elle donna quelque espérance de sa vie. Sa
santé revenait pourtant avec grand'peine, par le
mauvais état de son esprit; et son esprit fut travaillé
de nouveau, quand elle se souvint qu'elle n'avait eu
aucune nouvelle du duc de Guise pendant toute sa
maladie. Elle s'enquit de ses femmes si elles n'avaient
vu personne, si elles n'avaient point de lettres; et, ne
trouvant rien de ce qu'elle eût souhaité, elle se trouva
la plus malheureuse du monde d'avoir tant hasardé

pour un homme qui l'abandonnait. Ce lui fut encore
un nouvel accablement d'apprendre la mort du comte
de Chabanes, qu'elle sut bientôt par les soins du prince
son mari. L'ingratitude du duc de Guise lui fit sentir
plus vivement la perte d'un homme dont elle connaissait si bien la fidélité. Tant de déplaisirs si pressants
la remirent bientôt dans un état aussi dangereux que
celui dont elle était sortie. Et, comme Mme de Noirmoutier était une personne qui prenait autant de
soin de faire éclater ses galanteries que les autres
en prennent de les cacher, celles de M. de Guise et
d'elle étaient si publiques que, tout éloignée et malade
qu'était la princesse de Montpensier, elle l'apprit de
tant de côtés qu'elle n'en put douter. Ce fut le coup
mortel pour sa vie. Elle ne put résister à la douleur
d'avoir perdu l'estime de son mari, le cœur de son
amant et le plus parfait ami qui fut jamais. Elle
mourut en peu de jours, dans la fleur de son âge,
une des plus belles princesses du monde et qui aurait
été la plus heureuse, si la vertu et la prudence eussent
conduit toutes ses actions.

ZAÏDE

Extrait

Histoire d'Alphonse et de Bélasire

Vous savez, Seigneur, que je m'appelle Alphonse
Ximénès et que ma maison a quelque lustre dans
l'Espagne, pour être descendue des premiers rois de
Navarre. Comme je n'ai dessein que de vous conter
l'histoire de mes derniers malheurs, je ne vous ferai
pas celle de toute ma vie; il y a néanmoins des choses
assez remarquables, mais comme, jusques au temps
dont je vous veux parler, je n'avais été malheureux
que par la faute des autres, et non pas par la mienne,
je ne vous en dirai rien et vous saurez seulement que
j'avais éprouvé tout ce que l'infidélité et l'inconstance
des femmes peuvent faire souffrir de plus douloureux.
Aussi étais-je très éloigné d'en vouloir aimer aucune.
Les attachements me paraissaient des supplices et,
quoiqu'il y eût plusieurs belles personnes dans la cour
dont je pouvais être aimé, je n'avais pour elles que les
sentiments de respect qui sont dus à leur sexe. Mon
père, qui vivait encore, souhaitait de me marier, par
cette chimère si ordinaire à tous les hommes de vouloir conserver leur nom. Je n'avais pas de répugnance
au mariage; mais la connaissance que j'avais des
femmes m'avait fait prendre la résolution de n'en
épouser jamais de belles; et, après avoir tant souffert
par la jalousie, je ne voulais pas me mettre au hasard
d'avoir tout ensemble celle d'un amant et celle d'un

mari. J'étais dans ces dispositions, lorsqu'un jour
mon père me dit que Bélasire, fille du comte de Guevarre, était arrivée à la cour; que c'était un parti
considérable, et par son bien, et par sa naissance, et
qu'il eût fort souhaité de l'avoir pour belle-fille. Je
lui répondis qu'il faisait un souhait inutile; que j'avais
déjà ouï parler de Bélasire et que je savais que personne n'avait encore pu lui plaire; que je savais aussi
qu'elle était belle et que c'était assez pour m'ôter la
pensée de l'épouser. Il me demanda si je l'avais vue;
je lui répondis que toutes les fois qu'elle était venue
à la cour je m'étais trouvé à l'armée et que je ne la
connaissais que de réputation. Voyez-la, je vous en
prie, répliqua-t-il; et, si j'étais aussi assuré que vous
lui pussiez plaire que je suis persuadé qu'elle vous
fera changer de résolution de n'épouser jamais une
belle femme, je ne douterais pas de votre mariage.
Quelques jours après, je trouvai Bélasire chez la
reine; je demandai son nom, me doutant bien que
c'était elle, et elle me demanda le mien, croyant bien
aussi que j'étais Alphonse. Nous devinâmes l'un et
l'autre ce que nous avions demandé; nous nous le
dîmes et nous parlâmes ensemble avec un air plus
libre qu'apparemment nous ne le devions avoir dans
une première conversation. Je trouvai la personne de
Bélasire très charmante et son esprit beaucoup au-
dessus de ce que j'en avais pensé. Je lui dis que
j'avais de la honte de ne la connaître pas encore; que
néanmoins je serais bien aise de ne la pas connaître
davantage; que je n'ignorais pas combien il était
inutile de songer à lui plaire et combien il était difficile de se garantir de le désirer. J'ajoutai que, quelque
difficulté qu'il y eût à toucher son cœur, je ne pourrais m'empêcher d'en former le dessein, si elle cessait
d'être belle; mais que, tant qu'elle serait comme je
la voyais, je n'y penserais de ma vie; que je la sup-

pliais même de m'assurer qu'il était impossible de se
faire aimer d'elle, de peur qu'une fausse espérance ne
me fît changer la résolution que j'avais prise de ne
m'attacher jamais à une belle femme. Cette conversation, qui avait quelque chose d'extraordinaire, plut
à Bélasire; elle parla de moi assez favorablement et je
parlai d'elle comme d'une personne en qui je trouvais un mérite et un agrément au-dessus des autres
femmes. Je m'enquis, avec plus de soin que je n'avais
fait, qui étaient ceux qui s'étaient attachés à elle. On
me dit que le comte de Lare l'avait passionnément
aimée; que cette passion avait duré longtemps; qu'il
avait été tué à l'armée et qu'il s'était précipité dans
le péril après avoir perdu l'espérance de l'épouser.
On me dit aussi que plusieurs autres personnes
avaient essayé de lui plaire, mais inutilement, et que
l'on n'y pensait plus parce qu'on croyait impossible
d'y réussir. Cette impossibilité dont on me parlait
me fit imaginer quelque plaisir à la surmonter. Je
n'en fis pas néanmoins le dessein, mais je vis Bélasire
le plus souvent qu'il me fut possible, et comme la cour
de Navarre n'est pas si austère que celle de Léon, je
trouvais aisément les occasions de la voir. Il n'y avait
pourtant rien de sérieux entre elle et moi; je lui parlais en riant de l'éloignement où nous étions l'un pour
l'autre et de la joie que j'aurais qu'elle changeât de
visage et de sentiments. Il me parut que ma conversation ne lui déplaisait pas et que mon esprit lui plaisait, parce qu'elle trouvait que je connaissais tout le
sien. Comme elle avait même pour moi une confiance
qui me donnait une entière liberté de lui parler, je la
priai de me dire les raisons qu'elle avait eues de
refuser si opiniâtrement ceux qui s'étaient attachés à
lui plaire. Je vais vous répondre sincèrement, me
dit-elle. Je suis née avec aversion pour le mariage; les
liens m'en ont toujours paru très rudes et j'ai cru

qu'il n'y avait qu'une passion qui pût assez aveugler pour faire passer par-dessus toutes les raisons qui s'opposent à cet engagement. Vous ne voulez pas vous marier par amour, ajouta-t-elle, et moi je ne comprends pas qu'on puisse se marier sans amour et sans une amour violente; et, bien loin d'avoir eu de la passion, je n'ai même jamais eu d'inclination pour personne : ainsi, Alphonse, si je ne me suis point mariée, c'est parce que je n'ai rien aimé. Quoi! Madame, lui répondis-je, personne ne vous a plu? votre cœur n'a jamais reçu d'impression? Il n'a jamais été troublé au nom et à la vue de ceux qui vous adoraient? Non, me dit-elle, je ne connais aucun des sentiments de l'amour. Quoi! pas même la jalousie? lui dis-je. Non, pas même la jalousie, me répliqua-t-elle. Ah! si cela est, Madame, lui répondis-je, je suis persuadé que vous n'avez jamais eu d'inclination pour personne. Il est vrai, reprit-elle, personne ne m'a jamais plu et je n'ai pas même trouvé d'esprit qui me fût agréable et qui eût du rapport avec le mien. Je ne sais quel effet me firent les paroles de Bélasire; je ne sais si j'en étais déjà amoureux sans le savoir; mais l'idée d'un cœur fait comme le sien, qui n'eût jamais reçu d'impression, me parut une chose si admirable et si nouvelle que je fus frappé dans ce moment du désir de lui plaire et d'avoir la gloire de toucher ce cœur que tout le monde croyait insensible. Je ne fus plus cet homme qui avait commencé à parler sans dessein; je repassai dans mon esprit tout ce qu'elle me venait de dire. Je crus que, lorsqu'elle m'avait dit qu'elle n'avait trouvé personne qui lui eût plu, j'avais vu dans ses yeux qu'elle m'en avait excepté; enfin j'eus assez d'espérance pour achever de me donner de l'amour et, dès ce moment, je devins plus amoureux de Bélasire que je ne l'avais jamais été d'aucune autre. Je ne vous redirai point comme j'osai lui déclarer que

je l'aimais : j'avais commencé à lui parler par une
espèce de raillerie, il était difficile de lui parler sérieusement; mais aussi cette raillerie me donna bientôt
lieu de lui dire des choses que je n'aurais osé lui dire
de longtemps. Ainsi j'aimais Bélasire et je fus assez
heureux pour toucher son inclination; mais je ne le
fus pas assez pour lui persuader mon amour. Elle
avait une défiance naturelle de tous les hommes;
quoiqu'elle m'estimât beaucoup plus que tous ceux
qu'elle avait vus, et par conséquent plus que je ne
méritais, elle n'ajoutait pas de foi à mes paroles. Elle
eut néanmoins un procédé avec moi tout différent de
celui des autres femmes et j'y trouvai quelque chose
de si noble et de si sincère que j'en fus surpris. Elle ne
demeura pas longtemps sans m'avouer l'inclination
qu'elle avait pour moi; elle m'apprit ensuite le progrès que je faisais dans son cœur; mais, comme elle
ne me cachait point ce qui m'était avantageux, elle
m'apprenait aussi ce qui ne m'était pas favorable.
Elle me dit qu'elle ne croyait pas que je l'aimasse
véritablement et que tant qu'elle ne serait pas mieux
persuadée de mon amour elle ne consentirait jamais
à m'épouser. Je ne vous saurais exprimer la joie que
je trouvais à toucher ce cœur qui n'avait jamais été
touché et à voir l'embarras et le trouble qu'y apportait une passion qui lui était inconnue. Quel charme
c'était pour moi de connaître l'étonnement qu'avait
Bélasire de n'être plus maîtresse d'elle-même et de se
trouver des sentiments sur quoi elle n'avait point
de pouvoir! Je goûtai des délices, dans ces commencements, que je n'avais pas imaginées; et, qui n'a
point senti le plaisir de donner une violente passion
à une personne qui n'en a jamais eu, même de
médiocre, peut dire qu'il ignore les véritables plaisirs
de l'amour. Si j'eus de sensibles joies par la connaissance de l'inclination que Bélasire avait pour moi,

j'eus aussi de cruels chagrins par le doute où elle
était de ma passion et par l'impossibilité qui me
paraissait à l'en persuader. Lorsque cette pensée me
donnait de l'inquiétude, je rappelais les sentiments
que j'avais eus sur le mariage; je trouvais que j'allais
tomber dans les malheurs que j'avais tant appréhen-
dés; je pensais que j'aurais la douleur de ne pouvoir
assurer Bélasire de l'amour que j'avais pour elle ou
que, si je l'en assurais et qu'elle m'aimât véritablement, je serais exposé au malheur de cesser d'être
aimé. Je me disais que le mariage diminuerait l'attachement qu'elle avait pour moi; qu'elle ne m'aimerait plus que par devoir; qu'elle en aimerait peut-être
quelque autre; enfin je me représentais tellement
l'horreur d'en être jaloux que, quelque estime et
quelque passion que j'eusse pour elle, je me résolvais
quasi d'abandonner l'entreprise que j'avais faite; et
je préférais le malheur de vivre sans Bélasire à celui
de vivre avec elle sans en être aimé. Bélasire avait à
peu près des incertitudes pareilles aux miennes; elle
ne me cachait point ses sentiments non plus que je
ne lui cachais pas les miens. Nous parlions des raisons
que nous avions de ne nous point engager; nous réso-
lûmes plusieurs fois de rompre notre attachement;
nous nous dîmes adieu dans la pensée d'exécuter nos
résolutions; mais nos adieux étaient si tendres et
notre inclination si forte qu'aussitôt que nous nous
étions quittés nous ne pensions plus qu'à nous revoir.
Enfin, après bien des irrésolutions de part et d'autre,
je surmontai les doutes de Bélasire; elle rassura tous
les miens; elle me promit qu'elle consentirait à notre
mariage sitôt que ceux dont nous dépendions auraient
réglé ce qui était nécessaire pour l'achever. Son père
fut obligé de partir devant que de le pouvoir conclure;
le roi l'envoya sur la frontière signer un traité avec
les Maures et nous fûmes contraints d'attendre son

retour. J'étais cependant le plus heureux homme du monde; je n'étais occupé que de l'amour que j'avais pour Bélasire; j'en étais passionnément aimé; je l'estimais plus que toutes les femmes du monde et je me croyais sur le point de la posséder.

Je la voyais avec toute la liberté que devait avoir un homme qui l'allait bientôt épouser. Un jour, mon malheur fit que je la priai de me dire tout ce que ses amants avaient fait pour elle. Je prenais plaisir à voir la différence du procédé qu'elle avait eu avec eux d'avec celui qu'elle avait avec moi. Elle me nomma tous ceux qui l'avaient aimée; elle me conta tout ce qu'ils avaient fait pour lui plaire; elle me dit que ceux qui avaient eu plus de persévérance étaient ceux dont elle avait eu plus d'éloignement et que le comte de Lare, qui l'avait aimée jusques à sa mort, ne lui avait jamais plu. Je ne sais pourquoi, après ce qu'elle me disait, j'eus plus de curiosité pour ce qui regardait le comte de Lare que pour les autres. Cette longue persévérance me frappa l'esprit : je la priai de me redire encore tout ce qui s'était passé entre eux; elle le fit et, quoiqu'elle ne me dît rien qui me dût déplaire, je fus touché d'une espèce de jalousie. Je trouvai que, si elle ne lui avait témoigné de l'inclination, qu'au moins lui avait-elle témoigné beaucoup d'estime. Le soupçon m'entra dans l'esprit qu'elle ne me disait pas tous les sentiments qu'elle avait eus pour lui. Je ne voulus point lui témoigner ce que je pensais; je me retirai chez moi plus chagrin que de coutume; je dormis peu et je n'eus point de repos que je ne la visse le lendemain et que je ne lui fisse encore raconter tout ce qu'elle m'avait dit le jour précédent. Il était impossible qu'elle m'eût conté d'abord toutes les circonstances d'une passion qui avait duré plusieurs années; elle me dit des choses qu'elle ne m'avait point encore dites; je crus qu'elle avait eu dessein de me les cacher.

Je lui fis mille questions et je lui demandai à genoux
de me répondre avec sincérité. Mais quand ce qu'elle
me répondait était comme je le pouvais désirer, je
croyais qu'elle ne me parlait ainsi que pour me plaire;
si elle me disait des choses un peu avantageuses pour
le comte de Lare, je croyais qu'elle m'en cachait bien
davantage; enfin la jalousie, avec toutes les horreurs
dont on la représente, se saisit de mon esprit.

Je ne lui donnais plus de repos; je ne pouvais plus
lui témoigner ni passion ni tendresse : j'étais incapable de lui parler que du comte de Lare; j'étais
pourtant au désespoir de l'en faire souvenir et de
remettre dans sa mémoire tout ce qu'il avait fait
pour elle. Je résolvais de ne lui en plus parler, mais je
trouvais toujours que j'avais oublié de me faire expliquer quelque circonstance et, sitôt que j'avais commencé ce discours, c'était pour moi un labyrinthe;
je n'en sortais plus et j'étais également désespéré de
lui parler du comte de Lare ou de ne lui en parler pas.

Je passais les nuits entières sans dormir; Bélasire
ne me paraissait plus la même personne. Quoi!
disais-je, c'est ce qui a fait le charme de ma passion
que de croire que Bélasire n'a jamais rien aimé, et
qu'elle n'a jamais eu d'inclination pour personne;
cependant, par tout ce qu'elle me dit elle-même, il
faut qu'elle n'ait pas eu d'aversion pour le comte de
Lare. Elle lui a témoigné trop d'estime et elle l'a traité
avec trop de civilité : si elle ne l'avait point aimé,
elle l'aurait haï par la longue persécution qu'il lui a
faite et qu'il lui a fait faire par ses parents. Non,
disais-je, Bélasire, vous m'avez trompé, vous n'étiez
point telle que je vous ai crue; c'était comme une
personne qui n'avait jamais rien aimé que je vous ai
adorée; c'était le fondement de ma passion; je ne le
trouve plus; il est juste que je reprenne tout l'amour
que j'ai eu pour vous. Mais, si elle me dit vrai, repre-

nais-je, quelle injustice ne lui fais-je point! et quel
mal ne me fais-je point à moi-même de m'ôter tout
le plaisir que je trouvais à être aimé d'elle!

Dans ces sentiments, je prenais la résolution de
parler encore une fois à Bélasire : il me semblait que
je lui dirais mieux que je n'avais fait ce qui me donnait de la peine et que je m'éclaircirais avec elle d'une
manière qui ne me laisserait plus de soupçon. Je faisais ce que j'avais résolu : je lui parlais; mais ce
n'était pas pour la dernière fois; et, le lendemain, je
reprenais le même discours avec plus de chaleur que
le jour précédent. Enfin Bélasire, qui avait eu jusques
alors une patience et une douceur admirables, qui
avait souffert tous mes soupçons et qui avait travaillé
à me les ôter, commença à se lasser de la continuation
d'une jalousie si violente et si mal fondée.

Alphonse, me dit-elle un jour, je vois bien que
le caprice que vous avez dans l'esprit va détruire
la passion que vous aviez pour moi; mais il faut
que vous sachiez aussi qu'elle détruira infailliblement celle que j'ai pour vous. Considérez, je vous
en conjure, sur quoi vous me tourmentez et sur
quoi vous vous tourmentez vous-même, sur un
homme mort, que vous ne sauriez croire que j'aie
aimé puisque je ne l'ai pas épousé : car si je l'avais
aimé, mes parents voulaient notre mariage et rien
ne s'y opposait. Il est vrai, Madame, lui répondis-je,
je suis jaloux d'un mort et c'est ce qui me déses-
père. Si le comte de Lare était vivant, je jugerais,
par la manière dont vous seriez ensemble, de celle
dont vous y auriez été; et ce que vous faites pour
moi me convaincrait que vous ne l'aimeriez pas.
J'aurais le plaisir, en vous épousant, de lui ôter
l'espérance que vous lui aviez donnée, quoi que vous
me puissiez dire; mais il est mort, et il est peut-être
mort persuadé que vous l'auriez aimé, s'il avait vécu.

Ah! Madame, je ne saurais être heureux toutes les fois que je penserai qu'un autre que moi a pu se flatter d'être aimé de vous. Mais, Alphonse, me dit-elle encore, si je l'avais aimé, pourquoi ne l'aurais-je pas épousé? Parce que vous ne l'avez pas assez aimé, Madame, lui répliquai-je, et que la répugnance que vous aviez au mariage ne pouvait être surmontée par une inclination médiocre. Je sais bien que vous m'aimez davantage que vous n'avez aimé le comte de Lare; mais, pour peu que vous l'ayez aimé, tout mon bonheur est détruit; je ne suis plus le seul homme qui vous ait plu; je ne suis plus le premier qui vous ait fait connaître l'amour; votre cœur a été touché par d'autres sentiments que ceux que je lui ai donnés. Enfin, Madame, ce n'est plus ce qui m'avait rendu le plus heureux homme du monde et vous ne me paraissez plus du même prix dont je vous ai trouvée d'abord. Mais, Alphonse, me dit-elle, comment avez-vous pu vivre en repos avec celles que vous avez aimées? Je voudrais bien savoir si vous avez trouvé en elles un cœur qui n'eût jamais senti de passion. Je ne l'y cherchais pas, Madame, lui répliquai-je, et je n'avais pas espéré de l'y trouver; je ne les avais point regardées comme des personnes incapables d'en aimer d'autres que moi; je m'étais contenté de croire qu'elles m'aimaient beaucoup plus que tout ce qu'elles avaient aimé; mais, pour vous, Madame, ce n'est pas de même : je vous ai toujours regardée comme une personne au-dessus de l'amour et qui ne l'aurait jamais connu sans moi. Je me suis trouvé heureux et glorieux tout ensemble d'avoir pu faire une conquête si extraordinaire. Par pitié, ne me laissez plus dans l'incertitude où je suis; si vous m'avez caché quelque chose sur le comte de Lare, avouez-le-moi; le mérite de l'aveu et votre sincérité me consoleront peut-être de ce que vous

m'avouerez; éclaircissez mes soupçons et ne me laissez pas vous donner un plus grand prix que je ne
dois, ou moindre que vous ne méritez. Si vous n'aviez
point perdu la raison, me dit Bélasire, vous verriez
bien que, puisque je ne vous ai pas persuadé, je ne
vous persuaderai pas; mais si je pouvais ajouter
quelque chose à ce que je vous ai déjà dit, ce serait
qu'une marque infaillible que je n'ai pas eu d'inclination pour le comte de Lare, est de vous en assurer
comme je fais. Si je l'avais aimé, il n'y aurait rien
qui pût me le faire désavouer; je croirais faire un
crime de renoncer à des sentiments que j'aurais eus
pour un homme mort qui les aurait mérités. Ainsi,
Alphonse, soyez assuré que je n'en ai point eu
qui vous puisse déplaire. Persuadez-le-moi, donc,
Madame, m'écriai-je; dites-le-moi mille fois de suite,
écrivez-le-moi; enfin redonnez-moi le plaisir de vous
aimer comme je faisais et surtout pardonnez-moi
le tourment que je vous donne. Je me fais plus de
mal qu'à vous et, si l'état où je suis se pouvait rache-
ter, je le rachèterais par la perte de ma vie.

Ces dernières paroles firent de l'impression sur
Bélasire; elle vit bien qu'en effet je n'étais pas le
maître de mes sentiments; elle me promit d'écrire
tout ce qu'elle avait pensé et tout ce qu'elle avait
fait pour le comte de Lare; et, quoique ce fussent
des choses qu'elle m'avait déjà dites mille fois,
j'eus du plaisir de m'imaginer que je les verrais
écrites de sa main. Le jour suivant elle m'envoya
ce qu'elle m'avait promis : j'y trouvai une narration fort exacte de ce que le comte de Lare avait
fait pour lui plaire et de tout ce qu'elle avait fait
pour le guérir de sa passion, avec toutes les raisons
qui pouvaient me persuader que ce qu'elle me disait
était véritable. Cette narration était faite d'une
manière qui devait me guérir de tous mes caprices,

mais elle fit un effet contraire. Je commençai par
être en colère contre moi-même d'avoir obligé Bélasire à employer tant de temps à penser au comte
de Lare. Les endroits de son récit où elle entrait
dans le détail m'étaient insupportables; je trouvais
qu'elle avait bien de la mémoire pour les actions
d'un homme qui lui avait été indifférent. Ceux qu'elle
avait passés légèrement me persuadaient qu'il y
avait des choses qu'elle ne m'avait osé dire; enfin
je fis du poison du tout et je vins voir Bélasire plus
désespéré et plus en colère que je ne l'avais jamais
été. Elle, qui savait combien j'avais sujet d'être
satisfait, fut offensée de me voir si injuste; elle me
le fit connaître avec plus de force qu'elle ne l'avait
encore fait. Je m'excusai le mieux que je pus, tout
en colère que j'étais. Je voyais bien que j'avais tort;
mais il ne dépendait pas de moi d'être raisonnable.
Je lui dis que ma grande délicatesse sur les sentiments
qu'elle avait eus pour le comte de Lare était une
marque de la passion et de l'estime que j'avais pour
elle, et que ce n'était que par le prix infini que je
donnais à son cœur que je craignais si fort qu'un
autre n'en eût touché la moindre partie; enfin je
dis tout ce que je pus m'imaginer pour rendre ma
jalousie plus excusable. Bélasire n'approuva point
mes raisons; elle me dit que de légers chagrins pouvaient être produits par ce que je lui venais de
dire, mais qu'un caprice si long ne pouvait venir
que du défaut et du dérèglement de mon humeur;
que je lui faisais peur pour la suite de sa vie et
que, si je continuais, elle serait obligée de changer
de sentiments. Ces menaces me firent trembler; je
me jetai à ses genoux, je l'assurai que je ne lui
parlerai plus de mon chagrin et je crus moi-même
en pouvoir être le maître, mais ce ne fut que pour
quelques jours. Je recommençai bientôt à la tour-

menter; je lui redemandai souvent pardon, mais
souvent aussi je lui fis voir que je croyais toujours
qu'elle avait aimé le comte de Lare et que cette
pensée me rendrait éternellement malheureux.

Il y avait déjà longtemps que j'avais fait une
amitié particulière avec un homme de qualité appelé
don Manrique. C'était un des hommes du monde
qui avaient le plus de mérite et d'agrément. La liaison qui était entre nous en avait fait une très grande
entre Bélasire et lui; leur amitié ne m'avait jamais
déplu; au contraire, j'avais pris plaisir à l'augmenter.
Il s'était aperçu plusieurs fois du chagrin que
j'avais depuis quelque temps. Quoique je n'eusse
rien de caché pour lui, la honte de mon caprice
m'avait empêché de le lui avouer. Il vint chez Bélasire
un jour que j'étais encore plus déraisonnable que je
n'avais accoutumé et qu'elle était aussi plus lasse
qu'à l'ordinaire de ma jalousie. Don Manrique connut,
à l'altération de nos visages, que nous avions quelque
démêlé. J'avais toujours prié Bélasire de ne lui point
parler de ma faiblesse; je lui fis encore la même prière
quand il entra; mais elle voulut m'en faire honte; et,
sans me donner le loisir de m'y opposer, elle dit à don
Manrique ce qui faisait mon chagrin. Il en parut si
étonné, il le trouva si mal fondé et il m'en fit tant de
reproches qu'il acheva de troubler ma raison. Jugez,
Seigneur, si elle fut troublée et quelle disposition
j'avais à la jalousie! Il me parut que, de la manière
dont m'avait condamné don Manrique, il fallait qu'il
fût prévenu pour Bélasire. Je voyais bien que je
passais les bornes de la raison; mais je ne croyais pas
aussi qu'on me dût condamner entièrement, à moins
que d'être amoureux de Bélasire. Je m'imaginai alors
que don Manrique l'était il y avait déjà longtemps,
et que je lui paraissais si heureux d'en être aimé qu'il
ne trouvait pas que je me dusse plaindre, quand elle

en aurait aimé un autre. Je crus même que Bélasire
s'était bien aperçue que don Manrique avait pour
elle plus que de l'amitié; je pensai qu'elle était bien
aise d'être aimée (comme le sont d'ordinaire toutes
les femmes) et, sans la soupçonner de me faire une
infidélité, je fus jaloux de l'amitié qu'elle avait pour
un homme qu'elle croyait son amant. Bélasire et
don Manrique, qui me voyaient si troublé et si agité,
étaient bien éloignés de juger ce qui causait le
désordre de mon esprit. Ils tâchèrent de me remettre
par toutes les raisons dont ils pouvaient s'aviser;
mais tout ce qu'ils me disaient achevait de me troubler et de m'aigrir. Je les quittai et, quand je fus
seul, je me représentai le nouveau malheur que je
croyais avoir infiniment au-dessus de celui que
j'avais eu. Je connus alors que j'avais été déraisonnable de craindre un homme qui ne me pouvait
plus faire de mal. Je trouvai que don Manrique
m'était redoutable en toutes façons : il était aimable;
Bélasire avait beaucoup d'estime et d'amitié pour lui;
elle était accoutumée à le voir; elle était lasse de mes
chagrins et de mes caprices; il me semblait qu'elle
cherchait à s'en consoler avec lui et qu'insensiblement
elle lui donnerait la place que j'occupais dans son
cœur. Enfin je fus plus jaloux de don Manrique que
je ne l'avais été du comte de Lare. Je savais bien
qu'il était amoureux d'une autre personne, il y avait
longtemps; mais cette personne était si inférieure
en toutes choses à Bélasire que cet amour ne me rassurait pas. Comme ma destinée voulait que je ne pusse
m'abandonner entièrement à mon caprice et qu'il
me restât toujours assez de raison pour me laisser
dans l'incertitude, je ne fus pas si injuste que de
croire que don Manrique travaillât à m'ôter Bélasire.
Je m'imaginai qu'il en était devenu amoureux sans
s'en être aperçu et sans le vouloir; je pensai qu'il

essayait de combattre sa passion à cause de notre
amitié et, qu'encore qu'il n'en dît rien à Bélasire, il
lui laissait voir qu'il l'aimait sans espérance. Il me
parut que je n'avais pas sujet de me plaindre de don
Manrique, puisque je croyais que ma considération
l'avait empêché de se déclarer. Enfin je trouvai que,
comme j'avais été jaloux d'un homme mort, sans
savoir si je le devais être, j'étais jaloux de mon ami,
et que je le croyais mon rival sans croire avoir sujet
de le haïr. Il serait inutile de vous dire ce que des
sentiments aussi extraordinaires que les miens me
firent souffrir et il est aisé de se l'imaginer. Lorsque
je vis don Manrique, je lui fis des excuses de lui avoir
caché mon chagrin sur le sujet du comte de Lare;
mais je ne lui dis rien de ma nouvelle jalousie. Je n'en
dis rien aussi à Bélasire, de peur que la connaissance
qu'elle en aurait n'achevât de l'éloigner de moi.
Comme j'étais toujours persuadé qu'elle m'aimait
beaucoup, je croyais que, si je pouvais obtenir de
moi-même de ne lui plus paraître déraisonnable,
elle ne m'abandonnerait pas pour don Manrique.
Ainsi l'intérêt même de ma jalousie m'obligeait à la
cacher. Je demandai encore pardon à Bélasire et je
l'assurai que la raison m'était entièrement revenue.
Elle fut bien aise de me voir dans ces sentiments,
quoiqu'elle pénétrât aisément, par la grande connaissance qu'elle avait de mon humeur, que je n'étais pas
si tranquille que je le voulais paraître.

Don Manrique continua de la voir comme il avait
accoutumé, et même davantage, à cause de la confidence où ils étaient ensemble de ma jalousie. Comme
Bélasire avait vu que j'avais été offensé qu'elle lui
en eût parlé, elle ne lui en parlait plus en ma présence;
mais, quand elle s'apercevait que j'étais chagrin, elle
s'en plaignait avec lui et le priait de lui aider à me
guérir. Mon malheur voulut que je m'aperçusse deux

ou trois fois qu'elle avait cessé de parler à don Manrique lorsque j'étais entré. Jugez ce qu'une pareille
chose pouvait produire dans un esprit aussi jaloux que
le mien! Néanmoins je voyais tant de tendresse pour
moi dans le cœur de Bélasire et il me paraissait
qu'elle avait tant de joie lorsqu'elle me voyait l'esprit
en repos que je ne pouvais croire qu'elle aimât assez
don Manrique pour être en intelligence avec lui. Je
ne pouvais croire aussi que don Manrique, qui ne
songeait qu'à empêcher que je ne me brouillasse avec
elle, songeât à s'en faire aimer. Je ne pouvais donc
démêler quels sentiments il avait pour elle, ni quels
étaient ceux qu'elle avait pour lui. Je ne savais même
très souvent quels étaient les miens; enfin j'étais
dans le plus misérable état où un homme ait jamais
été. Un jour que j'étais entré, qu'elle parlait bas à
don Manrique, il me parut qu'elle ne s'était pas
souciée que je le visse qu'elle lui parlait. Je me souvins
alors qu'elle m'avait dit plusieurs fois, pendant que
je la persécutais sur le sujet du comte de Lare, qu'elle
me donnerait de la jalousie d'un homme vivant pour
me guérir de celle que j'avais d'un homme mort.
Je crus que c'était pour exécuter cette menace qu'elle
traitait si bien don Manrique et qu'elle me laissait
voir qu'elle avait des secrets avec lui. Cette pensée
diminua le trouble où j'étais. Je fus encore quelques
jours sans lui en rien dire; mais enfin je me résolus
de lui en parler.

J'allai la trouver dans cette intention et, me jetant
à genoux devant elle : Je veux bien vous avouer,
Madame, lui dis-je, que le dessein que vous avez eu
de me tourmenter a réussi. Vous m'avez donné toute
l'inquiétude que vous pouviez souhaiter et vous
m'avez fait sentir, comme vous me l'aviez promis
tant de fois, que la jalousie qu'on a des vivants est
plus cruelle que celle qu'on peut avoir des morts. Je

méritais d'être puni de ma folie; mais je ne le suis
que trop et, si vous saviez ce que j'ai souffert des
choses mêmes que j'ai cru que vous faisiez à dessein,
vous verriez bien que vous me rendrez aisément
malheureux quand vous le voudrez. Que voulez-vous
dire, Alphonse? me repartit-elle; vous croyez que j'ai
pensé à vous donner de la jalousie; et ne savez-vous
pas que j'ai été trop affligée de celle que vous avez
eue malgré moi pour avoir envie de vous en donner?
Ah! Madame, lui dis-je, ne continuez pas davantage
à me donner de l'inquiétude; encore une fois, j'ai
assez souffert et, quoique j'aie bien vu que la manière
dont vous vivez avec don Manrique n'était que pour
exécuter les menaces que vous m'aviez faites, je n'ai
pas laissé d'en avoir une douleur mortelle. Vous avez
perdu la raison, Alphonse, répliqua Bélasire, ou vous
voulez me tourmenter à dessein, comme vous dites
que je vous tourmente. Vous ne me persuaderez pas
que vous puissiez croire que j'aie pensé à vous donner
de la jalousie, et vous ne me persuaderez pas aussi
que vous en ayez pu prendre. Je voudrais, ajouta-
t-elle, en me regardant, qu'après avoir été jaloux
d'un homme mort que je n'ai pas aimé, vous le fussiez
d'un homme vivant qui ne m'aime pas. Quoi!
Madame, lui répondis-je, vous n'avez pas eu l'intention de me rendre jaloux de don Manrique?... Vous
suivez simplement votre inclination en le traitant
comme vous faites?... Ce n'est pas pour me donner
du soupçon que vous avez cessé de lui parler bas ou
que vous avez changé de discours quand je me suis
approché de vous? Ah! Madame, si cela est, je suis
bien plus malheureux que je ne pense et je suis même
le plus malheureux homme du monde. Vous n'êtes
pas le plus malheureux homme du monde, reprit
Bélasire, mais vous êtes le plus déraisonnable et, si
je suivais ma raison, je romprais avec vous et je ne

vous verrais de ma vie. Mais est-il possible, Alphonse, ajouta-t-elle, que vous soyez jaloux de don Manrique? Et comment ne le serais-je pas, Madame, lui dis-je, quand je vois que vous avez avec lui une intelligence que vous me cachez? Je vous la cache, me répondit-elle, parce que vous vous offensâtes lorsque je lui parlai de votre bizarrerie, et que je n'ai pas voulu que vous vissiez que je lui parlais encore de vos chagrins et de la peine que j'en souffre. Quoi! Madame, repris-je, vous vous plaignez de mon humeur à mon rival et vous trouvez que j'ai tort d'être jaloux? Je m'en plains à votre ami, répliqua-t-elle, mais non pas à votre rival. Don Manrique est mon rival, repartis-je, et je ne crois pas que vous puissiez vous défendre de l'avouer. Et moi, dit-elle, je ne crois pas que vous m'osiez dire qu'il le soit, sachant, comme vous faites, qu'il passe des jours entiers à ne me parler que de vous. Il est vrai, lui dis-je, que je ne soupçonne pas don Manrique de travailler à me détruire; mais cela n'empêche pas qu'il ne vous aime; je crois même qu'il ne le dit pas encore, mais, de la manière dont vous le traitez, il vous le dira bientôt, et les espérances que votre procédé lui donne le feront passer aisément sur les scrupules que notre amitié lui donnait. Peut-on avoir perdu la raison au point que vous l'avez perdue? me répondit Bélasire. Songez-vous bien à vos paroles? Vous dites que don Manrique me parle pour vous, qu'il est amoureux de moi et qu'il ne me parle point pour lui; où pouvez-vous prendre des choses si peu vraisemblables? N'est-il pas vrai que vous croyez que je vous aime et que vous croyez que don Manrique vous aime aussi? Il est vrai, lui répondis-je, que je crois l'un et l'autre. Et si vous le croyez, s'écria-t-elle, comment pouvez-vous vous imaginer que je vous aime et que j'aime don Manrique? que

don Manrique m'aime, et qu'il vous aime encore?
Alphonse, vous me donnez un déplaisir mortel de
me faire connaître le dérèglement de votre esprit;
je vois bien que c'est un mal incurable et qu'il faudrait qu'en me résolvant à vous épouser je me
résolusse en même temps à être la plus malheureuse
personne du monde. Je vous aime assurément beaucoup, mais non pas assez pour vous acheter à ce prix.
Les jalousies des amants ne sont que fâcheuses, mais
celles des maris sont fâcheuses et offensantes. Vous
me faites voir si clairement tout ce que j'aurais à
souffrir si je vous avais épousé que je ne crois pas
que je vous épouse jamais. Je vous aime trop pour
n'être pas sensiblement touchée de voir que je ne
passerai pas ma vie avec vous, comme je l'avais
espéré; laissez-moi seule, je vous en conjure; vos
paroles et votre vue ne feraient qu'augmenter ma
douleur.

A ces mots, elle se leva sans vouloir m'entendre
et s'en alla dans son cabinet dont elle ferma la porte
sans la rouvrir, quelque prière que je lui en fisse. Je
fus contraint de m'en aller chez moi, si désespéré et
si incertain de mes sentiments que je m'étonne que
je n'en perdis le peu de raison qui me restait. Je
revins dès le lendemain voir Bélasire; je la trouvai
triste et affligée; elle me parla sans aigreur, et même
avec bonté, mais sans me rien dire qui dût me faire
craindre qu'elle voulût m'abandonner. Il me parut
qu'elle essayait d'en prendre la résolution. Comme on
se flatte aisément, je crus qu'elle ne demeurerait pas
dans les sentiments où je la voyais; je lui demandai
pardon de mes caprices, comme j'avais déjà fait cent
fois; je la priai de n'en rien dire à don Manrique et je
la conjurai à genoux de changer de conduite avec
lui et de ne le plus traiter assez bien pour me donner
de l'inquiétude. Je ne dirai rien de votre folie à don

Manrique, me dit-elle; mais je ne changerai rien à la
manière dont je vis avec lui. S'il avait de l'amour
pour moi, je ne le verrais de ma vie, quand même
vous n'en n'auriez pas d'inquiétude; mais il n'a que
de l'amitié; vous savez même qu'il a de l'amour pour
d'autres; je l'estime, je l'aime; vous avez consenti
que je l'aimasse; il n'y a donc que de la folie et du
dérèglement dans le chagrin qu'il vous donne; si je
vous satisfaisais, vous seriez bientôt pour quelque
autre comme vous êtes pour lui. C'est pourquoi ne
vous opiniâtrez pas à me faire changer de conduite,
car assurément je n'en changerai point. Je veux
croire, lui répondis-je, que tout ce que vous me dites
est véritable, et que vous ne croyez point que don
Manrique vous aime; mais je le crois, Madame, et
c'est assez. Je sais bien que vous n'avez que de l'amitié pour lui; mais c'est une sorte d'amitié si tendre et
si pleine de confiance, d'estime et d'agrément que,
quand elle ne pourrait jamais devenir de l'amour,
j'aurais sujet d'en être jaloux et de craindre qu'elle
n'occupât trop votre cœur. Le refus que vous me
venez de faire de changer de conduite avec lui me
fait voir que c'est avec raison qu'il m'est redoutable.
Pour vous montrer, me dit-elle, que le refus que je
vous fais ne regarde pas don Manrique et qu'il ne
regarde que votre caprice, c'est que, si vous me
demandiez de ne plus voir l'homme du monde que
je méprise le plus, je vous le refuserais comme je vous
refuse de cesser d'avoir de l'amitié pour don Manrique. Je le crois, Madame, lui répondis-je; mais ce
n'est pas de l'homme du monde que vous méprisez
le plus que j'ai de la jalousie, c'est d'un homme que
vous aimez assez pour le préférer à mon repos. Je
ne vous soupçonne pas de faiblesse et de changement;
mais j'avoue que je ne puis souffrir qu'il y ait des
sentiments de tendresse dans votre cœur pour un

autre que pour moi. J'avoue aussi que je suis blessé
de voir que vous ne haïssiez pas don Manrique, encore
que vous connaissiez bien qu'il vous aime, et qu'il me
semble que ce n'était qu'à moi seul qu'était dû
l'avantage de vous avoir aimée sans être haï : ainsi,
Madame, accordez-moi ce que je vous demande, et
considérez combien ma jalousie est éloignée de vous
devoir offenser. J'ajoutai à ces paroles toutes celles
dont je pus m'aviser pour obtenir ce que je souhai-
tais : il me fut entièrement impossible.

Il se passa beaucoup de temps pendant lequel je
devins toujours plus jaloux de don Manrique. J'eus
le pouvoir sur moi de le lui cacher. Bélasire eut la
sagesse de ne lui en rien dire, et elle lui fit croire
que mon chagrin venait encore de ma jalousie du
comte de Lare. Cependant elle ne changea point de
procédé avec don Manrique. Comme il ignorait mes
sentiments, il vécut aussi avec elle comme il avait
accoutumé : ainsi ma jalousie ne fit qu'augmenter et
vint à un tel point que j'en persécutais incessamment
Bélasire.

Après que cette persécution eut duré longtemps et
que cette belle personne eut en vain essayé de me
guérir de mon caprice, on me dit pendant deux jours
qu'elle se trouvait mal et qu'elle n'était pas même
en état que je la visse. Le troisième elle m'envoya
quérir ; je la trouvai fort abattue et je crus que c'était
sa maladie. Elle me fit asseoir auprès d'un petit lit
sur lequel elle était couchée et, après avoir demeuré
quelques moments sans parler : Alphonse, me dit-elle,
je pense que vous voyez bien, il y a longtemps, que
j'essaye de prendre la résolution de me détacher de
vous. Quelques raisons qui m'y dussent obliger, je ne
crois pas que je l'eusse pu faire si vous ne m'en eussiez
donné la force par les extraordinaires bizarreries que
vous m'avez fait paraître. Si ces bizarreries n'avaient

été que médiocres, et que j'eusse pu croire qu'il eût
été possible de vous en guérir par une bonne conduite,
quelque austère qu'elle eût été, la passion que j'ai
pour vous me l'eût fait embrasser avec joie; mais,
comme je vois que le dérèglement de votre esprit est
sans remède et que, lorsque vous ne trouvez point de
sujets de vous tourmenter, vous vous en faites sur
des choses qui n'ont jamais été et sur d'autres qui ne
seront jamais, je suis contrainte, pour votre repos et
pour le mien, de vous apprendre que je suis absolument résolue de rompre avec vous et de ne vous point
épouser. Je vous dis encore dans ce moment, qui sera
le dernier que nous aurons de conversation particulière, que je n'ai jamais eu d'inclination pour personne
que pour vous et que vous seul étiez capable de me
donner de la passion. Mais puisque vous m'avez
confirmée dans l'opinion que j'avais qu'on ne peut
être heureux en aimant quelqu'un, vous, que j'ai
trouvé le seul homme digne d'être aimé, soyez persuadé que je n'aimerai personne et que les impressions que vous avez faites dans mon cœur sont les
seules qu'il avait reçues et les seules qu'il recevra
jamais. Je ne veux pas même que vous puissiez
penser que j'aie trop d'amitié pour don Manrique :
je n'ai refusé de changer de conduite avec lui que
pour voir si la raison ne vous reviendrait point et
pour me donner lieu de me redonner à vous si j'eusse
connu que votre esprit eût été capable de se guérir.
Je n'ai pas été assez heureuse : c'était la seule raison
qui m'a empêchée de vous satisfaire. Cette raison est
cessée; je vous sacrifie don Manrique, je viens de le
prier de ne me voir jamais. Je vous demande pardon
de lui avoir découvert votre jalousie; mais je ne
pouvais faire autrement et notre rupture la lui aurait
toujours apprise. Mon père arriva hier au soir; je lui
ai dit ma résolution; il est allé, à ma prière, l'ap-

prendre au vôtre. Ainsi, Alphonse, ne songez point à
me faire changer; j'ai fait ce qui pouvait confirmer
mon dessein devant que de vous le déclarer; j'ai
retardé autant que j'ai pu, et peut-être plus pour
l'amour de moi que pour l'amour de vous. Croyez que
personne ne sera jamais si uniquement ni si fidèle-
ment aimé que vous l'avez été.

Je ne sais si Bélasire continua de parler; mais
comme mon saisissement avait été si grand, d'abord
qu'elle avait commencé, qu'il m'avait été impossible
de l'interrompre, les forces me manquèrent aux dernières paroles que je vous viens de dire : je m'évanouis
et je ne sais ce que fit Bélasire ni ses gens; mais, quand
je revins, je me trouvai dans mon lit, et don Manrique
auprès de moi, avec toutes les actions d'un homme
aussi désespéré que je l'étais.

Lorsque tout le monde se fut retiré, il n'oublia rien
pour se justifier des soupçons que j'avais de lui et
pour me témoigner son désespoir d'être la cause innocente de mon malheur. Comme il m'aimait fort, il
était, en effet, extraordinairement touché de l'état
où j'étais. Je tombai malade et ma maladie fut violente : je connus bien alors, mais trop tard, les injus-
tices que j'avais faites à mon ami; je le conjurai de
me les pardonner et de voir Bélasire pour lui demander pardon de ma part et pour tâcher de la fléchir.
Don Manrique alla chez elle; on lui dit qu'on ne pouvait la voir; il y retourna tous les jours pendant que
je fus malade, mais aussi inutilement; j'y allai moi-
même sitôt que je pus marcher : on me dit la même
chose et, à la seconde fois que j'y retournai, une de
ses femmes me vint dire de sa part que je n'y allasse
plus et qu'elle ne me verrait pas. Je pensai mourir
lorsque je me vis sans espérance de voir Bélasire.
J'avais toujours cru que cette grande inclination
qu'elle avait pour moi la ferait revenir si je lui parlais;

mais, voyant qu'elle ne me voulait point parler, je
n'espérai plus; et il faut avouer que de n'espérer plus
de posséder Bélasire était une cruelle chose pour un
homme qui s'en était vu si proche et qui l'aimait si
éperdument. Je cherchai tous les moyens de la voir :
elle m'évitait avec tant de soin et faisait une vie si
retirée qu'il m'était absolument impossible.

Toute ma consolation était d'aller passer la nuit
sous ses fenêtres; je n'avais pas même le plaisir de
les voir ouvertes. Je crus un jour de les avoir entendu
ouvrir dans le temps que je m'en étais allé; le lendemain je crus encore la même chose; enfin je me flattai
de la pensée que Bélasire me voulait voir sans que je
la visse et qu'elle se mettait à sa fenêtre lorsqu'elle
entendait que je me retirais. Je résolus de faire semblant de m'en aller à l'heure que j'avais accoutumé
et de retourner brusquement sur mes pas pour voir
si elle ne paraîtrait point. Je fis ce que j'avais résolu :
j'allai jusques au bout de la rue, comme si je me fusse
retiré. J'entendis distinctement ouvrir la fenêtre; je
retournai en diligence; je crus entrevoir Bélasire, mais
en m'approchant je vis un homme qui se rangeait
proche de la muraille au-dessous de la fenêtre, comme
un homme qui avait dessein de se cacher. Je ne sais
comment, malgré l'obscurité de la nuit, je crus reconnaître don Manrique. Cette pensée me troubla l'esprit; je m'imaginai que Bélasire l'aimait, qu'il était
là pour lui parler, qu'elle ouvrait ses fenêtres pour
lui; je crus enfin que c'était don Manrique qui m'ôtait
Bélasire. Dans le transport qui me saisit, je mis l'épée
à la main; nous commençâmes à nous battre avec
beaucoup d'ardeur; je sentis que je l'avais blessé en
deux endroits; mais il se défendait toujours. Au bruit
de nos épées, ou par les ordres de Bélasire, on sortit
de chez elle pour nous venir séparer. Don Manrique
me reconnut à la lueur des flambeaux; il recula

quelques pas, je m'avançai pour arracher son épée,
mais il la baissa et me dit d'une voix faible : Est-ce
vous, Alphonse? et est-il possible que j'aie été assez
malheureux pour me battre contre nous? Oui, traître,
lui dis-je, et c'est moi qui t'arracherai la vie, puisque
tu m'ôtes Bélasire et que tu passes les nuits à ses
fenêtres pendant qu'elles me sont fermées. Don Manrique, qui était appuyé contre une muraille et que
quelques personnes soutenaient, parce qu'on voyait
bien qu'il n'en pouvait plus, me regarda avec des
yeux trempés de larmes. Je suis bien malheureux, me
dit-il, de vous donner toujours de l'inquiétude; la
cruauté de ma destinée me console de la perte de la
vie que vous m'ôtez! Je me meurs, ajouta-t-il, et
l'état où je suis vous doit persuader de la vérité de
mes paroles. Je vous jure que je n'ai jamais eu de
pensée pour Bélasire qui vous ait pu déplaire; l'amour
que j'ai pour une autre, et que je ne vous ai pas caché,
m'a fait sortir cette nuit; j'ai cru être épié, j'ai cru
être suivi; j'ai marché fort vite, j'ai tourné dans plusieurs rues; enfin je me suis arrêté où vous m'avez
trouvé, sans savoir que ce fût le logis de Bélasire.
Voilà la vérité, mon cher Alphonse; je vous conjure
de ne vous affliger pas de ma mort; je vous la par-
donne de tout mon cœur, continua-t-il en me tendant
les bras pour m'embrasser. Alors les forces lui manquèrent et il tomba sur les personnes qui le soutenaient.

Les paroles, Seigneur, ne peuvent représenter ce
que je devins et la rage où je fus contre moi-même;
je voulus vingt fois me passer mon épée au travers
du corps, et surtout lorsque je vis expirer don Manrique. On m'ôta d'auprès de lui. Le comte de Guevarre, père de Bélasire, qui était sorti au nom de don
Manrique et au mien, me conduisit chez moi et me
remit entre les mains de mon père. On ne me quittait

point à cause du désespoir où j'étais; mais le soin de
me garder aurait été inutile si ma religion m'eût laissé
la liberté de m'ôter la vie. La douleur que je savais
que recevait Bélasire de l'accident qui était arrivé
pour elle et le bruit qu'il faisait dans la cour, ache-
vaient de me désespérer. Quand je pensais que tout
le mal qu'elle souffrait, et tout celui dont j'étais accablé n'était arrivé que par ma faute, j'étais dans une
fureur qui ne peut être imaginée. Le comte de Guevarre, qui avait conservé beaucoup d'amitié pour moi,
me venait voir très souvent et pardonnait à la passion
que j'avais pour sa fille l'éclat que j'avais fait. J'appris par lui qu'elle était inconsolable et que sa douleur
passait les bornes de la raison. Je connaissais assez
son humeur et sa délicatesse sur sa réputation pour
savoir, sans qu'on me le dît, tout ce qu'elle pouvait
sentir dans une si fâcheuse aventure. Quelques jours
après cet accident, on me dit qu'un écuyer de Bélasire demandait à me parler de sa part. Je fus transporté au nom de Bélasire, qui m'était si cher; je fis
entrer celui qui me demandait : il me donna une
lettre où je trouvai ces paroles :

« Notre séparation m'avait rendu le monde si
insupportable que je ne pouvais plus y vivre avec
plaisir, et l'accident qui vient d'arriver blesse si fort
ma réputation que je ne puis y demeurer avec honneur. Je vais me retirer dans un lieu où je n'aurai
point la honte de voir les divers jugements qu'on fait
de moi. Ceux que vous en avez faits ont causé tous
mes malheurs; cependant je n'ai pu me résoudre à
partir sans vous dire adieu et sans vous avouer que
je vous aime encore, quelque déraisonnable que vous
soyez. Ce sera tout ce que j'aurai à sacrifier à Dieu,
en me donnant à lui, que l'attachement que j'ai pour
vous et le souvenir de celui que vous avez eu pour
moi. La vie austère que je vais entreprendre me

paraîtra douce : on ne peut trouver rien de fâcheux quand on a éprouvé la douleur de s'arracher à ce qui nous aime et à ce qu'on aimait plus que toutes choses. Je veux bien vous avouer encore que le seul parti que je prends me pouvait mettre en sûreté contre l'inclination que j'ai pour vous et que, depuis notre séparation, vous n'êtes jamais venu dans ce lieu, où vous avez fait tant de désordre, que je n'aie été prête à vous parler et à vous dire que je ne pouvais vivre sans vous. Je ne sais même si je ne vous l'aurais point dit le soir que vous attaquâtes don Manrique et que vous me donnâtes de nouvelles marques de ces soupçons qui ont fait tous nos malheurs. Adieu, Alphonse; souvenez-vous quelquefois de moi, et souhaitez, pour mon repos, que je ne me souvienne jamais de vous. »

Il ne manquait plus à mon malheur que d'apprendre que Bélasire m'aimait encore, qu'elle se fût peut-être redonnée à moi sans le dernier effet de mon extravagance et que le même accident qui m'avait fait tuer mon meilleur ami me faisait perdre ma maîtresse et la contraignait de se rendre malheureuse pour tout le reste de sa vie.

Je demandai à celui qui m'avait apporté cette lettre où était Bélasire; il me dit qu'il l'avait conduite dans un monastère de religieuses fort austères qui étaient venues de France depuis peu; qu'en y entrant elle lui avait donné une lettre pour son père et une autre pour moi : je courus à ce monastère; je demandai à la voir, mais inutilement. Je trouvai le comte de Guevarre qui en sortait; toute son autorité et toutes ses prières avaient été inutiles pour la faire changer de résolution. Elle prit l'habit quelque temps après.

Pendant l'année qu'elle pouvait encore sortir, son père et moi fîmes tous nos efforts pour l'y obliger. Je ne voulus point quitter la Navarre, comme j'en avais fait le dessein, que je n'eusse entièrement perdu l'es-

pérance de revoir Bélasire; mais le jour que je sus
qu'elle était engagée pour jamais, je partis sans rien
dire. Mon père était mort, et je n'avais personne qui
me pût retenir. Je m'en vins en Catalogne, dans le
dessein de m'embarquer et d'aller finir mes jours
dans les déserts de l'Afrique. Je couchai par hasard
dans cette maison; elle me plut, je la trouvai solitaire
et telle que je la pouvais désirer; je l'achetai. J'y
mène depuis cinq ans une vie aussi triste que doit
faire un homme qui a tué son ami, qui a rendu
malheureuse la plus estimable personne du monde et
qui a perdu, par sa faute, le plaisir de passer sa vie
avec elle. Croirez-vous encore, Seigneur, que vos
malheurs soient comparables aux miens?

Alphonse se tut à ces mots et il parut si accablé
de tristesse par le renouvellement de douleur que lui
apportait le souvenir de ses malheurs que Consalve
crut plusieurs fois qu'il allait expirer. Il lui dit tout
ce qu'il crut capable de lui donner quelque consolation; mais il ne put s'empêcher d'avouer en lui-même
que les malheurs qu'il venait d'entendre pouvaient
au moins entrer en comparaison avec ceux qu'il avait
soufferts.

HISTOIRE
D'HENRIETTE D'ANGLETERRE

Extraits

(Après avoir présenté les principaux personnages de la Cour, et dépeint l'atmosphère galante dans laquelle vit le Roi, Mme de La Fayette fait l'historique du mariage d'Henriette d'Angleterre. Elle raconte comment le Roi, qui l'avait d'abord dédaignée, découvre les charmes de sa belle-sœur : « Comme ils étaient tous deux infiniment aimables et tous deux nés avec des dispositions galantes, qu'ils se voyaient tous les jours, au milieu des plaisirs et des divertissements, il parut aux yeux de tout le monde qu'ils avaient l'un pour l'autre cet agrément qui précède d'ordinaire les grandes passions. » Pour couper court aux commérages, on convient que le Roi feindra de s'intéresser à quelque personne de la cour. Le choix se porte sur Mlle de La Vallière, une fille de la suite de Madame, qui a alors pour soupirant le comte de Guiche. Ce comte, nous dit Mme de La Fayette, « était jeune homme de la cour le plus beau et le mieux fait, aimable de sa personne, galant, hardi, brave, rempli de grandeur et d'élévation. La vanité, que tant de bonnes qualités lui donnaient, et un air méprisant répandu dans toutes ses actions, ternissaient un peu tout ce mérite, mais il faut avouer qu'aucun homme de la cour n'en avait autant que lui. » Le Roi, pris à son jeu, tombe amoureux de Mlle de La Vallière, que le comte de Guiche, prudent, lui abandonne. Ici commence le « roman ».)

Madame vit avec quelque chagrin que le roi s'attachait véritablement à La Vallière. Ce n'est peut-être pas qu'elle en eût ce qu'on pourrait appeler de la jalousie, mais elle eût été bien aise qu'il n'eût pas eu de véritable passion et qu'il eût conservé pour elle une sorte d'attachement, qui, sans avoir la violence de l'amour, en eût la complaisance et l'agrément.

Longtemps avant qu'elle fût mariée, on avait prédit que le comte de Guiche serait amoureux d'elle; et, sitôt qu'il eût quitté La Vallière, on commença à dire qu'il aimait Madame, et peut-être même qu'on le dit avant qu'il en eût la pensée, mais ce bruit ne fut pas désagréable à sa vanité; et, comme son inclination s'y trouva peut-être disposée, il ne prit pas de grands soins pour s'empêcher de devenir amoureux, ni pour empêcher qu'on le soupçonnât de l'être. L'on répétait alors à Fontainebleau un ballet que le roi et Madame dansèrent, et qui fut le plus agréable qui ait jamais été, soit par le lieu où il se dansait, qui était le bord de l'étang, ou par l'invention qu'on avait trouvée de faire venir du bout d'une allée le théâtre tout entier, chargé d'une infinité de personnes qui s'approchaient insensiblement et qui faisaient une entrée en dansant devant le théâtre.

Pendant la répétition de ce ballet, le comte de Guiche était très souvent avec Madame, parce qu'il dansait dans la même entrée. Il n'osait encore lui rien dire de ses sentiments; mais, par une certaine familiarité qu'il avait acquise auprès d'elle, il prenait la liberté de lui demander des nouvelles de son cœur et si rien ne l'avait jamais touchée. Elle lui répondait avec beaucoup de bonté et d'agrément, et il s'émancipait quelquefois à crier, en s'enfuyant d'auprès d'elle, qu'il était en grand péril.

Madame recevait tout cela comme des choses galantes, sans y faire une plus grande attention; le public y vit plus clair qu'elle-même. Le comte de Guiche laissait voir, comme on a déjà dit, ce qu'il avait dans le cœur; en sorte que le bruit s'en répandit aussitôt. La grande amitié que Madame avait pour la duchesse de Valentinois contribua beaucoup à faire croire qu'il y avait de l'intelligence entre eux, et l'on regardait Monsieur, qui paraissait amoureux de

Mme de Valentinois, comme la dupe du frère et de la
sœur. Il est vrai néanmoins qu'elle se mêla très peu
de cette galanterie; et, quoique son frère ne lui
cachât point sa passion pour Madame, elle ne commença pas les liaisons qui ont paru depuis.

Cependant l'attachement du roi pour La Vallière
augmentait toujours; il faisait beaucoup de progrès
auprès d'elle. Ils gardaient beaucoup de mesure : il
ne la voyait pas chez Madame et dans les promenades
du jour; mais à la promenade du soir, il sortait de la
calèche de Madame et s'allait mettre près de celle de
La Vallière, dont la portière était abattue; et comme
c'était dans l'obscurité de la nuit, il lui parlait avec
beaucoup de commodité.

La reine mère et Madame n'en furent pas moins
mal ensemble. Lorsqu'on vit que le roi n'en était
point amoureux, puisqu'il l'était de La Vallière, et
que Madame ne s'opposait pas aux soins que le roi
rendait à cette fille, la reine mère en fut aigrie. Elle
tourna l'esprit de Monsieur, qui s'en aigrit et qui prit
au point d'honneur que le roi fût amoureux d'une
fille de Madame. Madame, de son côté, manquait en
beaucoup de choses aux égards qu'elle devait à la
reine mère, et même à ceux qu'elle devait à Monsieur,
en sorte que l'aigreur était grande de toutes parts.

Dans ce même temps le bruit fut grand de la passion du comte de Guiche. Monsieur en fut bientôt
instruit et lui fit très mauvaise mine. Le comte de
Guiche, soit par son naturel fier, soit par chagrin de
voir Monsieur instruit d'une chose qu'il lui était
commode qu'il ignorât, eut avec Monsieur un éclaircissement fort audacieux et rompit avec lui comme
s'il eût été son égal. Cela éclata publiquement, et le
comte de Guiche se retira de la cour.

Le jour que ce bruit arriva, Madame gardait la
chambre et ne voyait personne; elle ordonna qu'on

laissât seulement entrer ceux qui répétaient avec elle,
dont le comte de Guiche était du nombre, ne sachant
point ce qui venait de se passer. Comme le roi vint
chez elle, elle lui dit les ordres qu'elle avait donnés; le
roi lui répondit en souriant qu'elle ne connaissait pas
mal ceux qui devaient être exemptés et lui conta
ensuite ce qui venait de se passer entre Monsieur et le
comte de Guiche. La chose fut sue de tout le monde;
et le maréchal de Gramont, père du comte de Guiche,
renvoya son fils à Paris et lui défendit de revenir à
Fontainebleau.

> (Parmi les suivantes de Madame, se trouve une autre
> fille « appelée Montalais ». « C'était une personne qui avait
> naturellement beaucoup d'esprit, mais un esprit d'intrigue
> et d'insinuation; et il s'en fallait beaucoup que le bon sens
> et la raison réglassent sa conduite. » Montalais se lie avec
> La Vallière qui lui avoue sa liaison avec le Roi. Elle obtient
> aussi les confidences du comte de Guiche et lui promet de le
> servir auprès de Madame.)

La reine accoucha de Mgr le Dauphin le jour de la
Toussaint 1661. Madame avait passé tout le jour
auprès d'elle; et, comme elle était grosse et fatiguée,
elle se retira dans sa chambre, où personne ne la suivit,
parce que tout le monde était encore chez la reine.
Montalais se mit à genoux devant Madame et commença à lui parler de la passion du comte de Guiche.
Ces sortes de discours naturellement ne déplaisent
pas assez aux jeunes personnes pour leur donner la
force de les repousser; et de plus, Madame avait une
timidité à parler qui fit que, moitié embarras, moitié
condescendance, elle laissa prendre des espérances à
Montalais. Dès le lendemain, elle apporta à Madame
une lettre du comte de Guiche; Madame ne voulut
point la lire, Montalais l'ouvrit et la lut. Quelques
jours après, Madame se trouva mal; elle revint à Paris
en litière, et, comme elle y montait, Montalais lui jeta

un volume de lettres du comte de Guiche. Madame les lut pendant le chemin et avoua après à Montalais qu'elle les avait lues. Enfin la jeunesse de Madame, l'agrément du comte de Guiche, mais surtout les soins de Montalais, engagèrent cette princesse dans une galanterie qui ne lui a donné que des chagrins considérables. Monsieur avait toujours de la jalousie du comte de Guiche, qui néanmoins ne laissait pas d'aller aux Tuileries, où Madame logeait encore. Elle était considérablement malade. Il lui écrivait trois ou quatre fois par jour. Madame ne lisait pas ses lettres la plupart du temps et les laissait toutes à Montalais, sans lui demander même ce qu'elle en faisait. Montalais n'osait les garder dans sa chambre; elle les remettait entre les mains d'un amant qu'elle avait alors, nommé Malicorne.

Le roi était venu à Paris peu de temps après Madame; il voyait toujours La Vallière chez elle; il y venait le soir et l'allait entretenir dans un cabinet. Toutes les portes à la vérité étaient ouvertes; mais on était plus éloigné d'y entrer que si elles avaient été fermées avec de l'airain. Il se lassa néanmoins de cette contrainte; et, quoique la reine sa mère, pour qui il avait encore de la crainte, le tourmentât incessamment sur La Vallière, elle feignit d'être malade, et il l'alla voir dans sa chambre.

La jeune reine ne savait point de qui le roi était amoureux; elle devinait pourtant bien qu'il l'était, et, ne sachant où placer sa jalousie, elle la mettait sur Madame.

Le roi se douta de la confiance que La Vallière prenait en Montalais. L'esprit d'intrigue de cette fille lui déplaisait : il défendit à La Vallière de lui parler. Elle lui obéissait en public; mais Montalais passait des nuits entières avec elle, et bien souvent le jour l'y trouvait encore.

Madame, qui était malade et qui ne dormait point, l'envoyait quelquefois quérir, sous prétexte de lui venir lire quelque livre. Lorsqu'elle quittait Madame, c'était pour aller écrire au comte de Guiche, à quoi elle ne manquait pas trois fois par jour, et de plus à Malicorne, à qui elle rendait compte de l'affaire de Madame et de celle de La Vallière. Elle avait encore la confidence de Mlle de Tonnay-Charente, qui aimait le marquis de Noirmoutier et qui souhaitait fort de l'épouser. Une seule de ces confidences eût pu occuper une personne entière, et Montalais seule suffisait à toutes.

Le comte de Guiche et elle se mirent dans l'esprit qu'il fallait qu'il vît Madame en particulier. Madame, qui avait de la timidité pour parler sérieusement, n'en avait point pour ces sortes de choses. Elle n'en voyait point les conséquences; elle y trouvait de la plaisanterie de roman. Montalais lui trouvait des facilités qui ne pouvaient être imaginées par une autre. Le comte de Guiche, qui était jeune et hardi, ne trouvait rien de plus beau que de tout hasarder; et Madame et lui, sans avoir de véritable passion l'un pour l'autre, s'exposèrent au plus grand danger où l'on se soit jamais exposé. Madame était malade, et environnée de toutes ces femmes qui ont accoutumé d'être auprès d'une personne de son rang, sans se fier à pas une. Elle faisait entrer le comte de Guiche quelquefois en plein jour, déguisé en femme qui dit la bonne aventure, et il la disait même aux femmes de Madame, qui le voyaient tous les jours et ne le reconnaissaient pas; d'autres fois par d'autres inventions, mais toujours avec beaucoup de hasards; et ces entrevues si périlleuses se passaient à se moquer de Monsieur et à d'autres plaisanteries semblables, enfin à des choses fort éloignées de la violente passion qui semblait les faire entreprendre. Dans ce temps-là on dit un jour, dans un lieu où était le comte de Guiche avec Vardes, que Madame était plus mal qu'on ne pensait et que les médecins croyaient qu'elle ne guérirait point de sa maladie. Le comte de Guiche en parut fort troublé; Vardes l'emmena et lui aida à cacher son trouble. Le comte de Guiche lui avoua l'état où il était avec Madame et l'engagea dans sa confidence. Madame désapprouva fort ce qu'avait fait le comte de Guiche; elle voulut l'obliger à rompre avec Vardes; il lui dit qu'il se battrait avec lui pour la satisfaire, mais qu'il ne pouvait rompre avec son ami.

Montalais, qui voulait donner un air d'importance à cette galanterie et qui croyait qu'en mettant des gens dans cette confidence, elle composerait une intrigue qui gouvernerait l'État, voulut engager La Vallière dans les intérêts de Madame : elle lui conta tout ce qui se passait au sujet du comte de Guiche et lui fit promettre qu'elle n'en dirait rien au roi. En effet, La Vallière, qui avait mille fois promis au roi de ne lui jamais rien cacher, garda à Montalais la fidélité qu'elle lui avait promise.

Madame ne savait point que La Vallière sût ses affaires, mais elle savait celles de La Vallière par Montalais. Le public entrevoyait quelque chose de la galanterie de Madame et du comte de Guiche. Le roi en faisait de petites questions à Madame, mais il était bien éloigné d'en savoir le fond. Je ne sais si ce fut sur ce sujet ou sur quelque autre qu'il tint de certains discours à La Vallière qui lui firent juger que le roi savait qu'elle lui faisait finesse de quelque chose; elle se troubla et lui fit connaître qu'elle lui cachait des choses considérables. Le roi se mit dans une colère épouvantable; elle ne lui avoua point ce que c'était. Le roi se retira au désespoir contre elle. Ils étaient convenus plusieurs fois que, quelques brouilleries qu'ils eussent ensemble, ils ne s'endormiraient jamais sans se raccommoder et sans s'écrire. La nuit se passa sans qu'elle eût de nouvelles du roi; et, se croyant perdue, la tête lui tourna. Elle sortit le matin des Tuileries et s'en alla comme une insensée dans un petit couvent obscur qui était à Chaillot.

Le matin on alla avertir le roi qu'on ne savait pas où était La Vallière. Le roi, qui l'aimait passionnément, fut extrêmement troublé; il vint aux Tuileries pour savoir de Madame où elle était; Madame n'en savait rien et ne savait pas même le sujet qui l'avait fait partir.

Montalais hors d'elle-même lui avait seulement dit qu'elle était désespérée, parce qu'elle était perdue à cause d'elle.

Le roi fit si bien qu'il sut où était La Vallière; il y alla à toute bride, lui quatrième; il la trouva dans le parloir du dehors de ce couvent; on ne l'avait pas voulu recevoir au dedans. Elle était couchée à terre, éplorée et hors d'elle-même.

Le roi demeura seul avec elle; et, dans une longue conversation, elle lui avoua tout ce qu'elle lui avait caché. Cet aveu n'obtint pas son pardon. Le roi lui dit seulement tout ce qu'il fallait dire pour l'obliger à revenir, et envoya chercher un carrosse pour la ramener.

Cependant il vint à Paris pour obliger Monsieur à la recevoir; il avait déclaré tout haut qu'il était bien aise qu'elle fût hors de chez lui, et qu'il ne la reprendrait point. Le roi entra par un petit degré aux Tuileries et alla dans un petit cabinet où il fit venir Madame, ne voulant pas se laisser voir, parce qu'il avait pleuré. Là, il pria Madame de reprendre La Vallière et lui dit tout ce qu'il venait d'apprendre d'elle et de ses affaires. Madame en fut étonnée, comme on se le peut imaginer; mais elle ne put rien nier. Elle promit au roi de rompre avec le comte de Guiche et consentit à recevoir La Vallière.

Le roi eut assez de peine à l'obtenir de Madame; mais il la pria tant, les larmes aux yeux, qu'enfin il en vint à bout. La Vallière revint dans sa chambre; mais elle fut longtemps à revenir dans l'esprit du roi; il ne pouvait se consoler qu'elle eût été capable de lui cacher quelque chose, et elle ne pouvait supporter d'être moins bien avec lui; en sorte qu'elle eut pendant quelque temps l'esprit comme égaré.

. . . .

Cependant Madame voulait tenir la parole qu'elle avait donnée au roi de rompre avec le comte de Guiche, et Montalais s'était aussi engagée auprès du roi de ne plus se mêler de ce commerce. Néanmoins, avant que de commencer cette rupture, elle avait donné au comte de Guiche les moyens de voir Madame, pour trouver ensemble, disait-elle, ceux de ne se plus voir. Ce n'est guère en présence que les gens qui s'aiment trouvent ces sortes d'expédients; aussi cette conversation ne fit pas un grand effet, quoiqu'elle suspendît pour quelque temps le commerce de lettres. Montalais promit encore au roi de ne plus servir le comte de Guiche, pourvu qu'il ne le chassât point de la cour; et Madame demanda au roi la même chose.

Vardes, qui était pour lors absolument dans la confidence de Madame, qui la voyait fort aimable et pleine d'esprit, soit par un sentiment d'amour, soit par un sentiment d'ambition et d'intrigue, voulut être seul maître de son esprit, et résolut de faire éloigner le comte de Guiche. Il savait ce que Madame avait promis au roi, mais il voyait que toutes les promesses seraient mal observées.

Il alla trouver le maréchal de Gramont; il lui dit une partie des choses qui se passaient, il lui fit voir le péril où s'exposait son fils, et lui conseilla de l'éloigner et de demander au roi qu'il allât commander les troupes qui étaient alors à Nancy.

Le maréchal de Gramont, qui aimait son fils passionnément, suivit les sentiments de Vardes, et demanda ce commandement au roi. Et, comme c'était une chose avantageuse pour son fils, le roi ne douta point que le comte de Guiche ne la souhaitât et la lui accorda.

Madame ne savait rien de ce qui se passait : Vardes ne lui avait rien dit de ce qu'il avait fait, non plus qu'au comte de Guiche, et on ne l'a su que depuis. Madame était allée loger au Palais-Royal, où elle avait fait ses couches : tout le monde la voyait; et des femmes de la ville, peu instruites de l'intérêt qu'elle prenait au comte de Guiche, dirent dans sa ruelle, comme une chose indifférente, qu'il avait demandé le commandement des troupes de Lorraine et qu'il partait dans peu de jours.

Madame fut extrêmement surprise de cette nouvelle. Le soir, le roi la vint voir. Elle lui en parla, et il lui dit qu'il était véritable que le maréchal de Gramont lui avait demandé ce commandement, comme une chose que son fils souhaitait fort, et que le comte de Guiche l'en avait remercié.

Madame se trouva fort offensée que le comte de Guiche eût pris sans sa participation le dessein de s'éloigner d'elle; elle le dit à Montalais et lui ordonna de le voir. Elle le vit, et le comte de Guiche, désespéré de s'en aller et de voir Madame mal satisfaite de lui, lui écrivit une lettre par laquelle il lui offrit de soutenir au roi qu'il n'avait point demandé l'emploi de Lorraine, et en même temps de le refuser.

Madame ne fut pas d'abord satisfaite de cette lettre. Le comte de Guiche, qui était fort emporté, dit qu'il ne partirait point et qu'il allait remettre le commandement au roi. Vardes eut peur qu'il ne fût assez fou pour le faire; il ne voulait pas le perdre, quoiqu'il voulût l'éloigner : il le laissa en garde à la comtesse de Soissons, qui entra dès ce jour dans cette confidence, et vint trouver Madame pour qu'elle écrivît au comte de Guiche qu'elle voulait qu'il partît. Elle fut touchée de tous les sentiments du comte de Guiche, où il y avait en effet de la hauteur et de l'amour; elle fit ce que Vardes voulait, et le comte de Guiche résolut de partir, à condition qu'il verrait Madame.

Montalais, qui se croyait quitte de sa parole envers le roi puisqu'il chassait le comte de Guiche, se chargea de cette entrevue; et, Monsieur devant venir au Louvre, elle fit entrer le comte de Guiche, sur le midi, par un escalier dérobé, et l'enferma dans un oratoire. Lorsque Madame eut dîné, elle fit semblant de vouloir dormir et passa dans une galerie où le comte de Guiche lui dit adieu. Comme ils y étaient ensemble, Monsieur revint. Tout ce qu'on put faire fut de cacher le comte de Guiche dans une cheminée, où il demeura longtemps sans pouvoir sortir. Enfin Montalais l'en tira et crut avoir sauvé tous les périls de cette entrevue; mais elle se trompait infiniment.

(Une des compagnes de Montalais a vu le comte de Guiche se glisser dans l'appartement de Madame. Elle avertit la reine mère qui, à son tour, prévient Monsieur. « Ainsi l'on dit à ce prince ce que l'on aurait caché à tout autre mari. » Monsieur entre dans une violente colère et chasse Montalais, ainsi qu'une autre fille de Madame « dont la conduite n'était pas trop bonne ».)

Quand Madame s'éveilla, Monsieur entra dans sa chambre et lui dit qu'il avait fait chasser ses deux filles : elle en demeura fort étonnée, et il se retira sans lui en dire davantage. Un moment après, le roi lui envoya dire qu'il n'avait rien su de ce qu'on avait fait, et qu'il la viendrait voir le plus tôt qu'il lui serait possible.

Monsieur alla faire ses plaintes et conter ses douleurs à la reine d'Angleterre, qui logeait alors au Palais-Royal. Elle vint trouver Madame et la gronda un peu, et lui dit tout ce que Monsieur savait de certitude, afin qu'elle lui avouât la même chose et qu'elle ne lui en dît pas davantage.

Monsieur et Madame eurent un grand éclaircissement ensemble : Madame lui avoua qu'elle avait vu le comte de Guiche, mais que c'était la première fois, et qu'il ne lui avait écrit que trois ou quatre fois.

Monsieur trouva un si grand air d'autorité à se faire avouer par Madame les choses qu'il savait déjà, qu'il lui en adoucit toute l'amertume; il l'embrassa et ne conserva que de légers chagrins. Ils auraient été sans doute plus violents à tout autre qu'à lui; mais il ne pensa point à se venger du comte de Guiche; et, quoique l'éclat que cette affaire fit dans le monde semblât par honneur l'y obliger, il n'en témoigna aucun ressentiment. Il tourna tous ses soins à empêcher que Madame n'eût de commerce avec Montalais; et, comme elle en avait un très grand avec La Vallière, il obtint du roi que La Vallière n'en aurait plus. En effet, elle en eut très peu, et Montalais se mit dans un couvent.

(Après le départ du comte de Guiche, Vardes s'efforce de prendre sa place auprès de Madame. « Elle ne le rebuta pas entièrement : il est difficile de maltraiter un confident aimable quand l'amant est absent. » Cela est d'autant plus difficile que par son entremise, Madame continue imprudemment à correspondre avec Guiche. Par ses intrigues, Vardes réussit à les brouiller. Mais apprenant que Guiche a été gravement blessé en Pologne, Madame s'émeut et avoue à Vardes : « Je crois bien que j'aime le comte de Guiche plus que je ne pense. » Peu après, — nous sommes en juin 1664, — Guiche rentre en France.)

Monsieur souffrit qu'il revînt à la cour, mais il exigea de son père qu'il ne se trouverait pas dans les lieux où se trouverait Madame. Il ne laissait pas de la rencontrer souvent et de l'aimer en la revoyant, quoique l'absence eût été longue, que Madame eût rompu avec lui et qu'il fût incertain de ce qu'il devait croire de l'affaire de Vardes.

Il ne savait plus de moyen de s'éclaircir avec Madame; Dodoux, qui était le seul homme en qui il se fiait, n'était pas à Fontainebleau; et ce qui acheva de le mettre au désespoir fut que, comme Madame savait que le roi était instruit des lettres qu'elle lui avait écrites à Nancy et du portrait qu'il avait d'elle, elle les lui fit redemander par le roi même, à qui il les rendit avec toute la douleur possible et toute l'obéissance qu'il a toujours eue pour les ordres de Madame.

Cependant Vardes, qui se sentait coupable envers son ami, lui embrouilla tellement les choses qu'il lui pensa faire tourner la tête. Tous ses raisonnements lui faisaient connaître qu'il était trompé; mais il ignorait si Madame avait pris part à la tromperie, ou si Vardes seul était coupable. Son humeur violente ne le pouvant laisser dans cette inquiétude, il résolut de prendre Mme de Meckelbourg pour juge, et Vardes la lui nomma comme un témoin de sa fidélité; mais il ne le voulut qu'à condition que Madame y consentirait.

Il lui en écrivit par Vardes pour l'en prier. Madame était accouchée de Mlle de Valois et ne voyait encore personne; mais Vardes lui demanda une audience avec tant d'instance qu'elle la lui accorda. Il se jeta d'abord à genoux devant elle; il se mit à pleurer et à lui demander grâce, lui offrant de cacher, si elle voulait être de concert avec lui, tout le commerce qui avait été entre eux.

Madame lui déclara qu'au lieu d'accepter cette proposition elle voulait que le comte de Guiche sût la vérité; que, comme elle avait été trompée et qu'elle avait donné dans des panneaux dont personne n'aurait pu se défendre, elle ne voulait pas d'autre justification que la vérité, au travers de laquelle on verrait que ses bontés, entre les mains de tout autre que lui, n'auraient pas été tournées comme elles l'avaient été.

Il voulut ensuite lui donner la lettre du comte de Guiche; mais elle la refusa, et elle fit très bien, car Vardes l'avait déjà montrée au roi et lui avait dit que Madame le trompait.

Il pria encore Madame de nommer quelqu'un pour les accommoder; elle consentit, pour empêcher qu'ils ne se battissent, que la paix se fît chez Mme de Meckelbourg; mais Madame ne voulait pas qu'il parût que cette entrevue se fît de son consentement. Vardes qui avait espéré tout autre chose, fut dans un désespoir non pareil; il se cognait la tête contre les murailles, il pleurait et faisait toutes les extravagances possibles. Mais Madame tint ferme et ne se relâcha point, dont bien lui prit.

Quand Vardes fut sorti, le roi arriva. Madame lui conta comment la chose s'était passée, dont le roi fut si content qu'il entra en éclaircissement avec elle, et lui promit de l'aider à démêler les fourberies de Vardes, qui se trouvèrent si excessives qu'il serait impossible de les définir.

Madame se tira de ce labyrinthe en disant toujours la vérité, et sa sincérité la maintint auprès du roi.

Le comte de Guiche, cependant, était très affligé de ce que Madame n'avait pas voulu recevoir sa lettre; il crut qu'elle ne l'aimait plus, et il prit la résolution de voir Vardes chez Mme de Meckelbourg,

pour se battre contre lui. Elle ne les voulut point
recevoir, de sorte qu'ils demeurèrent dans un état
dont on attendait tous les jours quelque éclat horrible.

Le roi retourna en ce temps à Vincennes. Le
comte de Guiche, qui ne savait dans quels sentiments
Madame était pour lui, ne pouvant plus demeurer
dans cette incertitude, résolut de prier la comtesse
de Gramont, qui était Anglaise, de parler à Madame,
et il l'en pressa tant qu'elle y consentit; son mari
même se chargea d'une lettre qu'elle ne voulut pas
recevoir. Madame lui dit que le comte de Guiche
avait été amoureux de Mlle de Grancey, sans lui avoir
fait dire que c'était un prétexte; qu'elle se trouvait
heureuse de n'avoir point d'affaire avec lui et que,
s'il eût agi autrement, son inclination et la reconnaissance l'auraient fait consentir, malgré les dan-
gers auxquels elle s'exposait, à conserver pour lui les
sentiments qu'il aurait pu désirer.

Cette froideur renouvela tellement la passion du
comte de Guiche qu'il était tous les jours chez
la comtesse de Gramont pour la prier de parler à
Madame en sa faveur; enfin le hasard lui donna
occasion de lui parler à elle-même plus qu'il ne
l'espérait.

Mme de La Vieuville donna un bal chez elle.
Madame fit partie pour y aller en masque avec
Monsieur; et pour n'être pas reconnue, elle fit habiller
magnifiquement ses filles, et quelques dames de sa
suite; et elle, avec Monsieur, allèrent avec des capes
dans un carrosse emprunté.

Ils trouvèrent à la porte une troupe de masques.
Monsieur leur proposa, sans les connaître, de s'asso-
cier à eux et en prit un par la main; Madame en fit
autant. Jugez quelle fut sa surprise quand elle trouva
la main estropiée du comte de Guiche, qui reconnut

aussi les sachets dont les coiffes de Madame étaient
parfumées. Peu s'en fallut qu'ils ne jetassent un cri
tous les deux, tant cette aventure les surprit.

Ils étaient l'un et l'autre dans un si grand trouble
qu'ils montèrent l'escalier sans se rien dire. Enfin
le comte de Guiche, ayant reconnu Monsieur et ayant
vu qu'il s'était allé asseoir loin de Madame, s'était
mis à ses genoux, et eut le temps non seulement de
se justifier, mais d'apprendre de Madame tout ce qui
s'était passé pendant son absence. Il eut beaucoup
de douleur qu'elle eût écouté Vardes; mais il se
trouva si heureux que Madame lui pardonnait sa
ravauderie avec Mlle de Grancey qu'il ne se plaignit
pas.

Monsieur rappela Madame, et le comte de Guiche,
de peur d'être reconnu, sortit le premier; mais le
hasard, qui l'avait amené en ce lieu, le fit amuser
au bas du degré. Monsieur était un peu inquiet de
la conversation que Madame avait eue; elle s'en
aperçut, et la crainte d'être questionnée fit que le
pied lui manqua, et du haut de l'escalier elle alla
bronchant jusqu'en bas, où était le comte de Guiche,
qui, en la retenant, l'empêcha de se tuer, car elle
était grosse.

Toutes choses semblaient, comme vous voyez,
aider à son raccommodement; aussi s'acheva-t-il.
Madame reçut ensuite de ses lettres, et, un soir que
Monsieur était allé en masque, elle le vit chez la
comtesse de Gramont, où elle attendait Monsieur
pour faire médianoche.

(Madame obtient du Roi qu'il chasse Vardes, Montalais
propose à ce dernier de lui communiquer trois lettres
compromettantes de Guiche à Madame, qu'elle a conser-
vées. Vardes refuse, mais sa maîtresse, la comtesse de Soissons, a moins de scrupules. Elle utilise ces lettres pour
perdre Guiche dans l'esprit du Roi. Les dernières pages du

récit ont été dictées directement par Madame à Mme de La Fayette.)

Heureusement le roi parla à Madame de tout ceci. Il lui parut d'une telle rage contre le comte de Guiche, et si obligé à la comtesse de Soissons que Madame se vit dans la nécessité de perdre tous les deux pour ne pas voir la comtesse de Soissons sur le trône, après avoir accablé le comte de Guiche. Madame fit pourtant promettre au roi qu'il pardonnerait au comte de Guiche si elle lui pouvait prouver que ses fautes étaient petites en comparaison de celles de Vardes et de la comtesse de Soissons; le roi le lui promit, et Madame lui conta tout ce qu'elle savait. Ils conclurent ensemble qu'il chasserait la comtesse de Soissons et qu'il mettrait Vardes en prison. Madame avertit le comte de Guiche en diligence par le maréchal de Gramont et lui conseilla d'avouer sincèrement toutes choses, ayant trouvé que, dans toutes les matières embrouillées, la vérité seule tire les gens d'affaire. Quelque délicat que cela fût, le comte de Guiche en remercia Madame; et, sur cette affaire, ils n'eurent de commerce que par le maréchal de Gramont. La régularité fut si grande de part et d'autre qu'ils ne se coupèrent jamais, et le roi ne s'aperçut point de ce concert. Il envoya prier Montalais de lui dire la vérité : vous saurez ce détail d'elle. Je vous dirai seulement que le maréchal, qui n'avait tenu que par miracle une aussi bonne conduite que celle qu'il avait eue, ne put longtemps se démentir, et son effroi lui fit envoyer son fils en Hollande, qui n'aurait pas été chassé s'il eût tenu bon.

Il en fut si affligé qu'il en tomba malade; son père ne laissa pas de le presser de partir. Madame ne voulait pas qu'il lui dît adieu, parce qu'elle savait qu'on l'observait et qu'elle n'était plus dans cet âge

où ce qui était périlleux lui paraissait plus agréable.
Mais, comme le comte de Guiche ne pouvait partir
sans voir Madame, il se fit faire un habit des livrées
de La Vallière, et, comme on portait Madame en
chaise dans le Louvre, il eut la liberté de lui parler.
Enfin le jour du départ arriva. Le comte avait
toujours la fièvre, il ne laissa pas de se trouver dans la
rue avec son déguisement ordinaire; mais les forces
lui manquèrent quand il fallut prendre le dernier
congé. Il tomba évanoui, et Madame resta dans la
douleur de le voir dans cet état, au hasard d'être
reconnu, ou de demeurer sans secours. Depuis ce
temps-là, Madame ne l'a point revu.

LA PRINCESSE
DE CLÈVES

LE LIBRAIRE AU LECTEUR

Quelque approbation qu'ait eue cette Histoire dans les lectures qu'on en a faites, l'auteur n'a pu se résoudre à se déclarer; il a craint que son nom ne diminuât le succès de son livre. Il sait par expérience que l'on condamne quelquefois les ouvrages sur la médiocre opinion qu'on a de l'auteur et il sait aussi que la réputation de l'auteur donne souvent du prix aux ouvrages. Il demeure donc dans l'obscurité où il est, pour laisser les jugements plus libres et plus équitables, et il se montrera néanmoins si cette Histoire est aussi agréable au public que je l'espère.

Première partie

La magnificence et la galanterie n'ont jamais paru en France avec tant d'éclat que dans les dernières années du règne de Henri second. Ce prince était galant, bien fait et amoureux; quoique sa passion pour Diane de Poitiers, duchesse de Valentinois, eût commencé il y avait plus de vingt ans, elle n'en était pas moins violente, et il n'en donnait pas des témoignages moins éclatants.

Comme il réussissait admirablement dans tous les exercices du corps, il en faisait une de ses plus grandes occupations. C'était tous les jours des parties de chasse et de paume, des ballets, des courses de bagues, ou de semblables divertissements; les couleurs et les chiffres de Mme de Valentinois paraissaient partout, et elle paraissait elle-même avec tous les ajustements que pouvait avoir Mlle de la Marck, sa petite-fille, qui était alors à marier.

La présence de la reine autorisait la sienne. Cette princesse était belle, quoiqu'elle eût passé la première jeunesse; elle aimait la grandeur, la magnificence et les plaisirs. Le roi l'avait épousée lorsqu'il était encore duc d'Orléans, et qu'il avait pour aîné le dauphin, qui mourut à Tournon, prince que sa naissance et ses grandes qualités destinaient à remplir dignement la place du roi François premier, son père.

L'humeur ambitieuse de la reine lui faisait trouver une grande douceur à régner; il semblait qu'elle souffrît sans peine l'attachement du roi pour la duchesse de Valentinois, et elle n'en témoignait aucune jalousie, mais elle avait une si profonde dissimulation qu'il était difficile de juger de ses sentiments, et la politique l'obligeait d'approcher cette duchesse de sa personne, afin d'en approcher aussi le roi. Ce prince aimait le commerce des femmes, même de celles dont il n'était pas amoureux : il demeurait tous les jours chez la reine à l'heure du cercle, où tout ce qu'il y avait de plus beau et de mieux fait, de l'un et de l'autre sexe, ne manquait pas de se trouver.

Jamais cour n'a eu tant de belles personnes et d'hommes admirablement bien faits; et il semblait que la nature eût pris plaisir à placer ce qu'elle donne de plus beau dans les plus grandes princesses et dans les plus grands princes. Mᵐᵉ Élisabeth de France, qui fut depuis reine d'Espagne, commençait à faire paraître un esprit surprenant et cette incomparable beauté qui lui a été si funeste. Marie Stuart, reine d'Écosse, qui venait d'épouser M. le dauphin, et qu'on appelait la reine dauphine, était une personne parfaite pour l'esprit et pour le corps; elle avait été élevée à la cour de France, elle en avait pris toute la politesse, et elle était née avec tant de dispositions pour toutes les belles choses que, malgré sa grande jeunesse, elle les aimait et s'y connaissait mieux que personne. La reine, sa belle-mère, et Madame, sœur du roi, aimaient aussi les vers, la comédie et la musique. Le goût que le roi François premier avait eu pour la poésie et pour les lettres, régnait encore en France; et le roi son fils, aimant les exercices du corps, tous les plaisirs étaient à la cour; mais ce qui rendait cette cour belle et majestueuse, était le nombre infini de princes et de grands seigneurs d'un mérite extraordinaire. Ceux que je vais nommer étaient, en des manières différentes, l'ornement et l'admiration de leur siècle.

Le roi de Navarre attirait le respect de tout le monde par la grandeur de son rang et par celle qui paraissait en sa personne. Il excellait dans la guerre, et le duc de Guise lui donnait une émulation qui l'avait porté plusieurs fois à quitter sa place de général, pour aller combattre auprès de lui comme un simple soldat, dans les lieux les plus périlleux. Il est vrai aussi que ce duc avait donné des marques d'une valeur si admirable et avait eu de si heureux succès qu'il n'y avait point de grand capitaine qui ne dût le regarder avec envie. Sa valeur était soutenue de toutes les autres grandes qualités : il avait un esprit vaste et profond, une âme noble et élevée, et une égale capacité pour la guerre et pour les affaires. Le cardinal de Lorraine, son frère, était né avec une ambition démesurée, avec un esprit vif et une éloquence admirable, et il avait acquis une science profonde, dont il se servait pour se rendre considérable en défendant la religion catholique qui commençait d'être attaquée. Le chevalier de Guise, que l'on appela depuis le grand prieur, était un prince aimé de tout le monde, bien fait, plein d'esprit, plein d'adresse, et d'une valeur célèbre par toute l'Europe. Le prince de Condé, dans un petit corps peu favorisé de la nature, avait une âme grande et hautaine, et un esprit qui le rendait aimable aux yeux même des plus belles femmes. Le duc de Nevers, dont la vie était glorieuse par la guerre et par les grands emplois qu'il avait eus, quoique dans un âge un peu avancé, faisait les délices de la cour. Il avait trois fils parfaitement bien faits : le second, qu'on appelait le prince

de Clèves, était digne de soutenir la gloire de son
nom; il était brave et magnifique, et il avait une prudence qui ne se trouve guère avec la jeunesse. Le
vidame de Chartres, descendu de cette ancienne maison de Vendôme, dont les princes du sang n'ont point
dédaigné de porter le nom, était également distingué
dans la guerre et dans la galanterie. Il était beau, de
bonne mine, vaillant, hardi, libéral; toutes ces bonnes
qualités étaient vives et éclatantes; enfin, il était
seul digne d'être comparé au duc de Nemours, si
quelqu'un lui eût pu être comparable. Mais ce prince
était un chef-d'œuvre de la nature; ce qu'il avait de
moins admirable, c'était d'être l'homme du monde
le mieux fait et le plus beau. Ce qui le mettait au-
dessus des autres était une valeur incomparable, et
un agrément dans son esprit, dans son visage et dans
ses actions que l'on n'a jamais vu qu'à lui seul; il
avait un enjouement qui plaisait également aux
hommes et aux femmes, une adresse extraordinaire
dans tous ses exercices, une manière de s'habiller qui
était toujours suivie de tout le monde, sans pouvoir
être imitée, et enfin un air dans toute sa personne
qui faisait qu'on ne pouvait regarder que lui dans
tous les lieux où il paraissait. Il n'y avait aucune
dame dans la cour dont la gloire n'eût été flattée de le
voir attaché à elle; peu de celles à qui il s'était attaché, se pouvaient vanter de lui avoir résisté, et même
plusieurs à qui il n'avait point témoigné de passion,
n'avaient pas laissé d'en avoir pour lui. Il avait tant
de douceur et tant de disposition à la galanterie qu'il
ne pouvait refuser quelques soins à celles qui tâchaient
de lui plaire : ainsi il avait plusieurs maîtresses, mais
il était difficile de deviner celle qu'il aimait véritablement. Il allait souvent chez la reine dauphine; la
beauté de cette princesse, sa douceur, le soin qu'elle
avait de plaire à tout le monde et l'estime particulière

qu'elle témoignait à ce prince, avaient souvent donné
lieu de croire qu'il levait les yeux jusqu'à elle.
MM. de Guise, dont elle était nièce, avaient beaucoup
augmenté leur crédit et leur considération par son
mariage; leur ambition les faisait aspirer à s'égaler
aux princes du sang et à partager le pouvoir du
connétable de Montmorency. Le roi se reposait sur
lui de la plus grande partie du gouvernement des
affaires et traitait le duc de Guise et le maréchal de
Saint-André comme ses favoris; mais ceux que la
faveur ou les affaires approchaient de sa personne,
ne s'y pouvaient maintenir qu'en se soumettant à la
duchesse de Valentinois; et, quoiqu'elle n'eût plus de
jeunesse ni de beauté, elle le gouvernait avec un
empire si absolu que l'on peut dire qu'elle était maîtresse de sa personne et de l'État.

Le roi avait toujours aimé le connétable, et sitôt
qu'il avait commencé à régner, il l'avait rappelé de
l'exil où le roi François premier l'avait envoyé. La
cour était partagée entre MM. de Guise et le connétable, qui était soutenu des princes du sang. L'un et
l'autre partis avaient toujours songé à gagner la
duchesse de Valentinois. Le duc d'Aumale, frère du
duc de Guise, avait épousé une de ses filles; le connétable aspirait à la même alliance. Il ne se contentait
pas d'avoir marié son fils aîné avec Mme Diane, fille
du roi et d'une dame de Piémont, qui se fit religieuse
aussitôt qu'elle fut accouchée. Ce mariage avait eu
beaucoup d'obstacles, par les promesses que M. de
Montmorency avait faites à Mlle de Piennes, une des
filles d'honneur de la reine; et, bien que le roi les eût
surmontés avec une patience et une bonté extrêmes,
ce connétable ne se trouvait pas encore assez appuyé
s'il ne s'assurait de Mme de Valentinois, et s'il ne la
séparait de MM. de Guise, dont la grandeur commençait à donner de l'inquiétude à cette duchesse. Elle

avait retardé, autant qu'elle avait pu, le mariage du dauphin avec la reine d'Écosse : la beauté et l'esprit capable et avancé de cette jeune reine, et l'élévation que ce mariage donnait à MM. de Guise, lui étaient insupportables. Elle haïssait particulièrement le cardinal de Lorraine; il lui avait parlé avec aigreur, et même avec mépris. Elle voyait qu'il prenait des liaisons avec la reine; de sorte que le connétable la trouva disposée à s'unir avec lui, et à entrer dans son alliance par le mariage de Mlle de la Marck, sa petite-fille, avec M. d'Anville, son second fils, qui succéda depuis à sa charge sous le règne de Charles IX. Le connétable ne crut pas trouver d'obstacles dans l'esprit de M. d'Anville pour un mariage, comme il en avait trouvé dans l'esprit de M. de Montmorency; mais, quoique les raisons lui en fussent cachées, les difficultés n'en furent guère moindres. M. d'Anville était éperdument amoureux de la reine dauphine et, quelque peu d'espérance qu'il eût dans cette passion, il ne pouvait se résoudre à prendre un engagement qui partagerait ses soins. Le maréchal de Saint-André était le seul dans la cour qui n'eût point pris de parti. Il était un des favoris, et sa faveur ne tenait qu'à sa personne : le roi l'avait aimé dès le temps qu'il était dauphin; et depuis, il l'avait fait maréchal de France, dans un âge où l'on n'a pas encore accoutumé de prétendre aux moindres dignités. Sa faveur lui donnait un éclat qu'il soutenait par son mérite et par l'agrément de sa personne, par une grande délicatesse pour sa table et pour ses meubles et par la plus grande magnificence qu'on eût jamais vue en un particulier. La libéralité du roi fournissait à cette dépense; ce prince allait jusqu'à la prodigalité pour ceux qu'il aimait; il n'avait pas toutes les grandes qualités, mais il en avait plusieurs, et surtout celle d'aimer la guerre et de l'entendre; aussi avait-il eu d'heureux succès, et, si on en excepte la bataille de Saint-Quentin, son règne n'avait été qu'une suite de victoires. Il avait gagné en personne la bataille de Renty; le Piémont avait été conquis; les Anglais avaient été chassés de France, et l'empereur Charles-Quint avait vu finir sa bonne fortune devant la ville de Metz, qu'il avait assiégée inutilement avec toutes les forces de l'Empire et de l'Espagne. Néanmoins, comme le malheur de Saint-Quentin avait diminué l'espérance de nos conquêtes, et que, depuis, la fortune avait semblé se partager entre les deux rois, ils se trouvèrent insensiblement disposés à la paix.

La duchesse douairière de Lorraine avait commencé à en faire des propositions dans le temps du mariage de M. le dauphin; il y avait toujours eu depuis quelque négociation secrète. Enfin, Cercamp, dans le pays d'Artois, fut choisi pour le lieu où l'on devait s'assembler. Le cardinal de Lorraine, le connétable de Montmorency et le maréchal de Saint-André s'y trouvèrent pour le roi; le duc d'Albe et le prince d'Orange, pour Philippe II; et le duc et la duchesse de Lorraine furent les médiateurs. Les principaux articles étaient le mariage de Mme Élisabeth de France avec Don Carlos, infant d'Espagne, et celui de Madame, sœur du roi, avec M. de Savoie.

Le roi demeura cependant sur la frontière et il y reçut la nouvelle de la mort de Marie, reine d'Angleterre. Il envoya le comte de Randan à Élisabeth, pour la complimenter sur son avènement à la couronne; elle le reçut avec joie. Ses droits étaient si mal établis qu'il lui était avantageux de se voir reconnue par le roi. Ce comte la trouva instruite des intérêts de la cour de France et du mérite de ceux qui la composaient; mais surtout il la trouva si remplie de la réputation du duc de Nemours, elle lui parla tant de fois de ce prince, et avec tant d'empressement que,

quand M. de Randan fut revenu, et qu'il rendit
compte au roi de son voyage, il lui dit qu'il n'y avait
rien que M. de Nemours ne pût prétendre auprès de
cette princesse, et qu'il ne doutait point qu'elle ne fût
capable de l'épouser. Le roi en parla à ce prince dès
le soir même; il lui fit conter par M. de Randan toutes
ses conversations avec Élisabeth et lui conseilla de
tenter cette grande fortune. M. de Nemours crut
d'abord que le roi ne lui parlait pas sérieusement, mais
comme il vit le contraire :

— Au moins, Sire, lui dit-il, si je m'embarque dans
une entreprise chimérique par le conseil et pour le
service de Votre Majesté, je la supplie de me garder
le secret jusqu'à ce que le succès me justifie vers le
public, et de vouloir bien ne me pas faire paraître
rempli d'une assez grande vanité pour prétendre
qu'une reine, qui ne m'a jamais vu, me veuille épouser
par amour.

Le roi lui promit de ne parler qu'au connétable de
ce dessein, et il jugea même le secret nécessaire pour
le succès. M. de Randan conseillait à M. de Nemours
d'aller en Angleterre sur le simple prétexte de voya-
ger, mais ce prince ne put s'y résoudre. Il envoya
Lignerolles qui était un jeune homme d'esprit, son
favori, pour voir les sentiments de la reine, et pour
tâcher de commencer quelque liaison. En attendant
l'événement de ce voyage, il alla voir le duc de Savoie,
qui était alors à Bruxelles avec le roi d'Espagne. La
mort de Marie d'Angleterre apporta de grands obstacles à la paix; l'assemblée se rompit à la fin de
novembre, et le roi revint à Paris.

Il parut alors une beauté à la cour, qui attira les
yeux de tout le monde, et l'on doit croire que c'était
une beauté parfaite, puisqu'elle donna de l'admiration
dans un lieu où l'on était si accoutumé à voir de belles
personnes. Elle était de la même maison que le

vidame de Chartres et une des plus grandes héritières
de France. Son père était mort jeune, et l'avait laissée
sous la conduite de Mme de Chartres, sa femme, dont
le bien, la vertu et le mérite étaient extraordinaires.
Après avoir perdu son mari, elle avait passé plusieurs
années sans revenir à la cour. Pendant cette absence,
elle avait donné ses soins à l'éducation de sa fille;
mais elle ne travailla pas seulement à cultiver son
esprit et sa beauté, elle songea aussi à lui donner de la
vertu et à la lui rendre aimable. La plupart des mères
s'imaginent qu'il suffit de ne parler jamais de galanterie devant les jeunes personnes pour les en éloigner.
Mme de Chartres avait une opinion opposée; elle faisait souvent à sa fille des peintures de l'amour; elle
lui montrait ce qu'il a d'agréable pour la persuader
plus aisément sur ce qu'elle lui en apprenait de dangereux; elle lui contait le peu de sincérité des hommes,
leurs tromperies et leur infidélité, les malheurs
domestiques où plongent les engagements; et elle lui
faisait voir, d'un autre côté, quelle tranquillité suivait
la vie d'une honnête femme, et combien la vertu donnait d'éclat et d'élévation à une personne qui avait
de la beauté et de la naissance; mais elle lui faisait
voir aussi combien il était difficile de conserver cette
vertu, que par une extrême défiance de soi-même et
par un grand soin de s'attacher à ce qui seul peut
faire le bonheur d'une femme, qui est d'aimer son
mari et d'en être aimée.

Cette héritière était alors un des grands partis
qu'il y eût en France, et quoiqu'elle fût dans une
extrême jeunesse, l'on avait déjà proposé plusieurs
mariages. Mme de Chartres, qui était extrêmement
glorieuse, ne trouvait presque rien digne de sa fille;
la voyant dans sa seizième année, elle voulut la
mener à la cour. Lorsqu'elle arriva, le vidame alla
au-devant d'elle; il fut surpris de la grande beauté

de Mlle de Chartres, et il en fut surpris avec raison. La blancheur de son teint et ses cheveux blonds lui donnaient un éclat que l'on n'a jamais vu qu'à elle; tous ses traits étaient réguliers, et son visage et sa personne étaient pleins de grâce et de charmes.

Le lendemain qu'elle fut arrivée, elle alla pour assortir des pierreries chez un Italien qui en trafiquait par tout le monde. Cet homme était venu de Florence avec la reine, et s'était tellement enrichi dans son trafic que sa maison paraissait plutôt celle d'un grand seigneur que d'un marchand. Comme elle y était, le prince de Clèves y arriva. Il fut tellement surpris de sa beauté qu'il ne put cacher sa surprise; et Mlle de Chartres ne put s'empêcher de rougir en voyant l'étonnement qu'elle lui avait donné. Elle se remit néanmoins, sans témoigner d'autre attention aux actions de ce prince que celle que la civilité lui devait donner pour un homme tel qu'il paraissait. M. de Clèves la regardait avec admiration, et il ne pouvait comprendre qui était cette belle personne qu'il ne connaissait point. Il voyait bien par son air, et par tout ce qui était à sa suite, qu'elle devait être d'une grande qualité. Sa jeunesse lui faisait croire que c'était une fille, mais, ne lui voyant point de mère, et l'Italien qui ne la connaissait point l'appelant madame, il ne savait que penser, et il la regardait toujours avec étonnement. Il s'aperçut que ses regards l'embarrassaient, contre l'ordinaire des jeunes personnes qui voient toujours avec plaisir l'effet de leur beauté; il lui parut même qu'il était cause qu'elle avait de l'impatience de s'en aller, et en effet elle sortit assez promptement. M. de Clèves se consola de la perdre de vue dans l'espérance de savoir qui elle était; mais il fut bien surpris quand il sut qu'on ne la connaissait point. Il demeura si touché de sa beauté et de l'air modeste qu'il avait remarqué dans ses actions qu'on peut dire qu'il conçut pour elle dès ce moment une passion et une estime extraordinaires. Il alla le soir chez Madame, sœur du roi.

Cette princesse était dans une grande considération par le crédit qu'elle avait sur le roi, son frère; et ce crédit était si grand que le roi, en faisant la paix, consentait à rendre le Piémont pour lui faire épouser le duc de Savoie. Quoiqu'elle eût désiré toute sa vie de se marier, elle n'avait jamais voulu épouser qu'un souverain, et elle avait refusé pour cette raison le roi de Navarre lorsqu'il était duc de Vendôme, et avait toujours souhaité M. de Savoie; elle avait conservé de l'inclination pour lui depuis qu'elle l'avait vu à Nice à l'entrevue du roi François premier et du pape Paul troisième. Comme elle avait beaucoup d'esprit et un grand discernement pour les belles choses, elle attirait tous les honnêtes gens, et il y avait de certaines heures où toute la cour était chez elle.

M. de Clèves y vint comme à l'ordinaire; il était si rempli de l'esprit et de la beauté de Mlle de Chartres qu'il ne pouvait parler d'autre chose. Il conta tout haut son aventure, et ne pouvait se lasser de donner des louanges à cette personne qu'il avait vue, qu'il ne connaissait point. Madame lui dit qu'il n'y avait point de personne comme celle qu'il dépeignait et que, s'il y en avait quelqu'une, elle serait connue de tout le monde. Mme de Dampierre, qui était sa dame d'honneur et amie de Mme de Chartres, entendant cette conversation, s'approcha de cette princesse et lui dit tout bas que c'était sans doute Mlle de Chartres que M. de Clèves avait vue. Madame se retourna vers lui et lui dit que, s'il voulait revenir chez elle le lendemain, elle lui ferait voir cette beauté dont il était si touché. Mlle de Chartres parut en effet

le jour suivant; elle fut reçue des reines avec tous
les agréments qu'on peut s'imaginer, et avec une
telle admiration de tout le monde qu'elle n'entendait
autour d'elle que des louanges. Elle les recevait avec
une modestie si noble qu'il ne semblait pas qu'elle les
entendît ou, du moins, qu'elle en fût touchée. Elle
alla ensuite chez Madame, sœur du roi. Cette princesse, après avoir loué sa beauté, lui conta l'étonnement qu'elle avait donné à M. de Clèves. Ce prince
entra un moment après :

— Venez, lui dit-elle, voyez si je ne vous tiens
pas ma parole et si, en vous montrant Mlle de
Chartres, je ne vous fais pas voir cette beauté que
vous cherchiez; remerciez-moi au moins de lui avoir
appris l'admiration que vous aviez déjà pour elle.

M. de Clèves sentit de la joie de voir que cette
personne, qu'il avait trouvée si aimable, était d'une
qualité proportionnée à sa beauté; il s'approcha
d'elle et il la supplia de se souvenir qu'il avait été le
premier à l'admirer et que, sans la connaître, il avait
eu pour elle tous les sentiments de respect et d'estime
qui lui étaient dus.

Le chevalier de Guise et lui, qui étaient amis,
sortirent ensemble de chez Madame. Ils louèrent
d'abord Mlle de Chartres sans se contraindre. Ils
trouvèrent enfin qu'ils la louaient trop, et ils ces-
sèrent l'un et l'autre de dire ce qu'ils en pensaient;
mais ils furent contraints d'en parler les jours suivants partout où ils se rencontrèrent. Cette nouvelle
beauté fut longtemps le sujet de toutes les conversations. La reine lui donna de grandes louanges et eut
pour elle une considération extraordinaire; la reine
dauphine en fit une de ses favorites et pria Mme de
Chartres de la mener souvent chez elle. Mesdames,
filles du roi, l'envoyaient chercher pour être de tous
leurs divertissements. Enfin, elle était aimée et

admirée de toute la cour, excepté de Mme de Valentinois. Ce n'est pas que cette beauté lui donnât de
l'ombrage : une trop longue expérience lui avait
appris qu'elle n'avait rien à craindre auprès du roi;
mais elle avait tant de haine pour le vidame de
Chartres qu'elle avait souhaité d'attacher à elle par
le mariage d'une de ses filles, et qui s'était attaché à
la reine, qu'elle ne pouvait regarder favorablement
une personne qui portait son nom et pour qui il
faisait paraître une grande amitié.

Le prince de Clèves devint passionnément amoureux de Mlle de Chartres et souhaitait ardemment
l'épouser; mais il craignait que l'orgueil de Mme de
Chartres ne fût blessé de donner sa fille à un homme
qui n'était pas l'aîné de sa maison. Cependant cette
maison était si grande, et le comte d'Eu, qui en était
l'aîné, venait d'épouser une personne si proche de la
maison royale que c'était plutôt la timidité que donne
l'amour que de véritables raisons, qui causaient les
craintes de M. de Clèves. Il avait un grand nombre
de rivaux : le chevalier de Guise lui paraissait le plus
redoutable par sa naissance, par son mérite et par
l'éclat que la faveur donnait à sa maison. Ce prince
était devenu amoureux de Mlle de Chartres le premier jour qu'il l'avait vue; il s'était aperçu de la
passion de M. de Clèves, comme M. de Clèves s'était
aperçu de la sienne. Quoiqu'ils fussent amis, l'éloignement que donnent les mêmes prétentions ne leur
avait pas permis de s'expliquer ensemble; et leur
amitié s'était refroidie sans qu'ils eussent eu la force
de s'éclaircir. L'aventure qui était arrivée à M. de
Clèves, d'avoir vu le premier Mlle de Chartres, lui
paraissait un heureux présage et semblait lui donner
quelque avantage sur ses rivaux; mais il prévoyait
de grands obstacles par le duc de Nevers, son père.
Ce duc avait d'étroites liaisons avec la duchesse de

Valentinois : elle était ennemie du vidame, et cette raison était suffisante pour empêcher le duc de Nevers de consentir que son fils pensât à sa nièce.

Mme de Chartres, qui avait eu tant d'application pour inspirer la vertu à sa fille, ne discontinua pas de prendre les mêmes soins dans un lieu où ils étaient si nécessaires et où il y avait tant d'exemples si dangereux. L'ambition et la galanterie étaient l'âme de cette cour, et occupaient également les hommes et les femmes. Il y avait tant d'intérêts et tant de cabales différentes, et les dames y avaient tant de part que l'amour était toujours mêlé aux affaires et les affaires à l'amour. Personne n'était tranquille, ni indifférent; on songeait à s'élever, à plaire, à servir ou à nuire; on ne connaissait ni l'ennui, ni l'oisiveté, et on était toujours occupé des plaisirs ou des intrigues. Les dames avaient des attachements particuliers pour la reine, pour la reine dauphine, pour la reine de Navarre, pour Madame, sœur du roi, ou pour la duchesse de Valentinois. Les inclinations, les raisons de bienséance ou le rapport d'humeur faisaient ces différents attachements. Celles qui avaient passé la première jeunesse et qui faisaient profession d'une vertu plus austère, étaient attachées à la reine. Celles qui étaient plus jeunes et qui cherchaient la joie et la galanterie faisaient leur cour à la reine dauphine. La reine de Navarre avait ses favorites; elle était jeune et elle avait du pouvoir sur le roi son mari : il était joint au connétable, et avait par là beaucoup de crédit. Madame, sœur du roi, conservait encore de la beauté et attirait plusieurs dames auprès d'elle. La duchesse de Valentinois avait toutes celles qu'elle daignait regarder; mais peu de femmes lui étaient agréables; et excepté quelques-unes, qui avaient sa familiarité et sa confiance, et dont l'humeur avait du rapport avec la sienne, elle n'en recevait chez elle que les jours où elle prenait plaisir à avoir une cour comme celle de la reine.

Toutes ces différentes cabales avaient de l'émulation et de l'envie les unes contre les autres : les dames qui les composaient avaient aussi de la jalousie entre elles, ou pour la faveur, ou pour les amants; les intérêts de grandeur et d'élévation se trouvaient souvent joints à ces autres intérêts moins importants, mais qui n'étaient pas moins sensibles. Ainsi il y avait une sorte d'agitation sans désordre dans cette cour, qui la rendait très agréable, mais aussi très dangereuse pour une jeune personne. Mme de Chartres voyait ce péril et ne songeait qu'aux moyens d'en garantir sa fille. Elle la pria, non pas comme sa mère, mais comme son amie, de lui faire confidence de toutes les galanteries qu'on lui dirait, et elle lui promit de lui aider à se conduire dans des choses où l'on était souvent embarrassée quand on était jeune.

Le chevalier de Guise fit tellement paraître les sentiments et les desseins qu'il avait pour Mlle de Chartres qu'ils ne furent ignorés de personne. Il ne voyait néanmoins que de l'impossibilité dans ce qu'il désirait; il savait bien qu'il n'était point un parti qui convînt à Mlle de Chartres, par le peu de biens qu'il avait pour soutenir son rang; et il savait bien aussi que ses frères n'approuveraient pas qu'il se mariât, par la crainte de l'abaissement que les mariages des cadets apportent d'ordinaire dans les grandes maisons. Le cardinal de Lorraine lui fit bientôt voir qu'il ne se trompait pas; il condamna l'attachement qu'il témoignait pour Mlle de Chartres avec une chaleur extraordinaire; mais il ne lui en dit pas les véritables raisons. Ce cardinal avait une haine pour le vidame, qui était secrète alors, et qui éclata depuis. Il eût plutôt consenti à voir son frère entrer dans toute

autre alliance que dans celle de ce vidame; et il
déclara si publiquement combien il en était éloigné
que Mme de Chartres en fut sensiblement offensée.
Elle prit de grands soins de faire voir que le cardinal
de Lorraine n'avait rien à craindre, et qu'elle ne
songeait pas à ce mariage. Le vidame prit la même
conduite et sentit, encore plus que Mme de Chartres,
celle du cardinal de Lorraine, parce qu'il en savait
mieux la cause.

Le prince de Clèves n'avait pas donné des marques
moins publiques de sa passion qu'avait fait le chevalier de Guise. Le duc de Nevers apprit cet attachement
avec chagrin; il crut néanmoins qu'il n'avait qu'à
parler à son fils pour le faire changer de conduite;
mais il fut bien surpris de trouver en lui le dessein
formé d'épouser Mlle de Chartres. Il blâma ce dessein,
il s'emporta et cacha si peu son emportement que le
sujet s'en répandit bientôt à la cour et alla jusqu'à
Mme de Chartres. Elle n'avait pas mis en doute que
M. de Nevers ne regardât le mariage de sa fille
comme un avantage pour son fils; elle fut bien
étonnée que la maison de Clèves et celle de Guise
craignissent son alliance, au lieu de la souhaiter.
Le dépit qu'elle eut lui fit penser à trouver un parti
pour sa fille, qui la mît au-dessus de ceux qui se
croyaient au-dessus d'elle. Après avoir tout examiné,
elle s'arrêta au prince dauphin, fils du duc de Montpensier. Il était lors à marier, et c'était ce qu'il y
avait de plus grand à la cour. Comme Mme de Chartres
avait beaucoup d'esprit, qu'elle était aidée du vidame
qui était dans une grande considération, et qu'en effet
sa fille était un parti considérable, elle agit avec tant
d'adresse et tant de succès que M. de Montpensier
parut souhaiter ce mariage, et il semblait qu'il ne
s'y pouvait trouver de difficultés.

Le vidame, qui savait l'attachement de M. d'Anville pour la reine dauphine, crut néanmoins qu'il fallait employer le pouvoir que cette princesse avait sur lui pour l'engager à servir Mlle de Chartres auprès du roi et auprès du prince de Montpensier, dont il était ami intime. Il en parla à cette reine, et elle entra avec joie dans une affaire où il s'agissait de l'élévation d'une personne qu'elle aimait beaucoup; elle le témoigna au vidame, et l'assura que, quoiqu'elle sût bien qu'elle ferait une chose désagréable au cardinal de Lorraine, son oncle, elle passerait avec joie par-dessus cette considération parce qu'elle avait sujet de se plaindre de lui et qu'il prenait tous les jours les intérêts de la reine contre les siens propres.

Les personnes galantes sont toujours bien aises qu'un prétexte leur donne lieu de parler à ceux qui les aiment. Sitôt que le vidame eut quitté Mme la dauphine, elle ordonna à Chastelart, qui était favori de M. d'Anville, et qui savait la passion qu'il avait pour elle, de lui aller dire, de sa part, de se trouver le soir chez la reine. Chastelart reçut cette commission avec beaucoup de joie et de respect. Ce gentilhomme était d'une bonne maison de Dauphiné; mais son mérite et son esprit le mettaient au-dessus de sa naissance. Il était reçu et bien traité de tout ce qu'il y avait de grands seigneurs à la cour, et la faveur de la maison de Montmorency l'avait particulièrement attaché à M. d'Anville. Il était bien fait de sa personne, adroit à toutes sortes d'exercices; il chantait agréablement, il faisait des vers, et avait un esprit galant et passionné qui plut si fort à M. d'Anville qu'il le fit confident de l'amour qu'il avait pour la reine dauphine. Cette confidence l'approchait de cette princesse, et ce fut en la voyant souvent qu'il prit le commencement de cette malheureuse passion qui lui ôta la raison et qui lui coûta enfin la vie.

M. d'Anville ne manqua pas d'être le soir chez la

reine; il se trouva heureux que Mme la dauphine l'eût choisi pour travailler à une chose qu'elle désirait, et il lui promit d'obéir exactement à ses ordres; mais Mme de Valentinois, ayant été avertie du dessein de ce mariage, l'avait traversé avec tant de soin, et avait tellement prévenu le roi que, lorsque M. d'Anville lui en parla, il lui fit paraître qu'il ne l'approuvait pas et lui ordonna même de le dire au prince de Montpensier. L'on peut juger ce que sentit Mme de Chartres par la rupture d'une chose qu'elle avait tant désirée, dont le mauvais succès donnait un si grand avantage à ses ennemis et faisait un si grand tort à sa fille.

La reine dauphine témoigna à Mlle de Chartres, avec beaucoup d'amitié, le déplaisir qu'elle avait de lui avoir été inutile :

— Vous voyez, lui dit-elle, que j'ai un médiocre pouvoir; je suis si haïe de la reine et de la duchesse de Valentinois qu'il est difficile que, par elles ou par ceux qui sont dans leur dépendance, elles ne traversent toujours toutes les choses que je désire. Cependant, ajouta-t-elle, je n'ai jamais pensé qu'à leur plaire; aussi elles ne me haïssent qu'à cause de la reine ma mère, qui leur a donné autrefois de l'inquiétude et de la jalousie. Le roi en avait été amoureux avant qu'il le fût de Mme de Valentinois; et dans les premières années de son mariage, qu'il n'avait point encore d'enfants, quoiqu'il aimât cette duchesse, il parut quasi résolu de se démarier pour épouser la reine ma mère. Mme de Valentinois qui craignait une femme qu'il avait déjà aimée, et dont la beauté et l'esprit pouvaient diminuer sa faveur, s'unit au connétable, qui ne souhaitait pas aussi que le roi épousât une sœur de MM. de Guise. Ils mirent le feu roi dans leurs sentiments, et quoiqu'il haït mortellement la duchesse de Valentinois, comme il aimait la reine, il travailla avec eux pour empêcher le roi de se démarier; mais, pour lui ôter absolument la pensée d'épouser la reine ma mère, ils firent son mariage avec le roi d'Écosse, qui était veuf de Mme Magdeleine, sœur du roi, et ils le firent parce qu'il était le plus prêt à conclure, et manquèrent aux engagements qu'on avait avec le roi d'Angleterre, qui la souhaitait ardemment. Il s'en fallait peu même que ce manquement ne fît une rupture entre les deux rois. Henri VIII ne pouvait se consoler de n'avoir pas épousé la reine ma mère; et, quelque autre princesse française qu'on lui proposât, il disait toujours qu'elle ne remplacerait jamais celle qu'on lui avait ôtée. Il est vrai aussi que la reine, ma mère, était une parfaite beauté, et que c'est une chose remarquable que, veuve d'un duc de Longueville, trois rois aient souhaité de l'épouser; son malheur l'a donnée au moindre et l'a mise dans un royaume où elle ne trouve que des peines. On dit que je lui ressemble; je crains de lui ressembler aussi par sa malheureuse destinée et, quelque bonheur qui semble se préparer pour moi, je ne saurais croire que j'en jouisse. Mlle de Chartres dit à la reine que ces tristes pressentiments étaient si mal fondés qu'elle ne les conserverait pas longtemps, et qu'elle ne devait point douter que son bonheur ne répondît aux apparences.

Personne n'osait plus penser à Mlle de Chartres, par la crainte de déplaire au roi ou par la pensée de ne pas réussir auprès d'une personne qui avait espéré un prince du sang. M. de Clèves ne fut retenu par aucune de ces considérations. La mort du duc de Nevers, son père, qui arriva alors, le mit dans une entière liberté de suivre son inclination et, sitôt que le temps de la bienséance du deuil fut passé, il ne songea plus qu'aux moyens d'épouser Mlle de Chartres. Il se trouvait heureux d'en faire la proposition dans un temps où ce qui s'était passé avait éloigné les autres partis et où il était quasi assuré qu'on ne la lui refuserait pas. Ce qui troublait sa joie, était la crainte de ne lui être pas agréable, et il eût préféré le bonheur de lui plaire à la certitude de l'épouser sans en être aimé.

Le chevalier de Guise lui avait donné quelque sorte de jalousie; mais comme elle était plutôt fondée sur le mérite de ce prince que sur aucune des actions de Mlle de Chartres, il songea seulement à tâcher de découvrir s'il était assez heureux pour qu'elle approuvât la pensée qu'il avait pour elle. Il ne la voyait que chez les reines ou aux assemblées; il était difficile d'avoir une conversation particulière. Il en trouva pourtant les moyens et il lui parla de son dessein et de sa passion avec tout le respect imaginable; il la pressa de lui faire connaître quels étaient les sentiments qu'elle avait pour lui et il lui dit que ceux qu'il avait pour elle étaient d'une nature qui le rendrait éternellement malheureux si elle n'obéissait que par devoir aux volontés de Madame sa mère.

Comme Mlle de Chartres avait le cœur très noble et très bien fait, elle fut véritablement touchée de reconnaissance du procédé du prince de Clèves. Cette reconnaissance donna à ses réponses et à ses paroles un certain air de douceur qui suffisait pour donner de l'espérance à un homme aussi éperdument amoureux que l'était ce prince; de sorte qu'il se flatta d'une partie de ce qu'il souhaitait.

Elle rendit compte à sa mère de cette conversation, et Mme de Chartres lui dit qu'il y avait tant de grandeur et de bonnes qualités dans M. de Clèves et qu'il faisait paraître tant de sagesse pour son âge que, si elle sentait son inclination portée à l'épouser, elle y consentirait avec joie. Mlle de Chartres répondit qu'elle lui remarquait les mêmes bonnes qualités; qu'elle l'épouserait même avec moins de répugnance qu'un autre, mais qu'elle n'avait aucune inclination particulière pour sa personne.

Dès le lendemain, ce prince fit parler à Mme de Chartres; elle reçut la proposition qu'on lui faisait et elle ne craignit point de donner à sa fille un mari qu'elle ne pût aimer en lui donnant le prince de Clèves. Les articles furent conclus; on parla au roi, et ce mariage fut su de tout le monde.

M. de Clèves se trouvait heureux sans être néanmoins entièrement content. Il voyait avec beaucoup de peine que les sentiments de Mlle de Chartres ne passaient pas ceux de l'estime et de la reconnaissance et il ne pouvait se flatter qu'elle en cachât de plus obligeants, puisque l'état où ils étaient lui permettait de les faire paraître sans choquer son extrême modestie. Il ne se passait guère de jours qu'il ne lui en fît ses plaintes.

— Est-il possible, lui disait-il, que je puisse n'être pas heureux en vous épousant? Cependant il est vrai que je ne le suis pas. Vous n'avez pour moi qu'une sorte de bonté qui ne me peut satisfaire; vous n'avez ni impatience, ni inquiétude, ni chagrin; vous n'êtes pas plus touchée de ma passion que vous le seriez d'un attachement qui ne serait fondé que sur les avantages de votre fortune et non pas sur les charmes de votre personne.

— Il y a de l'injustice à vous plaindre, lui répondit-elle; je ne sais ce que vous pouvez souhaiter au-delà de ce que je fais, et il me semble que la bienséance ne permet pas que j'en fasse davantage.

— Il est vrai, lui répliqua-t-il, que vous me donnez de certaines apparences dont je serais content s'il y avait quelque chose au-delà; mais, au lieu que la bienséance vous retienne, c'est elle seule qui vous fait faire ce que vous faites. Je ne touche ni votre inclination, ni votre cœur, et ma présence ne vous donne ni de plaisir, ni de trouble.

— Vous ne sauriez douter, reprit-elle, que je n'aie de la joie de vous voir, et je rougis si souvent en vous voyant que vous ne sauriez douter aussi que votre vue ne me donne du trouble.

— Je ne me trompe pas à votre rougeur, répondit-il; c'est un sentiment de modestie, et non pas un mouvement de votre cœur, et je n'en tire que l'avantage que j'en dois tirer.

Mlle de Chartres ne savait que répondre, et ces distinctions étaient au-dessus de ses connaissances. M. de Clèves ne voyait que trop combien elle était éloignée d'avoir pour lui des sentiments qui le pouvaient satisfaire, puisqu'il lui paraissait même qu'elle ne les entendait pas.

Le chevalier de Guise revint d'un voyage peu de jours avant les noces. Il avait vu tant d'obstacles insurmontables au dessein qu'il avait eu d'épouser Mlle de Chartres qu'il n'avait pu se flatter d'y réussir; et néanmoins il fut sensiblement affligé de la voir devenir la femme d'un autre. Cette douleur n'éteignit pas sa passion et il ne demeura pas moins amoureux. Mlle de Chartres n'avait pas ignoré les sentiments que ce prince avait eus pour elle. Il lui fit connaître, à son retour, qu'elle était cause de l'extrême tristesse qui paraissait sur son visage; et il avait tant de mérite et tant d'agréments qu'il était difficile de le rendre malheureux sans en avoir quelque pitié. Aussi ne se pouvait-elle défendre d'en avoir; mais cette pitié ne la conduisait pas à d'autres sentiments : elle contait à sa mère la peine que lui donnait l'affection de ce prince.

Mme de Chartres admirait la sincérité de sa fille, et elle l'admirait avec raison, car jamais personne n'en a eu une si grande et si naturelle; mais elle n'ad-

mirait pas moins que son cœur ne fût point touché, et
d'autant plus qu'elle voyait bien que le prince de
Clèves ne l'avait pas touchée, non plus que les autres.
Cela fut cause qu'elle prit de grands soins de l'attacher à son mari et de lui faire comprendre ce qu'elle
devait à l'inclination qu'il avait eue pour elle avant
que de la connaître et à la passion qu'il lui avait
témoignée en la préférant à tous les autres partis,
dans un temps où personne n'osait plus penser à elle.

Ce mariage s'acheva, la cérémonie s'en fit au
Louvre; et le soir, le roi et les reines vinrent souper
chez Mme de Chartres avec toute la cour, où ils furent
reçus avec une magnificence admirable. Le chevalier
de Guise n'osa se distinguer des autres et ne pas
assister à cette cérémonie; mais il y fut si peu maître
de sa tristesse qu'il était aisé de la remarquer.

M. de Clèves ne trouva pas que Mlle de Chartres
eût changé de sentiment en changeant de nom. La
qualité de mari lui donna de plus grands privilèges;
mais elle ne lui donna pas une autre place dans le
cœur de sa femme. Cela fit aussi que, pour être son
mari, il ne laissa pas d'être son amant, parce qu'il
avait toujours quelque chose à souhaiter au-delà de
sa possession; et, quoiqu'elle vécût parfaitement bien
avec lui, il n'était pas entièrement heureux. Il conservait pour elle une passion violente et inquiète qui
troublait sa joie; la jalousie n'avait point de part à ce
trouble : jamais mari n'a été si loin d'en prendre et
jamais femme n'a été si loin d'en donner. Elle était
néanmoins exposée au milieu de la cour; elle allait
tous les jours chez les reines et chez Madame. Tout
ce qu'il y avait d'hommes jeunes et galants la
voyaient chez elle et chez le duc de Nevers, son beau-
frère, dont la maison était ouverte à tout le monde;
mais elle avait un air qui inspirait un si grand respect
et qui paraissait si éloigné de la galanterie que le

maréchal de Saint-André, quoique audacieux et soutenu de la faveur du roi, était touché de sa beauté, sans oser le lui faire paraître que par des soins et des devoirs. Plusieurs autres étaient dans le même état; et Mme de Chartres joignait à la sagesse de sa fille une conduite si exacte pour toutes les bienséances qu'elle achevait de la faire paraître une personne où l'on ne pouvait atteindre.

La duchesse de Lorraine, en travaillant à la paix, avait aussi travaillé pour le mariage du duc de Lorraine, son fils. Il avait été conclu avec Mme Claude de France, seconde fille du roi. Les noces en furent résolues pour le mois de février.

Cependant le duc de Nemours était demeuré à Bruxelles, entièrement rempli et occupé de ses desseins pour l'Angleterre. Il en recevait ou y envoyait continuellement des courriers : ses espérances augmentaient tous les jours, et enfin Lignerolles lui manda qu'il était temps que sa présence vînt achever ce qui était si bien commencé. Il reçut cette nouvelle avec toute la joie que peut avoir un jeune homme ambitieux qui se voit porté au trône par sa seule réputation. Son esprit s'était insensiblement accoutumé à la grandeur de cette fortune et, au lieu qu'il l'avait rejetée d'abord comme une chose où il ne pouvait parvenir, les difficultés s'étaient effacées de son imagination et il ne voyait plus d'obstacles.

Il envoya en diligence à Paris donner tous les ordres nécessaires pour faire un équipage magnifique, afin de paraître en Angleterre avec un éclat proportionné au dessein qui l'y conduisait, et il se hâta lui-même de venir à la cour pour assister au mariage de M. de Lorraine.

Il arriva la veille des fiançailles; et, dès le même soir qu'il fut arrivé, il alla rendre compte au roi de l'état de son dessein et recevoir ses ordres et ses conseils pour ce qu'il lui restait à faire. Il alla ensuite chez les reines. Mme de Clèves n'y était pas, de sorte qu'elle ne le vit point et ne sut pas même qu'il fût arrivé. Elle avait ouï parler de ce prince à tout le monde comme de ce qu'il y avait de mieux fait et de plus agréable à la cour; et surtout Mme la dauphine le lui avait dépeint d'une sorte et lui en avait parlé tant de fois qu'elle lui avait donné de la curiosité, et même de l'impatience de le voir.

Elle passa tout le jour des fiançailles chez elle à se parer, pour se trouver le soir au bal et au festin royal qui se faisait au Louvre. Lorsqu'elle arriva, l'on admira sa beauté et sa parure; le bal commença et, comme elle dansait avec M. de Guise, il se fit un assez grand bruit vers la porte de la salle, comme de quelqu'un qui entrait et à qui on faisait place. Mme de Clèves acheva de danser et, pendant qu'elle cherchait des yeux quelqu'un qu'elle avait dessein de prendre, le roi lui cria de prendre celui qui arrivait. Elle se tourna et vit un homme qu'elle crut d'abord ne pouvoir être que M. de Nemours, qui passait par-dessus quelques sièges pour arriver où l'on dansait. Ce prince était fait d'une sorte qu'il était difficile de n'être pas surprise de le voir quand on ne l'avait jamais vu, surtout ce soir-là, où le soin qu'il avait pris de se parer augmentait encore l'air brillant qui était dans sa personne; mais il était difficile aussi de voir Mme de Clèves pour la première fois sans avoir un grand étonnement.

M. de Nemours fut tellement surpris de sa beauté que, lorsqu'il fut proche d'elle, et qu'elle lui fit la révérence, il ne put s'empêcher de donner des marques de son admiration. Quand ils commencèrent à danser, il s'éleva dans la salle un murmure de louanges. Le roi et les reines se souvinrent qu'ils ne s'étaient jamais vus, et trouvèrent quelque chose de singulier de les voir danser ensemble sans se connaître. Ils les appe-

lèrent quand ils eurent fini sans leur donner le loisir
de parler à personne et leur demandèrent s'ils
n'avaient pas bien envie de savoir qui ils étaient, et
s'ils ne s'en doutaient point.

— Pour moi, Madame, dit M. de Nemours, je n'ai
pas d'incertitude; mais comme Mme de Clèves n'a pas
les mêmes raisons pour deviner qui je suis que celles
que j'ai pour la reconnaître, je voudrais bien que
Votre Majesté eût la bonté de lui apprendre mon nom.

— Je crois, dit Mme la dauphine, qu'elle le sait
aussi bien que vous savez le sien.

— Je vous assure, Madame, reprit Mme de Clèves,
qui paraissait un peu embarrassée, que je ne devine
pas si bien que vous pensez.

— Vous devinez fort bien, répondit Mme la dauphine; et il y a même quelque chose d'obligeant pour
M. de Nemours à ne vouloir pas avouer que vous le
connaissez sans l'avoir jamais vu.

La reine les interrompit pour faire continuer le
bal; M. de Nemours prit la reine dauphine. Cette
princesse était d'une parfaite beauté et avait paru
telle aux yeux de M. de Nemours avant qu'il allât
en Flandre; mais, de tout le soir, il ne put admirer
que Mme de Clèves.

Le chevalier de Guise, qui l'adorait toujours, était
à ses pieds, et ce qui se venait de passer lui avait
donné une douleur sensible. Il le prit comme un présage que la fortune destinait M. de Nemours à être
amoureux de Mme de Clèves; et, soit qu'en effet il eût
paru quelque trouble sur son visage, ou que la jalousie
fît voir au chevalier de Guise au-delà de la vérité, il
crut qu'elle avait été touchée de la vue de ce prince,
et il ne put s'empêcher de lui dire que M. de Nemours
était bien heureux de commencer à être connu d'elle
par une aventure qui avait quelque chose de galant
et d'extraordinaire.

Mme de Clèves revint chez elle, l'esprit si rempli de tout ce qui s'était passé au bal que, quoiqu'il fût fort tard, elle alla dans la chambre de sa mère pour lui en rendre compte; et elle lui loua M. de Nemours avec un certain air qui donna à Mme de Chartres la même pensée qu'avait eue le chevalier de Guise.

Le lendemain, la cérémonie des noces se fit. Mme de Clèves y vit le duc de Nemours avec une mine et une grâce si admirables qu'elle en fut encore plus surprise.

Les jours suivants, elle le vit chez la reine dauphine, elle le vit jouer à la paume avec le roi, elle le vit courre la bague, elle l'entendit parler; mais elle le vit toujours surpasser de si loin tous les autres et se rendre tellement maître de la conversation dans tous les lieux où il était, par l'air de sa personne et par l'agrément de son esprit, qu'il fit, en peu de temps, une grande impression dans son cœur.

Il est vrai aussi que, comme M. de Nemours sentait pour elle une inclination violente, qui lui donnait cette douceur et cet enjouement qu'inspirent les premiers désirs de plaire, il était encore plus aimable qu'il n'avait accoutumé de l'être; de sorte que, se voyant souvent, et se voyant l'un et l'autre ce qu'il y avait de plus parfait à la cour, il était difficile qu'ils ne se plussent infiniment.

La duchesse de Valentinois était de toutes les parties de plaisir, et le roi avait pour elle la même vivacité et les mêmes soins que dans les commencements de sa passion. Mme de Clèves, qui était dans cet âge où l'on ne croit pas qu'une femme puisse être aimée quand elle a passé vingt-cinq ans, regardait avec un extrême étonnement l'attachement que le roi avait pour cette duchesse, qui était grand'mère, et qui venait de marier sa petite-fille. Elle en parlait souvent à Mme de Chartres :

— Est-il possible, Madame, lui disait-elle, qu'il y ait si longtemps que le roi en soit amoureux? Comment s'est-il pu attacher à une personne qui était beaucoup plus âgée que lui, qui avait été maîtresse de son père, et qui l'est encore de beaucoup d'autres, à ce que j'ai ouï dire?

— Il est vrai, répondit-elle, que ce n'est ni le mérite, ni la fidélité de Mme de Valentinois qui a fait naître la passion du roi, ni qui l'a conservée, et c'est aussi en quoi il n'est pas excusable; car si cette femme avait eu de la jeunesse et de la beauté jointes à sa naissance, qu'elle eût eu le mérite de n'avoir jamais rien aimé, qu'elle eût aimé le roi avec une fidélité exacte, qu'elle l'eût aimé par rapport à sa seule personne sans intérêt de grandeur, ni de fortune, et sans se servir de son pouvoir que pour des choses honnêtes ou agréables au roi même, il faut avouer qu'on aurait eu de la peine à s'empêcher de louer ce prince du grand attachement qu'il a pour elle. Si je ne craignais, continua Mme de Chartres, que vous disiez de moi ce que l'on dit de toutes les femmes de mon âge, qu'elles aiment à conter les histoires de leur temps, je vous apprendrais le commencement de la passion du roi pour cette duchesse, et plusieurs choses de la cour du feu roi qui ont même beaucoup de rapport avec celles qui se passent encore présentement.

— Bien loin de vous accuser, reprit Mme de Clèves, de redire les histoires passées, je me plains, Madame, que vous ne m'ayez pas instruite des présentes et que vous ne m'ayez point appris les divers intérêts et les diverses liaisons de la cour. Je les ignore si entièrement que je croyais, il y a peu de jours, que M. le connétable était fort bien avec la reine.

— Vous aviez une opinion bien opposée à la vérité, répondit Mme de Chartres. La reine hait M. le conné-

table, et si elle a jamais quelque pouvoir, il ne s'en
apercevra que trop. Elle sait qu'il a dit plusieurs fois
au roi que, de tous ses enfants, il n'y avait que les
naturels qui lui ressemblassent.

— Je n'eusse jamais soupçonné cette haine, interrompit Mme de Clèves, après avoir vu le soin que la
reine avait d'écrire à M. le connétable pendant sa
prison, la joie qu'elle a témoignée à son retour, et
comme elle l'appelle toujours mon compère, aussi
bien que le roi.

— Si vous jugez sur les apparences en ce lieu-ci,
répondit Mme de Chartres, vous serez souvent trompée : ce qui paraît n'est presque jamais la vérité.

Mais, pour revenir à Mme de Valentinois, vous
savez qu'elle s'appelle Diane de Poitiers ; sa maison
est très illustre ; elle vient des anciens ducs d'Aqui-
taine ; son aïeule était fille naturelle de Louis XI, et
enfin il n'y a rien que de grand dans sa naissance.
Saint-Vallier, son père, se trouva embarrassé dans
l'affaire du connétable de Bourbon, dont vous avez
ouï parler. Il fut condamné à avoir la tête tranchée
et conduit sur l'échafaud. Sa fille, dont la beauté était
admirable, et qui avait déjà plu au feu roi, fit si bien
(je ne sais par quels moyens) qu'elle obtint la vie de
son père. On lui porta sa grâce comme il n'attendait
que le coup de la mort ; mais la peur l'avait tellement
saisi qu'il n'avait plus de connaissance, et il mourut
peu de jours après. Sa fille parut à la cour comme la
maîtresse du roi. Le voyage d'Italie et la prison de
ce prince interrompirent cette passion. Lorsqu'il
revint d'Espagne et que madame la régente alla
au-devant de lui à Bayonne, elle mena toutes ses
filles, parmi lesquelles était Mlle de Pisseleu, qui a
été depuis la duchesse d'Étampes. Le roi en devint
amoureux. Elle était inférieure en naissance, en esprit
et en beauté à Mme de Valentinois, et elle n'avait

au-dessus d'elle que l'avantage de la grande jeunesse. Je lui ai ouï dire plusieurs fois qu'elle était née le jour que Diane de Poitiers avait été mariée; la haine le lui faisait dire, et non pas la vérité : car je suis bien trompée si la duchesse de Valentinois n'épousa M. de Brézé, grand sénéchal de Normandie, dans le même temps que le roi devint amoureux de Mme d'Étampes. Jamais il n'y a eu une si grande haine que l'a été celle de ces deux femmes. La duchesse de Valentinois ne pouvait pardonner à Mme d'Étampes de lui avoir ôté le titre de maîtresse du roi. Mme d'Étampes avait une jalousie violente contre Mme de Valentinois parce que le roi conservait un commerce avec elle. Ce prince n'avait pas une fidélité exacte pour ses maîtresses; il y en avait toujours une qui avait le titre et les honneurs; mais les dames que l'on appelait de la petite bande le parta-geaient tour à tour. La perte du dauphin, son fils, qui mourut à Tournon, et que l'on crut empoisonné, lui donna une sensible affliction. Il n'avait pas la même tendresse, ni le même goût pour son second fils, qui règne présentement; il ne lui trouvait pas assez de hardiesse, ni assez de vivacité. Il s'en plaignit un jour à Mme de Valentinois, et elle lui dit qu'elle voulait le faire devenir amoureux d'elle pour le rendre plus vif et plus agréable. Elle y réussit comme vous le voyez; il y a plus de vingt ans que cette passion dure sans qu'elle ait été altérée ni par le temps, ni par les obstacles.

Le feu roi s'y opposa d'abord, et soit qu'il eût encore assez d'amour pour Mme de Valentinois pour avoir de la jalousie, ou qu'il fût poussé par la duchesse d'Étampes, qui était au désespoir que M. le dauphin fût attaché à son ennemie, il est certain qu'il vit cette passion avec une colère et un chagrin dont il donnait tous les jours des marques. Son fils ne craignit ni sa colère, ni sa haine, et rien ne put l'obliger à diminuer son attachement, ni à le cacher; il fallut que le roi s'accoutumât à le souffrir. Aussi cette opposition à ses volontés l'éloigna encore de lui et l'attacha davantage au duc d'Orléans, son troisième fils. C'était un prince bien fait, beau, plein de feu et d'ambition, d'une jeunesse fougueuse, qui avait besoin d'être modéré, mais qui eût fait aussi un prince d'une grande élévation si l'âge eût mûri son esprit.

Le rang d'aîné qu'avait le dauphin, et la faveur du roi qu'avait le duc d'Orléans, faisaient entre eux une sorte d'émulation qui allait jusqu'à la haine. Cette émulation avait commencé dès leur enfance et s'était toujours conservée. Lorsque l'Empereur passa en France, il donna une préférence entière au duc d'Orléans sur M. le dauphin, qui la ressentit si vivement que, comme cet Empereur était à Chantilly, il voulut obliger M. le connétable à l'arrêter sans attendre le commandement du roi. M. le connétable ne le voulut pas; le roi le blâma dans la suite de n'avoir pas suivi le conseil de son fils; et lorsqu'il l'éloigna de la cour, cette raison y eut beaucoup de part.

La division des deux frères donna la pensée à la duchesse d'Étampes de s'appuyer de M. le duc d'Orléans pour la soutenir auprès du roi contre Mme de Valentinois. Elle y réussit : ce prince, sans être amoureux d'elle, n'entra guère moins dans ses intérêts que le dauphin était dans ceux de Mme de Valentinois. Cela fit deux cabales dans la cour, telles que vous pouvez vous les imaginer; mais ces intrigues ne se bornèrent pas seulement à des démêlés de femmes.

L'Empereur, qui avait conservé de l'amitié pour le duc d'Orléans, avait offert plusieurs fois de lui remettre le duché de Milan. Dans les propositions qui se firent depuis pour la paix, il faisait espérer de lui donner les dix-sept provinces et de lui faire épouser sa fille. M. le dauphin ne souhaitait ni la paix, ni ce mariage. Il se servit de M. le connétable, qu'il a toujours aimé, pour faire voir au roi de quelle importance il était de ne pas donner à son successeur un frère aussi puissant que le serait un duc d'Orléans avec l'alliance de l'Empereur et les dix-sept pro- vinces. M. le connétable entra d'autant mieux dans les sentiments de M. le dauphin qu'il s'opposait par là à ceux de Mme d'Étampes, qui était son ennemie déclarée, et qui souhaitait ardemment l'élévation de M. le duc d'Orléans.

M. le dauphin commandait alors l'armée du roi en Champagne et avait réduit celle de l'Empereur en une telle extrémité qu'elle eût péri entièrement si la duchesse d'Étampes, craignant que de trop grands avantages ne nous fissent refuser la paix et l'alliance de l'Empereur pour M. le duc d'Orléans, n'eût fait secrètement avertir les ennemis de surprendre Éper- nay et Château-Thierry qui étaient pleins de vivres. Ils le firent et sauvèrent par ce moyen toute leur armée.

Cette duchesse ne jouit pas longtemps du succès de sa trahison. Peu après, M. le duc d'Orléans mourut, à Farmoutier, d'une espèce de maladie contagieuse. Il aimait une des plus belles femmes de la cour et en était aimé. Je ne vous la nommerai pas, parce qu'elle a vécu depuis avec tant de sagesse et qu'elle a même caché avec tant de soin la passion qu'elle avait pour ce prince qu'elle a mérité que l'on conserve sa répu- tation. Le hasard fit qu'elle reçut la nouvelle de la mort de son mari le même jour qu'elle apprit celle de M. d'Orléans; de sorte qu'elle eut ce prétexte pour cacher sa véritable affliction, sans avoir la peine de se contraindre.

Le roi ne survécut guère le prince son fils; il mourut
deux ans après. Il recommanda à M. le dauphin de
se servir du cardinal de Tournon et de l'amiral
d'Annebauld, et ne parla point de M. le connétable,
qui était pour lors relégué à Chantilly. Ce fut néanmoins la première chose que fit le roi, son fils, de le
rappeler, et de lui donner le gouvernement des
affaires.

Mme d'Étampes fut chassée et reçut tous les mauvais traitements qu'elle pouvait attendre d'une ennemie toute puissante; la duchesse de Valentinois se
vengea alors pleinement, et de cette duchesse, et de
tous ceux qui lui avaient déplu. Son pouvoir parut
plus absolu sur l'esprit du roi qu'il ne paraissait
encore pendant qu'il était dauphin. Depuis douze
ans que ce prince règne, elle est maîtresse absolue de
toutes choses; elle dispose des charges et des affaires;
elle a fait chasser le cardinal de Tournon, le chancelier
Olivier, et Villeroy. Ceux qui ont voulu éclairer le
roi sur sa conduite ont péri dans cette entreprise.
Le comte de Taix, grand maître de l'artillerie, qui
ne l'aimait pas, ne put s'empêcher de parler de ses
galanteries et surtout de celle du comte de Brissac,
dont le roi avait déjà eu beaucoup de jalousie;
néanmoins elle fit si bien que le comte de Taix fut
disgracié; on lui ôta sa charge; et, ce qui est presque
incroyable, elle la fit donner au comte de Brissac et
l'a fait ensuite maréchal de France. La jalousie du roi
augmenta néanmoins d'une telle sorte qu'il ne put
souffrir que ce maréchal demeurât à la cour; mais la
jalousie, qui est aigre et violente en tous les autres,
est douce et modérée en lui par l'extrême respect
qu'il a pour sa maîtresse; en sorte qu'il n'osa éloigner
son rival que sur le prétexte de lui donner le gouvernement de Piémont. Il y a passé plusieurs années;
il revint, l'hiver dernier, sur le prétexte de demander

des troupes et d'autres choses nécessaires pour l'armée qu'il commande. Le désir de revoir Mme de Valentinois, et la crainte d'en être oublié, avaient peut-être beaucoup de part à ce voyage. Le roi le reçut avec une grande froideur. MM. de Guise qui ne l'aiment pas, mais qui n'osent le témoigner à cause de Mme de Valentinois, se servirent de M. le vidame, qui est son ennemi déclaré, pour empêcher qu'il n'obtînt aucune des choses qu'il était venu demander. Il n'était pas difficile de lui nuire : le roi le haïssait, et sa présence lui donnait de l'inquiétude; de sorte qu'il fut contraint de s'en retourner sans remporter aucun fruit de son voyage, que d'avoir peut-être rallumé dans le cœur de Mme de Valentinois des sentiments que l'absence commençait d'éteindre. Le roi a bien eu d'autres sujets de jalousie; mais ou il ne les a pas connus, ou il n'a osé s'en plaindre.

Je ne sais, ma fille, ajouta Mme de Chartres, si vous ne trouverez point que je vous ai plus appris de choses que vous n'aviez envie d'en savoir.

— Je suis très éloignée, Madame, de faire cette plainte, répondit Mme de Clèves; et, sans la peur de vous importuner, je vous demanderais encore plusieurs circonstances que j'ignore.

La passion de M. de Nemours pour Mme de Clèves fut d'abord si violente qu'elle lui ôta le goût et même le souvenir de toutes les personnes qu'il avait aimées et avec qui il avait conservé des commerces pendant son absence. Il ne prit pas seulement le soin de chercher des prétextes pour rompre avec elles; il ne put se donner la patience d'écouter leurs plaintes et de répondre à leurs reproches. Mme la dauphine, pour qui il avait eu des sentiments assez passionnés, ne put tenir dans son cœur contre Mme de Clèves. Son impatience pour le voyage d'Angleterre commença même à se ralentir et il ne pressa plus avec tant

d'ardeur les choses qui étaient nécessaires pour son
départ. Il allait souvent chez la reine dauphine,
parce que Mme de Clèves y allait souvent, et il n'était
pas fâché de laisser imaginer ce que l'on avait cru
de ses sentiments pour cette reine. Mme de Clèves
lui paraissait d'un si grand prix qu'il se résolut de
manquer plutôt à lui donner des marques de sa
passion que de hasarder de la faire connaître au
public. Il n'en parla pas même au vidame de Chartres,
qui était son ami intime, et pour qui il n'avait rien
de caché. Il prit une conduite si sage et s'observa
avec tant de soin que personne ne le soupçonna d'être
amoureux de Mme de Clèves, que le chevalier de
Guise; et elle aurait eu peine à s'en apercevoir elle-
même, si l'inclination qu'elle avait pour lui ne lui
eût donné une attention particulière pour ses actions,
qui ne lui permît pas d'en douter.

Elle ne se trouva pas la même disposition à dire à
sa mère ce qu'elle pensait des sentiments de ce prince
qu'elle avait eue à lui parler de ses autres amants;
sans avoir un dessein formé de lui cacher, elle ne lui
en parla point. Mais Mme de Chartres ne le voyait
que trop, aussi bien que le penchant que sa fille avait
pour lui. Cette connaissance lui donna une douleur
sensible; elle jugeait bien le péril où était cette jeune
personne, d'être aimée d'un homme fait comme
M. de Nemours pour qui elle avait de l'inclination.
Elle fut entièrement confirmée dans les soupçons
qu'elle avait de cette inclination par une chose qui
arriva peu de jours après.

Le maréchal de Saint-André, qui cherchait toutes
les occasions de faire voir sa magnificence, supplia
le roi, sur le prétexte de lui montrer sa maison,
qui ne venait que d'être achevée, de lui vouloir
faire l'honneur d'y aller souper avec les reines. Ce
maréchal était bien aise aussi de faire paraître, aux

yeux de Mme de Clèves, cette dépense éclatante qui allait jusqu'à la profusion.

Quelques jours avant celui qui avait été choisi pour ce souper, le roi dauphin, dont la santé était assez mauvaise, s'était trouvé mal, et n'avait vu personne. La reine, sa femme, avait passé tout le jour auprès de lui. Sur le soir, comme il se portait mieux, il fit entrer toutes les personnes de qualité qui étaient dans son antichambre. La reine dauphine s'en alla chez elle; elle y trouva Mme de Clèves et quelques autres dames qui étaient les plus dans sa familiarité.

Comme il était déjà assez tard, et qu'elle n'était point habillée, elle n'alla pas chez la reine; elle fit dire qu'on ne la voyait point, et fit apporter ses pierreries afin d'en choisir pour le bal du maréchal de Saint-André et pour en donner à Mme de Clèves, à qui elle en avait promis. Comme elles étaient dans cette occupation, le prince de Condé arriva. Sa qualité lui rendait toutes les entrées libres. La reine dauphine lui dit qu'il venait sans doute de chez le roi son mari et lui demanda ce que l'on y faisait.

— L'on dispute contre M. de Nemours, Madame, répondit-il; et il défend avec tant de chaleur la cause qu'il soutient qu'il faut que ce soit la sienne. Je crois qu'il a quelque maîtresse qui lui donne de l'inquiétude quand elle est au bal, tant il trouve que c'est une chose fâcheuse, pour un amant, que d'y voir la personne qu'il aime.

— Comment! reprit Mme la dauphine, M. de Nemours ne veut pas que sa maîtresse aille au bal? J'avais bien cru que les maris pouvaient souhaiter que leurs femmes n'y allassent pas; mais, pour les amants, je n'avais jamais pensé qu'ils pussent être de ce sentiment.

— M. de Nemours trouve, répliqua le prince de Condé, que le bal est ce qu'il y a de plus insupportable

pour les amants, soit qu'ils soient aimés ou qu'ils ne
le soient pas. Il dit que, s'ils sont aimés, ils ont le
chagrin de l'être moins pendant plusieurs jours; qu'il
n'y a point de femme que le soin de sa parure n'empêche de songer à son amant; qu'elles en sont entièrement occupées; que ce soin de se parer est pour tout
le monde aussi bien que pour celui qu'elles aiment;
que, lorsqu'elles sont au bal, elles veulent plaire à
tous ceux qui les regardent; que, quand elles sont
contentes de leur beauté, elles en ont une joie dont
leur amant ne fait pas la plus grande partie. Il dit
aussi que, quand on n'est point aimé, on souffre
encore davantage de voir sa maîtresse dans une
assemblée; que, plus elle est admirée du public, plus
on se trouve malheureux de n'en être point aimé;
que l'on craint toujours que sa beauté ne fasse naître
quelque amour plus heureux que le sien. Enfin il
trouve qu'il n'y a point de souffrance pareille à celle
de voir sa maîtresse au bal, si ce n'est de savoir
qu'elle y est et de n'y être pas.

Mme de Clèves ne faisait pas semblant d'entendre
ce que disait le prince de Condé; mais elle l'écoutait
avec attention. Elle jugeait aisément quelle part elle
avait à l'opinion que soutenait M. de Nemours, et
surtout à ce qu'il disait du chagrin de n'être pas au
bal où était sa maîtresse, parce qu'il ne devait pas
être à celui du maréchal de Saint-André, et que le roi
l'envoyait au-devant du duc de Ferrare.

La reine dauphine riait avec le prince de Condé et
n'approuvait pas l'opinion de M. de Nemours.

— Il n'y a qu'une occasion, Madame, lui dit ce
prince, où M. de Nemours consente que sa maîtresse
aille au bal, alors c'est que c'est lui qui le donne; et
il dit que, l'année passée qu'il en donna un à Votre
Majesté, il trouva que sa maîtresse lui faisait une
faveur d'y venir, quoiqu'elle ne semblât que vous y

suivre; que c'est toujours faire une grâce à un amant
que d'aller prendre sa part à un plaisir qu'il donne;
que c'est aussi une chose agréable pour l'amant, que
sa maîtresse le voie le maître d'un lieu où est toute la
cour, et qu'elle le voie se bien acquitter d'en faire les
honneurs.

— M. de Nemours avait raison, dit la reine dauphine en souriant, d'approuver que sa maîtresse allât
au bal. Il y avait alors un si grand nombre de femmes
à qui il donnait cette qualité que, si elles n'y fussent
point venues, il y aurait eu peu de monde.

Sitôt que le prince de Condé avait commencé à
conter les sentiments de M. de Nemours sur le bal,
Mme de Clèves avait senti une grande envie de ne
point aller à celui du maréchal de Saint-André. Elle
entra aisément dans l'opinion qu'il ne fallait pas aller
chez un homme dont on était aimée, et elle fut bien
aise d'avoir une raison de sévérité pour faire une
chose qui était une faveur pour M. de Nemours; elle
emporta néanmoins la parure que lui avait donnée la
reine dauphine; mais, le soir, lorsqu'elle la montra à
sa mère, elle lui dit qu'elle n'avait pas dessein de s'en
servir, que le maréchal de Saint-André prenait tant
de soin de faire voir qu'il était attaché à elle qu'elle
ne doutait point qu'il ne voulût aussi faire croire
qu'elle aurait part au divertissement qu'il devait
donner au roi et que, sous prétexte de faire l'honneur
de chez lui, il lui rendrait des soins dont peut-être
elle serait embarrassée.

Mme de Chartres combattit quelque temps l'opinion de sa fille, comme la trouvant particulière; mais,
voyant qu'elle s'y opiniâtrait, elle s'y rendit, et lui
dit qu'il fallait donc qu'elle fît la malade pour avoir
un prétexte de n'y pas aller, parce que les raisons qui
l'en empêchaient ne seraient pas approuvées et qu'il
fallait même empêcher qu'on ne les soupçonnât.

Mme de Clèves consentit volontiers à passer quelques jours chez elle pour ne point aller dans un lieu où M. de Nemours ne devait pas être; et il partit sans avoir le plaisir de savoir qu'elle n'irait pas.

Il revint le lendemain du bal, il sut qu'elle ne s'y était pas trouvée; mais comme il ne savait pas que l'on eût redit devant elle la conversation de chez le roi dauphin, il était bien éloigné de croire qu'il fût assez heureux pour l'avoir empêchée d'y aller.

Le lendemain, comme il était chez la reine et qu'il parlait à Mme la dauphine, Mme de Chartres et Mme de Clèves y vinrent et s'approchèrent de cette princesse. Mme de Clèves était un peu négligée, comme une personne qui s'était trouvée mal; mais son visage ne répondait pas à son habillement.

— Vous voilà si belle, lui dit Mme la dauphine, que je ne saurais croire que vous ayez été malade. Je pense que M. le prince de Condé, en vous contant l'avis de M. de Nemours sur le bal, vous a persuadée que vous feriez une faveur au maréchal de Saint-André d'aller chez lui et que c'est ce qui vous a empêchée d'y venir.

Mme de Clèves rougit de ce que Mme la dauphine devinait si juste et de ce qu'elle disait devant M. de Nemours ce qu'elle avait deviné.

Mme de Chartres vit dans ce moment pourquoi sa fille n'avait pas voulu aller au bal; et, pour empêcher que M. de Nemours ne le jugeât aussi bien qu'elle, elle prit la parole avec un air qui semblait être appuyé sur la vérité.

— Je vous assure, madame, dit-elle à Mme la dauphine, que Votre Majesté fait plus d'honneur à ma fille qu'elle n'en mérite. Elle était véritablement malade; mais je crois que, si je ne l'en eusse empêchée, elle n'eût pas laissé de vous suivre et de se montrer aussi changée qu'elle était, pour avoir le plaisir de voir tout ce qu'il y a eu d'extraordinaire au divertissement d'hier au soir.

Mme la dauphine crut ce que disait Mme de Chartres, M. de Nemours fut bien fâché d'y trouver de l'apparence; néanmoins la rougeur de Mme de Clèves lui fit soupçonner que ce que Mme la dauphine avait dit n'était pas entièrement éloigné de la vérité. Mme de Clèves avait d'abord été fâchée que M. de Nemours eût eu lieu de croire que c'était lui qui l'avait empêchée d'aller chez le maréchal de Saint-André; mais ensuite elle sentit quelque espèce de chagrin que sa mère lui en eût entièrement ôté l'opinion.

Quoique l'assemblée de Cercamp eût été rompue, les négociations pour la paix avaient toujours continué et les choses s'y disposèrent d'une telle sorte que, sur la fin de février, on se rassembla à Cateau-Cambrésis. Les mêmes députés y retournèrent; et l'absence du maréchal de Saint-André défit M. de Nemours du rival qui lui était plus redoutable, tant par l'attention qu'il avait à observer ceux qui approchaient Mme de Clèves que par le progrès qu'il pouvait faire auprès d'elle.

Mme de Chartres n'avait pas voulu laisser voir à sa fille qu'elle connaissait ses sentiments pour ce prince, de peur de se rendre suspecte sur les choses qu'elle avait envie de lui dire. Elle se mit un jour à parler de lui; elle lui en dit du bien et y mêla beaucoup de louanges empoisonnées sur la sagesse qu'il avait d'être incapable de devenir amoureux et sur ce qu'il ne se faisait qu'un plaisir et non pas un attachement sérieux du commerce des femmes. Ce n'est pas, ajouta-t-elle, que l'on ne l'ait soupçonné d'avoir une grande passion pour la reine dauphine; je vois même qu'il y va très souvent, et je vous conseille d'éviter, autant que vous pourrez, de lui parler, et surtout en particulier, parce que, Mme la dauphine vous traitant comme elle fait, on dirait bientôt que vous êtes leur confidente, et vous savez combien cette réputation est désagréable. Je suis d'avis, si ce bruit continue, que vous alliez un peu moins chez Mᵐᵉ la dauphine, afin de ne vous pas trouver mêlée dans des aventures de galanterie.

Mᵐᵉ de Clèves n'avait jamais ouï parler de M. de Nemours et de Mᵐᵉ la dauphine; elle fut si surprise de ce que lui dit sa mère, et elle crut si bien voir combien elle s'était trompée dans tout ce qu'elle avait pensé des sentiments de ce prince, qu'elle en changea de visage. Mᵐᵉ de Chartres s'en aperçut : il vint du monde dans ce moment, Mᵐᵉ de Clèves s'en alla chez elle et s'enferma dans son cabinet.

L'on ne peut exprimer la douleur qu'elle sentit de connaître, par ce que lui venait de dire sa mère, l'intérêt qu'elle prenait à M. de Nemours : elle n'avait encore osé se l'avouer à elle-même. Elle vit alors que les sentiments qu'elle avait pour lui étaient ceux que M. de Clèves lui avait tant demandés; elle trouva combien il était honteux de les avoir pour un autre que pour un mari qui les méritait. Elle se sentit blessée et embarrassée de la crainte que M. de Nemours ne la voulût faire servir de prétexte à Mᵐᵉ la dauphine et cette pensée la détermina à conter à Mᵐᵉ de Chartres ce qu'elle ne lui avait point encore dit.

Elle alla le lendemain matin dans sa chambre pour exécuter ce qu'elle avait résolu; mais elle trouva que Mᵐᵉ de Chartres avait un peu de fièvre, de sorte qu'elle ne voulut pas lui parler. Ce mal paraissait néanmoins si peu de chose que Mᵐᵉ de Clèves ne laissa pas d'aller l'après-dînée chez Mᵐᵉ la dauphine : elle était dans son cabinet avec deux ou trois dames qui étaient le plus avant dans sa familiarité.

— Nous parlions de M. de Nemours, lui dit cette reine en la voyant, et nous admirions combien il est

changé depuis son retour de Bruxelles. Devant que
d'y aller il avait un nombre infini de maîtresses, et
c'était même un défaut en lui; car il ménageait également celles qui avaient du mérite et celles qui n'en
avaient pas. Depuis qu'il est revenu, il ne connaît
ni les unes ni les autres; il n'y a jamais eu un si grand
changement; je trouve même qu'il y en a dans son
humeur, et qu'il est moins gai que de coutume.

Mme de Clèves ne répondit rien; et elle pensait avec
honte qu'elle aurait pris tout ce que l'on disait du
changement de ce prince pour des marques de sa
passion si elle n'avait point été détrompée. Elle se
sentait quelque aigreur contre Mme la dauphine de
lui voir chercher des raisons et s'étonner d'une chose
dont apparemment elle savait mieux la vérité que
personne. Elle ne put s'empêcher de lui en témoigner
quelque chose; et, comme les autres dames s'éloi-
gnèrent, elle s'approcha d'elle et lui dit tout bas :

— Est-ce aussi pour moi, Madame, que vous venez
de parler, et voudriez-vous me cacher que vous fussiez celle qui a fait changer de conduite à M. de
Nemours?

— Vous êtes injuste, lui dit Mme la dauphine, vous
savez que je n'ai rien de caché pour vous. Il est vrai
que M. de Nemours, devant que d'aller à Bruxelles, a
eu, je crois, intention de me laisser entendre qu'il ne
me haïssait pas; mais, depuis qu'il est revenu, il ne
m'a pas même paru qu'il se souvînt des choses qu'il
avait faites, et j'avoue que j'ai de la curiosité de
savoir ce qui l'a fait changer. Il sera bien difficile que
je ne le démêle, ajouta-t-elle; le vidame de Chartres,
qui est son ami intime, est amoureux d'une personne
sur qui j'ai quelque pouvoir et je saurai par ce moyen
ce qui a fait ce changement.

Mme la dauphine parla d'un air qui persuada
Mme de Clèves, et elle se trouva, malgré elle, dans un

état plus calme et plus doux que celui où elle était auparavant.

Lorsqu'elle revint chez sa mère, elle sut qu'elle était beaucoup plus mal qu'elle ne l'avait laissée. La fièvre lui avait redoublé et, les jours suivants, elle augmenta de telle sorte qu'il parut que ce serait une maladie considérable. Mme de Clèves était dans une affliction extrême, elle ne sortait point de la chambre de sa mère; M. de Clèves y passait aussi presque tous les jours, et par l'intérêt qu'il prenait à Mme de Chartres, et pour empêcher sa femme de s'abandonner à la tristesse, mais pour avoir aussi le plaisir de la voir; sa passion n'était point diminuée.

M. de Nemours, qui avait toujours eu beaucoup d'amitié pour lui, n'avait pas cessé de lui en témoigner depuis son retour de Bruxelles. Pendant la maladie de Mme de Chartres, ce prince trouva le moyen de voir plusieurs fois Mme de Clèves en faisant semblant de chercher son mari ou de le venir prendre pour le mener promener. Il le cherchait même à des heures où il savait bien qu'il n'y était pas et, sous le prétexte de l'attendre, il demeurait dans l'antichambre de Mme de Chartres où il y avait toujours plusieurs personnes de qualité. Mme de Clèves y venait souvent et, pour être affligée, elle n'en paraissait pas moins belle à M. de Nemours. Il lui faisait voir combien il prenait d'intérêt à son affliction et il lui en parlait avec un air si doux et si soumis qu'il la persuadait aisément que ce n'était pas de Mme la dauphine dont il était amoureux.

Elle ne pouvait s'empêcher d'être troublée de sa vue, et d'avoir pourtant du plaisir à le voir; mais quand elle ne le voyait plus et qu'elle pensait que ce charme qu'elle trouvait dans sa vue était le commencement des passions, il s'en fallait peu qu'elle ne crût le haïr par la douleur que lui donnait cette pensée.

Mme de Chartres empira si considérablement que l'on commença à désespérer de sa vie; elle reçut ce que les médecins lui dirent du péril où elle était avec un courage digne de sa vertu et de sa piété. Après qu'ils furent sortis, elle fit retirer tout le monde et appeler Mme de Clèves.

— Il faut nous quitter, ma fille, lui dit-elle, en lui tendant la main; le péril où je vous laisse et le besoin que vous avez de moi augmentent le déplaisir que j'ai de vous quitter. Vous avez de l'inclination pour M. de Nemours; je ne vous demande point de me l'avouer : je ne suis plus en état de me servir de votre sincérité pour vous conduire. Il y a déjà long-temps que je me suis aperçue de cette inclination; mais je ne vous en ai pas voulu parler d'abord, de peur de vous en faire apercevoir vous-même. Vous ne la connaissez que trop présentement; vous êtes sur le bord du précipice : il faut de grands efforts et de grandes violences pour vous retenir. Songez ce que vous devez à votre mari; songez ce que vous vous devez à vous-même, et pensez que vous allez perdre cette réputation que vous vous êtes acquise et que je vous ai tant souhaitée. Ayez de la force et du courage, ma fille, retirez-vous de la cour, obligez votre mari de vous emmener; ne craignez point de prendre des partis trop rudes et trop difficiles, quelque affreux qu'ils vous paraissent d'abord : ils seront plus doux dans les suites que les malheurs d'une galanterie. Si d'autres raisons que celles de la vertu et de votre devoir vous pouvaient obliger à ce que je souhaite, je vous dirais que, si quelque chose était capable de troubler le bonheur que j'espère en sortant de ce monde, ce serait de vous voir tomber comme les autres femmes; mais, si ce malheur vous doit arriver, je reçois la mort avec joie, pour n'en être pas le témoin.

Mme de Clèves fondait en larmes sur la main de sa mère, qu'elle tenait serrée entre les siennes, et Mme de Chartres se sentant touchée elle-même :

— Adieu, ma fille, lui dit-elle, finissons une conversation qui nous attendrit trop l'une et l'autre, et souvenez-vous, si vous pouvez, de tout ce que je viens de vous dire.

Elle se tourna de l'autre côté en achevant ces paroles et commanda à sa fille d'appeler ses femmes, sans vouloir l'écouter, ni parler davantage. Mme de Clèves sortit de la chambre de sa mère en l'état que l'on peut s'imaginer, et Mme de Chartres ne songea plus qu'à se préparer à la mort. Elle vécut encore deux jours, pendant lesquels elle ne voulut plus revoir sa fille, qui était la seule chose à quoi elle se sentait attachée.

Mme de Clèves était dans une affliction extrême; son mari ne la quittait point et, sitôt que Mme de Chartres fut expirée, il l'emmena à la campagne, pour l'éloigner d'un lieu qui ne faisait qu'aigrir sa douleur. On n'en a jamais vu de pareille; quoique la tendresse et la reconnaissance y eussent la plus grande part, le besoin qu'elle sentait qu'elle avait de sa mère, pour se défendre contre M. de Nemours, ne laissait pas d'y en avoir beaucoup. Elle se trouvait malheureuse d'être abandonnée à elle-même, dans un temps où elle était si peu maîtresse de ses sentiments et où elle eût tant souhaité d'avoir quelqu'un qui pût la plaindre et lui donner de la force. La manière dont M. de Clèves en usait pour elle, lui faisait souhaiter plus fortement que jamais de ne manquer à rien de ce qu'elle lui devait. Elle lui témoignait aussi plus d'amitié et plus de tendresse qu'elle n'avait encore fait; elle ne voulait point qu'il la quittât, et il lui semblait qu'à force de s'attacher à lui, il la défendrait contre M. de Nemours.

Ce prince vint voir M. de Clèves à la campagne. Il fit ce qu'il put pour rendre aussi une visite à Mme de Clèves; mais elle ne le voulut point recevoir et, sentant bien qu'elle ne pouvait s'empêcher de le trouver aimable, elle avait fait une forte résolution de s'empêcher de le voir et d'en éviter toutes les occasions qui dépendraient d'elle.

M. de Clèves vint à Paris pour faire sa cour et promit à sa femme de s'en retourner le lendemain; il ne revint néanmoins que le jour d'après.

— Je vous attendis tout hier, lui dit Mme de Clèves, lorsqu'il arriva; et je vous dois faire des reproches de n'être pas venu comme vous me l'aviez promis. Vous savez que si je pouvais sentir une nouvelle affliction en l'état où je suis, ce serait la mort de Mme de Tournon, que j'ai apprise ce matin. J'en aurais été touchée quand je ne l'aurais point connue; c'est toujours une chose digne de pitié qu'une femme jeune et belle comme celle-là soit morte en deux jours; mais, de plus, c'était une des personnes du monde qui me plaisait davantage et qui paraissait avoir autant de sagesse que de mérite.

— Je fus très fâché de ne pas revenir hier, répondit M. de Clèves; mais j'étais si nécessaire à la consolation d'un malheureux qu'il m'était impossible de le quitter. Pour Mme de Tournon, je ne vous conseille pas d'en être affligée, si vous la regrettez comme une femme pleine de sagesse et digne de votre estime.

— Vous m'étonnez, reprit Mme de Clèves, et je vous ai ouï dire plusieurs fois qu'il n'y avait point de femme à la cour que vous estimassiez davantage.

— Il est vrai, répondit-il, mais les femmes sont incompréhensibles et, quand je les vois toutes, je me trouve si heureux de vous avoir que je ne saurais assez admirer mon bonheur.

— Vous m'estimez plus que je ne vaux, répliqua

Mme de Clèves en soupirant, et il n'est pas encore temps de me trouver digne de vous. Apprenez-moi, je vous en supplie, ce qui vous a détrompé de Mme de Tournon.

— Il y a longtemps que je le suis, répliqua-t-il, et que je sais qu'elle aimait le comte de Sancerre, à qui elle donnait des espérances de l'épouser.

— Je ne saurais croire, interrompit Mme de Clèves, que Mme de Tournon, après cet éloignement si extra-ordinaire qu'elle a témoigné pour le mariage depuis qu'elle est veuve, et après les déclarations publiques qu'elle a faites de ne se remarier jamais, ait donné des espérances à Sancerre.

— Si elle n'en eût donné qu'à lui, répliqua M. de Clèves, il ne faudrait pas s'étonner; mais ce qu'il y a de surprenant, c'est qu'elle en donnait aussi à Estou-teville dans le même temps, et je vais vous apprendre toute cette histoire.

Deuxième partie

Vous savez l'amitié qu'il y a entre Sancerre et
moi; néanmoins il devint amoureux de Mme de
Tournon, il y a environ deux ans, et me le cacha
avec beaucoup de soin, aussi bien qu'à tout le reste
du monde. J'étais bien éloigné de le soupçonner.
Mme de Tournon paraissait encore inconsolable de
la mort de son mari et vivait dans une retraite
austère. La sœur de Sancerre était quasi la seule
personne qu'elle vît, et c'était chez elle qu'il en était
devenu amoureux.

Un soir qu'il devait y avoir une comédie au Louvre
et que l'on n'attendait plus que le roi et Mme de
Valentinois pour commencer, l'on vint dire qu'elle
s'était trouvée mal, et que le roi ne viendrait pas.
On jugea aisément que le mal de cette duchesse était
quelque démêlé avec le roi. Nous savions les jalousies
qu'il avait eues du maréchal de Brissac pendant qu'il
avait été à la cour; mais il était retourné en Piémont
depuis quelques jours, et nous ne pouvions imaginer
le sujet de cette brouillerie.

Comme j'en parlais avec Sancerre, M. d'Anville
arriva dans la salle et me dit tout bas que le roi était
dans une affliction et dans une colère qui faisaient
pitié; qu'en un raccommodement, qui s'était fait
entre lui et Mme de Valentinois, il y avait quelques
jours, sur des démêlés qu'ils avaient eus pour le
maréchal de Brissac, le roi lui avait donné une bague

et l'avait priée de la porter; que, pendant qu'elle s'habillait pour venir à la comédie, il avait remarqué qu'elle n'avait point cette bague, et lui en avait demandé la raison; qu'elle avait paru étonnée de ne la pas avoir, qu'elle l'avait demandée à ses femmes, lesquelles, par malheur, ou faute d'être bien instruites, avaient répondu qu'il y avait quatre ou cinq jours qu'elles ne l'avaient vue.

Ce temps est précisément celui du départ du maréchal de Brissac, continua M. d'Anville; le roi n'a point douté qu'elle ne lui ait donné la bague en lui disant adieu. Cette pensée a réveillé si vivement toute cette jalousie, qui n'était pas encore bien éteinte, qu'il s'est emporté contre son ordinaire et lui a fait mille reproches. Il vient de rentrer chez lui très affligé; mais je ne sais s'il l'est davantage de l'opinion que Mme de Valentinois a sacrifié sa bague que de la crainte de lui avoir déplu par sa colère.

Sitôt que M. d'Anville eut achevé de me conter cette nouvelle, je me rapprochai de Sancerre pour la lui apprendre; je la lui dis comme un secret que l'on venait de me confier et dont je lui défendais d'en parler.

Le lendemain matin, j'allai d'assez bonne heure chez ma belle-sœur; je trouvai Mme de Tournon au chevet de son lit. Elle n'aimait pas Mme de Valentinois, et elle savait bien que ma belle-sœur n'avait pas sujet de s'en louer. Sancerre avait été chez elle au sortir de la comédie. Il lui avait appris la brouillerie du roi avec cette duchesse, et Mme de Tournon était venue la conter à ma belle-sœur, sans savoir ou sans faire réflexion que c'était moi qui l'avais apprise à son amant.

Sitôt que je m'approchai de ma belle-sœur, elle dit à Mme de Tournon que l'on pouvait me confier ce qu'elle venait de lui dire et, sans attendre la

permission de Mme de Tournon, elle me conta mot
pour mot tout ce que j'avais dit à Sancerre le soir
précédent. Vous pouvez juger comme j'en fus étonné.
Je regardai Mme de Tournon, elle me parut embarrassée. Son embarras me donna du soupçon; je
n'avais dit la chose qu'à Sancerre, il m'avait quitté
au sortir de la comédie sans m'en dire la raison;
je me souvins de lui avoir ouï extrêmement louer
Mme de Tournon. Toutes ces choses m'ouvrirent les
yeux, et je n'eus pas de peine à démêler qu'il avait
une galanterie avec elle et qu'il l'avait vue depuis
qu'il m'avait quitté.

Je fus si piqué de voir qu'il me cachait cette aventure que je dis plusieurs choses qui firent connaître
à Mme de Tournon l'imprudence qu'elle avait faite;
je la remis à son carrosse et je l'assurai, en la quittant,
que j'enviais le bonheur de celui qui lui avait appris
la brouillerie du roi et de Mme de Valentinois.

Je m'en allai à l'heure même trouver Sancerre,
je lui fis des reproches et je lui dis que je savais
sa passion pour Mme de Tournon, sans lui dire
comment je l'avais découverte. Il fut contraint de
me l'avouer; je lui contai ensuite ce qui me l'avait
apprise, et il m'apprit aussi le détail de leur aventure; il me dit que, quoiqu'il fût cadet de sa maison,
et très éloigné de pouvoir prétendre un aussi bon
parti, que néanmoins elle était résolue de l'épouser.
L'on ne peut être plus surpris que je le fus. Je dis à
Sancerre de presser la conclusion de son mariage,
et qu'il n'y avait rien qu'il ne dût craindre d'une
femme qui avait l'artifice de soutenir, aux yeux du
public, un personnage si éloigné de la vérité. Il me
répondit qu'elle avait été véritablement affligée,
mais que l'inclination qu'elle avait eue pour lui
avait surmonté cette affliction, et qu'elle n'avait pu
laisser paraître tout d'un coup un si grand change-

ment. Il me dit encore plusieurs autres raisons pour
l'excuser, qui me firent voir à quel point il en était
amoureux; il m'assura qu'il la ferait consentir que
je susse la passion qu'il avait pour elle, puisque aussi
bien c'était elle-même qui me l'avait apprise. Il l'y
obligea en effet, quoique avec beaucoup de peine,
et je fus ensuite très avant dans leur confidence.

Je n'ai jamais vu une femme avoir une conduite
si honnête et si agréable à l'égard de son amant;
néanmoins j'étais toujours choqué de son affecta-
tion à paraître encore affligée. Sancerre était si
amoureux et si content de la manière dont elle en
usait pour lui qu'il n'osait quasi la presser de conclure
leur mariage, de peur qu'elle ne crût qu'il le souhaitait plutôt par intérêt que par une véritable passion.
Il lui en parla toutefois, et elle lui parut résolue à
l'épouser; elle commença même à quitter cette
retraite où elle vivait et à se remettre dans le monde.
Elle venait chez ma belle-sœur à des heures où une
partie de la cour s'y trouvait. Sancerre n'y venait
que rarement, mais ceux qui y étaient tous les
soirs, et qui l'y voyaient souvent, la trouvaient très
aimable.

Peu de temps après qu'elle eut commencé à quitter
sa solitude, Sancerre crut voir quelque refroidissement dans la passion qu'elle avait pour lui. Il m'en
parla plusieurs fois sans que je fisse aucun fondement sur ses plaintes; mais, à la fin, comme il me
dit qu'au lieu d'achever leur mariage, elle semblait
l'éloigner, je commençai à croire qu'il n'avait pas de
tort d'avoir de l'inquiétude. Je lui répondis que,
quand la passion de Mme de Tournon diminuerait
après avoir duré deux ans, il ne faudrait pas s'en
étonner; que quand même, sans être diminuée, elle
ne serait pas assez forte pour l'obliger à l'épouser,
qu'il ne devrait pas s'en plaindre; que ce mariage,

à l'égard du public, lui ferait un extrême tort, non
seulement parce qu'il n'était pas un assez bon parti
pour elle, mais par le préjudice qu'il apporterait à
sa réputation; qu'ainsi tout ce qu'il pouvait souhaiter, était qu'elle ne le trompât point et qu'elle ne
lui donnât pas de fausses espérances. Je lui dis
encore que, si elle n'avait pas la force de l'épouser
ou qu'elle lui avouât qu'elle en aimait quelque autre,
il ne fallait point qu'il s'emportât, ni qu'il se plai-
gnît; mais qu'il devrait conserver pour elle de l'estime et de la reconnaissance.

Je vous donne, lui dis-je, le conseil que je prendrais
pour moi-même; car la sincérité me touche d'une
telle sorte que je crois que si ma maîtresse, et même
ma femme, m'avouait que quelqu'un lui plût, j'en
serais affligé sans en être aigri. Je quitterais le personnage d'amant ou de mari, pour la conseiller et
pour la plaindre.

Ces paroles firent rougir Mme de Clèves, et elle
y trouva un certain rapport avec l'état où elle était,
qui la surprit et qui lui donna un trouble dont elle
fut longtemps à se remettre.

Sancerre parla à Mme de Tournon, continua M. de
Clèves, il lui dit tout ce que je lui avais conseillé;
mais elle le rassura avec tant de soin et parut si
offensée de ses soupçons qu'elle les lui ôta entièrement. Elle remit néanmoins leur mariage après un
voyage qu'il allait faire et qui devait être assez long;
mais elle se conduisit si bien jusqu'à son départ et
en parut si affligée que je crus, aussi bien que lui,
qu'elle l'aimait véritablement. Il partit il y a environ
trois mois; pendant son absence, j'ai peu vu Mme de
Tournon : vous m'avez entièrement occupé et je
savais seulement qu'il devait bientôt revenir.

Avant-hier, en arrivant à Paris, j'appris qu'elle
était morte; j'envoyai savoir chez lui si on n'avait

point eu de ses nouvelles. On me manda qu'il était
arrivé dès la veille, qui était précisément le jour de
la mort de Mme de Tournon. J'allai le voir à l'heure
même, me doutant bien de l'état où je le trouverais;
mais son affliction passait de beaucoup ce que je
m'en étais imaginé.

Je n'ai jamais vu une douleur si profonde et si
tendre; dès le moment qu'il me vit, il m'embrassa,
fondant en larmes : Je ne la verrai plus, me dit-il,
je ne la verrai plus, elle est morte! Je n'en étais pas
digne; mais je la suivrai bientôt!

Après cela il se tut; et puis, de temps en temps,
redisant toujours : elle est morte, et je ne la verrai
plus! il revenait aux cris et aux larmes, et demeurait
comme un homme qui n'avait plus de raison. Il me
dit qu'il n'avait pas reçu souvent de ses lettres pendant son absence, mais qu'il ne s'en était pas étonné,
parce qu'il la connaissait et qu'il savait la peine
qu'elle avait à hasarder de ses lettres. Il ne doutait
point qu'il ne l'eût épousée à son retour; il la regardait comme la plus aimable et la plus fidèle personne
qui eût jamais été; il s'en croyait tendrement aimé;
il la perdait dans le moment qu'il pensait s'attacher
à elle pour jamais. Toutes ces pensées le plongeaient
dans une affliction violente dont il était entièrement
accablé; et j'avoue que je ne pouvais m'empêcher
d'en être touché.

Je fus néanmoins contraint de le quitter pour aller
chez le roi; je lui promis que je reviendrais bientôt. Je
revins en effet, et je ne fus jamais si surpris que de le
trouver tout différent de ce que je l'avais quitté. Il
était debout dans sa chambre, avec un visage furieux,
marchant et s'arrêtant comme s'il eût été hors de
lui-même. Venez, venez, me dit-il, venez voir l'homme
du monde le plus désespéré; je suis plus malheureux
mille fois que je n'étais tantôt, et ce que je viens

d'apprendre de Mme de Tournon est pire que sa mort.

Je crus que la douleur le troublait entièrement et je ne pouvais m'imaginer qu'il y eût quelque chose de pire que la mort d'une maîtresse que l'on aime et dont on est aimé. Je lui dis que tant que son affliction avait eu des bornes, je l'avais approuvée, et que j'y étais entré; mais que je ne le plaindrais plus s'il s'abandonnait au désespoir et s'il perdait la raison.

Je serais trop heureux de l'avoir perdue, et la vie aussi, s'écria-t-il : Mme de Tournon m'était infidèle et j'apprends son infidélité et sa trahison le lendemain que j'ai appris sa mort, dans un temps où mon âme est remplie et pénétrée de la plus vive douleur et de la plus tendre amour que l'on ait jamais senties; dans un temps où son idée est dans mon cœur comme la plus parfaite chose qui ait jamais été, et la plus parfaite à mon égard, je trouve que je me suis trompé et qu'elle ne mérite pas que je la pleure; cependant j'ai la même affliction de sa mort que si elle m'était fidèle et je sens son infidélité comme si elle n'était point morte. Si j'avais appris son changement devant sa mort, la jalousie, la colère, la rage m'auraient rempli et m'auraient endurci en quelque sorte contre la douleur de sa perte; mais je suis dans un état où je ne puis ni m'en consoler, ni la haïr.

Vous pouvez juger si je fus surpris de ce que me disait Sancerre; je lui demandai comment il avait su ce qu'il venait de me dire. Il me conta qu'un moment après que j'étais sorti de sa chambre, Estouteville, qui est son ami intime, mais qui ne savait pourtant rien de son amour pour Mme de Tournon, l'était venu voir; que, d'abord qu'il avait été assis, il avait commencé à pleurer et qu'il lui avait dit qu'il lui demandait pardon de lui avoir caché ce qu'il lui allait apprendre; qu'il le priait d'avoir pitié de lui; qu'il venait lui ouvrir son cœur et qu'il voyait

l'homme du monde le plus affligé de la mort de
Mme de Tournon.

Ce nom, me dit Sancerre, m'a tellement surpris
que, quoique mon premier mouvement ait été de
lui dire que j'en étais plus affligé que lui, je n'ai pas
eu néanmoins la force de parler. Il a continué, et m'a
dit qu'il était amoureux d'elle depuis six mois; qu'il
avait toujours voulu me le dire, mais qu'elle le lui
avait défendu expressément et avec tant d'autorité
qu'il n'avait osé lui désobéir; qu'il lui avait plu quasi
dans le même temps qu'il l'avait aimée; qu'ils avaient
caché leur passion à tout le monde; qu'il n'avait
jamais été chez elle publiquement; qu'il avait eu le
plaisir de la consoler de la mort de son mari; et
qu'enfin il l'allait épouser dans le temps qu'elle était
morte; mais que ce mariage, qui était un effet de
passion, aurait paru un effet de devoir et d'obéissance; qu'elle avait gagné son père pour se faire
commander de l'épouser, afin qu'il n'y eût pas un
trop grand changement dans sa conduite, qui avait
été si éloignée de se remarier.

Tant qu'Estouteville m'a parlé, me dit Sancerre,
j'ai ajouté foi à ses paroles, parce que j'y ai trouvé
de la vraisemblance et que le temps où il m'a dit
qu'il avait commencé à aimer Mme de Tournon est
précisément celui où elle m'a paru changée; mais
un moment après, je l'ai cru un menteur ou du moins
un visionnaire. J'ai été prêt à le lui dire, j'ai passé
ensuite à vouloir m'éclaircir, je l'ai questionné, je
lui ai fait paraître des doutes; enfin j'ai tant fait pour
m'assurer de mon malheur qu'il m'a demandé si je
connaissais l'écriture de Mme de Tournon. Il a mis
sur mon lit quatre de ses lettres et son portrait; mon
frère est entré dans ce moment, Estouteville avait le
visage si plein de larmes qu'il a été contraint de
sortir pour ne se pas laisser voir; il m'a dit qu'il

reviendrait ce soir requérir ce qu'il me laissait; et moi
je chassai mon frère, sur le prétexte de me trouver
mal, par l'impatience de voir ces lettres que l'on
m'avait laissées, et espérant d'y trouver quelque
chose qui ne me persuaderait pas tout ce qu'Estouteville venait de me dire. Mais hélas! que n'y ai-je point
trouvé? Quelle tendresse! quels serments! quelles
assurances de l'épouser! quelles lettres! Jamais elle
ne m'en a écrit de semblables. Ainsi, ajouta-t-il,
j'éprouve à la fois la douleur de la mort et celle de
l'infidélité; ce sont deux maux que l'on a souvent
comparés, mais qui n'ont jamais été sentis en même
temps par la même personne. J'avoue, à ma honte,
que je sens encore plus sa perte que son changement;
je ne puis la trouver assez coupable pour consentir à
sa mort. Si elle vivait, j'aurais le plaisir de lui faire des
reproches et de me venger d'elle en lui faisant
connaître son injustice; mais je ne la verrai plus,
reprenait-il, je ne la verrai plus; ce mal est le plus
grand de tous les maux. Je souhaiterais de lui rendre
la vie aux dépens de la mienne. Quel souhait! si elle
revenait elle vivrait pour Estouteville. Que j'étais
heureux hier! s'écriait-il, que j'étais heureux! j'étais
l'homme du monde le plus affligé; mais mon affliction
était raisonnable, et je trouvais quelque douceur à
penser que je ne devais jamais me consoler. Aujour-
d'hui, tous mes sentiments sont injustes. Je paye à
une passion feinte qu'elle a eue pour moi, le même
tribut de douleur que je croyais devoir à une passion
véritable. Je ne puis ni haïr, ni aimer sa mémoire; je
ne puis me consoler ni m'affliger. Du moins, me dit-il,
en se retournant tout d'un coup vers moi, faites, je
vous en conjure, que je ne voie jamais Estouteville;
son nom seul me fait horreur. Je sais bien que je n'ai
nul sujet de m'en plaindre; c'est ma faute de lui avoir
caché que j'aimais Mme de Tournon; s'il l'eût su il ne

s'y serait peut-être pas attaché, elle ne m'aurait pas
été infidèle; il est venu me chercher pour me confier
sa douleur; il me fait pitié. Eh! c'est avec raison,
s'écriait-il; il aimait Mme de Tournon, il en était aimé
et il ne la verra jamais; je sens bien néanmoins que je
ne saurais m'empêcher de le haïr. Et encore une fois,
je vous conjure de faire en sorte que je ne le voie
point.

Sancerre se remit ensuite à pleurer, à regretter
Mme de Tournon, à lui parler et à lui dire les choses
du monde les plus tendres; il repassa ensuite à la
haine, aux plaintes, aux reproches et aux impréca-
tions contre elle. Comme je le vis dans un état si
violent, je connus bien qu'il me fallait quelque secours
pour m'aider à calmer son esprit. J'envoyai quérir
son frère que je venais de quitter chez le roi; j'allai
lui parler dans l'antichambre avant qu'il entrât et
je lui contai l'état où était Sancerre. Nous donnâmes
des ordres pour empêcher qu'il ne vît Estouteville et
nous employâmes une partie de la nuit à tâcher de le
rendre capable de raison. Ce matin je l'ai encore
trouvé plus affligé; son frère est demeuré auprès de
lui, et je suis revenu auprès de vous.

— L'on ne peut être plus surprise que je le suis,
dit alors Mme de Clèves, et je croyais Mme de Tournon
incapable d'amour et de tromperie.

— L'adresse et la dissimulation, reprit M. de
Clèves, ne peuvent aller plus loin qu'elle les a portées.
Remarquez que, quand Sancerre crut qu'elle était
changée pour lui, elle l'était véritablement et qu'elle
commençait à aimer Estouteville. Elle disait à ce
dernier qu'il la consolait de la mort de son mari et que
c'était lui qui était cause qu'elle quittait cette grande
retraite; et il paraissait à Sancerre que c'était parce
que nous avions résolu qu'elle ne témoignerait plus
d'être si affligée. Elle faisait valoir à Estouteville de

cacher leur intelligence et de paraître obligée à l'épouser par le commandement de son père, comme un effet du soin qu'elle avait de sa réputation; et c'était pour abandonner Sancerre sans qu'il eût sujet de s'en plaindre. Il faut que je m'en retourne, continua M. de Clèves, pour voir ce malheureux et je crois qu'il faut que vous reveniez aussi à Paris. Il est temps que vous voyiez le monde, et que vous receviez ce nombre infini de visites dont aussi bien vous ne sauriez vous dispenser.

Mme de Clèves consentit à son retour et elle revint le lendemain. Elle se trouva plus tranquille sur M. de Nemours qu'elle n'avait été; tout ce que lui avait dit Mme de Chartres en mourant, et la douleur de sa mort, avaient fait une suspension à ses sentiments, qui lui faisait croire qu'ils étaient entièrement effacés.

Dès le même soir qu'elle fut arrivée, Mme la dauphine la vint voir, et après lui avoir témoigné la part qu'elle avait prise à son affliction, elle lui dit que, pour la détourner de ces tristes pensées, elle voulait l'instruire de tout ce qui s'était passé à la cour en son absence; elle lui conta ensuite plusieurs choses particulières.

— Mais ce que j'ai le plus d'envie de vous apprendre, ajouta-t-elle, c'est qu'il est certain que M. de Nemours est passionnément amoureux et que ses amis les plus intimes, non seulement ne sont point dans sa confidence, mais qu'ils ne peuvent deviner qui est la personne qu'il aime. Cependant cet amour est assez fort pour lui faire négliger ou abandonner, pour mieux dire, les espérances d'une couronne.

Mme la dauphine conta ensuite tout ce qui s'était passé sur l'Angleterre.

— J'ai appris ce que je viens de vous dire, conti-

nua-t-elle, de M. d'Anville; et il m'a dit ce matin que
le roi envoya quérir, hier au soir, M. de Nemours,
sur des lettres de Lignerolles, qui demande à revenir,
et qui écrit au roi qu'il ne peut plus soutenir auprès
de la reine d'Angleterre les retardements de M. de
Nemours; qu'elle commence à s'en offenser, et qu'encore qu'elle n'eût point donné de parole positive, elle
en avait assez dit pour faire hasarder un voyage. Le
roi lut cette lettre à M. de Nemours qui, au lieu de
parler sérieusement, comme il avait fait dans les
commencements, ne fit que rire, que badiner et se
moquer des espérances de Lignerolles. Il dit que
toute l'Europe condamnerait son imprudence s'il
hasardait d'aller en Angleterre comme un prétendu
mari de la reine sans être assuré du succès. — Il me
semble aussi, ajouta-t-il, que je prendrais mal mon
temps de faire ce voyage présentement que le roi
d'Espagne fait de si grandes instances pour épouser
cette reine. Ce ne serait peut-être pas un rival bien
redoutable dans une galanterie; mais je pense que
dans un mariage Votre Majesté ne me conseillerait
pas de lui disputer quelque chose. — Je vous le
conseillerais en cette occasion, reprit le roi; mais
vous n'aurez rien à lui disputer; je sais qu'il a d'autres
pensées; et, quand il n'en aurait pas, la reine Marie
s'est trop mal trouvée du joug de l'Espagne pour
croire que sa sœur le veuille reprendre et qu'elle se
laisse éblouir à l'éclat de tant de couronnes jointes
ensemble. — Si elle ne s'en laisse pas éblouir, repartit
M. de Nemours, il y a apparence qu'elle voudra se
rendre heureuse par l'amour. Elle a aimé le milord
Courtenay, il y a déjà quelques années; il était aussi
aimé de la reine Marie, qui l'aurait épousé, du consentement de toute l'Angleterre, sans qu'elle connût
que la jeunesse et la beauté de sa sœur Élisabeth le
touchaient davantage que l'espérance de régner.

Votre Majesté sait que les violentes jalousies qu'elle en eut la portèrent à les mettre l'un et l'autre en prison, à exiler ensuite le milord Courtenay, et la déterminèrent enfin à épouser le roi d'Espagne. Je crois qu'Élisabeth, qui est présentement sur le trône, rappellera bientôt ce milord, et qu'elle choisira un homme qu'elle a aimé, qui est fort aimable, qui a tant souffert pour elle, plutôt qu'un autre qu'elle n'a jamais vu.

— Je serais de votre avis, repartit le roi, si Courtenay vivait encore; mais j'ai su, depuis quelques jours, qu'il est mort à Padoue, où il était relégué. Je vois bien, ajouta-t-il en quittant M. de Nemours, qu'il faudrait faire votre mariage comme on ferait celui de M. le dauphin, et envoyer épouser la reine d'Angleterre par des ambassadeurs.

M. d'Anville et M. le vidame, qui étaient chez le roi avec M. de Nemours, sont persuadés que c'est cette même passion dont il est occupé, qui le détourne d'un si grand dessein. Le vidame, qui le voit de plus près que personne, a dit à Mme de Martigues que ce prince est tellement changé qu'il ne le reconnaît plus; et ce qui l'étonne davantage c'est qu'il ne lui voit aucun commerce, ni aucunes heures particulières où il se dérobe, en sorte qu'il croit qu'il n'a point d'intelligence avec la personne qu'il aime; et c'est ce qui fait méconnaître M. de Nemours de lui voir aimer une femme qui ne répond point à son amour.

Quel poison, pour Mme de Clèves, que le discours de Mme la dauphine! Le moyen de ne se pas reconnaître pour cette personne dont on ne savait point le nom et le moyen de n'être pas pénétrée de reconnaissance et de tendresse, en apprenant, par une voie qui ne lui pouvait être suspecte, que ce prince, qui touchait déjà son cœur, cachait sa passion à tout le monde et négligeait pour l'amour d'elle les espé-

rances d'une couronne? Aussi ne peut-on représenter
ce qu'elle sentit, et le trouble qui s'éleva dans son
âme. Si Mme la dauphine l'eût regardée avec attention, elle eût aisément remarqué que les choses qu'elle
venait de dire ne lui étaient pas indifférentes; mais,
comme elle n'avait aucun soupçon de la vérité, elle
continua de parler, sans y faire de réflexion.

— M. d'Anville, ajouta-t-elle, qui, comme je vous
viens de dire, m'a appris tout ce détail, m'en croit
mieux instruite que lui; et il a une si grande opinion
de mes charmes qu'il est persuadé que je suis la seule
personne qui puisse faire de si grands changements
en M. de Nemours.

Ces dernières paroles de Mme la dauphine donnèrent une autre sorte de trouble à Mme de Clèves,
que celui qu'elle avait eu quelques moments auparavant.

— Je serais aisément de l'avis de M. d'Anville, répondit-elle; et il y a beaucoup d'apparence, Madame,
qu'il ne faut pas moins qu'une princesse telle que
vous pour faire mépriser la reine d'Angleterre.

— Je vous l'avouerais si je le savais, repartit
Mme la dauphine, et je le saurais s'il était véritable.
Ces sortes de passions n'échappent point à la vue de
celles qui les causent; elles s'en aperçoivent les premières. M. de Nemours ne m'a jamais témoigné que
de légères complaisances, mais il y a néanmoins une
si grande différence de la manière dont il a vécu avec
moi à celle dont il y vit présentement que je puis
vous répondre que je ne suis pas la cause de l'indifférence qu'il a pour la couronne d'Angleterre.

Je m'oublie avec vous, ajouta Mme la dauphine,
et je ne me souviens pas qu'il faut que j'aille voir
Madame. Vous savez que la paix est quasi conclue;
mais vous ne savez pas que le roi d'Espagne n'a voulu
passer aucun article qu'à condition d'épouser cette

princesse, au lieu du prince don Carlos, son fils. Le roi a eu beaucoup de peine à s'y résoudre; enfin il y a consenti, et il est allé tantôt annoncer cette nouvelle à Madame. Je crois qu'elle sera inconsolable; ce n'est pas une chose qui puisse plaire d'épouser un homme de l'âge et de l'humeur du roi d'Espagne, surtout à elle qui a toute la joie que donne la première jeunesse jointe à la beauté et qui s'attendait d'épouser un jeune prince pour qui elle a de l'inclination sans l'avoir vu. Je ne sais si le roi trouvera en elle toute l'obéissance qu'il désire; il m'a chargée de la voir parce qu'il sait qu'elle m'aime et qu'il croit que j'aurai quelque pouvoir sur son esprit. Je ferai ensuite une autre visite bien différente : j'irai me réjouir avec Madame, sœur du roi. Tout est arrêté pour son mariage avec M. de Savoie; et il sera ici dans peu de temps. Jamais personne de l'âge de cette princesse n'a eu une joie si entière de se marier. La cour va être plus belle et plus grosse qu'on ne l'a jamais vue; et, malgré votre affliction, il faut que vous veniez nous aider à faire voir aux étrangers que nous n'avons pas de médiocres beautés.

Après ces paroles, Mme la dauphine quitta Mme de Clèves et, le lendemain, le mariage de Madame fut su de tout le monde. Les jours suivants, le roi et les reines allèrent voir Mme de Clèves. M. de Nemours, qui avait attendu son retour avec une extrême impatience et qui souhaitait ardemment de lui pouvoir parler sans témoins, attendit pour aller chez elle l'heure que tout le monde en sortirait et qu'apparemment il ne reviendrait plus personne. Il réussit dans son dessein et il arriva comme les dernières visites en sortaient.

Cette princesse était sur son lit, il faisait chaud, et la vue de M. de Nemours acheva de lui donner une rougeur qui ne diminuait pas sa beauté. Il s'assit

vis-à-vis d'elle, avec cette crainte et cette timidité
que donnent les véritables passions. Il demeura
quelque temps sans pouvoir parler. Mme de Clèves
n'était pas moins interdite, de sorte qu'ils gardèrent
assez longtemps le silence. Enfin M. de Nemours prit
la parole et lui fit des compliments sur son affliction;
Mme de Clèves, étant bien aise de continuer la conversation sur ce sujet, parla assez longtemps de la perte
qu'elle avait faite; et enfin, elle dit que, quand le
temps aurait diminué la violence de sa douleur, il lui
en demeurerait toujours une si forte impression que
son humeur en serait changée.

— Les grandes afflictions et les passions violentes,
repartit M. de Nemours, font de grands changements
dans l'esprit; et, pour moi, je ne me reconnais pas
depuis que je suis revenu de Flandre. Beaucoup de
gens ont remarqué ce changement, et même Mme la
dauphine m'en parlait encore hier.

— Il est vrai, repartit Mme de Clèves, qu'elle l'a
remarqué, et je crois lui en avoir ouï dire quelque
chose.

— Je ne suis pas fâché, Madame, répliqua M. de
Nemours, qu'elle s'en soit aperçue; mais je voudrais
qu'elle ne fût pas seule à s'en apercevoir. Il y a des
personnes à qui on n'ose donner d'autres marques de
la passion qu'on a pour elles que par les choses qui ne
les regardent point; et, n'osant leur faire paraître
qu'on les aime, on voudrait du moins qu'elles vissent
que l'on ne veut être aimé de personne. L'on voudrait
qu'elles sussent qu'il n'y a point de beauté, dans
quelque rang qu'elle pût être, que l'on ne regardât
avec indifférence, et qu'il n'y a point de couronne que
l'on voulût acheter au prix de ne les voir jamais. Les
femmes jugent d'ordinaire de la passion qu'on a pour
elles, continua-t-il, par le soin qu'on prend de leur
plaire et de les chercher; mais ce n'est pas une chose

difficile pour peu qu'elles soient aimables; ce qui est difficile, c'est de ne s'abandonner pas au plaisir de les suivre; c'est de les éviter, par la peur de laisser paraître au public, et quasi à elles-mêmes, les sentiments que l'on a pour elles. Et ce qui marque encore mieux un véritable attachement, c'est de devenir entièrement opposé à ce que l'on était, et de n'avoir plus d'ambition, ni de plaisir, après avoir été toute sa vie occupé de l'un et de l'autre.

Mme de Clèves entendait aisément la part qu'elle avait à ces paroles. Il lui semblait qu'elle devait y répondre et ne les pas souffrir. Il lui semblait aussi qu'elle ne devait pas les entendre, ni témoigner qu'elle les prît pour elle. Elle croyait devoir parler et croyait ne devoir rien dire. Le discours de M. de Nemours lui plaisait et l'offensait quasi également; elle y voyait la confirmation de tout ce que lui avait fait penser Mme la Dauphine; elle y trouvait quelque chose de galant et de respectueux, mais aussi quelque chose de hardi et de trop intelligible. L'inclination qu'elle avait pour ce prince lui donnait un trouble dont elle n'était pas maîtresse. Les paroles les plus obscures d'un homme qui plaît donnent plus d'agitation que des déclarations ouvertes d'un homme qui ne plaît pas. Elle demeurait donc sans répondre, et M. de Nemours se fût aperçu de son silence, dont il n'aurait peut-être pas tiré de mauvais présages, si l'arrivée de M. de Clèves n'eût fini la conversation et sa visite.

Ce prince venait conter à sa femme des nouvelles de Sancerre; mais elle n'avait pas une grande curiosité pour la suite de cette aventure. Elle était si préoccupée de ce qui se venait de passer qu'à peine pouvait-elle cacher la distraction de son esprit. Quand elle fut en liberté de rêver, elle connut bien qu'elle s'était trompée lorsqu'elle avait cru n'avoir plus que

de l'indifférence pour M. de Nemours. Ce qu'il lui
avait dit avait fait toute l'impression qu'il pouvait
souhaiter et l'avait entièrement persuadée de sa passion. Les actions de ce prince s'accordaient trop bien
avec ses paroles pour laisser quelque doute à cette
princesse. Elle ne se flatta plus de l'espérance de ne
le pas aimer; elle songea seulement à ne lui en donner
jamais aucune marque. C'était une entreprise difficile, dont elle connaissait déjà les peines; elle savait
que le seul moyen d'y réussir était d'éviter la présence
de ce prince; et, comme son deuil lui donnait lieu
d'être plus retirée que de coutume, elle se servit de ce
prétexte pour n'aller plus dans les lieux où il la pouvait voir. Elle était dans une tristesse profonde; la
mort de sa mère en paraissait la cause, et l'on n'en
cherchait point d'autre.

M. de Nemours était désespéré de ne la voir presque
plus; et, sachant qu'il ne la trouverait dans aucune
assemblée et dans aucun des divertissements où était
toute la cour, il ne pouvait se résoudre d'y paraître;
il feignit une grande passion pour la chasse et il en
faisait des parties les mêmes jours qu'il y avait des
assemblées chez les reines. Une légère maladie lui
servit longtemps de prétexte pour demeurer chez lui
et pour éviter d'aller dans tous les lieux où il savait
bien que Mme de Clèves ne serait pas.

M. de Clèves fut malade à peu près dans le même
temps. Mme de Clèves ne sortit point de sa chambre
pendant son mal; mais, quand il se porta mieux,
qu'il vit du monde, et entre autres M. de Nemours
qui, sur le prétexte d'être encore faible, y passait la
plus grande partie du jour, elle trouva qu'elle n'y
pouvait plus demeurer; elle n'eut pas néanmoins la
force d'en sortir les premières fois qu'il y vint. Il y
avait trop longtemps qu'elle ne l'avait vu, pour se
résoudre à ne le voir pas. Ce prince trouva le moyen

de lui faire entendre par des discours qui ne semblaient que généraux, mais qu'elle entendait néanmoins parce qu'ils avaient du rapport à ce qu'il lui
avait dit chez elle, qu'il allait à la chasse pour rêver
et qu'il n'allait point aux assemblées parce qu'elle
n'y était pas.

Elle exécuta enfin la résolution qu'elle avait prise
de sortir de chez son mari lorsqu'il y serait; ce fut
toutefois en se faisant une extrême violence. Ce prince
vit bien qu'elle le fuyait, et en fut sensiblement touché.

M. de Clèves ne prit pas garde d'abord à la conduite
de sa femme; mais enfin il s'aperçut qu'elle ne voulait
pas être dans sa chambre lorsqu'il y avait du monde.
Il lui en parla, et elle lui répondit qu'elle ne croyait
pas que la bienséance voulût qu'elle fût tous les soirs
avec ce qu'il y avait de plus jeune à la cour; qu'elle le
suppliait de trouver bon qu'elle fît une vie plus retirée qu'elle n'avait accoutumé; que la vertu et la
présence de sa mère autorisaient beaucoup de choses
qu'une femme de son âge ne pouvait soutenir.

M. de Clèves, qui avait naturellement beaucoup
de douceur et de complaisance pour sa femme, n'en
eut pas en cette occasion, et il lui dit qu'il ne voulait
pas absolument qu'elle changeât de conduite. Elle fut
prête de lui dire que le bruit était dans le monde que
M. de Nemours était amoureux d'elle; mais elle n'eut
pas la force de le nommer. Elle sentit aussi de la
honte de se vouloir servir d'une fausse raison et de
déguiser la vérité à un homme qui avait si bonne
opinion d'elle.

Quelques jours après, le roi était chez la reine à
l'heure du cercle; l'on parla des horoscopes et des
prédictions. Les opinions étaient partagées sur la
croyance que l'on y devait donner. La reine y ajoutait beaucoup de foi; elle soutint qu'après tant de
choses qui avaient été prédites, et que l'on avait vu

arriver, on ne pouvait douter qu'il n'y eût quelque
certitude dans cette science. D'autres soutenaient
que, parmi ce nombre infini de prédictions, le peu
qui se trouvaient véritables faisait bien voir que ce
n'était qu'un effet du hasard.

— J'ai eu autrefois beaucoup de curiosité pour
l'avenir, dit le roi; mais on m'a dit tant de choses
fausses et si peu vraisemblables que je suis demeuré
convaincu que l'on ne peut rien savoir de véritable.
Il y a quelques années qu'il vint ici un homme d'une
grande réputation dans l'astrologie. Tout le monde
l'alla voir; j'y allai comme les autres, mais sans lui
dire qui j'étais, et je menai M. de Guise et d'Escars;
je les fis passer les premiers. L'astrologue néanmoins
s'adressa d'abord à moi, comme s'il m'eût jugé le
maître des autres. Peut-être qu'il me connaissait;
cependant il me dit une chose qui ne me convenait
pas s'il m'eût connu. Il me prédit que je serais tué
en duel. Il dit ensuite à M. de Guise qu'il serait tué
par derrière et à d'Escars qu'il aurait la tête cassée
d'un coup de pied de cheval. M. de Guise s'offensa
quasi de cette prédiction, comme si on l'eût accusé
de devoir fuir. D'Escars ne fut guère satisfait de
trouver qu'il devait finir par un accident si malheureux. Enfin nous sortîmes tous très mal contents de
l'astrologue. Je ne sais ce qui arrivera à M. de Guise
et à d'Escars; mais il n'y a guère d'apparence que je
sois tué en duel. Nous venons de faire la paix, le roi
d'Espagne et moi; et, quand nous ne l'aurions pas
faite, je doute que nous nous battions, et que je le
fisse appeler comme le roi mon père fit appeler
Charles-Quint.

Après le malheur que le roi conta qu'on lui avait
prédit, ceux qui avaient soutenu l'astrologie en aban-
donnèrent le parti et tombèrent d'accord qu'il n'y
fallait donner aucune croyance.

— Pour moi, dit tout haut M. de Nemours, je suis l'homme du monde qui dois le moins y en avoir; et, se tournant vers Mme de Clèves, auprès de qui il était : « On m'a prédit, lui dit-il tout bas, que je serais heureux par les bontés de la personne du monde pour qui j'aurais la plus violente et la plus respectueuse passion. Vous pouvez juger, Madame, si je dois croire aux prédictions. »

Mme la dauphine qui crut, par ce que M. de Nemours avait dit tout haut, que ce qu'il disait tout bas était quelque fausse prédiction qu'on lui avait faite, demanda à ce prince ce qu'il disait à Mme de Clèves. S'il eût eu moins de présence d'esprit, il eût été surpris de cette demande. Mais prenant la parole sans hésiter :

— Je lui disais, Madame, répondit-il, que l'on m'a prédit que je serais élevé à une si haute fortune que je n'oserais même y prétendre.

— Si l'on ne vous a fait que cette prédiction, repartit Mme la dauphine en souriant, et pensant à l'affaire d'Angleterre, je ne vous conseille pas de décrier l'astrologie, et vous pourriez trouver des raisons pour la soutenir.

Mme de Clèves comprit bien ce que voulait dire Mme la dauphine; mais elle entendait bien aussi que la fortune dont M. de Nemours voulait parler, n'était pas d'être roi d'Angleterre.

Comme il y avait déjà assez longtemps de la mort de sa mère, il fallait qu'elle commençât à paraître dans le monde et à faire sa cour comme elle avait accoutumé. Elle voyait M. de Nemours chez Mme la dauphine; elle le voyait chez M. de Clèves, où il venait souvent avec d'autres personnes de qualité de son âge, afin de ne se pas faire remarquer; mais elle ne le voyait plus qu'avec un trouble dont il s'apercevait aisément.

Quelque application qu'elle eût à éviter ses regards et à lui parler moins qu'à un autre, il lui échappait de certaines choses qui partaient d'un premier mouvement, qui faisaient juger à ce prince qu'il ne lui était pas indifférent. Un homme moins pénétrant que lui ne s'en fût peut-être pas aperçu; mais il avait déjà été aimé tant de fois qu'il était difficile qu'il ne connût pas quand on l'aimait. Il voyait bien que le chevalier de Guise était son rival, et ce prince connaissait que M. de Nemours était le sien. Il était le seul homme de la cour qui eût démêlé cette vérité; son intérêt l'avait rendu plus clairvoyant que les autres; la connaissance qu'ils avaient de leurs sentiments leur donnait une aigreur qui paraissait en toutes choses sans éclater néanmoins par aucun démêlé; mais ils étaient opposés en tout. Ils étaient toujours de différent parti dans les courses de bague, dans les combats, à la barrière et dans tous les divertissements où le roi s'occupait; et leur émulation était si grande qu'elle ne se pouvait cacher.

L'affaire d'Angleterre revenait souvent dans l'esprit de Mme de Clèves : il lui semblait que M. de Nemours ne résisterait point aux conseils du roi et aux instances de Lignerolles. Elle voyait avec peine que ce dernier n'était point encore de retour, et elle l'attendait avec impatience. Si elle eût suivi ses mouvements, elle se serait informée avec soin de l'état de cette affaire; mais le même sentiment qui lui donnait de la curiosité, l'obligeait à la cacher et elle s'enquérait seulement de la beauté, de l'esprit et de l'humeur de la reine Élisabeth. On apporta un de ses portraits chez le roi, qu'elle trouva plus beau qu'elle n'avait envie de le trouver; et elle ne put s'empêcher de dire qu'il était flatté.

— Je ne le crois pas, reprit Mme la dauphine qui était présente; cette princesse a la réputation d'être belle et d'avoir un esprit fort au-dessus du commun, et je sais bien qu'on me l'a proposée toute ma vie pour exemple. Elle doit être aimable, si elle ressemble à Anne de Boulen, sa mère. Jamais femme n'a eu tant de charmes et tant d'agrément dans sa personne et dans son humeur. J'ai ouï dire que son visage avait quelque chose de vif et de singulier, et qu'elle n'avait aucune ressemblance avec les autres beautés anglaises.

— Il me semble aussi, reprit Mme de Clèves, que l'on dit qu'elle était née en France.

— Ceux qui l'ont cru se sont trompés, répondit Mme la dauphine, et je vais vous conter son histoire en peu de mots.

Elle était d'une bonne maison d'Angleterre. Henri VIII avait été amoureux de sa sœur et de sa mère, et l'on a même soupçonné qu'elle était sa fille. Elle vint ici avec la sœur de Henri VII, qui épousa le roi Louis XII. Cette princesse, qui était jeune et galante, eut beaucoup de peine à quitter la cour de France après la mort de son mari; mais Anne de Boulen, qui avait les mêmes inclinations que sa maîtresse, ne se put résoudre à en partir. Le feu roi en était amoureux, et elle demeura fille d'honneur de la reine Claude. Cette reine mourut, et Mme Marguerite, sœur du roi, duchesse d'Alençon, et depuis reine de Navarre, dont vous avez vu les contes, la prit auprès d'elle, et elle prit auprès de cette princesse les teintures de la religion nouvelle. Elle retourna ensuite en Angleterre et y charma tout le monde; elle avait les manières de France qui plaisent à toutes les nations; elle chantait bien, elle dansait admirablement; on la mit fille de la reine Catherine d'Aragon, et le roi Henri VIII en devint éperdument amoureux.

Le cardinal de Wolsey, son favori et son premier ministre, avait prétendu au pontificat et, mal satisfait de l'Empereur, qui ne l'avait pas soutenu dans cette prétention, il résolut de s'en venger, et d'unir le roi, son maître, à la France. Il mit dans l'esprit de Henri VIII que son mariage avec la tante de l'Empereur était nul et lui proposa d'épouser la duchesse d'Alençon, dont le mari venait de mourir. Anne de Boulen, qui avait de l'ambition, regarda ce divorce comme un chemin qui la pouvait conduire au trône. Elle commença à donner au roi d'Angleterre des impressions de la religion de Luther et engagea le feu roi à favoriser à Rome le divorce de Henri, sur l'espérance du mariage de Mme d'Alençon. Le cardinal de Wolsey se fit députer en France sur d'autres prétextes pour traiter cette affaire; mais son maître ne put se résoudre à souffrir qu'on en fît seulement la proposition et il lui envoya un ordre, à Calais, de ne point parler de ce mariage.

Au retour de France, le cardinal de Wolsey fut reçu avec des honneurs pareils à ceux que l'on rendait au roi même; jamais favori n'a porté l'orgueil et la vanité à un si haut point. Il ménagea une entrevue entre les deux rois, qui se fit à Boulogne. François Ier donna la main à Henri VIII, qui ne la voulait point recevoir. Ils se traitèrent tour à tour avec une magnificence extraordinaire, et se donnèrent des habits pareils à ceux qu'ils avaient fait faire pour eux-mêmes. Je me souviens d'avoir ouï dire que ceux que le feu roi envoya au roi d'Angleterre étaient de satin cramoisi, chamarré en triangle, avec des perles et des diamants, et la robe de velours blanc brodé d'or. Après avoir été quelques jours à Boulogne, ils allèrent encore à Calais, Anne de Boulen était logée chez Henri VIII avec le train d'une reine, et François Ier lui fit les mêmes présents et lui rendit les mêmes honneurs que si elle l'eût été. Enfin, après une passion de neuf années, Henri l'épousa sans attendre la dissolution de son premier mariage, qu'il demandait à Rome depuis longtemps. Le pape prononça les fulminations contre lui avec précipitation et Henri en fut tellement irrité qu'il se déclara chef de la religion et entraîna toute l'Angleterre dans le malheureux changement où vous la voyez.

Anne de Boulen ne jouit pas longtemps de sa grandeur; car, lorsqu'elle la croyait plus assurée par la mort de Catherine d'Aragon, un jour qu'elle assistait avec toute la cour à des courses de bague que faisait le vicomte de Rochefort, son frère, le roi en fut frappé d'une telle jalousie qu'il quitta brusquement le spectacle, s'en vint à Londres et laissa ordre d'arrêter la reine, le vicomte de Rochefort et plusieurs autres, qu'il croyait amants ou confidents de cette princesse. Quoique cette jalousie parût née dans ce moment, il y avait déjà quelque temps qu'elle lui avait été inspirée par la vicomtesse de Rochefort qui, ne pouvant souffrir la liaison étroite de son mari avec la reine, la fit regarder au roi comme une amitié criminelle; en sorte que ce prince qui, d'ailleurs, était amoureux de Jeanne Seymour, ne songea qu'à se défaire d'Anne de Boulen. En moins de trois semaines, il fit faire le procès à cette reine et à son frère, leur fit couper la tête et épousa Jeanne Seymour. Il eut ensuite plusieurs femmes, qu'il répudia ou qu'il fit mourir, et entre autres Catherine Howard, dont la comtesse de Rochefort était confidente, et qui eut la tête coupée avec elle. Elle fut ainsi punie des crimes qu'elle avait supposés à Anne de Boulen, et Henri VIII mourut, étant devenu d'une grosseur prodigieuse.

Toutes les dames, qui étaient présentes au récit de Mme la dauphine, la remercièrent de les avoir si bien instruites de la cour d'Angleterre, et entre autres Mme de Clèves, qui ne put s'empêcher de lui faire encore plusieurs questions sur la reine Élisabeth.

La reine dauphine faisait faire des portraits en
petit de toutes les belles personnes de la cour pour
les envoyer à la reine sa mère. Le jour qu'on achevait
celui de Mme de Clèves, Mme la dauphine vint passer
l'après-dînée chez elle. M. de Nemours ne manqua
pas de s'y trouver; il ne laissait échapper aucune
occasion de voir Mme de Clèves sans laisser paraître
néanmoins qu'il les cherchât. Elle était si belle, ce
jour-là, qu'il en serait devenu amoureux quand il ne
l'aurait pas été. Il n'osait pourtant avoir les yeux
attachés sur elle pendant qu'on la peignait, et il
craignait de laisser trop voir le plaisir qu'il avait à la
regarder.

Mme la dauphine demanda à M. de Clèves un petit
portrait qu'il avait de sa femme, pour le voir auprès
de celui que l'on achevait; tout le monde dit son
sentiment de l'un et de l'autre; et Mme de Clèves
ordonna au peintre de raccommoder quelque chose
à la coiffure de celui que l'on venait d'apporter. Le
peintre, pour lui obéir, ôta le portrait de la boîte où
il était et, après y avoir travaillé, il le remit sur la
table.

Il y avait longtemps que M. de Nemours souhaitait
d'avoir le portrait de Mme de Clèves. Lorsqu'il vit
celui qui était à M. de Clèves, il ne put résister à
l'envie de le dérober à un mari qu'il croyait tendrement aimé; et il pensa que, parmi tant de personnes
qui étaient dans ce même lieu, il ne serait pas soupçonné plutôt qu'un autre.

Mme la dauphine était assise sur le lit et parlait
bas à Mme de Clèves, qui était debout devant elle.
Mme de Clèves aperçut par un des rideaux, qui n'était
qu'à demi fermé, M. de Nemours, le dos contre la
table, qui était au pied du lit, et elle vit que, sans
tourner la tête, il prenait adroitement quelque chose

sur cette table. Elle n'eut pas de peine à deviner que c'était son portrait, et elle en fut si troublée que Mme la dauphine remarqua qu'elle ne l'écoutait pas et lui demanda tout haut ce qu'elle regardait. M. de Nemours se tourna à ces paroles; il rencontra les yeux de Mme de Clèves, qui étaient encore attachés sur lui, et il pensa qu'il n'était pas impossible qu'elle eût vu ce qu'il venait de faire.

Mme de Clèves n'était pas peu embarrassée. La raison voulait qu'elle demandât son portrait; mais, en le demandant publiquement, c'était apprendre à tout le monde les sentiments que ce prince avait pour elle, et, en le lui demandant en particulier, c'était quasi l'engager à lui parler de sa passion. Enfin elle jugea qu'il valait mieux le lui laisser, et elle fut bien aise de lui accorder une faveur qu'elle lui pouvait faire sans qu'il sût même qu'elle la lui faisait. M. de Nemours, qui remarquait son embarras, et qui en devinait quasi la cause, s'approcha d'elle et lui dit tout bas :

— Si vous avez vu ce que j'ai osé faire, ayez la bonté, Madame, de me laisser croire que vous l'ignorez; je n'ose vous en demander davantage. Et il se retira après ces paroles et n'attendit point sa réponse.

Mme la dauphine sortit pour s'aller promener, suivie de toutes les dames, et M. de Nemours alla se renfermer chez lui, ne pouvant soutenir en public la joie d'avoir un portrait de Mme de Clèves. Il sentait tout ce que la passion peut faire sentir de plus agréable; il aimait la plus aimable personne de la cour; il s'en faisait aimer malgré elle, et il voyait dans toutes ses actions cette sorte de trouble et d'embarras que cause l'amour dans l'innocence de la première jeunesse.

Le soir, on chercha ce portrait avec beaucoup de soin; comme on trouvait la boîte où il devait être, l'on ne soupçonna point qu'il eût été dérobé, et l'on crut qu'il était tombé par hasard. M. de Clèves était affligé de cette perte et, après qu'on eut encore cherché inutilement, il dit à sa femme, mais d'une manière qui faisait voir qu'il ne le pensait pas, qu'elle avait sans doute quelque amant caché à qui elle avait donné ce portrait ou qui l'avait dérobé, et qu'un autre qu'un amant ne se serait pas contenté de la peinture sans la boîte.

Ces paroles, quoique dites en riant, firent une vive impression dans l'esprit de Mme de Clèves. Elles lui donnèrent des remords; elle fit réflexion à la violence de l'inclination qui l'entraînait vers M. de Nemours; elle trouva qu'elle n'était plus maîtresse de ses paroles et de son visage; elle pensa que Ligne-rolles était revenu; qu'elle ne craignait plus l'affaire d'Angleterre; qu'elle n'avait plus de soupçons sur Mme la dauphine; qu'enfin il n'y avait plus rien qui la pût défendre et qu'il n'y avait de sûreté pour elle qu'en s'éloignant. Mais, comme elle n'était pas maî-tresse de s'éloigner, elle se trouvait dans une grande extrémité et prête à tomber dans ce qui lui paraissait le plus grand des malheurs, qui était de laisser voir à M. de Nemours l'inclination qu'elle avait pour lui. Elle se souvenait de tout ce que Mme de Chartres lui avait dit en mourant et des conseils qu'elle lui avait donnés de prendre toutes sortes de partis, quelque difficiles qu'ils pussent être, plutôt que de s'embar-quer dans une galanterie. Ce que M. de Clèves lui avait dit sur la sincérité, en parlant de Mme de Tournon, lui revint dans l'esprit; il lui sembla qu'elle lui devait avouer l'inclination qu'elle avait pour M. de Nemours. Cette pensée l'occupa longtemps; ensuite elle fut étonnée de l'avoir eue, elle y trouva de la folie, et retomba dans l'embarras de ne savoir quel parti prendre.

La paix était signée; Mme Élisabeth, après beaucoup de répugnance, s'était résolue à obéir au roi
son père. Le duc d'Albe avait été nommé pour venir
l'épouser au nom du roi catholique, et il devait
bientôt arriver. L'on attendait le duc de Savoie, qui
venait épouser Madame, sœur du roi, et dont les
noces se devaient faire en même temps. Le roi ne
songeait qu'à rendre ces noces célèbres par des
divertissements où il pût faire paraître l'adresse et
la magnificence de sa cour. On proposa tout ce qui
se pouvait faire de plus grand pour des ballets et des
comédies, mais le roi trouva ces divertissements trop
particuliers, et il en voulut d'un plus grand éclat.
Il résolut de faire un tournoi, où les étrangers seraient
reçus, et dont le peuple pourrait être spectateur.
Tous les princes et les jeunes seigneurs entrèrent avec
joie dans le dessein du roi, et surtout le duc de
Ferrare, M. de Guise et M. de Nemours, qui surpas-
saient tous les autres dans ces sortes d'exercices. Le
roi les choisit pour être avec lui les quatre tenants
du tournoi.

L'on fit publier, par tout le royaume, qu'en la
ville de Paris le pas était ouvert, au quinzième juin,
par Sa Majesté Très Chrétienne et par les princes
Alphonse d'Este, duc de Ferrare, François de Lorraine, duc de Guise, et Jacques de Savoie, duc de
Nemours, pour être tenu contre tous venants, à
commencer le premier combat, à cheval en lice, en
double pièce, quatre coups de lance et un pour les
dames; le deuxième combat, à coups d'épée, un à
un ou deux à deux, à la volonté des maîtres du
camp; le troisième combat à pied, trois coups de
pique et six coups d'épée; que les tenants fourni-
raient de lances, d'épées et de piques, au choix des
assaillants; et que, si en courant on donnait au
cheval, on serait mis hors des rangs; qu'il y aurait

quatre maîtres de camp pour donner les ordres et
que ceux des assaillants qui auraient le plus rompu
et le mieux fait, auraient un prix dont la valeur
serait à la discrétion des juges; que tous les assaillants,
tant français qu'étrangers, seraient tenus de venir
toucher à l'un des écus qui seraient pendus au perron
au bout de la lice, ou à plusieurs, selon leur choix;
que là ils trouveraient un officier d'armes, qui les
recevrait pour les enrôler selon leur rang et selon les
écus qu'ils auraient touchés; que les assaillants
seraient tenus de faire apporter par un gentilhomme
leur écu, avec leurs armes, pour le pendre au perron
trois jours avant le commencement du tournoi; qu'autrement, ils n'y seraient point reçus sans le congé
des tenants.

On fit faire une grande lice proche de la Bastille
qui venait du château des Tournelles, qui traversait
la rue Saint-Antoine et qui allait rendre aux écuries
royales. Il y avait des deux côtés des échafauds et des
amphithéâtres, avec des loges couvertes qui formaient
des espèces de galeries qui faisaient un très bel effet à
la vue et qui pouvaient contenir un nombre infini
de personnes. Tous les princes et seigneurs ne furent
plus occupés que du soin d'ordonner ce qui leur était
nécessaire pour paraître avec éclat et pour mêler,
dans leurs chiffres ou dans leurs devises, quelque
chose de galant qui eût rapport aux personnes qu'ils
aimaient.

Peu de jours avant l'arrivée du duc d'Albe, le
roi fit une partie de paume avec M. de Nemours,
le chevalier de Guise et le vidame de Chartres. Les
reines les allèrent voir jouer, suivies de toutes les
dames et, entre autres, de Mme de Clèves. Après que
la partie fut finie, comme l'on sortait du jeu de
paume, Chastelart s'approcha de la reine dauphine
et lui dit que le hasard lui venait de mettre entre les

mains une lettre de galanterie qui était tombée de la poche de M. de Nemours. Cette reine, qui avait toujours de la curiosité pour ce qui regardait ce prince, dit à Chastelart de la lui donner; elle la prit et suivit la reine, sa belle-mère, qui s'en allait avec le roi voir travailler à la lice. Après que l'on y eut été quelque temps, le roi fit amener des chevaux qu'il avait fait venir depuis peu. Quoiqu'ils ne fussent pas encore dressés, il les voulut monter, et en fit donner à tous ceux qui l'avaient suivi. Le roi et M. de Nemours se trouvèrent sur les plus fougueux; ces chevaux se voulurent jeter l'un à l'autre. M. de Nemours, par la crainte de blesser le roi, recula brusquement et porta son cheval contre un pilier du manège, avec tant de violence que la secousse le fit chanceler. On courut à lui, et on le crut considérablement blessé. Mᵐᵉ de Clèves le crut encore plus blessé que les autres. L'intérêt qu'elle y prenait lui donna une appréhension et un trouble qu'elle ne songea pas à cacher; elle s'approcha de lui avec les reines et, avec un visage si changé qu'un homme moins intéressé que le chevalier de Guise s'en fût aperçu; aussi le remarqua-t-il aisément, et il eut bien plus d'attention à l'état où était Mᵐᵉ de Clèves qu'à celui où était M. de Nemours. Le coup que ce prince s'était donné lui causa un si grand éblouissement qu'il demeura quelque temps la tête penchée sur ceux qui le soutenaient. Quand il la releva, il vit d'abord Mᵐᵉ de Clèves; il connut sur son visage la pitié qu'elle avait de lui et il la regarda d'une sorte qui put lui faire juger combien il en était touché. Il fit ensuite des remerciements aux reines de la bonté qu'elles lui témoignaient et des excuses de l'état où il avait été devant elles. Le roi lui ordonna de s'aller reposer.

Mᵐᵉ de Clèves, après être remise de la frayeur qu'elle avait eue, fit bientôt réflexion aux marques qu'elle en avait données. Le chevalier de Guise ne la laissa pas longtemps dans l'espérance que personne ne s'en serait aperçu; il lui donna la main pour la conduire hors de la lice.

— Je suis plus à plaindre que M. de Nemours, Madame, lui dit-il; pardonnez-moi si je sors de ce profond respect que j'ai toujours eu pour vous, et si je vous fais paraître la vive douleur que je sens de ce que je viens de voir : c'est la première fois que j'ai été assez hardi pour vous parler et ce sera aussi la dernière. La mort, ou du moins un éloignement éternel, m'ôteront d'un lieu où je ne puis plus vivre puisque je viens de perdre la triste consolation de croire que tous ceux qui osent vous regarder sont aussi malheureux que moi.

Mme de Clèves ne répondit que quelques paroles mal arrangées, comme si elle n'eût pas entendu ce que signifiaient celles du chevalier de Guise. Dans un autre temps elle aurait été offensée qu'il lui eût parlé de sentiments qu'il avait pour elle; mais dans ce moment elle ne sentit que l'affliction de voir qu'il s'était aperçu de ceux qu'elle avait pour M. de Nemours. Le chevalier de Guise en fut si convaincu et si pénétré de douleur que, dès ce jour, il prit la résolution de ne penser jamais à être aimé de Mme de Clèves. Mais pour quitter cette entreprise, qui lui avait paru si difficile et si glorieuse, il en fallait quelque autre dont la grandeur pût l'occuper. Il se mit dans l'esprit de prendre Rhodes, dont il avait déjà eu quelque pensée; et, quand la mort l'ôta du monde dans la fleur de sa jeunesse et dans le temps qu'il avait acquis la réputation d'un des plus grands princes de son siècle, le seul regret qu'il témoigna de quitter la vie, fut de n'avoir pu exécuter une si belle résolution, dont il croyait le succès infaillible par tous les soins qu'il en avait pris.

Mme de Clèves, en sortant de la lice, alla chez la reine, l'esprit bien occupé de ce qui s'était passé. M. de Nemours y vint peu de temps après, habillé magnifiquement et comme un homme qui ne se sentait pas de l'accident qui lui était arrivé. Il paraissait même plus gai que de coutume; et la joie de ce qu'il croyait avoir vu, lui donnait un air qui augmentait encore son agrément. Tout le monde fut surpris lorsqu'il entra, et il n'y eut personne qui ne lui demandât de ses nouvelles, excepté Mme de Clèves qui demeura auprès de la cheminée sans faire semblant de le voir. Le roi sortit d'un cabinet où il était et, le voyant parmi les autres, il l'appela pour lui parler de son aventure. M. de Nemours passa auprès de Mme de Clèves et lui dit tout bas :

— J'ai reçu aujourd'hui des marques de votre pitié, Madame; mais ce n'est pas de celles dont je suis le plus digne.

Mme de Clèves s'était bien doutée que ce prince s'était aperçu de la sensibilité qu'elle avait eue pour lui et ses paroles lui firent voir qu'elle ne s'était pas trompée. Ce lui était une grande douleur de voir qu'elle n'était plus maîtresse de cacher ses sentiments et de les avoir laissés paraître au chevalier de Guise. Elle en avait aussi beaucoup que M. de Nemours les connût; mais cette dernière douleur n'était pas si entière et elle était mêlée de quelque sorte de douceur.

La reine dauphine, qui avait une extrême impatience de savoir ce qu'il y avait dans la lettre que Chastelart lui avait donnée, s'approcha de Mme de Clèves :

— Allez lire cette lettre, lui dit-elle; elle s'adresse à M. de Nemours et, selon les apparences, elle est de cette maîtresse pour qui il a quitté toutes les autres. Si vous ne la pouvez lire présentement, gardez-la; venez ce soir à mon coucher pour me la rendre et pour me dire si vous en connaissez l'écriture.

Mme la dauphine quitta Mme de Clèves après ces
paroles et la laissa si étonnée et dans un si grand
saisissement qu'elle fut quelque temps sans pouvoir
sortir de sa place. L'impatience et le trouble où elle
était ne lui permirent pas de demeurer chez la reine;
elle s'en alla chez elle, quoiqu'il ne fût pas l'heure
où elle avait accoutumé de se retirer. Elle tenait cette
lettre avec une main tremblante; ses pensées étaient
si confuses qu'elle n'en avait aucune distincte; et elle
se trouvait dans une sorte de douleur insupportable,
qu'elle ne connaissait point et qu'elle n'avait jamais
sentie. Sitôt qu'elle fut dans son cabinet, elle ouvrit
cette lettre, et la trouva telle :

LETTRE

*Je vous ai trop aimé pour vous laisser croire que
le changement qui vous paraît en moi soit un effet de
ma légèreté; je veux vous apprendre que votre infidélité
en est la cause. Vous êtes bien surpris que je vous parle
de votre infidélité; vous me l'aviez cachée avec tant
d'adresse, et j'ai pris tant de soin de vous cacher que je
la savais, que vous avez raison d'être étonné qu'elle me
soit connue. Je suis surprise moi-même que j'aie pu
ne vous en rien faire paraître. Jamais douleur n'a été
pareille à la mienne. Je croyais que vous aviez pour
moi une passion violente; je ne vous cachais plus celle
que j'avais pour vous et, dans le temps que je vous la
laissais voir tout entière, j'appris que vous me trompiez,
que vous en aimiez une autre et que, selon toutes les
apparences, vous me sacrifiez à cette nouvelle maîtresse.
Je le sus le jour de la course de bague; c'est ce qui fit
que je n'y allai point. Je feignis d'être malade pour
cacher le désordre de mon esprit; mais je le devins en
effet et mon corps ne put supporter une si violente*

*agitation. Quand je commençai à me porter mieux,
je feignis encore d'être fort mal, afin d'avoir un prétexte
de ne vous point voir et de ne vous point écrire. Je
voulus avoir du temps pour résoudre de quelle sorte j'en
devais user avec vous; je pris et je quittai vingt fois les
mêmes résolutions; mais enfin je vous trouvai indigne
de voir ma douleur et je résolus de ne vous la point faire
paraître. Je voulus blesser votre orgueil en vous faisant
voir que ma passion s'affaiblissait d'elle-même. Je crus
diminuer par là le prix du sacrifice que vous en faisiez;
je ne voulus pas que vous eussiez le plaisir de montrer
combien je vous aimais pour en paraître plus aimable.
Je résolus de vous écrire des lettres tièdes et languissantes
pour jeter dans l'esprit de celle à qui vous les donniez
que l'on cessait de vous aimer. Je ne voulus pas qu'elle
eût le plaisir d'apprendre que je savais qu'elle triom-
phait de moi, ni augmenter son triomphe par mon
désespoir et par mes reproches. Je pensai que je ne
vous punirais pas assez en rompant avec vous et que je
ne vous donnerais qu'une légère douleur si je cessais
de vous aimer lorsque vous ne m'aimiez plus. Je trouvai
qu'il fallait que vous m'aimassiez pour sentir le mal de
n'être point aimé, que j'éprouvais si cruellement. Je
crus que si quelque chose pouvait rallumer les sentiments
que vous aviez eus pour moi, c'était de vous faire voir que
les miens étaient changés; mais de vous le faire voir en
feignant de vous le cacher, et comme si je n'eusse pas eu
la force de vous l'avouer. Je m'arrêtai à cette résolution;
mais qu'elle me fut difficile à prendre, et qu'en vous
revoyant elle me parut impossible à exécuter! Je fus
prête cent fois à éclater par mes reproches et par mes
pleurs; l'état où j'étais encore par ma santé me servit à
vous déguiser mon trouble et mon affliction. Je fus soutenue ensuite par le plaisir de dissimuler avec vous,
comme vous dissimuliez avec moi; néanmoins, je me
faisais une si grande violence pour vous dire et pour*

*vous écrire que je vous aimais que vous vîtes plus tôt
que je n'avais eu dessein de vous laisser voir que mes
sentiments étaient changés. Vous en fûtes blessé; vous
vous en plaignîtes. Je tâchais de vous rassurer; mais
c'était d'une manière si forcée que vous en étiez encore
mieux persuadé que je ne vous aimais plus. Enfin,
je fis tout ce que j'avais eu intention de faire. La bizarrerie de votre cœur vous fit revenir vers moi, à mesure
que vous voyiez que je m'éloignais de vous. J'ai joui de
tout le plaisir que peut donner la vengeance; il m'a paru
que vous m'aimiez mieux que vous n'aviez jamais fait
et je vous ai fait voir que je ne vous aimais plus. J'ai
eu lieu de croire que vous aviez entièrement abandonné
celle pour qui vous m'aviez quittée. J'ai eu aussi des
raisons pour être persuadée que vous ne lui aviez jamais
parlé de moi; mais votre retour et votre discrétion n'ont
pu réparer votre légèreté. Votre cœur a été partagé entre
moi et une autre, vous m'avez trompée; cela suffit pour
m'ôter le plaisir d'être aimée de vous, comme je croyais
mériter de l'être, et pour me laisser dans cette résolution
que j'ai prise de ne vous voir jamais et dont vous êtes si
surpris.*

Mme de Clèves lut cette lettre et la relut plusieurs
fois, sans savoir néanmoins ce qu'elle avait lu. Elle
voyait seulement que M. de Nemours ne l'aimait pas
comme elle l'avait pensé et qu'il en aimait d'autres
qu'il trompait comme elle. Quelle vue et quelle
connaissance pour une personne de son humeur, qui
avait une passion violente, qui venait d'en donner
des marques à un homme qu'elle en jugeait indigne
et à un autre qu'elle maltraitait pour l'amour de lui!
Jamais affliction n'a été si piquante et si vive : il lui
semblait que ce qui faisait l'aigreur de cette affliction
était ce qui s'était passé dans cette journée et que, si
M. de Nemours n'eût point eu lieu de croire qu'elle

l'aimait, elle ne se fût pas souciée qu'il en eût aimé
une autre. Mais elle se trompait elle-même; et ce
mal, qu'elle trouvait si insupportable, était la jalousie
avec toutes les horreurs dont elle peut être accompagnée. Elle voyait par cette lettre que M. de Nemours
avait une galanterie depuis longtemps. Elle trouvait
que celle qui avait écrit la lettre avait de l'esprit et
du mérite; elle lui paraissait digne d'être aimée; elle
lui trouvait plus de courage qu'elle ne s'en trouvait
à elle-même et elle enviait la force qu'elle avait
eue de cacher ses sentiments à M. de Nemours. Elle
voyait, par la fin de la lettre, que cette personne se
croyait aimée; elle pensait que la discrétion que ce
prince lui avait fait paraître, et dont elle avait été si
touchée, n'était peut-être que l'effet de la passion
qu'il avait pour cette autre personne à qui il craignait de déplaire. Enfin elle pensait tout ce qui
pouvait augmenter son affliction et son désespoir.
Quels retours ne fit-elle point sur elle-même! quelles
réflexions sur les conseils que sa mère lui avait
donnés! Combien se repentit-elle de ne s'être pas
opiniâtrée à se séparer du commerce du monde,
malgré M. de Clèves, ou de n'avoir pas suivi la pensée
qu'elle avait eue de lui avouer l'inclination qu'elle
avait pour M. de Nemours! Elle trouvait qu'elle
aurait mieux fait de la découvrir à un mari dont elle
connaissait la bonté, et qui aurait eu intérêt à la
cacher, que de la laisser voir à un homme qui en était
indigne, qui la trompait, qui la sacrifiait peut-être
et qui ne pensait à être aimé d'elle que par un sentiment d'orgueil et de vanité. Enfin, elle trouva que
tous les maux qui lui pouvaient arriver, et toutes les
extrémités où elle se pouvait porter, étaient moindres
que d'avoir laissé voir à M. de Nemours qu'elle
l'aimait et de connaître qu'il en aimait une autre.
Tout ce qui la consolait était de penser au moins,

qu'après cette connaissance, elle n'avait plus rien à craindre d'elle-même, et qu'elle serait entièrement guérie de l'inclination qu'elle avait pour ce prince.

Elle ne pensa guère à l'ordre que Mme la dauphine lui avait donné de se trouver à son coucher; elle se mit au lit et feignit de se trouver mal, en sorte que, quand M. de Clèves revint de chez le roi, on lui dit qu'elle était endormie; mais elle était bien éloignée de la tranquillité qui conduit au sommeil. Elle passa la nuit sans faire autre chose que s'affliger et relire la lettre qu'elle avait entre les mains.

Mme de Clèves n'était pas la seule personne dont cette lettre troublait le repos. Le vidame de Chartres, qui l'avait perdue, et non pas M. de Nemours, en était dans une extrême inquiétude; il avait passé tout le soir chez M. de Guise, qui avait donné un grand souper au duc de Ferrare, son beau-frère, et à toute la jeunesse de la cour. Le hasard fit qu'en soupant on parla de jolies lettres. Le vidame de Chartres dit qu'il en avait une sur lui, plus jolie que toutes celles qui avaient jamais été écrites. On le pressa de la montrer : il s'en défendit. M. de Nemours lui soutint qu'il n'en avait point et qu'il ne parlait que par vanité. Le vidame lui répondit qu'il poussait sa discrétion à bout, que néanmoins il ne montrerait pas la lettre, mais qu'il en lirait quelques endroits, qui feraient juger que peu d'hommes en recevaient de pareilles. En même temps, il voulut prendre cette lettre, et ne la trouva point; il la chercha inutilement, on lui en fit la guerre; mais il parut si inquiet que l'on cessa de lui en parler. Il se retira plus tôt que les autres, et s'en alla chez lui avec impatience, pour voir s'il n'y avait point laissé la lettre qui lui manquait. Comme il la cherchait encore, un premier valet de chambre de la reine le vint trouver, pour lui dire que la vicomtesse d'Uzès avait cru nécessaire de l'avertir en diligence que l'on avait dit chez la reine qu'il était tombé une lettre de galanterie de sa poche pendant qu'il était au jeu de paume; que l'on avait raconté une grande partie de ce qui était dans la lettre; que la reine avait témoigné beaucoup de curiosité de la voir; qu'elle l'avait envoyé demander à un de ses gentilshommes servants, mais qu'il avait répondu qu'il l'avait laissée entre les mains de Chastelart.

Le premier valet de chambre dit encore beaucoup d'autres choses au vidame de Chartres, qui achevèrent de lui donner un grand trouble. Il sortit à l'heure même pour aller chez un gentilhomme qui était ami intime de Chastelart; il le fit lever, quoique l'heure fût extraordinaire, pour aller demander cette lettre, sans dire qui était celui qui la demandait et qui l'avait perdue. Chastelart, qui avait l'esprit prévenu qu'elle était à M. de Nemours et que ce prince était amoureux de Mme la dauphine, ne douta point que ce ne fût lui qui la faisait redemander. Il répondit, avec une maligne joie, qu'il avait remis la lettre entre les mains de la reine dauphine. Le gentilhomme vint faire cette réponse au vidame de Chartres. Elle augmenta l'inquiétude qu'il avait déjà, et y en joignit encore de nouvelles; après avoir été longtemps irrésolu sur ce qu'il devait faire, il trouva qu'il n'y avait que M. de Nemours qui pût lui aider à sortir de l'embarras où il était.

Il s'en alla chez lui et entra dans sa chambre que le jour ne commençait qu'à paraître. Ce prince dormait d'un sommeil tranquille; ce qu'il avait vu, le jour précédent, de Mme de Clèves, ne lui avait donné que des idées agréables. Il fut bien surpris de se voir éveillé par le vidame de Chartres; et il lui demanda si c'était pour se venger de ce qu'il lui avait dit pendant le souper qu'il venait troubler son repos. Le vidame lui fit bien juger, par son visage, qu'il n'y avait rien que de sérieux au sujet qui l'amenait.

— Je viens vous confier la plus importante affaire de ma vie, lui dit-il. Je sais bien que vous ne m'en devez pas être obligé, puisque c'est dans un temps où j'ai besoin de votre secours; mais je sais bien aussi que j'aurais perdu de votre estime si je vous avais appris tout ce que je vais vous dire, sans que la nécessité m'y eût contraint. J'ai laissé tomber cette lettre dont je parlais hier au soir; il m'est d'une conséquence extrême que personne ne sache qu'elle s'adresse à moi. Elle a été vue de beaucoup de gens qui étaient dans le jeu de paume où elle tomba hier; vous y étiez aussi et je vous demande en grâce de vouloir bien dire que c'est vous qui l'avez perdue.

— Il faut que vous croyiez que je n'ai point de maîtresse, reprit M. de Nemours en souriant, pour me faire une pareille proposition et pour vous imaginer qu'il n'y ait personne avec qui je me puisse brouiller en laissant croire que je reçois de pareilles lettres.

— Je vous prie, dit le vidame, écoutez-moi sérieusement. Si vous avez une maîtresse, comme je n'en doute point, quoique je ne sache pas qui elle est, il vous sera aisé de vous justifier et je vous en donnerai les moyens infaillibles; quand vous ne vous justifieriez pas auprès d'elle, il ne vous en peut coûter que d'être brouillé pour quelques moments. Mais moi, par cette aventure, je déshonore une personne qui m'a passionnément aimé et qui est une des plus estimables femmes du monde; et, d'un autre côté, je m'attire une haine implacable, qui me coûtera ma fortune et peut-être quelque chose de plus.

— Je ne puis entendre tout ce que vous me dites, répondit M. de Nemours; mais vous me faites entrevoir que les bruits qui ont couru de l'intérêt qu'une

grande princesse prenait à vous, ne sont pas entièrement faux.

— Ils ne le sont pas aussi, repartit le vidame de
Chartres; et plût à Dieu qu'ils le fussent, je ne me
trouverais pas dans l'embarras où je me trouve;
mais il faut vous raconter tout ce qui s'est passé,
pour vous faire voir tout ce que j'ai à craindre.

Depuis que je suis à la cour, la reine m'a toujours
traité avec beaucoup de distinction et d'agrément, et
j'avais eu lieu de croire qu'elle avait de la bonté pour
moi; néanmoins, il n'y avait rien de particulier, et je
n'avais jamais songé à avoir d'autres sentiments
pour elle que ceux du respect. J'étais même fort
amoureux de Mme de Thémines; il est aisé de juger
en la voyant qu'on peut avoir beaucoup d'amour
pour elle quand on en est aimé, et je l'étais. Il y a
près de deux ans que, comme la cour était à Fontainebleau, je me trouvai deux ou trois fois en conversation avec la reine, à des heures où il y avait très
peu de monde. Il me parut que mon esprit lui plaisait
et qu'elle entrait dans tout ce que je disais. Un jour,
entre autres, on se mit à parler de la confiance. Je
dis qu'il n'y avait personne en qui j'en eusse une
entière; que je trouvais que l'on se repentait toujours
d'en avoir et que je savais beaucoup de choses dont
je n'avais jamais parlé. La reine me dit qu'elle m'en
estimait davantage; qu'elle n'avait trouvé personne
en France qui eût du secret et que c'était ce qui
l'avait le plus embarrassée, parce que cela lui avait
ôté le plaisir de donner sa confiance; que c'était une
chose nécessaire, dans la vie, que d'avoir quelqu'un
à qui on pût parler, et surtout pour les personnes de
son rang. Les jours suivants, elle reprit encore
plusieurs fois la même conversation; elle m'apprit
même des choses assez particulières qui se passaient.
Enfin, il me sembla qu'elle souhaitait de s'assurer

de mon secret et qu'elle avait envie de me confier les
siens. Cette pensée m'attacha à elle, je fus touché
de cette distinction et je lui fis ma cour avec beaucoup
plus d'assiduité que je n'avais accoutumé. Un soir
que le roi et toutes les dames s'étaient allés promener
à cheval dans la forêt, où elle n'avait pas voulu aller
parce qu'elle s'était trouvée un peu mal, je demeurai
auprès d'elle; elle descendit au bord de l'étang et
quitta la main de ses écuyers pour marcher avec
plus de liberté. Après qu'elle eut fait quelques tours,
elle s'approcha de moi, et m'ordonna de la suivre. —
Je veux vous parler, me dit-elle; et vous verrez, par
ce que je veux vous dire, que je suis de vos amies.
Elle s'arrêta à ces paroles, et me regardant fixement :
— Vous êtes amoureux, continua-t-elle, et, parce que
vous ne vous fiez peut-être à personne, vous croyez
que votre amour n'est pas su; mais il est connu, et
même des personnes intéressées. On vous observe,
on sait les lieux où vous voyez votre maîtresse, on a
dessein de vous y surprendre. Je ne sais qui elle est;
je ne vous le demande point et je veux seulement
vous garantir des malheurs où vous pouvez tomber.
Voyez, je vous prie, quel piège me tendait la reine
et combien il était difficile de n'y pas tomber. Elle
voulait savoir si j'étais amoureux; et en ne me
demandant point de qui je l'étais et, en ne me laissant
voir que la seule intention de me faire plaisir, elle
m'ôtait la pensée qu'elle me parlât par curiosité ou
par dessein.

Cependant, contre toutes sortes d'apparences, je
démêlai la vérité. J'étais amoureux de Mme de Thémines; mais, quoiqu'elle m'aimât, je n'étais pas
assez heureux pour avoir des lieux particuliers à la
voir et pour craindre d'y être surpris; et ainsi je vis
bien que ce ne pouvait être elle dont la reine voulait
parler. Je savais bien aussi que j'avais un commerce

de galanterie avec une autre femme moins belle et moins sévère que Mme de Thémines, et qu'il n'était pas impossible que l'on eût découvert le lieu où je la voyais; mais, comme je m'en souciais peu, il m'était aisé de me mettre à couvert de toutes sortes de périls en cessant de la voir. Ainsi je pris le parti de ne rien avouer à la reine et de l'assurer, au contraire, qu'il y avait très longtemps que j'avais abandonné le désir de me faire aimer des femmes dont je pouvais espérer de l'être, parce que je les trouvais quasi toutes indignes d'attacher un honnête homme et qu'il n'y avait que quelque chose fort au-dessus d'elles qui pût m'engager. — Vous ne me répondez pas sincèrement, répliqua la reine; je sais le contraire de ce que vous me dites. La manière dont je vous parle vous doit obliger à ne me rien cacher. Je veux que vous soyez de mes amis, continua-t-elle; mais je ne veux pas, en vous donnant cette place, ignorer quels sont vos attachements. Voyez si vous la voulez acheter au prix de me les apprendre : je vous donne deux jours pour y penser; mais, après ce temps-là, songez bien à ce que vous me direz, et souvenez-vous que si, dans la suite, je trouve que vous m'ayez trompée, je ne vous le pardonnerai de ma vie.

La reine me quitta après m'avoir dit ces paroles, sans attendre ma réponse. Vous pouvez croire que je demeurai l'esprit bien rempli de ce qu'elle me venait de dire. Les deux jours qu'elle m'avait donnés pour y penser ne me parurent pas trop longs pour me déterminer. Je voyais qu'elle voulait savoir si j'étais amoureux et qu'elle ne souhaitait pas que je le fusse. Je voyais les suites et les conséquences du parti que j'allais prendre; ma vanité n'était pas peu flattée d'une liaison particulière avec une reine, et une reine dont la personne est encore extrêmement aimable. D'un autre côté, j'aimais Mme de Thémines

et, quoique je lui fisse une espèce d'infidélité pour
cette autre femme dont je vous ai parlé, je ne me
pouvais résoudre à rompre avec elle. Je voyais aussi
le péril où je m'exposais en trompant la reine et
combien il était difficile de la tromper; néanmoins, je
ne pus me résoudre à refuser ce que la fortune m'of-
frait et je pris le hasard de tout ce que ma mauvaise
conduite pouvait m'attirer. Je rompis avec cette
femme dont on pouvait découvrir le commerce, et
j'espérai de cacher celui que j'avais avec Mme de
Thémines.

Au bout des deux jours que la reine m'avait donnés,
comme j'entrais dans la chambre où toutes les dames
étaient au cercle, elle me dit tout haut, avec un air
grave qui me surprit : Avez-vous pensé à cette affaire
dont je vous ai chargé et en savez-vous la vérité? —
Oui, Madame, lui répondis-je, et elle est comme je l'ai
dite à Votre Majesté. — Venez ce soir à l'heure que je
dois écrire, répliqua-t-elle, et j'achèverai de vous
donner mes ordres. Je fis une profonde révérence
sans rien répondre et ne manquai pas de me trouver
à l'heure qu'elle m'avait marquée. Je la trouvai dans
la galerie où était son secrétaire et quelqu'une de ses
femmes. Sitôt qu'elle me vit, elle vint à moi et me
mena à l'autre bout de la galerie. — Eh bien! me
dit-elle, est-ce après y avoir bien pensé que vous
n'avez rien à me dire, et la manière dont j'en use
avec vous ne mérite-t-elle pas que vous me parliez
sincèrement? — C'est parce que je vous parle sincèrement, Madame, lui répondis-je, que je n'ai rien à
vous dire; et je jure à Votre Majesté, avec tout le
respect que je lui dois, que je n'ai d'attachement
pour aucune femme de la cour. — Je le veux croire,
repartit la reine, parce que je le souhaite; et je le
souhaite, parce que je désire que vous soyez entièrement attaché à moi, et qu'il serait impossible que je

fusse contente de votre amitié si vous étiez amoureux. On ne peut se fier à ceux qui le sont; on ne
peut s'assurer de leur secret. Ils sont trop distraits
et trop partagés, et leur maîtresse leur fait une
première occupation qui ne s'accorde point avec la
manière dont je veux que vous soyez attaché à moi.
Souvenez-vous donc que c'est sur la parole que vous
me donnez, que vous n'avez aucun engagement, que
je vous choisis pour vous donner toute ma confiance.
Souvenez-vous que je veux la vôtre tout entière;
que je veux que vous n'ayez ni ami, ni amie, que ceux
qui me seront agréables, et que vous abandonniez
tout autre soin que celui de me plaire. Je ne vous
ferai pas perdre celui de votre fortune; je la conduirai
avec plus d'application que vous-même et, quoi que
je fasse pour vous, je m'en tiendrai trop bien récom-
pensée, si je vous trouve pour moi tel que je l'espère.
Je vous choisis pour vous confier tous mes chagrins
et pour m'aider à les adoucir. Vous pouvez juger
qu'ils ne sont pas médiocres. Je souffre en apparence,
sans beaucoup de peine, l'attachement du roi pour la
duchesse de Valentinois; mais il m'est insupportable.
Elle gouverne le roi, elle le trompe, elle me méprise,
tous mes gens sont à elle. La reine, ma belle-fille, fière
de sa beauté et du crédit de ses oncles, ne me rend
aucun devoir. Le connétable de Montmorency est
maître du roi et du royaume; il me hait, et m'a donné
des marques de sa haine que je ne puis oublier. Le
maréchal de Saint-André est un jeune favori audacieux, qui n'en use pas mieux avec moi que les autres.
Le détail de mes malheurs vous ferait pitié; je n'ai
osé jusqu'ici me fier à personne, je me fie à vous;
faites que je ne m'en repente point et soyez ma seule
consolation. Les yeux de la reine rougirent en achevant ces paroles; je pensai me jeter à ses pieds tant

je fus véritablement touché de la bonté qu'elle me témoignait. Depuis ce jour-là, elle eut en moi une entière confiance; elle ne fit plus rien sans m'en parler et j'ai conservé une liaison qui dure encore.

Troisième partie

Cependant, quelque rempli et quelque occupé que je fusse de cette nouvelle liaison avec la reine, je tenais à Mme de Thémines par une inclination naturelle que je ne pouvais vaincre. Il me parut qu'elle cessait de m'aimer et, au lieu que, si j'eusse été sage, je me fusse servi du changement qui paraissait en elle pour aider à me guérir, mon amour en redoubla et je me conduisais si mal que la reine eut quelque connaissance de cet attachement. La jalousie est naturelle aux personnes de sa nation, et peut-être que cette princesse a pour moi des sentiments plus vifs qu'elle ne pense elle-même. Mais enfin le bruit que j'étais amoureux lui donna de si grandes inquiétudes et de si grands chagrins que je me crus cent fois perdu auprès d'elle. Je la rassurai enfin à force de soins, de soumissions et de faux serments; mais je n'aurais pu la tromper longtemps si le changement de Mme de Thémines ne m'avait détaché d'elle malgré moi. Elle me fit voir qu'elle ne m'aimait plus; et j'en fus si persuadé que je fus contraint de ne la pas tourmenter davantage et de la laisser en repos. Quelque temps après, elle m'écrivit cette lettre que j'ai perdue. J'appris par là qu'elle avait su le commerce que j'avais eu avec cette autre femme dont je vous ai parlé et que c'était la cause de son changement. Comme je n'avais plus rien alors qui me partageât, la

reine était assez contente de moi; mais comme les
sentiments que j'ai pour elle ne sont pas d'une nature
à me rendre incapable de tout autre attachement et
que l'on n'est pas amoureux par sa volonté, je le suis
devenu de Mme de Martigues, pour qui j'avais déjà
eu beaucoup d'inclination pendant qu'elle était Ville-
montais, fille de la reine dauphine. J'ai lieu de croire
que je n'en suis pas haï; la discrétion que je lui fais
paraître, et dont elle ne sait pas toutes les raisons,
lui est agréable. La reine n'a aucun soupçon sur son
sujet; mais elle en a un autre qui n'est guère moins
fâcheux. Comme Mme de Martigues est toujours chez
la reine dauphine, j'y vais aussi beaucoup plus souvent que de coutume. La reine s'est imaginé que c'est
de cette princesse que je suis amoureux. Le rang de la
reine dauphine, qui est égal au sien, et la beauté et la
jeunesse qu'elle a au-dessus d'elle, lui donnent une
jalousie qui va jusques à la fureur et une haine contre
sa belle-fille qu'elle ne saurait plus cacher. Le cardinal
de Lorraine, qui me paraît depuis longtemps aspirer
aux bonnes grâces de la reine et qui voit bien que
j'occupe une place qu'il voudrait remplir, sous prétexte de raccommoder Mme la dauphine avec elle,
est entré dans les différends qu'elles ont eus ensemble.
Je ne doute pas qu'il n'ait démêlé le véritable sujet
de l'aigreur de la reine et je crois qu'il me rend toutes
sortes de mauvais offices, sans lui laisser voir qu'il a
dessein de me les rendre. Voilà l'état où sont les choses
à l'heure que je vous parle. Jugez quel effet peut
produire la lettre que j'ai perdue, et que mon malheur
m'a fait mettre dans ma poche pour la rendre à
Mme de Thémines. Si la reine voit cette lettre, elle
connaîtra que je l'ai trompée et que presque dans le
temps que je la trompais pour Mme de Thémines, je
trompais Mme de Thémines pour une autre; jugez
quelle idée cela lui peut donner de moi et si elle peut

jamais se fier à mes paroles. Si elle ne voit point cette
lettre, que lui dirai-je? Elle sait qu'on l'a remise
entre les mains de Mme la dauphine; elle croira que
Chastelart a reconnu l'écriture de cette reine et que
la lettre est d'elle; elle s'imaginera que la personne
dont on témoigne de la jalousie est peut-être elle-
même; enfin, il n'y a rien qu'elle n'ait lieu de penser
et il n'y a rien que je ne doive craindre de ses pensées.
Ajoutez à cela que je suis vivement touché de
Mme de Martigues; qu'assurément Mme la dauphine
lui montrera cette lettre qu'elle croira écrite depuis
peu; ainsi je serai également brouillé, et avec la
personne du monde que j'aime le plus, et avec la
personne du monde que je dois le plus craindre.
Voyez après cela si je n'ai pas raison de vous conjurer
de dire que la lettre est à vous, et de vous demander,
en grâce, de l'aller retirer des mains de Mme la dauphine.

— Je vois bien, dit M. de Nemours, que l'on ne
peut être dans un plus grand embarras que celui où
vous êtes, et il faut avouer que vous le méritez. On
m'a accusé de n'être pas un amant fidèle et d'avoir
plusieurs galanteries à la fois; mais vous me passez
de si loin que je n'aurais seulement osé imaginer les
choses que vous avez entreprises. Pouviez-vous prétendre de conserver Mme de Thémines en vous engageant avec la reine et espériez-vous de vous engager
avec la reine et de la pouvoir tromper? Elle est italienne et reine, et par conséquent pleine de soupçons,
de jalousie et d'orgueil; quand votre bonne fortune,
plutôt que votre bonne conduite, vous a ôté des engagements où vous étiez, vous en avez pris de nouveaux
et vous vous êtes imaginé qu'au milieu de la cour,
vous pourriez aimer Mme de Martigues sans que la
reine s'en aperçût. Vous ne pouviez prendre trop de
soins de lui ôter la honte d'avoir fait les premiers pas.

Elle a pour vous une passion violente; votre discrétion vous empêche de me le dire et la mienne de vous
le demander; mais enfin elle vous aime, elle a de la
défiance, et la vérité est contre vous.

— Est-ce à vous à m'accabler de réprimandes,
interrompit le vidame, et votre expérience ne vous
doit-elle pas donner de l'indulgence pour mes fautes?
Je veux pourtant bien convenir que j'ai tort; mais
songez, je vous conjure, à me tirer de l'abîme où je
suis. Il me paraît qu'il faudrait que vous vissiez la
reine dauphine sitôt qu'elle sera éveillée pour lui
redemander cette lettre, comme l'ayant perdue.

— Je vous ai déjà dit, reprit M. de Nemours, que
la proposition que vous me faites est un peu extraordinaire et que mon intérêt particulier m'y peut faire
trouver des difficultés; mais, de plus, si l'on a vu
tomber cette lettre de votre poche, il me paraît difficile de persuader qu'elle soit tombée de la mienne.

— Je croyais vous avoir appris, répondit le vidame,
que l'on a dit à la reine dauphine que c'était de la
vôtre qu'elle était tombée.

— Comment! reprit brusquement M. de Nemours,
qui vit dans ce moment les mauvais offices que cette
méprise lui pouvait faire auprès de Mme de Clèves,
l'on a dit à la reine dauphine que c'est moi qui ai
laissé tomber cette lettre?

— Oui, reprit le vidame, on le lui a dit. Et ce qui
a fait cette méprise, c'est qu'il y avait plusieurs gentilshommes des reines dans une des chambres du jeu
de paume où étaient nos habits et que vos gens et les
miens les ont été quérir. En même temps la lettre est
tombée; ces gentilshommes l'ont ramassée et l'ont lue
tout haut. Les uns ont cru qu'elle était à vous et les
autres à moi. Chastelart, qui l'a prise et à qui je viens
de la faire demander, a dit qu'il l'avait donnée à la
reine dauphine, comme une lettre qui était à vous;

et ceux qui en ont parlé à la reine ont dit par malheur qu'elle était à moi; ainsi vous pouvez faire aisément ce que je souhaite et m'ôter de l'embarras où je suis.

M. de Nemours avait toujours fort aimé le vidame de Chartres, et ce qu'il était à Mme de Clèves le lui rendait encore plus cher. Néanmoins il ne pouvait se résoudre à prendre le hasard qu'elle entendît parler de cette lettre comme d'une chose où il avait intérêt. Il se mit à rêver profondément et le vidame, se doutant à peu près du sujet de sa rêverie :

— Je vois bien, lui dit-il, que vous craignez de vous brouiller avec votre maîtresse, et même vous me donneriez lieu de croire que c'est avec la reine dauphine si le peu de jalousie que je vous vois de M. d'Anville ne m'en ôtait la pensée; mais, quoi qu'il en soit, il est juste que vous ne sacrifiiez pas votre repos au mien et je veux bien vous donner les moyens de faire voir à celle que vous aimez que cette lettre s'adresse à moi et non pas à vous : voilà un billet de Mme d'Amboise, qui est amie de Mme de Thémines et à qui elle s'est fiée de tous les sentiments qu'elle a eus pour moi. Par ce billet elle me redemande cette lettre de son amie, que j'ai perdue; mon nom est sur le billet; et ce qui est dedans prouve sans aucun doute que la lettre que l'on me redemande est la même que l'on a trouvée. Je vous remets ce billet entre les mains et je consens que vous le montriez à votre maîtresse pour vous justifier. Je vous conjure de ne perdre pas un moment et d'aller, dès ce matin, chez Mme la dauphine.

M. de Nemours le promit au vidame de Chartres et prit le billet de Mme d'Amboise; néanmoins son dessein n'était pas de voir la reine dauphine et il trouvait qu'il avait quelque chose de plus pressé à faire. Il ne doutait pas qu'elle n'eût déjà parlé de la lettre à Mme de Clèves et il ne pouvait supporter qu'une personne qu'il aimait si éperdument, eût lieu

de croire qu'il eût quelque attachement pour une
autre.

Il alla chez elle à l'heure qu'il crut qu'elle pouvait
être éveillée et lui fit dire qu'il ne demanderait pas à
avoir l'honneur de la voir, à une heure si extraordinaire, si une affaire de conséquence ne l'y obligeait.
Mᵐᵉ de Clèves était encore au lit, l'esprit aigri et
agité de tristes pensées qu'elle avait eues pendant la
nuit. Elle fut extrêmement surprise lorsqu'on lui dit
que M. de Nemours la demandait; l'aigreur où elle
était ne la fit pas balancer à répondre qu'elle était
malade et qu'elle ne pouvait lui parler.

Ce prince ne fut pas blessé de ce refus : une marque
de froideur, dans un temps où elle pouvait avoir de
la jalousie, n'était pas un mauvais augure. Il alla à
l'appartement de M. de Clèves, et lui dit qu'il venait
de celui de madame sa femme, qu'il était bien fâché
de ne la pouvoir entretenir, parce qu'il avait à lui
parler d'une affaire importante pour le vidame de
Chartres. Il fit entendre en peu de mots à M. de Clèves
la conséquence de cette affaire, et M. de Clèves le
mena à l'heure même dans la chambre de sa femme.
Si elle n'eût point été dans l'obscurité, elle eût eu
peine à cacher son trouble et son étonnement de voir
entrer M. de Nemours conduit par son mari. M. de
Clèves lui dit qu'il s'agissait d'une lettre, où l'on
avait besoin de son secours pour les intérêts du
vidame, qu'elle verrait avec M. de Nemours ce qu'il
y avait à faire, et que, pour lui, il s'en allait chez le roi
qui venait de l'envoyer quérir.

M. de Nemours demeura seul auprès de Mᵐᵉ de
Clèves, comme il le pouvait souhaiter.

— Je viens vous demander, Madame, lui dit-il,
si Mᵐᵉ la dauphine ne vous a point parlé d'une lettre
que Chastelart lui remit hier entre les mains.

— Elle m'en a dit quelque chose, répondit Mᵐᵉ de

Clèves; mais je ne vois pas ce que cette lettre a de
commun avec les intérêts de mon oncle et je vous
puis assurer qu'il n'y est pas nommé.

— Il est vrai, Madame, répliqua M. de Nemours,
il n'y est pas nommé; néanmoins elle s'adresse à lui
et il lui est très important que vous la retiriez des
mains de Mme la dauphine.

— J'ai peine à comprendre, reprit Mme de Clèves,
pourquoi il lui importe que cette lettre soit vue et
pourquoi il faut la redemander sous son nom.

— Si vous voulez vous donner le loisir de m'écouter,
Madame, dit M. de Nemours, je vous ferai bientôt
voir la vérité et vous apprendrez des choses si impor-
tantes pour M. le vidame que je ne les aurais pas
même confiées à M. le prince de Clèves, si je n'avais eu
besoin de son secours pour avoir l'honneur de vous voir.

— Je pense que tout ce que vous prendriez la peine
de me dire serait inutile, répondit Mme de Clèves avec
un air assez sec, et il vaut mieux que vous alliez trouver la reine dauphine et que, sans chercher de détours,
vous lui disiez l'intérêt que vous avez à cette lettre,
puisque aussi bien on lui a dit qu'elle vient de vous.

L'aigreur que M. de Nemours voyait dans l'esprit
de Mme de Clèves lui donnait le plus sensible plaisir
qu'il eût jamais eu et balançait son impatience de se
justifier.

— Je ne sais, Madame, reprit-il, ce qu'on peut
avoir dit à Mme la dauphine; mais je n'ai aucun
intérêt à cette lettre et elle s'adresse à M. le vidame.

— Je le crois, répliqua Mme de Clèves; mais on a
dit le contraire à la reine dauphine et il ne lui paraîtra
pas vraisemblable que les lettres de M. le vidame
tombent de vos poches. C'est pourquoi, à moins que
vous n'ayez quelque raison que je ne sais point, à
cacher la vérité à la reine dauphine, je vous conseille
de la lui avouer.

— Je n'ai rien à lui avouer, reprit-il; la lettre ne s'adresse pas à moi et, s'il y a quelqu'un que je souhaite d'en persuader, ce n'est pas Mme la dauphine. Mais, Madame, comme il s'agit en ceci de la fortune de M. le vidame, trouvez bon que je vous apprenne des choses qui sont même dignes de votre curiosité.

Mme de Clèves témoigna par son silence qu'elle était prête à l'écouter, et M. de Nemours lui conta, le plus succinctement qu'il lui fut possible, tout ce qu'il venait d'apprendre du vidame. Quoique ce fussent des choses propres à donner de l'étonnement et à être écoutées avec attention, Mme de Clèves les entendit avec une froideur si grande qu'il semblait qu'elle ne les crût pas véritables ou qu'elles lui fussent indifférentes. Son esprit demeura dans cette situation jusqu'à ce que M. de Nemours lui parlât du billet de Mme d'Amboise, qui s'adressait au vidame de Chartres et qui était la preuve de tout ce qu'il lui venait de dire. Comme Mme de Clèves savait que cette femme était amie de Mme de Thémines, elle trouva une apparence de vérité à ce que lui disait M. de Nemours, qui lui fit penser que la lettre ne s'adressait peut-être pas à lui. Cette pensée la tira tout d'un coup, et malgré elle, de la froideur qu'elle avait eue jusqu'alors. Ce prince, après lui avoir lu ce billet qui faisait sa justification, le lui présenta pour le lire et lui dit qu'elle en pouvait connaître l'écriture; elle ne put s'empêcher de le prendre, de regarder le dessus pour voir s'il s'adressait au vidame de Chartres et de le lire tout entier pour juger si la lettre que l'on redemandait était la même qu'elle avait entre les mains. M. de Nemours lui dit encore tout ce qu'il crut propre à la persuader; et, comme on persuade aisément une vérité agréable, il convainquit Mme de Clèves qu'il n'avait point de part à cette lettre.

Elle commença alors à raisonner avec lui sur l'em-

barras et le péril où était le vidame, à le blâmer de sa
méchante conduite, à chercher les moyens de le
secourir; elle s'étonna du procédé de la reine, elle
avoua à M. de Nemours qu'elle avait la lettre, enfin
sitôt qu'elle le crut innocent, elle entra avec un esprit
ouvert et tranquille dans les mêmes choses qu'elle
semblait d'abord ne daigner pas entendre. Ils
convinrent qu'il ne fallait point rendre la lettre à la
reine dauphine, de peur qu'elle ne la montrât à
Mme de Martigues, qui connaissait l'écriture de Mme de
Thémines et qui aurait aisément deviné par l'intérêt
qu'elle prenait au vidame, qu'elle s'adressait à lui.
Ils trouvèrent aussi qu'il ne fallait pas confier à la
reine dauphine tout ce qui regardait la reine, sa
belle-mère. Mme de Clèves, sous le prétexte des
affaires de son oncle, entrait avec plaisir à garder tous
les secrets que M. de Nemours lui confiait.

Ce prince ne lui eût pas toujours parlé des intérêts
du vidame, et la liberté où il se trouvait de l'entretenir lui eût donné une hardiesse qu'il n'avait encore
osé prendre, si l'on ne fût venu dire à Mme de Clèves
que la reine dauphine lui ordonnait de l'aller trouver.
M. de Nemours fut contraint de se retirer; il alla
trouver le vidame pour lui dire qu'après l'avoir
quitté, il avait pensé qu'il était plus à propos de
s'adresser à Mme de Clèves qui était sa nièce que
d'aller droit à Mme la dauphine. Il ne manqua pas de
raisons pour faire approuver ce qu'il avait fait et
pour en faire espérer un bon succès.

Cependant Mme de Clèves s'habilla en diligence
pour aller chez la reine. A peine parut-elle dans sa
chambre, que cette princesse la fit approcher, et lui
dit tout bas :

— Il y a deux heures que je vous attends, et jamais
je n'ai été si embarrassée à déguiser la vérité que je
l'ai été ce matin. La reine a entendu parler de la

lettre que je vous donnai hier; elle croit que c'est le
vidame de Chartres qui l'a laissée tomber. Vous savez
qu'elle y prend quelque intérêt; elle a fait chercher
cette lettre, elle l'a fait demander à Chastelart; il a
dit qu'il me l'avait donnée; on me l'est venu demander sur le prétexte que c'était une jolie lettre qui donnait de la curiosité à la reine. Je n'ai osé dire que
vous l'aviez; je crus qu'elle s'imaginerait que je vous
l'avais mise entre les mains à cause du vidame votre
oncle, et qu'il y aurait une grande intelligence entre
lui et moi. Il m'a déjà paru qu'elle souffrait avec
peine qu'il me vît souvent, de sorte que j'ai dit que
la lettre était dans les habits que j'avais hier et que
ceux qui en avaient la clef étaient sortis. Donnez-
moi promptement cette lettre, ajouta-t-elle, afin que
je la lui envoie et que je la lise avant que de l'envoyer
pour voir si je n'en connaîtrai point l'écriture.

Mme de Clèves se trouva encore plus embarrassée
qu'elle n'avait pensé.

— Je ne sais, Madame, comment vous ferez, répondit-elle; car M. de Clèves, à qui je l'avais donnée à
lire, l'a rendue à M. de Nemours qui est venu dès ce
matin le prier de vous la redemander. M. de Clèves
a eu l'imprudence de lui dire qu'il l'avait et il a eu la
faiblesse de céder aux prières que M. de Nemours lui
a faites de la lui rendre.

— Vous me mettez dans le plus grand embarras
où je puisse jamais être, repartit Mme la dauphine,
et vous avez tort d'avoir rendu cette lettre à M. de
Nemours; puisque c'était moi qui vous l'avais donnée, vous ne deviez point la rendre sans ma permission. Que voulez-vous que je dise à la reine et que
pourra-t-elle s'imaginer? Elle croira, et avec apparence, que cette lettre me regarde et qu'il y a quelque
chose entre le vidame et moi. Jamais on ne lui per-
suadera que cette lettre soit à M. de Nemours.

— Je suis très affligée, répondit Mme de Clèves, de l'embarras que je vous cause. Je le crois aussi grand qu'il est; mais c'est la faute de M. de Clèves et non pas la mienne.

— C'est la vôtre, répliqua la dauphine, de lui avoir donné la lettre, et il n'y a que vous de femme au monde qui fasse confidence à son mari de toutes les choses qu'elle sait.

— Je crois que j'ai tort, Madame, répliqua Mme de Clèves; mais songez à réparer ma faute et non pas à l'examiner.

— Ne vous souvenez-vous point, à peu près, de ce qui est dans cette lettre? dit alors la reine dauphine.

— Oui, Madame, répondit-elle, je m'en souviens et l'ai relue plus d'une fois.

— Si cela est, reprit Mme la dauphine, il faut que vous alliez tout à l'heure la faire écrire d'une main inconnue. Je l'enverrai à la reine : elle ne la montrera pas à ceux qui l'ont vue. Quand elle le ferait, je soutiendrai toujours que c'est celle que Chastelart m'a donnée et il n'oserait dire le contraire.

Mme de Clèves entra dans cet expédient, et d'autant plus qu'elle pensa qu'elle enverrait quérir M. de Nemours pour ravoir la lettre même, afin de la faire copier mot à mot et d'en faire à peu près imiter l'écriture, et elle crut que la reine y serait infailliblement trompée. Sitôt qu'elle fut chez elle, elle conta à son mari l'embarras de Mme la dauphine et le pria d'envoyer chercher M. de Nemours. On le chercha; il vint en diligence. Mme de Clèves lui dit tout ce qu'elle avait déjà appris à son mari et lui demanda la lettre; mais M. de Nemours répondit qu'il l'avait déjà rendue au vidame de Chartres, qui avait eu tant de joie de la ravoir et de se trouver hors du péril qu'il aurait couru qu'il l'avait renvoyée à l'heure

même à l'amie de Mme de Thémines. Mme de Clèves
se retrouva dans un nouvel embarras; et enfin, après
avoir bien consulté, ils résolurent de faire la lettre
de mémoire. Ils s'enfermèrent pour y travailler; on
donna ordre à la porte de ne laisser entrer personne
et on renvoya tous les gens de M. de Nemours. Cet
air de mystère et de confidence n'était pas d'un
médiocre charme pour ce prince et même pour
Mme de Clèves. La présence de son mari et les intérêts
du vidame de Chartres la rassuraient en quelque
sorte sur ses scrupules. Elle ne sentait que le plaisir
de voir M. de Nemours, elle en avait une joie pure et
sans mélange qu'elle n'avait jamais sentie : cette joie
lui donnait une liberté et un enjouement dans l'esprit
que M. de Nemours ne lui avait jamais vus et qui
redoublaient son amour. Comme il n'avait point eu
encore de si agréables moments, sa vivacité en était
augmentée; et quand Mme de Clèves voulut commencer à se souvenir de la lettre et à l'écrire, ce prince,
au lieu de lui aider sérieusement, ne faisait que
l'interrompre et lui dire des choses plaisantes. Mme de
Clèves entra dans le même esprit de gaieté, de sorte
qu'il y avait déjà longtemps qu'ils étaient enfermés,
et on était déjà venu deux fois de la part de la reine
dauphine pour dire à Mme de Clèves de se dépêcher,
qu'ils n'avaient pas encore fait la moitié de la lettre.

M. de Nemours était bien aise de faire durer un
temps qui lui était si agréable et oubliait les intérêts
de son ami. Mme de Clèves ne s'ennuyait pas et
oubliait aussi les intérêts de son oncle. Enfin à peine,
à quatre heures, la lettre était-elle achevée, et elle
était si mal, et l'écriture dont on la fit copier res-
semblait si peu à celle que l'on avait eu dessein
d'imiter qu'il eût fallu que la reine n'eût guère pris
de soin d'éclaircir la vérité pour ne la pas connaître.
Aussi n'y fut-elle pas trompée, quelque soin que l'on

prît de lui persuader que cette lettre s'adressait à M. de Nemours. Elle demeura convaincue, non seulement qu'elle était au vidame de Chartres, mais elle crut que la reine dauphine y avait part et qu'il y avait quelque intelligence entre eux. Cette pensée augmenta tellement la haine qu'elle avait pour cette princesse qu'elle ne lui pardonna jamais et qu'elle la persécuta jusqu'à ce qu'elle l'eût fait sortir de France.

Pour le vidame de Chartres, il fut ruiné auprès d'elle, et, soit que le cardinal de Lorraine se fût déjà rendu maître de son esprit, ou que l'aventure de cette lettre qui lui fit voir qu'elle était trompée, lui aidât à démêler les autres tromperies que le vidame lui avait déjà faites, il est certain qu'il ne put jamais se raccommoder sincèrement avec elle. Leur liaison se rompit, et elle le perdit ensuite à la conjuration d'Amboise où il se trouva embarrassé.

Après qu'on eut envoyé la lettre à Mme la dauphine, M. de Clèves et M. de Nemours s'en allèrent. Mme de Clèves demeura seule, et sitôt qu'elle ne fut plus soutenue par cette joie que donne la présence de ce que l'on aime, elle revint comme d'un songe ; elle regarda avec étonnement la prodigieuse différence de l'état où elle était le soir d'avec celui où elle se trouvait alors ; elle se remit devant les yeux l'aigreur et la froideur qu'elle avait fait paraître à M. de Nemours, tant qu'elle avait cru que la lettre de Mme de Thémines s'adressait à lui ; quel calme et quelle douceur avaient succédé à cette aigreur, sitôt qu'il l'avait persuadée que cette lettre ne le regardait pas. Quand elle pensait qu'elle s'était reproché comme un crime, le jour précédent, de lui avoir donné des marques de sensibilité que la seule compassion pouvait avoir fait naître et que, par son aigreur, elle lui avait fait paraître des sentiments de jalousie qui étaient des preuves certaines de passion, elle ne

se reconnaissait plus elle-même. Quand elle pensait
encore que M. de Nemours voyait bien qu'elle connaissait son amour, qu'il voyait bien aussi que, malgré
cette connaissance elle ne l'en traitait pas plus mal
en présence même de son mari, qu'au contraire elle
ne l'avait jamais regardé si favorablement, qu'elle
était cause que M. de Clèves l'avait envoyé quérir et
qu'ils venaient de passer une après-dînée ensemble
en particulier, elle trouvait qu'elle était d'intelligence
avec M. de Nemours, qu'elle trompait le mari du
monde qui méritait le moins d'être trompé, et elle
était honteuse de paraître si peu digne d'estime aux
yeux même de son amant. Mais, ce qu'elle pouvait
moins supporter que tout le reste, était le souvenir
de l'état où elle avait passé la nuit, et les cuisantes
douleurs que lui avait causées la pensée que M. de
Nemours aimait ailleurs et qu'elle était trompée.

Elle avait ignoré jusqu'alors les inquiétudes mortelles de la défiance et de la jalousie; elle n'avait
pensé qu'à se défendre d'aimer M. de Nemours et
elle n'avait point encore commencé à craindre qu'il
en aimât une autre. Quoique les soupçons que lui
avait donnés cette lettre fussent effacés, ils ne laissèrent pas de lui ouvrir les yeux sur le hasard d'être
trompée et de lui donner des impressions de défiance
et de jalousie qu'elle n'avait jamais eues. Elle fut
étonnée de n'avoir point encore pensé combien il
était peu vraisemblable qu'un homme comme M. de
Nemours, qui avait toujours fait paraître tant de
légèreté parmi les femmes, fût capable d'un attachement sincère et durable. Elle trouva qu'il était
presque impossible qu'elle pût être contente de sa
passion. Mais quand je le pourrais être, disait-elle,
qu'en veux-je faire? Veux-je la souffrir? Veux-je y
répondre? Veux-je m'engager dans une galanterie?
Veux-je manquer à M. de Clèves? Veux-je me man-

quer à moi-même? Et veux-je enfin m'exposer aux
cruels repentirs et aux mortelles douleurs que donne
l'amour? Je suis vaincue et surmontée par une
inclination qui m'entraîne malgré moi. Toutes mes
résolutions sont inutiles; je pensai hier tout ce que
je pense aujourd'hui et je fais aujourd'hui tout le
contraire de ce que je résolus hier. Il faut m'arracher
de la présence de M. de Nemours; il faut m'en aller à
la campagne, quelque bizarre que puisse paraître
mon voyage; et si M. de Clèves s'opiniâtre à l'empêcher ou à en vouloir savoir les raisons, peut-être
lui ferai-je le mal, et à moi-même aussi, de les lui
apprendre. Elle demeura dans cette résolution et
passa tout le soir chez elle, sans aller savoir de Mme la
dauphine ce qui était arrivé de la fausse lettre du
vidame.

Quand M. de Clèves fut revenu, elle lui dit qu'elle
voulait aller à la campagne, qu'elle se trouvait mal
et qu'elle avait besoin de prendre l'air. M. de Clèves,
à qui elle paraissait d'une beauté qui ne lui persuadait
pas que ses maux fussent considérables, se moqua
d'abord de la proposition de ce voyage et lui répondit
qu'elle oubliait que les noces des princesses et le
tournoi s'allaient faire, et qu'elle n'avait pas trop de
temps pour se préparer à y paraître avec la même
magnificence que les autres femmes. Les raisons
de son mari ne la firent pas changer de dessein;
elle le pria de trouver bon que, pendant qu'il irait à
Compiègne avec le roi, elle allât à Coulommiers, qui
était une belle maison à une journée de Paris, qu'ils
faisaient bâtir avec soin. M. de Clèves y consentit;
elle y alla dans le dessein de n'en pas revenir sitôt,
et le roi partit pour Compiègne où il ne devait être
que peu de jours.

M. de Nemours avait eu bien de la douleur de
n'avoir point revu Mme de Clèves depuis cette après-

dînée qu'il avait passée avec elle si agréablement
et qui avait augmenté ses espérances. Il avait une
impatience de la revoir qui ne lui donnait point de
repos, de sorte que, quand le roi revint à Paris, il
résolut d'aller chez sa sœur, la duchesse de Mercœur,
qui était à la campagne assez près de Coulommiers.
Il proposa au vidame d'y aller avec lui, qui accepta
aisément cette proposition; et M. de Nemours la fit
dans l'espérance de voir Mme de Clèves et d'aller
chez elle avec le vidame.

Mme de Mercœur les reçut avec beaucoup de joie
et ne pensa qu'à les divertir et à leur donner tous
les plaisirs de la campagne. Comme ils étaient à la
chasse à courir le cerf, M. de Nemours s'égara dans
la forêt. En s'enquérant du chemin qu'il devait tenir
pour s'en retourner, il sut qu'il était proche de
Coulommiers. A ce mot de Coulommiers, sans faire
aucune réflexion et sans savoir quel était son dessein,
il alla à toute bride du côté qu'on le lui montrait. Il
arriva dans la forêt et se laissa conduire au hasard
par des routes faites avec soin, qu'il jugea bien qui
conduisaient vers le château. Il trouva au bout de
ces routes un pavillon, dont le dessous était un grand
salon accompagné de deux cabinets, dont l'un était
ouvert sur un jardin de fleurs, qui n'était séparé de
la forêt que par des palissades, et le second donnait
sur une grande allée du parc. Il entra dans le pavillon,
et il se serait arrêté à en regarder la beauté, sans qu'il
vît venir par cette allée du parc M. et Mme de Clèves,
accompagnés d'un grand nombre de domestiques.
Comme il ne s'était pas attendu à trouver M. de Clèves
qu'il avait laissé auprès du roi, son premier mouvement le porta à se cacher : il entra dans le cabinet
qui donnait sur le jardin de fleurs, dans la pensée
d'en ressortir par une porte qui était ouverte sur la
forêt; mais, voyant que Mme de Clèves et son mari

s'étaient assis sous le pavillon, que leurs domestiques demeuraient dans le parc et qu'ils ne pouvaient venir à lui sans passer dans le lieu où étaient M. et Mme de Clèves, il ne put se refuser le plaisir de voir cette princesse, ni résister à la curiosité d'écouter sa conversation avec un mari qui lui donnait plus de jalousie qu'aucun de ses rivaux.

Il entendit que M. de Clèves disait à sa femme :

— Mais pourquoi ne voulez-vous point revenir à Paris? Qui vous peut retenir à la campagne? Vous avez depuis quelque temps un goût pour la solitude qui m'étonne et qui m'afflige parce qu'il nous sépare. Je vous trouve même plus triste que de coutume et je crains que vous n'ayez quelque sujet d'affliction.

— Je n'ai rien de fâcheux dans l'esprit, répondit-elle avec un air embarrassé; mais le tumulte de la cour est si grand et il y a toujours un si grand monde chez vous qu'il est impossible que le corps et l'esprit ne se lassent et que l'on ne cherche du repos.

— Le repos, répliqua-t-il, n'est guère propre pour une personne de votre âge. Vous êtes, chez vous et dans la cour, d'une sorte à ne vous pas donner de lassitude et je craindrais plutôt que vous ne fussiez bien aise d'être séparée de moi.

— Vous me feriez une grande injustice d'avoir cette pensée, reprit-elle avec un embarras qui augmentait toujours; mais je vous supplie de me laisser ici. Si vous y pouviez demeurer, j'en aurais beaucoup de joie, pourvu que vous y demeurassiez seul, et que vous voulussiez bien n'y avoir point ce nombre infini de gens qui ne vous quittent quasi jamais.

— Ah! Madame! s'écria M. de Clèves, votre air et vos paroles me font voir que vous avez des raisons pour souhaiter d'être seule, que je ne sais point, et je vous conjure de me les dire.

Il la pressa longtemps de les lui apprendre sans

pouvoir l'y obliger; et, après qu'elle se fut défendue d'une manière qui augmentait toujours la curiosité de son mari, elle demeura dans un profond silence, les yeux baissés; puis tout d'un coup prenant la parole et le regardant :

— Ne me contraignez point, lui dit-elle, à vous avouer une chose que je n'ai pas la force de vous avouer, quoique j'en aie eu plusieurs fois le dessein. Songez seulement que la prudence ne veut pas qu'une femme de mon âge, et maîtresse de sa conduite, demeure exposée au milieu de la cour.

— Que me faites-vous envisager, Madame, s'écria M. de Clèves. Je n'oserais vous le dire de peur de vous offenser.

Mme de Clèves ne répondit point; et son silence achevant de confirmer son mari dans ce qu'il avait pensé :

— Vous ne me dites rien, reprit-il, et c'est me dire que je ne me trompe pas.

— Eh bien, Monsieur, lui répondit-elle en se jetant à ses genoux, je vais vous faire un aveu que l'on n'a jamais fait à son mari; mais l'innocence de ma conduite et de mes intentions m'en donne la force. Il est vrai que j'ai des raisons de m'éloigner de la cour et que je veux éviter les périls où se trouvent quelquefois les personnes de mon âge. Je n'ai jamais donné nulle marque de faiblesse et je ne craindrais pas d'en laisser paraître si vous me laissiez la liberté de me retirer de la cour ou si j'avais encore Mme de Chartres pour aider à me conduire. Quelque dangereux que soit le parti que je prends, je le prends avec joie pour me conserver digne d'être à vous. Je vous demande mille pardons, si j'ai des sentiments qui vous déplaisent, du moins je ne vous déplairai jamais par mes actions. Songez que pour faire ce que je fais, il faut avoir plus d'amitié et plus d'estime pour un mari que l'on en a jamais eu; conduisez-moi, ayez pitié de moi, et aimez-moi encore, si vous pouvez.

M. de Clèves était demeuré, pendant tout ce discours, la tête appuyée sur ses mains, hors de lui-même, et il n'avait pas songé à faire relever sa femme. Quand elle eut cessé de parler, qu'il jeta les yeux sur elle, qu'il la vit à ses genoux le visage couvert de larmes et d'une beauté si admirable, il pensa mourir de douleur, et l'embrassant en la relevant :

— Ayez pitié de moi vous-même, Madame, lui dit-il, j'en suis digne; et pardonnez si, dans les premiers moments d'une affliction aussi violente qu'est la mienne, je ne réponds pas, comme je dois, à un procédé comme le vôtre. Vous me paraissez plus digne d'estime et d'admiration que tout ce qu'il y a jamais eu de femmes au monde; mais aussi je me trouve le plus malheureux homme qui ait jamais été. Vous m'avez donné de la passion dès le premier moment que je vous ai vue; vos rigueurs et votre possession n'ont pu l'éteindre : elle dure encore; je n'ai jamais pu vous donner de l'amour, et je vois que vous craignez d'en avoir pour un autre. Et qui est-il, Madame, cet homme heureux qui vous donne cette crainte? Depuis quand vous plaît-il? Qu'a-t-il fait pour vous plaire? Quel chemin a-t-il trouvé pour aller à votre cœur? Je m'étais consolé en quelque sorte de ne l'avoir pas touché par la pensée qu'il était incapable de l'être. Cependant un autre fait ce que je n'ai pu faire. J'ai tout ensemble la jalousie d'un mari et celle d'un amant; mais il est impossible d'avoir celle d'un mari après un procédé comme le vôtre. Il est trop noble pour ne me pas donner une sûreté entière; il me console même comme votre amant. La confiance et la sincérité que vous avez pour moi sont d'un prix infini : vous m'estimez assez pour croire que je n'abuserai pas de cet aveu. Vous avez raison, Madame, je n'en abuserai pas et je ne vous en aimerai pas moins. Vous me rendez malheureux par la plus grande marque de fidélité que jamais une femme ait donnée à son mari. Mais, Madame, achevez et apprenez-moi qui est celui que vous voulez éviter.

— Je vous supplie de ne me le point demander, répondit-elle; je suis résolue de ne vous le pas dire et je crois que la prudence ne veut pas que je vous le nomme.

— Ne craignez point, Madame, reprit M. de Clèves, je connais trop le monde pour ignorer que la considération d'un mari n'empêche pas que l'on ne soit amoureux de sa femme. On doit haïr ceux qui le sont et non pas s'en plaindre; et encore une fois, Madame, je vous conjure de m'apprendre ce que j'ai envie de savoir.

— Vous m'en presseriez inutilement, répliqua-t-elle; j'ai de la force pour taire ce que je crois ne pas devoir dire. L'aveu que je vous ai fait n'a pas été par faiblesse, et il faut plus de courage pour avouer cette vérité que pour entreprendre de la cacher.

M. de Nemours ne perdait pas une parole de cette conversation; et ce que venait de dire Mᵐᵉ de Clèves ne lui donnait guère moins de jalousie qu'à son mari. Il était si éperdument amoureux d'elle qu'il croyait que tout le monde avait les mêmes sentiments. Il était véritable aussi qu'il avait plusieurs rivaux; mais il s'en imaginait encore davantage, et son esprit s'égarait à chercher celui dont Mᵐᵉ de Clèves voulait parler. Il avait cru bien des fois qu'il ne lui était pas désagréable et il avait fait ce jugement sur des choses qui lui parurent si légères dans ce moment qu'il ne put s'imaginer qu'il eût donné une passion qui devait être bien violente pour avoir recours à un remède si extraordinaire. Il était si transporté qu'il ne savait quasi ce qu'il voyait, et il ne pouvait pardonner à

M. de Clèves de ne pas assez presser sa femme de lui
dire ce nom qu'elle lui cachait.

M. de Clèves faisait néanmoins tous ses efforts pour
le savoir; et, après qu'il l'en eut pressée inutilement :

— Il me semble, répondit-elle, que vous devez être
content de ma sincérité; ne m'en demandez pas
davantage et ne me donnez point lieu de me repentir
de ce que je viens de faire. Contentez-vous de l'assurance que je vous donne encore, qu'aucune de mes
actions n'a fait paraître mes sentiments et que l'on
ne m'a jamais rien dit dont j'aie pu m'offenser.

— Ah! Madame, reprit tout d'un coup M. de Clèves,
je ne vous saurais croire. Je me souviens de l'embarras où vous fûtes le jour que votre portrait se perdit.
Vous avez donné, Madame, vous avez donné ce portrait qui m'était si cher et qui m'appartenait si légi-
timement. Vous n'avez pu cacher vos sentiments;
vous aimez, on le sait; votre vertu vous a jusqu'ici
garantie du reste.

— Est-il possible, s'écria cette princesse, que vous
puissiez penser qu'il y ait quelque déguisement dans
un aveu comme le mien, qu'aucune raison ne m'obligeait à vous faire? Fiez-vous à mes paroles; c'est par
un assez grand prix que j'achète la confiance que je
vous demande. Croyez, je vous en conjure, que je n'ai
point donné mon portrait : il est vrai que je le vis
prendre; mais je ne voulus pas faire paraître que je le
voyais, de peur de m'exposer à me faire dire des
choses que l'on ne m'a encore osé dire.

— Par où vous a-t-on donc fait voir qu'on vous
aimait, reprit M. de Clèves, et quelles marques de
passion vous a-t-on données?

— Épargnez-moi la peine, répliqua-t-elle, de vous
redire des détails qui me font honte à moi-même de
les avoir remarqués et qui ne m'ont que trop persuadée de ma faiblesse.

— Vous avez raison, Madame, reprit-il, je suis injuste. Refusez-moi toutes les fois que je vous demanderai de pareilles choses; mais ne vous offensez pourtant pas si je vous les demande.

Dans ce moment plusieurs de leurs gens, qui étaient demeurés dans les allées, vinrent avertir M. de Clèves qu'un gentilhomme venait le chercher, de la part du roi, pour lui ordonner de se trouver le soir à Paris. M. de Clèves fut contraint de s'en aller et il ne put rien dire à sa femme, sinon qu'il la suppliait de venir le lendemain, et qu'il la conjurait de croire que, quoiqu'il fût affligé, il avait pour elle une tendresse et une estime dont elle devait être satisfaite.

Lorsque ce prince fut parti, que Mme de Clèves demeura seule, qu'elle regarda ce qu'elle venait de faire, elle en fut si épouvantée qu'à peine put-elle s'imaginer que ce fût une vérité. Elle trouva qu'elle s'était ôté elle-même le cœur et l'estime de son mari et qu'elle s'était creusé un abîme dont elle ne sortirait jamais. Elle se demandait pourquoi elle avait fait une chose si hasardeuse, et elle trouvait qu'elle s'y était engagée sans en avoir presque eu le dessein. La singularité d'un pareil aveu, dont elle ne trouvait point d'exemple, lui en faisait voir tout le péril.

Mais quand elle venait à penser que ce remède, quelque violent qu'il fût, était le seul qui la pouvait défendre contre M. de Nemours, elle trouvait qu'elle ne devait point se repentir et qu'elle n'avait point trop hasardé. Elle passa toute la nuit, pleine d'incertitude, de trouble et de crainte, mais enfin le calme revint dans son esprit. Elle trouva même de la douceur à avoir donné ce témoignage de fidélité à un mari qui le méritait si bien, qui avait tant d'estime et tant d'amitié pour elle, et qui venait de lui en donner encore des marques par la manière dont il avait reçu ce qu'elle lui avait avoué.

Cependant M. de Nemours était sorti du lieu où il avait entendu une conversation qui le touchait si sensiblement et s'était enfoncé dans la forêt. Ce qu'avait dit Mme de Clèves de son portrait lui avait redonné la vie en lui faisant connaître que c'était lui qu'elle ne haïssait pas. Il s'abandonna d'abord à cette joie; mais elle ne fut pas longue, quand il fit réflexion que la même chose qui lui venait d'apprendre qu'il avait touché le cœur de Mme de Clèves, le devait persuader aussi qu'il n'en recevrait jamais nulle marque et qu'il était impossible d'engager une personne qui avait recours à un remède si extraordinaire. Il sentit pourtant un plaisir sensible de l'avoir réduite à cette extrémité. Il trouva de la gloire à s'être fait aimer d'une femme si différente de toutes celles de son sexe; enfin, il se trouva cent fois heureux et malheureux tout ensemble. La nuit le surprit dans la forêt, et il eut beaucoup de peine à retrouver le chemin de chez Mme de Mercœur. Il y arriva à la pointe du jour. Il fut assez embarrassé de rendre compte de ce qui l'avait retenu; il s'en démêla le mieux qu'il lui fut possible et revint ce jour même à Paris avec le vidame.

Ce prince était si rempli de sa passion, et si surpris de ce qu'il avait entendu, qu'il tomba dans une imprudence assez ordinaire, qui est de parler en termes généraux de ses sentiments particuliers et de conter ses propres aventures sous des noms empruntés. En revenant il tourna la conversation sur l'amour, il exagéra le plaisir d'être amoureux d'une personne digne d'être aimée. Il parla des effets bizarres de cette passion et enfin ne pouvant renfermer en lui-même l'étonnement que lui donnait l'action de Mme de Clèves, il la conta au vidame, sans lui nommer la personne et sans lui dire qu'il y eût aucune part; mais il la conta avec tant de chaleur et avec tant d'admiration que le vidame soupçonna aisément que cette histoire regardait ce prince. Il le pressa extrêmement de le lui avouer. Il lui dit qu'il connaissait depuis longtemps qu'il avait quelque passion violente et qu'il y avait de l'injustice de se défier d'un homme qui lui avait confié le secret de sa vie. M. de Nemours était trop amoureux pour avouer son amour; il l'avait toujours caché au vidame, quoique ce fût l'homme de la cour qu'il aimât le mieux. Il lui répondit qu'un de ses amis lui avait conté cette aventure et lui avait fait promettre de n'en point parler, et qu'il le conjurait aussi de garder ce secret. Le vidame l'assura qu'il n'en parlerait point; néanmoins M. de Nemours se repentit de lui en avoir tant appris.

Cependant, M. de Clèves était allé trouver le roi, le cœur pénétré d'une douleur mortelle. Jamais mari n'avait eu une passion si violente pour sa femme et ne l'avait tant estimée. Ce qu'il venait d'apprendre ne lui ôtait pas l'estime; mais elle lui en donnait d'une espèce différente de celle qu'il avait eue jusqu'alors. Ce qui l'occupait le plus, était l'envie de deviner celui qui avait su lui plaire. M. de Nemours lui vint d'abord dans l'esprit, comme ce qu'il y avait de plus aimable à la cour; et le chevalier de Guise, et le maréchal de Saint-André, comme deux hommes qui avaient pensé à lui plaire et qui lui rendaient encore beaucoup de soins; de sorte qu'il s'arrêta à croire qu'il fallait que ce fût l'un des trois. Il arriva au Louvre, et le roi le mena dans son cabinet pour lui dire qu'il l'avait choisi pour conduire Madame en Espagne; qu'il avait cru que personne ne s'acquitterait mieux que lui de cette commission et que personne aussi ne ferait tant d'honneur à la France que Mme de Clèves. M. de Clèves reçut l'honneur de ce choix comme il le devait, et le regarda même comme une chose qui éloignerait sa femme de la cour sans qu'il parût de changement dans sa conduite. Néanmoins le temps de ce départ était encore trop éloigné pour être un remède à l'embarras où il se trouvait. Il écrivit à l'heure même à Mᵐᵉ de Clèves, pour lui apprendre ce que le roi venait de lui dire, et il lui manda encore qu'il voulait absolument qu'elle revînt à Paris. Elle y revint comme il l'ordonnait et lorsqu'ils se virent, ils se trouvèrent tous deux dans une tristesse extraordinaire.

M. de Clèves lui parla comme le plus honnête homme du monde et le plus digne de ce qu'elle avait fait.

— Je n'ai nulle inquiétude de votre conduite, lui dit-il; vous avez plus de force et plus de vertu que vous ne pensez. Ce n'est point aussi la crainte de l'avenir qui m'afflige. Je ne suis affligé que de vous voir pour un autre des sentiments que je n'ai pu vous donner.

— Je ne sais que vous répondre, lui dit-elle; je meurs de honte en vous en parlant. Épargnez-moi, je vous en conjure, de si cruelles conversations; réglez ma conduite; faites que je ne voie personne. C'est tout ce que je vous demande. Mais trouvez bon que je ne vous parle plus d'une chose qui me fait paraître si peu digne de vous et que je trouve si indigne de moi.

— Vous avez raison, Madame, répliqua-t-il; j'abuse de votre douceur et de votre confiance; mais aussi ayez quelque compassion de l'état où vous m'avez mis, et songez que, quoi que vous m'ayez dit, vous me cachez un nom qui me donne une curiosité avec laquelle je ne saurais vivre. Je ne vous demande pourtant pas de la satisfaire; mais je ne puis m'empêcher de vous dire que je crois que celui que je dois envier est le maréchal de Saint-André, le duc de Nemours ou le chevalier de Guise.

— Je ne vous répondrai rien, lui dit-elle en rougissant, et je ne vous donnerai aucun lieu, par mes réponses, de diminuer ni de fortifier vos soupçons, mais si vous essayez de les éclaircir en m'observant, vous me donnerez un embarras qui paraîtra aux yeux de tout le monde. Au nom de Dieu, continua-t-elle, trouvez bon que, sur le prétexte de quelque maladie, je ne voie personne.

— Non, Madame, répliqua-t-il, on démêlerait bientôt que ce serait une chose supposée; et, de plus, je ne me veux fier qu'à vous-même : c'est le chemin que mon cœur me conseille de prendre, et la raison me le conseille aussi. De l'humeur dont vous êtes, en vous laissant votre liberté, je vous donne des bornes plus étroites que je ne pourrais vous en prescrire.

M. de Clèves ne se trompait pas : la confiance qu'il témoignait à sa femme la fortifiait davantage contre M. de Nemours et lui faisait prendre des résolutions plus austères qu'aucune contrainte n'aurait pu faire. Elle alla donc au Louvre et chez la reine dauphine à son ordinaire; mais elle évitait la présence et les yeux de M. de Nemours avec tant de soin qu'elle lui ôta quasi toute la joie qu'il avait de se croire aimé d'elle. Il ne voyait rien dans ses actions qui ne lui persuadât le contraire. Il ne savait quasi si ce qu'il avait entendu n'était point un songe, tant il y trouvait peu de vraisemblance. La seule chose qui l'assurait qu'il ne s'était pas trompé était l'extrême tristesse de Mme de Clèves, quelque effort qu'elle fît pour la cacher : peut-être que des regards et des paroles obligeantes n'eussent pas tant augmenté l'amour de M. de Nemours que faisait cette conduite austère.

Un soir que M. et Mme de Clèves étaient chez la reine, quelqu'un dit que le bruit courait que le roi nommerait encore un grand seigneur de la cour pour aller conduire Madame en Espagne. M. de Clèves avait les yeux sur sa femme dans le temps que l'on ajouta que ce serait peut-être le chevalier de Guise ou le maréchal de Saint-André. Il remarqua qu'elle n'avait point été émue de ces deux noms, ni de la proposition qu'ils fissent ce voyage avec elle. Cela lui fit croire que pas un des deux n'était celui dont elle craignait la présence et, voulant s'éclaircir de ses soupçons, il entra dans le cabinet de la reine, où était le roi. Après y avoir demeuré quelque temps, il revint auprès de sa femme et lui dit tout bas qu'il venait d'apprendre que ce serait M. de Nemours qui irait avec eux en Espagne.

Le nom de M. de Nemours et la pensée d'être exposée à le voir tous les jours pendant un long voyage, en présence de son mari, donna un tel trouble à Mme de Clèves qu'elle ne le put cacher; et, voulant y donner d'autres raisons :

— C'est un choix bien désagréable pour vous, répondit-elle, que celui de ce prince. Il partagera tous les honneurs et il me semble que vous devriez essayer de faire choisir quelque autre.

— Ce n'est pas la gloire, Madame, reprit M. de Clèves, qui vous fait appréhender que M. de Nemours ne vienne avec moi. Le chagrin que vous en avez vient d'une autre cause. Ce chagrin m'apprend ce que j'aurais appris d'une autre femme, par la joie qu'elle en aurait eue. Mais ne craignez point; ce que je viens de vous dire n'est pas véritable, et je l'ai inventé pour m'assurer d'une chose que je ne croyais déjà que trop.

Il sortit après ces paroles, ne voulant pas augmenter par sa présence l'extrême embarras où il voyait sa femme.

M. de Nemours entra dans cet instant et remarqua d'abord l'état où était Mme de Clèves. Il s'approcha d'elle et lui dit tout bas qu'il n'osait, par respect, lui demander ce qui la rendait plus rêveuse que de coutume. La voix de M. de Nemours la fit revenir, et le regardant, sans avoir entendu ce qu'il venait de lui

dire, pleine de ses propres pensées et de la crainte que
son mari ne le vît auprès d'elle :

— Au nom de Dieu, lui dit-elle, laissez-moi en
repos!

— Hélas! Madame, répondit-il, je ne vous y laisse
que trop; de quoi pouvez-vous vous plaindre? Je
n'ose vous parler, je n'ose même vous regarder; je ne
vous approche qu'en tremblant. Par où me suis-je
attiré ce que vous venez de me dire, et pourquoi me
faites-vous paraître que j'ai quelque part au chagrin
où je vous vois?

Mme de Clèves fut bien fâchée d'avoir donné lieu
à M. de Nemours de s'expliquer plus clairement qu'il
n'avait fait en toute sa vie. Elle le quitta, sans lui
répondre, et s'en revint chez elle, l'esprit plus agité
qu'elle ne l'avait jamais eu. Son mari s'aperçut aisément de l'augmentation de son embarras. Il vit qu'elle
craignait qu'il ne lui parlât de ce qui s'était passé. Il
la suivit dans un cabinet où elle était entrée.

— Ne m'évitez point, Madame, lui dit-il, je ne
vous dirai rien qui puisse vous déplaire; je vous
demande pardon de la surprise que je vous ai faite
tantôt. J'en suis assez puni par ce que j'ai appris.
M. de Nemours était de tous les hommes celui que je
craignais le plus. Je vois le péril où vous êtes; ayez
du pouvoir sur vous pour l'amour de vous-même et,
s'il est possible, pour l'amour de moi. Je ne vous le
demande point comme un mari, mais comme un
homme dont vous faites tout le bonheur, et qui a pour
vous une passion plus tendre et plus violente que
celui que votre cœur lui préfère.

M. de Clèves s'attendrit en prononçant ces dernières
paroles et eut peine à les achever. Sa femme en fut
pénétrée et, fondant en larmes, elle l'embrassa avec
une tendresse et une douleur qui le mit dans un état
peu différent du sien. Ils demeurèrent quelque temps

sans se rien dire et se séparèrent sans avoir la force
de se parler.

Les préparatifs pour le mariage de Madame étaient
achevés. Le duc d'Albe arriva pour l'épouser. Il fut
reçu avec toute la magnificence et toutes les cérémonies qui se pouvaient faire dans une pareille
occasion. Le roi envoya au-devant de lui le prince
de Condé, les cardinaux de Lorraine et de Guise, les
ducs de Lorraine, de Ferrare, d'Aumale, de Bouillon,
de Guise et de Nemours. Ils avaient plusieurs
gentilshommes et grand nombre de pages vêtus de
leurs livrées. Le roi attendit lui-même le duc d'Albe à
la première porte du Louvre, avec les deux cents
gentilshommes servants et le connétable à leur tête.
Lorsque ce duc fut proche du roi, il voulut lui embrasser les genoux; mais le roi l'en empêcha et le fit marcher à son côté jusque chez la reine et chez Madame,
à qui le duc d'Albe apporta un présent magnifique
de la part de son maître. Il alla ensuite chez Mme Marguerite, sœur du roi, lui faire les compliments de
M. de Savoie et l'assurer qu'il arriverait dans peu de
jours. L'on fit de grandes assemblées au Louvre pour
faire voir au duc d'Albe, et au prince d'Orange qui
l'avait accompagné, les beautés de la cour.

Mme de Clèves n'osa se dispenser de s'y trouver,
quelque envie qu'elle en eût, par la crainte de déplaire
à son mari qui lui commanda absolument d'y aller.
Ce qui l'y déterminait encore davantage était
l'absence de M. de Nemours. Il était allé au-devant
de M. de Savoie et, après que ce prince fut arrivé, il
fut obligé de se tenir presque toujours auprès de lui
pour lui aider à toutes les choses qui regardaient les
cérémonies de ses noces. Cela fit que Mme de Clèves
ne rencontra pas ce prince aussi souvent qu'elle avait
accoutumé; et elle s'en trouvait dans quelque sorte
de repos.

Le vidame de Chartres n'avait pas oublié la conversation qu'il avait eue avec M. de Nemours. Il lui était demeuré dans l'esprit que l'aventure que ce prince lui avait contée était la sienne propre, et il l'observait avec tant de soin que peut-être aurait-il démêlé la vérité, sans que l'arrivée du duc d'Albe et celle de M. de Savoie firent un changement et une occupation dans la cour qui l'empêcha de voir ce qui aurait pu l'éclairer. L'envie de s'éclaircir, ou plutôt la disposition naturelle que l'on a de conter tout ce que l'on sait à ce que l'on aime, fit qu'il redit à Mme de Martigues l'action extraordinaire de cette personne, qui avait avoué à son mari la passion qu'elle avait pour un autre. Il l'assura que M. de Nemours était celui qui avait inspiré cette violente passion et il la conjura de lui aider à observer ce prince. Mme de Martigues fut bien aise d'apprendre ce que lui dit le vidame; et la curiosité qu'elle avait toujours vue à Mme la dauphine, pour ce qui regardait M. de Nemours, lui donnait encore plus d'envie de pénétrer cette aventure.

Peu de jours avant celui que l'on avait choisi pour la cérémonie du mariage, la reine dauphine donnait à souper au roi son beau-père et à la duchesse de Valentinois. Mme de Clèves, qui était occupée à s'habiller, alla au Louvre plus tard que de coutume. En y allant, elle trouva un gentilhomme qui la venait quérir de la part de Mme la dauphine. Comme elle entra dans la chambre, cette princesse lui cria, de dessus son lit où elle était, qu'elle l'attendait avec une grande impatience.

— Je crois, Madame, lui répondit-elle, que je ne dois pas vous remercier de cette impatience et qu'elle est sans doute causée par quelque autre chose que par l'envie de me voir.

— Vous avez raison, lui répliqua la reine dauphine; mais néanmoins vous devez m'en être obligée, car je veux vous apprendre une aventure que je suis assurée que vous serez bien aise de savoir.

Mme de Clèves se mit à genoux devant son lit et, par bonheur pour elle, elle n'avait pas le jour au visage.

— Vous savez, lui dit cette reine, l'envie que nous avions de deviner ce qui causait le changement qui paraît au duc de Nemours : je crois le savoir, et c'est une chose qui vous surprendra. Il est éperdument amoureux et fort aimé d'une des plus belles personnes de la cour.

Ces paroles, que Mme de Clèves ne pouvait s'attribuer puisqu'elle ne croyait pas que personne sût qu'elle aimait ce prince, lui causèrent une douleur qu'il est aisé de s'imaginer.

— Je ne vois rien en cela, répondit-elle, qui doive surprendre d'un homme de l'âge de M. de Nemours et fait comme il est.

— Ce n'est pas aussi, reprit Mme la dauphine, ce qui vous doit étonner; mais c'est de savoir que cette femme qui aime M. de Nemours, ne lui en a jamais donné aucune marque et que la peur qu'elle a eue de n'être pas toujours maîtresse de sa passion, a fait qu'elle l'a avouée à son mari, afin qu'il l'ôtât de la cour. Et c'est M. de Nemours lui-même qui a conté ce que je vous dis.

Si Mme de Clèves avait eu d'abord de la douleur par la pensée qu'elle n'avait aucune part à cette aventure, les dernières paroles de Mme la dauphine lui donnèrent du désespoir, par la certitude de n'y en avoir que trop. Elle ne put répondre et demeura la tête penchée sur le lit pendant que la reine continuait de parler, si occupée de ce qu'elle disait qu'elle ne prenait pas garde à cet embarras. Lorsque Mme de Clèves fut un peu remise :

— Cette histoire ne me paraît guère vraisemblable, Madame, répondit-elle, et je voudrais bien savoir qui vous l'a contée.

— C'est Mme de Martigues, répliqua Mme la dauphine, qui l'a apprise du vidame de Chartres. Vous savez qu'il en est amoureux; il la lui a confiée comme un secret et il la sait du duc de Nemours lui-même. Il est vrai que le duc de Nemours ne lui a pas dit le nom de la dame et ne lui a pas même avoué que ce fût lui qui en fût aimé; mais le vidame de Chartres n'en doute point.

Comme la reine dauphine achevait ces paroles, quelqu'un s'approcha du lit. Mme de Clèves était tournée d'une sorte qui l'empêchait de voir qui c'était; mais elle n'en douta pas, lorsque Mme la dauphine se récria avec un air de gaieté et de surprise :

— Le voilà lui-même, et je veux lui demander ce qui en est.

Mme de Clèves connut bien que c'était le duc de Nemours, comme ce l'était en effet, sans se tourner de son côté. Elle s'avança avec précipitation vers Mme la dauphine, et lui dit tout bas qu'il fallait bien se garder de lui parler de cette aventure; qu'il l'avait confiée au vidame de Chartres; et que ce serait une chose capable de les brouiller. Mme la dauphine lui répondit, en riant, qu'elle était trop prudente et se retourna vers M. de Nemours. Il était paré pour l'assemblée du soir, et prenant la parole avec cette grâce qui lui était si naturelle :

— Je crois, Madame, dit-il, que je puis penser, sans témérité, que vous parliez de moi quand je suis entré, que vous aviez dessein de me demander quelque chose et que Mme de Clèves s'y oppose.

— Il est vrai, répondit Mme la dauphine; mais je n'aurai pas pour elle la complaisance que j'ai accoutumé d'avoir. Je veux savoir de vous si une

histoire que l'on m'a contée est véritable et si vous
n'êtes pas celui qui êtes amoureux et aimé d'une
femme de la cour qui vous cache sa passion avec soin
et qui l'a avouée à son mari.

Le trouble et l'embarras de Mme de Clèves était
au-delà de tout ce que l'on peut s'imaginer, et,
si la mort se fût présentée pour la tirer de cet état,
elle l'aurait trouvée agréable. Mais M. de Nemours
était encore plus embarrassé, s'il est possible. Le
discours de Mme la dauphine, dont il avait eu lieu
de croire qu'il n'était pas haï, en présence de Mme de
Clèves, qui était la personne de la cour en qui elle
avait le plus de confiance, et qui en avait aussi
le plus en elle, lui donnait une si grande confusion
de pensées bizarres qu'il lui fut impossible d'être
maître de son visage. L'embarras où il voyait Mme de
Clèves par sa faute, et la pensée du juste sujet qu'il
lui donnait de le haïr, lui causa un saisissement
qui ne lui permit pas de répondre. Mme la dauphine
voyant à quel point il était interdit :

— Regardez-le, regardez-le, dit-elle à Mme de
Clèves, et jugez si cette aventure n'est pas la sienne.

Cependant M. de Nemours, revenant de son premier
trouble, et voyant l'importance de sortir d'un pas
si dangereux, se rendit maître tout d'un coup de son
esprit et de son visage :

— J'avoue, Madame, dit-il, que l'on ne peut être
plus surpris et plus affligé que je le suis de l'infidélité
que m'a faite le vidame de Chartres, en racontant
l'aventure d'un de mes amis que je lui avais confiée.
Je pourrai m'en venger, continua-t-il en souriant
avec un air tranquille qui ôta quasi à Mme la dauphine
les soupçons qu'elle venait d'avoir. Il m'a confié
des choses qui ne sont pas d'une médiocre importance;
mais je ne sais, Madame, poursuivit-il, pourquoi
vous me faites l'honneur de me mêler à cette aven-

ture. Le vidame ne peut pas dire qu'elle me regarde, puisque je lui ai dit le contraire. La qualité d'un homme amoureux me peut convenir; mais, pour celle d'un homme aimé, je ne crois pas, Madame, que vous puissiez me la donner.

Ce prince fut bien aise de dire quelque chose à Mme la dauphine, qui eût du rapport à ce qu'il lui avait fait paraître en d'autres temps, afin de lui détourner l'esprit des pensées qu'elle aurait pu avoir. Elle crut bien aussi entendre ce qu'il disait; mais, sans y répondre, elle continua à lui faire la guerre de son embarras.

— J'ai été troublé, Madame, lui répondit-il, pour l'intérêt de mon ami et par les justes reproches qu'il me pourrait faire d'avoir redit une chose qui lui est plus chère que la vie. Il ne me l'a néanmoins confiée qu'à demi, et il ne m'a pas nommé la personne qu'il aime. Je sais seulement qu'il est l'homme du monde le plus amoureux et le plus à plaindre.

— Le trouvez-vous si à plaindre, répliqua Mme la dauphine, puisqu'il est aimé?

— Croyez-vous qu'il le soit, Madame, reprit-il, et qu'une personne, qui aurait une véritable passion, pût la découvrir à son mari? Cette personne ne connaît pas sans doute l'amour, et elle a pris pour lui une légère reconnaissance de l'attachement que l'on a pour elle. Mon ami ne se peut flatter d'aucune espérance; mais, tout malheureux qu'il est, il se trouve heureux d'avoir du moins donné la peur de l'aimer et il ne changerait pas son état contre celui du plus heureux amant du monde.

— Votre ami a une passion bien aisée à satisfaire, dit Mme la dauphine, et je commence à croire que ce n'est pas de vous dont vous parlez. Il ne s'en faut guère, continua-t-elle, que je ne sois de l'avis

de Mme de Clèves, qui soutient que cette aventure
ne peut être véritable.

— Je ne crois pas en effet qu'elle le puisse être,
reprit Mme de Clèves qui n'avait point encore parlé;
et quand il serait possible qu'elle le fût, par où
l'aurait-on pu savoir? Il n'y a pas d'apparence qu'une
femme, capable d'une chose si extraordinaire, eût
la faiblesse de la raconter; apparemment son mari
ne l'aurait pas racontée non plus, ou ce serait un
mari bien indigne du procédé que l'on aurait eu
avec lui.

M. de Nemours, qui vit les soupçons de Mme de
Clèves sur son mari, fut bien aise de les lui confirmer.
Il savait que c'était le plus redoutable rival qu'il
eût à détruire.

— La jalousie, répondit-il, et la curiosité d'en
savoir peut-être davantage que l'on ne lui en a dit,
peuvent faire faire bien des imprudences à un mari.

Mme de Clèves était à la dernière épreuve de sa
force et de son courage et, ne pouvant plus soutenir
la conversation, elle allait dire qu'elle se trouvait
mal, lorsque, par bonheur pour elle, la duchesse de
Valentinois entra, qui dit à Mme la dauphine que le
roi allait arriver. Cette reine passa dans son cabinet
pour s'habiller. M. de Nemours s'approcha de Mme de
Clèves, comme elle la voulait suivre.

— Je donnerais ma vie, Madame, lui dit-il, pour
vous parler un moment; mais de tout ce que j'aurais
d'important à vous dire, rien ne me le paraît davantage que de vous supplier de croire que si j'ai dit
quelque chose où Mme la dauphine puisse prendre
part, je l'ai fait par des raisons qui ne la regardent pas.

Mme de Clèves ne fit pas semblant d'entendre
M. de Nemours; elle le quitta sans le regarder, et se
mit à suivre le roi qui venait d'entrer. Comme il
y avait beaucoup de monde, elle s'embarrassa dans

sa robe et fit un faux pas : elle se servit de ce prétexte
pour sortir d'un lieu où elle n'avait pas la force de
demeurer et, feignant de ne se pouvoir soutenir, elle
s'en alla chez elle.

M. de Clèves vint au Louvre et fut étonné de n'y
pas trouver sa femme : on lui dit l'accident qui lui
était arrivé. Il s'en retourna à l'heure même pour
apprendre de ses nouvelles; il la trouva au lit et il
sut que son mal n'était pas considérable. Quand il
eut été quelque temps auprès d'elle, il s'aperçut
qu'elle était dans une tristesse si excessive qu'il en
fut surpris.

— Qu'avez-vous, Madame, lui dit-il. Il me paraît
que vous avez quelque autre douleur que celle dont
vous vous plaignez?

— J'ai la plus sensible affliction que je pouvais
jamais avoir, répondit-elle; quel usage avez-vous fait
de la confiance extraordinaire ou, pour mieux dire,
folle que j'ai eue en vous? Ne méritais-je pas le
secret, et quand je ne l'aurais pas mérité, votre
propre intérêt ne vous y engageait-il pas? Fallait-il
que la curiosité de savoir un nom que je ne dois
pas vous dire, vous obligeât à vous confier à quelqu'un
pour tâcher de le découvrir? Ce ne peut être que cette
curiosité qui vous ait fait faire une si cruelle imprudence, les suites en sont aussi fâcheuses qu'elles
pouvaient l'être. Cette aventure est sue, et on me
la vient de conter, ne sachant pas que j'y eusse le
principal intérêt.

— Que me dites-vous, Madame? lui répondit-il.
Vous m'accusez d'avoir conté ce qui s'est passé
entre vous et moi, et vous m'apprenez que la chose
est sue? Je ne me justifie pas de l'avoir redite; vous
ne le sauriez croire, et il faut sans doute que vous
ayez pris pour vous ce que l'on vous a dit de quelque
autre.

— Ah! Monsieur, reprit-elle, il n'y a pas dans le monde une autre aventure pareille à la mienne; il n'y a point une autre femme capable de la même chose. Le hasard ne peut l'avoir fait inventer; on ne l'a jamais imaginée et cette pensée n'est jamais tombée dans un autre esprit que le mien. Mme la dauphine vient de me conter toute cette aventure; elle l'a sue par le vidame de Chartres qui la sait de M. de Nemours.

— M. de Nemours! s'écria M. de Clèves avec une action qui marquait du transport et du désespoir. Quoi! M. de Nemours sait que vous l'aimez, et que je le sais?

— Vous voulez toujours choisir M. de Nemours plutôt qu'un autre, répliqua-t-elle : je vous ai dit que je ne vous répondrais jamais sur vos soupçons. J'ignore si M. de Nemours sait la part que j'ai dans cette aventure et celle que vous lui avez donnée; mais il l'a contée au vidame de Chartres et lui a dit qu'il la savait d'un de ses amis, qui ne lui avait pas nommé la personne. Il faut que cet ami de M. de Nemours soit des vôtres et que vous vous soyez fié à lui pour tâcher de vous éclaircir.

— A-t-on un ami au monde à qui on voulût faire une telle confidence, reprit M. de Clèves, et voudrait-on éclaircir ses soupçons au prix d'apprendre à quelqu'un ce que l'on souhaiterait de se cacher à soi-même? Songez plutôt, Madame, à qui vous avez parlé. Il est plus vraisemblable que ce soit par vous que par moi que ce secret soit échappé. Vous n'avez pu soutenir toute seule l'embarras où vous vous êtes trouvée et vous avez cherché le soulagement de vous plaindre avec quelque confidente qui vous a trahie.

— N'achevez point de m'accabler, s'écria-t-elle, et n'ayez point la dureté de m'accuser d'une faute que vous avez faite. Pouvez-vous m'en soupçonner, et puisque j'ai été capable de vous parler, suis-je capable de parler à quelque autre?

L'aveu que Mme de Clèves avait fait à son mari était une si grande marque de sa sincérité et elle niait si fortement de s'être confiée à personne que M. de Clèves ne savait que penser. D'un autre côté, il était assuré de n'avoir rien redit; c'était une chose que l'on ne pouvait avoir devinée, elle était sue; ainsi il fallait que ce fût par l'un des deux, mais ce qui lui causait une douleur violente était de savoir que ce secret était entre les mains de quelqu'un et qu'apparemment il serait bientôt divulgué.

Mme de Clèves pensait à peu près les mêmes choses, elle trouvait également impossible que son mari eût parlé et qu'il n'eût pas parlé. Ce qu'avait dit M. de Nemours que la curiosité pouvait faire faire des imprudences à un mari, lui paraissait se rapporter si juste à l'état de M. de Clèves qu'elle ne pouvait croire que ce fût une chose que le hasard eût fait dire; et cette vraisemblance la déterminait à croire que M. de Clèves avait abusé de la confiance qu'elle avait en lui. Ils étaient si occupés l'un et l'autre de leurs pensées qu'ils furent longtemps sans parler, et ils ne sortirent de ce silence que pour redire les mêmes choses qu'ils avaient déjà dites plusieurs fois, et demeurèrent le cœur et l'esprit plus éloignés et plus altérés qu'ils ne l'avaient encore eu.

Il est aisé de s'imaginer en quel état ils passèrent la nuit. M. de Clèves avait épuisé toute sa constance à soutenir le malheur de voir une femme qu'il adorait, touchée de passion pour un autre. Il ne lui restait plus de courage; il croyait même n'en devoir pas trouver dans une chose où sa gloire et son honneur étaient si vivement blessés. Il ne savait plus que penser de sa femme; il ne voyait plus quelle conduite il lui devait faire prendre, ni comment il se devait conduire lui-même; et il ne trouvait de tous côtés que des précipices et des abîmes. Enfin, après une agitation et une incertitude très longue, voyant qu'il devait bientôt s'en aller en Espagne, il prit le parti de ne rien faire qui pût augmenter les soupçons ou la connaissance de son malheureux état. Il alla trouver Mme de Clèves et lui dit qu'il ne s'agissait pas de démêler entre eux qui avait manqué au secret; mais qu'il s'agissait de faire voir que l'histoire que l'on avait contée était une fable où elle n'avait aucune part; qu'il dépendait d'elle de le persuader à M. de Nemours et aux autres; qu'elle n'avait qu'à agir avec lui avec la sévérité et la froideur qu'elle devait avoir pour un homme qui lui témoignait de l'amour; que, par ce procédé, elle lui ôterait aisément l'opinion qu'elle eût de l'inclination pour lui; qu'ainsi il ne fallait point s'affliger de tout ce qu'il aurait pu penser, parce que si, dans la suite, elle ne faisait paraître aucune faiblesse, toutes ses pensées se détruiraient aisément, et que surtout il fallait qu'elle allât au Louvre et aux assemblées comme à l'ordinaire.

Après ces paroles, M. de Clèves quitta sa femme sans attendre sa réponse. Elle trouva beaucoup de raison dans tout ce qu'il lui dit, et la colère où elle était contre M. de Nemours lui fit croire qu'elle trouverait aussi beaucoup de facilité à l'exécuter; mais il lui parut difficile de se trouver à toutes les cérémonies du mariage et d'y paraître avec un visage tranquille et un esprit libre; néanmoins, comme elle devait porter la robe de Mme la dauphine et que c'était une chose où elle avait été préférée à plusieurs autres princesses, il n'y avait pas moyen d'y renoncer sans faire beaucoup de bruit et sans en faire chercher des raisons. Elle se résolut donc de faire un effort sur elle-même; mais elle prit le reste du jour pour s'y préparer et pour s'abandonner à tous les sentiments dont elle était agitée. Elle s'enferma seule dans son cabinet. De tous ses maux, celui qui se présentait à elle avec le plus de violence, était d'avoir sujet de se plaindre de M. de Nemours et de ne trouver aucun moyen de le justifier. Elle ne pouvait douter qu'il n'eût conté cette aventure au vidame de Chartres; il l'avait avoué, et elle ne pouvait douter aussi, par la manière dont il avait parlé, qu'il ne sût que l'aventure la regardait. Comment excuser une si grande imprudence, et qu'était devenue l'extrême discrétion de ce prince, dont elle avait été si touchée?

Il a été discret, disait-elle, tant qu'il a cru être malheureux; mais une pensée d'un bonheur, même incertain, a fini sa discrétion. Il n'a pu s'imaginer qu'il était aimé sans vouloir qu'on le sût. Il a dit tout ce qu'il pouvait dire; je n'ai pas avoué que c'était lui que j'aimais, il l'a soupçonné et il a laissé voir ses soupçons. S'il eût eu des certitudes, il en aurait usé de la même sorte. J'ai eu tort de croire qu'il y eût un homme capable de cacher ce qui flatte sa gloire. C'est pourtant pour cet homme, que j'ai cru si différent du reste des hommes, que je me trouve, comme les autres femmes, étant si éloignée de leur ressembler. J'ai perdu le cœur et l'estime d'un mari qui devait faire ma félicité. Je serai bientôt regardée de tout le monde comme une personne qui a une folle et violente passion. Celui pour qui je l'ai ne l'ignore plus; et c'est pour éviter ces malheurs que j'ai hasardé tout mon repos et même ma vie.

Ces tristes réflexions étaient suivies d'un torrent de larmes; mais quelque douleur dont elle se trouvât accablée, elle sentait bien qu'elle aurait eu la force de les supporter si elle avait été satisfaite de M. de Nemours.

Ce prince n'était pas dans un état plus tranquille. L'imprudence qu'il avait faite d'avoir parlé au

vidame de Chartres et les cruelles suites de cette
imprudence lui donnaient un déplaisir mortel. Il ne
pouvait se représenter, sans être accablé, l'embarras,
le trouble et l'affliction où il avait vu Mme de Clèves.
Il était inconsolable de lui avoir dit des choses sur
cette aventure qui, bien que galantes par elles-
mêmes, lui paraissaient, dans ce moment, grossières
et peu polies, puisqu'elles avaient fait entendre à
Mme de Clèves qu'il n'ignorait pas qu'elle était cette
femme qui avait une passion violente et qu'il était
celui pour qui elle l'avait. Tout ce qu'il eût pu souhaiter, eût été une conversation avec elle; mais il trouvait qu'il la devait craindre plutôt que de la désirer.

Qu'aurais-je à lui dire? s'écriait-il. Irais-je encore
lui montrer ce que je ne lui ai déjà que trop fait
connaître? Lui ferai-je voir que je sais qu'elle m'aime,
moi qui n'ai jamais seulement osé lui dire que je
l'aimais? Commencerai-je à lui parler ouvertement
de ma passion, afin de lui paraître un homme devenu
hardi par des espérances? Puis-je penser seulement à
l'approcher et oserais-je lui donner l'embarras de
soutenir ma vue? Par où pourrais-je me justifier? Je
n'ai point d'excuse, je suis indigne d'être regardé de
Mme de Clèves et je n'espère pas aussi qu'elle me
regarde jamais. Je ne lui ai donné par ma faute de
meilleurs moyens pour se défendre contre moi que
tous ceux qu'elle cherchait et qu'elle eût peut-être
cherchés inutilement. Je perds par mon imprudence
le bonheur et la gloire d'être aimé de la plus aimable
et de la plus estimable personne du monde; mais, si
j'avais perdu ce bonheur sans qu'elle en eût souffert
et sans lui avoir donné une douleur mortelle, ce me
serait une consolation; et je sens plus dans ce moment
le mal que je lui ai fait que celui que je me suis fait
auprès d'elle.

M. de Nemours fut longtemps à s'affliger et à pen-

ser les mêmes choses. L'envie de parler à Mme de
Clèves lui venait toujours dans l'esprit. Il songea à
en trouver les moyens, il pensa à lui écrire; mais
enfin il trouva qu'après la faute qu'il avait faite, et
de l'humeur dont elle était, le mieux qu'il pût faire
était de lui témoigner un profond respect par son
affliction et par son silence, de lui faire voir même
qu'il n'osait se présenter devant elle et d'attendre ce
que le temps, le hasard et l'inclination qu'elle avait
pour lui, pourraient faire en sa faveur. Il résolut aussi
de ne point faire de reproches au vidame de Chartres
de l'infidélité qu'il lui avait faite, de peur de fortifier
ses soupçons.

Les fiançailles de Madame, qui se faisaient le lendemain, et le mariage qui se faisait le jour suivant,
occupaient tellement toute la cour que Mme de Clèves
et M. de Nemours cachèrent aisément au public leur
tristesse et leur trouble. Mme la dauphine ne parla
même qu'en passant à Mme de Clèves de la conversation qu'elles avaient eue avec M. de Nemours, et
M. de Clèves affecta de ne plus parler à sa femme de
tout ce qui s'était passé, de sorte qu'elle ne se trouva
pas dans un aussi grand embarras qu'elle l'avait
imaginé.

Les fiançailles se firent au Louvre et, après le festin et le bal, toute la maison royale alla coucher à
l'évêché comme c'était la coutume. Le matin, le duc
d'Albe, qui n'était jamais vêtu que fort simplement,
mit un habit de drap d'or mêlé de couleur de feu, de
jaune et de noir, tout couvert de pierreries, et il avait
une couronne fermée sur la tête. Le prince d'Orange,
habillé aussi magnifiquement avec ses livrées, et tous
les Espagnols suivis des leurs, vinrent prendre le duc
d'Albe à l'hôtel de Villeroi où il était logé, et partirent,
marchant quatre à quatre, pour venir à l'évêché.
Sitôt qu'il fut arrivé, on alla par ordre à l'église : le

roi menait Madame qui avait aussi une couronne fermée et sa robe portée par Mlles de Montpensier et de
Longueville. La reine marchait ensuite, mais sans
couronne. Après elle, venaient la reine dauphine,
Madame, sœur du roi, Mme de Lorraine et la reine de
Navarre, leurs robes portées par des princesses. Les
reines et les princesses avaient toutes leurs filles
magnifiquement habillées des mêmes couleurs qu'elles
étaient vêtues : en sorte que l'on connaissait à qui
étaient les filles par la couleur de leurs habits. On
monta sur l'échafaud qui était préparé dans l'église
et l'on fit la cérémonie des mariages. On retourna
ensuite dîner à l'évêché et, sur les cinq heures, on en
partit pour aller au palais, où se faisait le festin et où
le parlement, les cours souveraines et la maison de
ville étaient priés d'assister. Le roi, les reines, les
princes et princesses mangèrent sur la table de marbre
dans la grande salle du palais, le duc d'Albe assis
auprès de la nouvelle reine d'Espagne. Au-dessous
des degrés de la table de marbre et à la main droite
du roi, était une table pour les ambassadeurs, les
archevêques et les chevaliers de l'ordre et, de l'autre
côté, une table pour MM. du parlement.

Le duc de Guise, vêtu d'une robe de drap d'or frisé,
servait au roi de grand-maître, M. le prince de Condé,
de panetier, et le duc de Nemours, d'échanson. Après
que les tables furent levées, le bal commença; il fut
interrompu par des ballets et par des machines
extraordinaires. On le reprit ensuite; et enfin, après
minuit, le roi et toute la cour s'en retourna au Louvre.
Quelque triste que fût Mme de Clèves, elle ne laissa
pas de paraître aux yeux de tout le monde, et surtout
aux yeux de M. de Nemours, d'une beauté incomparable. Il n'osa lui parler, quoique l'embarras de cette
cérémonie lui en donnât plusieurs moyens; mais il
lui fit voir tant de tristesse et une crainte si respec-

tueuse de l'approcher qu'elle ne le trouva plus si coupable, quoiqu'il ne lui eût rien dit pour se justifier. Il eut la même conduite les jours suivants et cette conduite fit aussi le même effet sur le cœur de Mme de Clèves.

Enfin, le jour du tournoi arriva. Les reines se rendirent dans les galeries et sur les échafauds qui leur avaient été destinés. Les quatre tenants parurent au bout de la lice, avec une quantité de chevaux et de livrées qui faisaient le plus magnifique spectacle qui eût jamais paru en France.

Le roi n'avait point d'autres couleurs que le blanc et le noir, qu'il portait toujours à cause de Mme de Valentinois qui était veuve. M. de Ferrare et toute sa suite avaient du jaune et du rouge; M. de Guise parut avec de l'incarnat et du blanc : on ne savait d'abord par quelle raison il avait ces couleurs; mais on se souvint que c'étaient celles d'une belle personne qu'il avait aimée pendant qu'elle était fille, et qu'il aimait encore, quoiqu'il n'osât plus le lui faire paraître. M. de Nemours avait du jaune et du noir; on en chercha inutilement la raison. Mme de Clèves n'eut pas de peine à la deviner : elle se souvint d'avoir dit devant lui qu'elle aimait le jaune, et qu'elle était fâchée d'être blonde, parce qu'elle n'en pouvait mettre. Ce prince crut pouvoir paraître avec cette couleur, sans indiscrétion, puisque, Mme de Clèves n'en mettant point, on ne pouvait soupçonner que ce fût la sienne.

Jamais on n'a fait voir tant d'adresse que les quatre tenants en firent paraître. Quoique le roi fût le meilleur homme de cheval de son royaume, on ne savait à qui donner l'avantage. M. de Nemours avait un agrément dans toutes ses actions qui pouvait faire pencher en sa faveur des personnes moins intéressées que Mme de Clèves. Sitôt qu'elle le vit paraître au bout de la lice, elle sentit une émotion extraordinaire et, à toutes les courses de ce prince, elle avait de la peine à cacher sa joie, lorsqu'il avait heureusement fourni sa carrière.

Sur le soir comme tout était presque fini et que l'on était près de se retirer, le malheur de l'État fit que le roi voulut encore rompre une lance. Il manda au comte de Montgomery, qui était extrêmement adroit, qu'il se mît sur la lice. Le comte supplia le roi de l'en dispenser et allégua toutes les excuses dont il put s'aviser, mais le roi, quasi en colère, lui fit dire qu'il le voulait absolument. La reine manda au roi qu'elle le conjurait de ne plus courir; qu'il avait si bien fait qu'il devait être content et qu'elle le suppliait de revenir auprès d'elle. Il répondit que c'était pour l'amour d'elle qu'il allait courir encore et entra dans la barrière. Elle lui renvoya M. de Savoie pour le prier une seconde fois de revenir; mais tout fut inutile. Il courut; les lances se brisèrent, et un éclat de celle du comte de Montgomery lui donna dans l'œil et y demeura. Ce prince tomba du coup, ses écuyers et M. de Montmorency, qui était un des maréchaux du camp, coururent à lui. Ils furent étonnés de le voir si blessé; mais le roi ne s'étonna point. Il dit que c'était peu de chose, et qu'il pardonnait au comte de Montgomery. On peut juger quel trouble et quelle affliction apporta un accident si funeste dans une journée destinée à la joie. Sitôt que l'on eut porté le roi dans son lit, et que les chirurgiens eurent visité sa plaie, ils la trouvèrent très considérable. M. le connétable se souvint, dans ce moment, de la prédiction que l'on avait faite au roi, qu'il serait tué dans un combat singulier; et il ne douta point que la prédiction ne fût accomplie.

Le roi d'Espagne qui était lors à Bruxelles, étant averti de cet accident, envoya son médecin, qui était un homme d'une grande réputation; mais il jugea le roi sans espérance.

Une cour, aussi partagée et aussi remplie d'intérêts opposés, n'était pas dans une médiocre agitation à la veille d'un si grand événement; néanmoins, tous les mouvements étaient cachés et l'on ne paraissait occupé que de l'unique inquiétude de la santé du roi. Les reines, les princes et les princesses ne sortaient presque point de son antichambre.

Mᵐᵉ de Clèves sachant qu'elle était obligée d'y être, qu'elle y verrait M. de Nemours, qu'elle ne pourrait cacher à son mari l'embarras que lui causait cette vue, connaissant aussi que la seule présence de ce prince le justifiait à ses yeux et détruisait toutes ses résolutions, prit le parti de feindre d'être malade. La cour était trop occupée pour avoir de l'attention à sa conduite et pour démêler si son mal était faux ou véritable. Son mari seul pouvait en connaître la vérité; mais elle n'était pas fâchée qu'il la connût. Ainsi elle demeura chez elle, peu occupée du grand changement qui se préparait; et, remplie de ses propres pensées, elle avait toute la liberté de s'y abandonner. Tout le monde était chez le roi. M. de Clèves venait à de certaines heures lui en dire des nouvelles. Il conservait avec elle le même procédé qu'il avait toujours eu, hors que, quand ils étaient seuls, il y avait quelque chose d'un peu plus froid et de moins libre. Il ne lui avait point reparlé de tout ce qui s'était passé; et elle n'avait pas eu la force et n'avait pas même jugé à propos de reprendre cette conversation.

M. de Nemours, qui s'était attendu à trouver quelques moments à parler à Mᵐᵉ de Clèves, fut bien surpris et bien affligé de n'avoir pas seulement le plaisir de la voir. Le mal du roi se trouva si considérable que, le septième jour, il fut désespéré des médecins. Il reçut la certitude de sa mort avec une fermeté

extraordinaire et d'autant plus admirable qu'il perdait la vie par un accident si malheureux, qu'il mourait à la fleur de son âge, heureux, adoré de ses peuples
et aimé d'une maîtresse qu'il aimait éperdument. La
veille de sa mort, il fit faire le mariage de Madame, sa
sœur, avec M. de Savoie, sans cérémonie. L'on peut
juger en quel état était la duchesse de Valentinois. La
reine ne permit point qu'elle vît le roi et lui envoya
demander les cachets de ce prince et les pierreries
de la couronne qu'elle avait en garde. Cette duchesse
s'enquit si le roi était mort; et comme on lui eut
répondu que non :

— Je n'ai donc point encore de maître, répondit-
elle, et personne ne peut m'obliger à rendre ce que sa
confiance m'a mis entre les mains.

Sitôt qu'il fut expiré au château des Tournelles, le
duc de Ferrare, le duc de Guise et le duc de Nemours
conduisirent au Louvre la reine mère, le roi et la
reine sa femme. M. de Nemours menait la reine mère.
Comme ils commençaient à marcher, elle se recula de
quelques pas et dit à la reine, sa belle-fille, que c'était
à elle à passer la première; mais il fut aisé de voir qu'il
y avait plus d'aigreur que de bienséance dans ce
compliment.

Quatrième partie

Le cardinal de Lorraine s'était rendu maître absolu de l'esprit de la reine mère; le vidame de Chartres n'avait plus aucune part dans ses bonnes grâces et l'amour qu'il avait pour Mme de Martigues et pour la liberté l'avait même empêché de sentir cette perte autant qu'elle méritait d'être sentie. Ce cardinal, pendant les dix jours de la maladie du roi, avait eu le loisir de former ses desseins et de faire prendre à la reine des résolutions conformes à ce qu'il avait projeté; de sorte que, sitôt que le roi fut mort, la reine ordonna au connétable de demeurer aux Tournelles auprès du corps du feu roi, pour faire les cérémonies ordinaires. Cette commission l'éloignait de tout et lui ôtait la liberté d'agir. Il envoya un courrier au roi de Navarre pour le faire venir en diligence, afin de s'opposer ensemble à la grande élévation où il voyait que MM. de Guise allaient parvenir. On donna le commandement des armées au duc de Guise et les finances au cardinal de Lorraine. La duchesse de Valentinois fut chassée de la cour; on fit revenir le cardinal de Tournon, ennemi déclaré du connétable, et le chancelier Olivier, ennemi déclaré de la duchesse de Valentinois. Enfin, la cour changea entièrement de face. Le duc de Guise prit le même rang que les princes du sang à porter le manteau du roi aux cérémonies des funérailles; lui et ses frères furent entièrement les maîtres, non seulement par le crédit du cardinal sur l'esprit de la reine, mais parce que cette princesse crut qu'elle pourrait les éloigner s'ils lui donnaient de l'ombrage et qu'elle ne pourrait éloigner le connétable, qui était appuyé des princes du sang.

Lorsque les cérémonies du deuil furent achevées, le connétable vint au Louvre et fut reçu du roi avec beaucoup de froideur. Il voulut lui parler en particulier; mais le roi appela MM. de Guise et lui dit, devant eux, qu'il lui conseillait de se reposer; que les finances et le commandement des armées étaient donnés et que, lorsqu'il aurait besoin de ses conseils, il l'appellerait auprès de sa personne. Il fut reçu de la reine mère encore plus froidement que du roi, et elle lui fit même des reproches de ce qu'il avait dit au feu roi que ses enfants ne lui ressemblaient point. Le roi de Navarre arriva et ne fut pas mieux reçu. Le prince de Condé, moins endurant que son frère, se plaignit hautement; ses plaintes furent inutiles, on l'éloigna de la cour sous le prétexte de l'envoyer en Flandre signer la ratification de la paix. On fit voir au roi de Navarre une fausse lettre du roi d'Espagne qui l'accusait de faire des entreprises sur ses places; on lui fit craindre pour ses terres; enfin, on lui inspira le dessein de s'en aller en Béarn. La reine lui en fournit un moyen en lui donnant la conduite de Mme Élisabeth et l'obligea même à partir devant cette princesse; et ainsi il ne demeura personne à la cour qui pût balancer le pouvoir de la maison de Guise.

Quoique ce fût une chose fâcheuse pour M. de Clèves de ne pas conduire Mme Élisabeth, néanmoins il ne put s'en plaindre par la grandeur de celui qu'on lui préférait; mais il regrettait moins cet emploi par l'honneur qu'il en eût reçu que parce que c'était une chose qui éloignait sa femme de la cour sans qu'il parût qu'il eût dessein de l'en éloigner.

Peu de jours après la mort du roi, on résolut d'aller à Reims pour le sacre. Sitôt qu'on parla de ce voyage, Mme de Clèves, qui avait toujours demeuré chez elle, feignant d'être malade, pria son mari de trouver bon qu'elle ne suivît point la cour et qu'elle s'en allât à Coulommiers prendre l'air et songer à sa santé. Il lui répondit qu'il ne voulait point pénétrer si c'était la raison de sa santé qui l'obligeait à ne pas faire le voyage, mais qu'il consentait qu'elle ne le fît point. Il n'eut pas de peine à consentir à une chose qu'il avait déjà résolue : quelque bonne opinion qu'il eût de la vertu de sa femme, il voyait bien que la prudence ne voulait pas qu'il l'exposât plus longtemps à la vue d'un homme qu'elle aimait.

M. de Nemours sut bientôt que Mme de Clèves ne devait pas suivre la cour; il ne put se résoudre à partir sans la voir et, la veille du départ, il alla chez elle aussi tard que la bienséance le pouvait permettre, afin de la trouver seule. La fortune favorisa son intention. Comme il entra dans la cour, il trouva Mme de Nevers et Mme de Martigues qui en sortaient et qui lui dirent qu'elles l'avaient laissée seule. Il monta avec une agitation et un trouble qui ne se peut comparer qu'à celui qu'eut Mme de Clèves, quand on lui dit que M. de Nemours venait pour la voir. La crainte qu'elle eut qu'il ne lui parlât de sa passion, l'appréhension de lui répondre trop favorablement, l'inquiétude que cette visite pouvait donner à son mari, la peine de lui en rendre compte ou de lui cacher toutes ces choses, se présentèrent en un moment à son esprit et lui firent un si grand embarras qu'elle prit la résolution d'éviter la chose du monde qu'elle souhaitait peut-être le plus. Elle envoya une de ses femmes à M. de Nemours, qui était dans son anti-chambre, pour lui dire qu'elle venait de se trouver mal et qu'elle était bien fâchée de ne pouvoir recevoir l'honneur qu'il lui voulait faire. Quelle douleur pour ce prince de ne pas voir Mme de Clèves et de ne la pas voir parce qu'elle ne voulait pas qu'il la vît! Il s'en allait le lendemain; il n'avait plus rien à espérer du hasard. Il ne lui avait rien dit depuis cette conversation de chez Mme la dauphine, et il avait lieu de croire que la faute d'avoir parlé au vidame avait détruit toutes ses espérances; enfin il s'en allait avec tout ce qui peut aigrir une vive douleur.

Sitôt que Mme de Clèves fut un peu remise du trouble que lui avait donné la pensée de la visite de ce prince, toutes les raisons qui la lui avaient fait refuser disparurent; elle trouva même qu'elle avait fait une faute et, si elle eût osé ou qu'il eût encore été assez à temps, elle l'aurait fait rappeler.

Mmes de Nevers et de Martigues, en sortant de chez elle, allèrent chez la reine dauphine; M. de Clèves y était. Cette princesse leur demanda d'où elles venaient; elles lui dirent qu'elles venaient de chez Mme de Clèves où elles avaient passé une partie de l'après-dînée avec beaucoup de monde et qu'elles n'y avaient laissé que M. de Nemours. Ces paroles, qu'elles croyaient si indifférentes, ne l'étaient pas pour M. de Clèves, quoiqu'il dût bien s'imaginer que M. de Nemours pouvait trouver souvent des occasions de parler à sa femme, néanmoins la pensée qu'il était chez elle, qu'il y était seul et qu'il lui pouvait parler de son amour lui parut dans ce moment une chose si nouvelle et si insupportable que la jalousie s'alluma dans son cœur avec plus de violence qu'elle n'avait encore fait. Il lui fut impossible de demeurer chez la reine; il s'en revint, ne sachant pas même pourquoi il revenait et s'il avait dessein d'aller interrompre M. de Nemours. Sitôt qu'il approcha de chez lui, il regarda s'il ne verrait rien qui lui pût faire juger si ce prince y était encore; il sentit du soulage-

ment en voyant qu'il n'y était plus et il trouva de la
douceur à penser qu'il ne pouvait y avoir demeuré
longtemps. Il s'imagina que ce n'était peut-être pas
M. de Nemours, dont il devait être jaloux, et quoiqu'il
n'en doutât point, il cherchait à en douter; mais tant
de choses l'en auraient persuadé qu'il ne demeurait
pas longtemps dans cette incertitude qu'il désirait.
Il alla d'abord dans la chambre de sa femme et, après
lui avoir parlé quelque temps de choses indifférentes,
il ne put s'empêcher de lui demander ce qu'elle avait
fait et qui elle avait vu; elle lui en rendit compte.
Comme il vit qu'elle ne lui nommait point M. de
Nemours, il lui demanda, en tremblant, si c'était tout
ce qu'elle avait vu, afin de lui donner lieu de nommer
ce prince et de n'avoir pas la douleur qu'elle lui en fît
une finesse. Comme elle ne l'avait point vu, elle ne le
lui nomma point, et M. de Clèves reprenant la parole
avec un ton qui marquait son affliction :

— Et M. de Nemours, lui dit-il, ne l'avez-vous
point vu ou l'avez-vous oublié?

— Je ne l'ai point vu, en effet, répondit-elle; je me
trouvais mal et j'ai envoyé une de mes femmes lui
faire des excuses.

— Vous ne vous trouviez donc mal que pour lui,
reprit M. de Clèves. Puisque vous avez vu tout
le monde, pourquoi des distinctions pour M. de
Nemours? Pourquoi ne vous est-il pas comme un
autre? Pourquoi faut-il que vous craigniez sa vue?
Pourquoi lui laissez-vous voir que vous la craignez?
Pourquoi lui faites-vous connaître que vous vous
servez du pouvoir que sa passion vous donne sur lui?
Oseriez-vous refuser de le voir si vous ne saviez bien
qu'il distingue vos rigueurs de l'incivilité? Mais pourquoi faut-il que vous ayez des rigueurs pour lui?
D'une personne comme vous, Madame, tout est des
faveurs hors l'indifférence.

— Je ne croyais pas, reprit Mme de Clèves, quelque soupçon que vous ayez sur M. de Nemours, que vous puissiez me faire des reproches de ne l'avoir pas vu.

— Je vous en fais pourtant, Madame, répliqua-t-il, et ils sont bien fondés. Pourquoi ne le pas voir s'il ne vous a rien dit? Mais, Madame, il vous a parlé; si son silence seul vous avait témoigné sa passion, elle n'aurait pas fait en vous une si grande impression. Vous n'avez pu me dire la vérité tout entière, vous m'en avez caché la plus grande partie; vous vous êtes repentie même du peu que vous m'avez avoué et vous n'avez pas eu la force de continuer. Je suis plus malheureux que je ne l'ai cru et je suis le plus malheureux de tous les hommes. Vous êtes ma femme, je vous aime comme ma maîtresse et je vous en vois aimer un autre. Cet autre est le plus aimable de la cour et il vous voit tous les jours, il sait que vous l'aimez. Eh! j'ai pu croire, s'écria-t-il, que vous surmonteriez la passion que vous avez pour lui. Il faut que j'aie perdu la raison pour avoir cru qu'il fût possible.

— Je ne sais, reprit tristement Mme de Clèves, si vous avez eu tort de juger favorablement d'un procédé aussi extraordinaire que le mien; mais je ne sais si je me suis trompée d'avoir cru que vous me feriez justice?

— N'en doutez pas, Madame, répliqua M. de Clèves, vous vous êtes trompée; vous avez attendu de moi des choses aussi impossibles que celles que j'attendais de vous. Comment pouviez-vous espérer que je conservasse de la raison? Vous aviez donc oublié que je vous aimais éperdument et que j'étais votre mari? L'un des deux peut porter aux extrémités : que ne peuvent point les deux ensemble? Eh! que ne font-ils point aussi, continua-t-il; je n'ai que des sentiments violents et incertains dont je ne suis pas le maître. Je ne me trouve plus digne de vous;

vous ne me paraissez plus digne de moi. Je vous adore, je vous hais; je vous offense, je vous demande pardon; je vous admire, j'ai honte de vous admirer. Enfin il n'y a plus en moi ni de calme, ni de raison. Je ne sais comment j'ai pu vivre depuis que vous me parlâtes à Coulommiers et depuis le jour que vous apprîtes de Mme la dauphine que l'on savait votre aventure. Je ne saurais démêler par où elle a été sue, ni ce qui se passa entre M. de Nemours et vous sur ce sujet; vous ne me l'expliquerez jamais et je ne vous demande point de me l'expliquer. Je vous demande seulement de vous souvenir que vous m'avez rendu le plus malheureux homme du monde.

M. de Clèves sortit de chez sa femme après ces paroles et partit le lendemain sans la voir; mais il lui écrivit une lettre pleine d'affliction, d'honnêteté et de douceur. Elle y fit une réponse si touchante et si remplie d'assurances de sa conduite passée et de celle qu'elle aurait à l'avenir que, comme ses assurances étaient fondées sur la vérité et que c'étaient en effet ses sentiments, cette lettre fit de l'impression sur M. de Clèves et lui donna quelque calme; joint que M. de Nemours, allant trouver le roi aussi bien que lui, il avait le repos de savoir qu'il ne serait pas au même lieu que Mme de Clèves. Toutes les fois que cette princesse parlait à son mari, la passion qu'il lui témoignait, l'honnêteté de son procédé, l'amitié qu'elle avait pour lui et ce qu'elle lui devait, faisaient des impressions dans son cœur qui affaiblissaient l'idée de M. de Nemours; mais ce n'était que pour quelque temps; et cette idée revenait bientôt plus vive et plus présente qu'auparavant.

Les premiers jours du départ de ce prince, elle ne sentit quasi pas son absence; ensuite elle lui parut cruelle. Depuis qu'elle l'aimait, il ne s'était point

passé de jour qu'elle n'eût craint ou espéré de le
rencontrer et elle trouva une grande peine à penser
qu'il n'était plus au pouvoir du hasard de faire qu'elle
le rencontrât.

Elle s'en alla à Coulommiers; et, en y allant, elle
eut soin d'y faire porter de grands tableaux qu'elle
avait fait copier sur des originaux qu'avait fait
faire Mme de Valentinois pour sa belle maison d'Anet.
Toutes les actions remarquables, qui s'étaient passées
du règne du roi, étaient dans ces tableaux. Il y avait
entre autres le siège de Metz, et tous ceux qui s'y
étaient distingués étaient peints fort ressemblants.
M. de Nemours était de ce nombre et c'était peut-être
ce qui avait donné envie à Mme de Clèves d'avoir
ces tableaux.

Mme de Martigues, qui n'avait pu partir avec la
cour, lui promit d'aller passer quelques jours à
Coulommiers. La faveur de la reine qu'elles parta-
geaient ne leur avait point donné d'envie, ni d'éloignement l'une de l'autre; elles étaient amies sans
néanmoins se confier leurs sentiments. Mme de Clèves
savait que Mme de Martigues aimait le vidame;
mais Mme de Martigues ne savait pas que Mme de
Clèves aimât M. de Nemours, ni qu'elle en fût aimée.
La qualité de nièce du vidame rendait Mme de Clèves
plus chère à Mme de Martigues; et Mme de Clèves
l'aimait aussi comme une personne qui avait une
passion aussi bien qu'elle et qui l'avait pour l'ami
intime de son amant.

Mme de Martigues vint à Coulommiers, comme
elle l'avait promis à Mme de Clèves; elle la trouva
dans une vie fort solitaire. Cette princesse avait
même cherché le moyen d'être dans une solitude
entière et de passer les soirs dans les jardins sans
être accompagnée de ses domestiques. Elle venait
dans ce pavillon où M. de Nemours l'avait écoutée;

elle entrait dans le cabinet qui était ouvert sur
le jardin. Ses femmes et ses domestiques demeuraient
dans l'autre cabinet, ou sous le pavillon, et ne
venaient point à elle qu'elle ne les appelât. Mme de
Martigues n'avait jamais vu Coulommiers; elle fut
surprise de toutes les beautés qu'elle y trouva et
surtout de l'agrément de ce pavillon. Mme de Clèves
et elle y passaient tous les soirs. La liberté de se
trouver seules, la nuit, dans le plus beau lieu du
monde, ne laissait pas finir la conversation entre
deux jeunes personnes, qui avaient des passions
violentes dans le cœur; et, quoiqu'elles ne s'en fissent
point de confidence, elles trouvaient un grand plaisir
à se parler. Mme de Martigues aurait eu de la peine
à quitter Coulommiers si, en le quittant, elle n'eût dû
aller dans un lieu où était le vidame. Elle partit pour
aller à Chambord, où la cour était alors.

Le sacre avait été fait à Reims par le cardinal
de Lorraine, et l'on devait passer le reste de l'été
dans le château de Chambord, qui était nouvellement
bâti. La reine témoigna une grande joie de revoir
Mme de Martigues; et, après lui en avoir donné
plusieurs marques, elle lui demanda des nouvelles
de Mme de Clèves et de ce qu'elle faisait à la campagne. M. de Nemours et M. de Clèves étaient alors
chez cette reine. Mme de Martigues, qui avait trouvé
Coulommiers admirable, en conta toutes les beautés,
et elle s'étendit extrêmement sur la description de
ce pavillon de la forêt et sur le plaisir qu'avait
Mme de Clèves de s'y promener seule une partie
de la nuit. M. de Nemours, qui connaissait assez le
lieu pour entendre ce qu'en disait Mme de Martigues,
pensa qu'il n'était pas impossible qu'il y pût voir
Mme de Clèves sans être vu que d'elle. Il fit quelques
questions à Mme de Martigues pour s'en éclaircir
encore; et M. de Clèves, qui l'avait toujours regardé

pendant que Mme de Martigues avait parlé, crut
voir dans ce moment ce qui lui passait dans l'esprit.
Les questions que fit ce prince le confirmèrent
encore dans cette pensée; en sorte qu'il ne douta
point qu'il n'eût dessein d'aller voir sa femme. Il ne se
trompait pas dans ses soupçons. Ce dessein entra si
fortement dans l'esprit de M. de Nemours qu'après
avoir passé la nuit à songer aux moyens de l'exécuter,
dès le lendemain matin, il demanda congé au roi
pour aller à Paris, sur quelque prétexte qu'il inventa.

M. de Clèves ne douta point du sujet de ce voyage;
mais il résolut de s'éclaircir de la conduite de sa
femme et de ne pas demeurer dans une cruelle incertitude. Il eut envie de partir en même temps que
M. de Nemours et de venir lui-même caché découvrir
quel succès aurait ce voyage; mais, craignant que
son départ ne parût extraordinaire, et que M. de
Nemours, en étant averti, ne prît d'autres mesures,
il résolut de se fier à un gentilhomme qui était à lui,
dont il connaissait la fidélité et l'esprit. Il lui conta
dans quel embarras il se trouvait. Il lui dit quelle
avait été jusqu'alors la vertu de Mme de Clèves et lui
ordonna de partir sur les pas de M. de Nemours, de
l'observer exactement, de voir s'il n'irait point à
Coulommiers et s'il n'entrerait point la nuit dans
le jardin.

Le gentilhomme, qui était très capable d'une telle
commission, s'en acquitta avec toute l'exactitude
imaginable. Il suivit M. de Nemours jusqu'à un
village, à une demi-lieue de Coulommiers, où ce
prince s'arrêta, et le gentilhomme devina aisément
que c'était pour y attendre la nuit. Il ne crut pas
à propos de l'y attendre aussi; il passa le village
et alla dans la forêt, à l'endroit par où il jugeait que
M. de Nemours pouvait passer; il ne se trompa
point dans tout ce qu'il avait pensé. Sitôt que la

nuit fut venue, il entendit marcher, et quoiqu'il
fît obscur, il reconnut aisément M. de Nemours.
Il le vit faire le tour du jardin, comme pour écouter
s'il n'y entendrait personne et pour choisir le lieu
par où il pourrait passer le plus aisément. Les palissades étaient fort hautes, et il y en avait encore
derrière, pour empêcher qu'on ne pût entrer; en sorte
qu'il était assez difficile de se faire passage. M. de
Nemours en vint à bout néanmoins; sitôt qu'il fut
dans ce jardin, il n'eut pas de peine à démêler où
était Mme de Clèves. Il vit beaucoup de lumières dans
le cabinet; toutes les fenêtres en étaient ouvertes et,
en se glissant le long des palissades, il s'en approcha
avec un trouble et une émotion qu'il est aisé de se
représenter. Il se rangea derrière une des fenêtres, qui
servaient de porte, pour voir ce que faisait Mme de
Clèves. Il vit qu'elle était seule; mais il la vit d'une
si admirable beauté qu'à peine fut-il maître du
transport que lui donna cette vue. Il faisait chaud,
et elle n'avait rien, sur sa tête et sur sa gorge, que ses
cheveux confusément rattachés. Elle était sur un lit
de repos, avec une table devant elle, où il y avait
plusieurs corbeilles pleines de rubans; elle en choisit quelques-uns, et M. de Nemours remarqua que
c'étaient des mêmes couleurs qu'il avait portées
au tournoi. Il vit qu'elle en faisait des nœuds à une
canne des Indes, fort extraordinaire, qu'il avait
portée quelque temps et qu'il avait donnée à sa sœur,
à qui Mme de Clèves l'avait prise sans faire semblant
de la reconnaître pour avoir été à M. de Nemours.
Après qu'elle eut achevé son ouvrage avec une grâce
et une douceur que répandaient sur son visage les
sentiments qu'elle avait dans le cœur, elle prit un
flambeau et s'en alla, proche d'une grande table,
vis-à-vis du tableau du siège de Metz, où était le
portrait de M. de Nemours; elle s'assit et se mit à

regarder ce portrait avec une attention et une rêverie que la passion seule peut donner.

On ne peut exprimer ce que sentit M. de Nemours dans ce moment. Voir au milieu de la nuit, dans le plus beau lieu du monde, une personne qu'il adorait, la voir sans qu'elle sût qu'il la voyait, et la voir tout occupée de choses qui avaient du rapport à lui et à la passion qu'elle lui cachait, c'est ce qui n'a jamais été goûté ni imaginé par nul autre amant.

Ce prince était aussi tellement hors de lui-même qu'il demeurait immobile à regarder Mme de Clèves, sans songer que les moments lui étaient précieux. Quand il fut un peu remis, il pensa qu'il devait attendre à lui parler qu'elle allât dans le jardin; il crut qu'il le pourrait faire avec plus de sûreté, parce qu'elle serait plus éloignée de ses femmes; mais, voyant qu'elle demeurait dans le cabinet, il prit la résolution d'y entrer. Quand il voulut l'exécuter, quel trouble n'eut-il point! Quelle crainte de lui déplaire! Quelle peur de faire changer ce visage où il y avait tant de douceur et de le voir devenir plein de sévérité et de colère!

Il trouva qu'il y avait eu de la folie, non pas à venir voir Mme de Clèves sans en être vu, mais à penser de s'en faire voir; il vit tout ce qu'il n'avait point encore envisagé. Il lui parut de l'extravagance dans sa hardiesse de venir surprendre, au milieu de la nuit, une personne à qui il n'avait encore jamais parlé de son amour. Il pensa qu'il ne devait pas prétendre qu'elle le voulût écouter, et qu'elle aurait une juste colère du péril où il l'exposait par les accidents qui pouvaient arriver. Tout son courage l'abandonna, et il fut prêt plusieurs fois à prendre la résolution de s'en retourner sans se faire voir. Poussé néanmoins par le désir de lui parler, et rassuré par les espérances que lui donnait tout ce qu'il avait vu, il avança quelques pas, mais avec tant de trouble qu'une écharpe qu'il avait s'embarrassa dans la fenêtre, en sorte qu'il fit du bruit. Mme de Clèves tourna la tête, et, soit qu'elle eût l'esprit rempli de ce prince, ou qu'il fût dans un lieu où la lumière donnait assez pour qu'elle le pût distinguer, elle crut le reconnaître et sans balancer ni se retourner du côté où il était, elle entra dans le lieu où étaient ses femmes. Elle y entra avec tant de trouble qu'elle fut contrainte, pour le cacher, de dire qu'elle se trouvait mal; et elle le dit aussi pour occuper tous ses gens et pour donner le temps à M. de Nemours de se retirer. Quand elle eut fait quelque réflexion, elle pensa qu'elle s'était trompée et que c'était un effet de son imagination d'avoir cru voir M. de Nemours. Elle savait qu'il était à Chambord, elle ne trouvait nulle apparence qu'il eût entrepris une chose si hasardeuse; elle eut envie plusieurs fois de rentrer dans le cabinet et d'aller voir dans le jardin s'il y avait quelqu'un. Peut-être souhaitait-elle, autant qu'elle le craignait, d'y trouver M. de Nemours; mais enfin la raison et la prudence l'emportèrent sur tous ses autres sentiments, et elle trouva qu'il valait mieux demeurer dans le doute où elle était que de prendre le hasard de s'en éclaircir. Elle fut longtemps à se résoudre à sortir d'un lieu dont elle pensait que ce prince était peut-être si proche, et il était quasi jour quand elle revint au château.

M. de Nemours était demeuré dans le jardin tant qu'il avait vu de la lumière; il n'avait pu perdre l'espérance de revoir Mme de Clèves, quoiqu'il fût persuadé qu'elle l'avait reconnu et qu'elle n'était sortie que pour l'éviter; mais voyant qu'on fermait les portes, il jugea bien qu'il n'avait plus rien à espérer. Il vint reprendre son cheval tout proche

du lieu où attendait le gentilhomme de M. de Clèves.
Ce gentilhomme le suivit jusqu'au même village,
d'où il était parti le soir. M. de Nemours se résolut
d'y passer tout le jour, afin de retourner la nuit
à Coulommiers, pour voir si Mme de Clèves aurait
encore la cruauté de le fuir, ou celle de ne se pas
exposer à être vue; quoiqu'il eût une joie sensible
de l'avoir trouvée si remplie de son idée, il était
néanmoins très affligé de lui avoir vu un mouvement
si naturel de le fuir.

La passion n'a jamais été si tendre et si violente
qu'elle l'était alors en ce prince. Il s'en alla sous
des saules, le long d'un petit ruisseau qui coulait
derrière la maison où il était caché. Il s'éloigna
le plus qu'il lui fut possible, pour n'être vu ni entendu
de personne; il s'abandonna aux transports de son
amour et son cœur en fut tellement pressé qu'il
fut contraint de laisser couler quelques larmes; mais
ces larmes n'étaient pas de celles que la douleur
seule fait répandre, elles étaient mêlées de douceur
et de ce charme qui ne se trouve que dans l'amour.

Il se mit à repasser toutes les actions de Mme de
Clèves depuis qu'il en était amoureux; quelle rigueur
honnête et modeste elle avait toujours eue pour lui,
quoiqu'elle l'aimât. Car, enfin, elle m'aime, disait-il;
elle m'aime, je n'en saurais douter; les plus grands
engagements et les plus grandes faveurs ne sont pas
des marques si assurées que celles que j'en ai eues.
Cependant je suis traité avec la même rigueur que
si j'étais haï, j'ai espéré au temps, je n'en dois plus
rien attendre; je la vois toujours se défendre également contre moi et contre elle-même. Si je n'étais
point aimé, je songerais à plaire; mais je plais, on
m'aime, et on me le cache. Que puis-je donc espérer,
et quel changement dois-je attendre dans ma destinée? Quoi! je serai aimé de la plus aimable personne

du monde et je n'aurai cet excès d'amour que donnent les premières certitudes d'être aimé que pour mieux sentir la douleur d'être maltraité! Laissez-moi voir que vous m'aimez, belle princesse, s'écria-t-il, laissez-moi voir vos sentiments; pourvu que je les connaisse par vous une fois en ma vie, je consens que vous repreniez pour toujours ces rigueurs dont vous m'accabliez. Regardez-moi du moins avec ces mêmes yeux dont je vous ai vue cette nuit regarder mon portrait; pouvez-vous l'avoir regardé avec tant de douceur et m'avoir fui moi-même si cruellement? Que craignez-vous? Pourquoi mon amour vous est-il si redoutable? Vous m'aimez, vous me le cachez inutilement; vous-même m'en avez donné des marques involontaires. Je sais mon bonheur; laissez-m'en jouir, et cessez de me rendre malheureux. Est-il possible, reprenait-il, que je sois aimé de Mme de Clèves et que je sois malheureux? Qu'elle était belle cette nuit! Comment ai-je pu résister à l'envie de me jeter à ses pieds? Si je l'avais fait, je l'aurais peut-être empêchée de me fuir, mon respect l'aurait rassurée; mais peut-être elle ne m'a pas reconnu; je m'afflige plus que je ne dois, et la vue d'un homme, à une heure si extraordinaire, l'a effrayée.

Ces mêmes pensées occupèrent tout le jour M. de Nemours; il attendit la nuit avec impatience; et, quand elle fut venue, il reprit le chemin de Coulommiers. Le gentilhomme de M. de Clèves, qui s'était déguisé afin d'être moins remarqué, le suivit jusqu'au lieu où il l'avait suivi le soir d'auparavant et le vit entrer dans le même jardin. Ce prince connut bientôt que Mme de Clèves n'avait pas voulu hasarder qu'il essayât encore de la voir; toutes les portes étaient fermées. Il tourna de tous les côtés pour découvrir s'il ne verrait point de lumières; mais ce fut inutilement.

Mme de Clèves, s'étant doutée que M. de Nemours pourrait revenir, était demeurée dans sa chambre; elle avait appréhendé de n'avoir pas toujours la force de le fuir, et elle n'avait pas voulu se mettre au hasard de lui parler d'une manière si peu conforme à la conduite qu'elle avait eue jusqu'alors.

Quoique M. de Nemours n'eût aucune espérance de la voir, il ne put se résoudre à sortir si tôt d'un lieu où elle était si souvent. Il passa la nuit entière dans le jardin et trouva quelque consolation à voir du moins les mêmes objets qu'elle voyait tous les jours. Le soleil était levé devant qu'il pensât à se retirer; mais enfin la crainte d'être découvert l'obligea à s'en aller.

Il lui fut impossible de s'éloigner sans voir Mme de Clèves; et il alla chez Mme de Mercœur, qui était alors dans cette maison qu'elle avait proche de Coulommiers. Elle fut extrêmement surprise de l'arrivée de son frère. Il inventa une cause de son voyage, assez vraisemblable pour la tromper, et enfin il conduisit si habilement son dessein qu'il l'obligea à lui proposer d'elle-même d'aller chez Mme de Clèves. Cette proposition fut exécutée dès le même jour, et M. de Nemours dit à sa sœur qu'il la quitterait à Coulommiers pour s'en retourner en diligence trouver le roi. Il fit ce dessein de la quitter à Coulommiers dans la pensée de l'en laisser partir la première; et il crut avoir trouvé un moyen infaillible de parler à Mme de Clèves.

Comme ils arrivèrent, elle se promenait dans une grande allée qui borde le parterre. La vue de M. de Nemours ne lui causa pas un médiocre trouble et ne lui laissa plus de douter que ce ne fût lui qu'elle avait vu la nuit précédente. Cette certitude lui donna quelque mouvement de colère, par la hardiesse et l'imprudence qu'elle trouvait dans ce qu'il avait

entrepris. Ce prince remarqua une impression de
froideur sur son visage qui lui donna une sensible
douleur. La conversation fut de choses indifférentes;
et, néanmoins, il trouva l'art d'y faire paraître tant
d'esprit, tant de complaisance et tant d'admiration
pour Mme de Clèves qu'il dissipa, malgré elle, une
partie de la froideur qu'elle avait eue d'abord.

Lorsqu'il se sentit rassuré de sa première crainte,
il témoigna une extrême curiosité d'aller voir le pavillon de la forêt. Il en parla comme du plus agréable
lieu du monde et en fit même une description si particulière que Mme de Mercœur lui dit qu'il fallait
qu'il y eût été plusieurs fois pour en connaître si bien
toutes les beautés.

— Je ne crois pourtant pas, reprit Mme de Clèves,
que M. de Nemours y ait jamais entré; c'est un lieu
qui n'est achevé que depuis peu.

— Il n'y a pas longtemps aussi que j'y ai été, reprit
M. de Nemours en la regardant, et je ne sais si je ne
dois point être bien aise que vous ayez oublié de m'y
avoir vu.

Mme de Mercœur, qui regardait la beauté des jardins, n'avait point d'attention à ce que disait son
frère. Mme de Clèves rougit et, baissant les yeux sans
regarder M. de Nemours :

— Je ne me souviens point, lui dit-elle, de vous
y avoir vu; et, si vous y avez été, c'est sans que je
l'aie su.

— Il est vrai, Madame, répliqua M. de Nemours,
que j'y ai été sans vos ordres, et j'y ai passé les plus
doux et les plus cruels moments de ma vie.

Mme de Clèves entendait trop bien tout ce que
disait ce prince, mais elle n'y répondit point; elle
songea à empêcher Mme de Mercœur d'aller dans ce
cabinet, parce que le portrait de M. de Nemours y
était et qu'elle ne voulait pas qu'elle l'y vît. Elle fit

si bien que le temps se passa insensiblement, et
Mme de Mercœur parla de s'en retourner. Mais quand
Mme de Clèves vit que M. de Nemours et sa sœur ne
s'en allaient pas ensemble, elle jugea bien à quoi elle
allait être exposée; elle se trouva dans le même
embarras où elle s'était trouvée à Paris et elle prit
aussi le même parti. La crainte que cette visite ne
fût encore une confirmation des soupçons qu'avait
son mari ne contribua pas peu à la déterminer; et,
pour éviter que M. de Nemours ne demeurât seul avec
elle, elle dit à Mme de Mercœur qu'elle l'allait conduire
jusques au bord de la forêt, et elle ordonna que son
carrosse la suivît. La douleur qu'eut ce prince de trouver toujours cette même continuation des rigueurs en
Mme de Clèves fut si violente qu'il en pâlit dans le
même moment. Mme de Mercœur lui demanda s'il se
trouvait mal; mais il regarda Mme de Clèves, sans que
personne s'en aperçût, et il lui fit juger par ses
regards qu'il n'avait d'autre mal que son désespoir.
Cependant il fallut qu'il les laissât partir sans oser les
suivre, et, après ce qu'il avait dit, il ne pouvait plus
retourner avec sa sœur; ainsi, il revint à Paris, et en
partit le lendemain.

Le gentilhomme de M. de Clèves l'avait toujours
observé : il revint aussi à Paris et, comme il vit M. de
Nemours parti pour Chambord, il prit la poste afin d'y
arriver devant lui et de rendre compte de son voyage.
Son maître attendait son retour, comme ce qui allait
décider du malheur de toute sa vie.

Sitôt qu'il le vit, il jugea, par son visage et par son
silence, qu'il n'avait que des choses fâcheuses à lui
apprendre. Il demeura quelque temps saisi d'affliction,
la tête baissée sans pouvoir parler; enfin, il lui fit
signe de la main de se retirer :

— Allez, lui dit-il, je vois ce que vous avez à me
dire; mais je n'ai pas la force de l'écouter.

— Je n'ai rien à vous apprendre, lui répondit le gentilhomme, sur quoi on puisse faire de jugement assuré. Il est vrai que M. de Nemours a entré deux nuits de suite dans le jardin de la forêt, et qu'il a été le jour d'après à Coulommiers avec Mme de Mercœur.

— C'est assez, répliqua M. de Clèves, c'est assez, en lui faisant encore signe de se retirer, et je n'ai pas besoin d'un plus grand éclaircissement.

Le gentilhomme fut contraint de laisser son maître abandonné à son désespoir. Il n'y en a peut-être jamais eu un plus violent, et peu d'hommes d'un aussi grand courage et d'un cœur aussi passionné que M. de Clèves, ont ressenti en même temps la douleur que cause l'infidélité d'une maîtresse et la honte d'être trompé par une femme.

M. de Clèves ne put résister à l'accablement où il se trouva. La fièvre lui prit dès la nuit même, et avec de si grands accidents que, dès ce moment, sa maladie parut très dangereuse. On en donna avis à Mme de Clèves; elle vint en diligence. Quand elle arriva, il était encore plus mal, elle lui trouva quelque chose de si froid et de si glacé pour elle qu'elle en fut extrêmement surprise et affligée. Il lui parut même qu'il recevait avec peine les services qu'elle lui rendait; mais enfin, elle pensa que c'était peut-être un effet de sa maladie.

D'abord qu'elle fut à Blois, où la cour était alors, M. de Nemours ne put s'empêcher d'avoir de la joie de savoir qu'elle était dans le même lieu que lui. Il essaya de la voir et alla tous les jours chez M. de Clèves, sur le prétexte de savoir de ses nouvelles; mais ce fut inutilement. Elle ne sortait point de la chambre de son mari et avait une douleur violente de l'état où elle le voyait. M. de Nemours était désespéré qu'elle fût si affligée; il jugeait aisément combien cette affliction renouvelait l'amitié qu'elle avait pour

M. de Clèves, et combien cette amitié faisait une diversion dangereuse à la passion qu'elle avait dans le cœur. Ce sentiment lui donna un chagrin mortel pendant quelque temps; mais, l'extrémité du mal de M. de Clèves lui ouvrit de nouvelles espérances. Il vit que Mme de Clèves serait peut-être en liberté de suivre son inclination et qu'il pourrait trouver dans l'avenir une suite de bonheur et de plaisirs durables. Il ne pouvait soutenir cette pensée, tant elle lui donnait de trouble et de transports, et il en éloignait son esprit par la crainte de se trouver trop malheureux, s'il venait à perdre ses espérances.

Cependant M. de Clèves était presque abandonné des médecins. Un des derniers jours de son mal, après avoir passé une nuit très fâcheuse, il dit sur le matin qu'il voulait reposer. Mme de Clèves demeura seule dans sa chambre; il lui parut qu'au lieu de reposer, il avait beaucoup d'inquiétude. Elle s'approcha et se vint mettre à genoux devant son lit, le visage tout couvert de larmes. M. de Clèves avait résolu de ne lui point témoigner le violent chagrin qu'il avait contre elle; mais les soins qu'elle lui rendait, et son affliction, qui lui paraissait quelquefois véritable et qu'il regardait aussi quelquefois comme des marques de dissimulation et de perfidie, lui causaient des sentiments si opposés et si douloureux qu'il ne les put renfermer en lui-même.

— Vous versez bien des pleurs, Madame, lui dit-il, pour une mort que vous causez et qui ne vous peut donner la douleur que vous faites paraître. Je ne suis plus en état de vous faire des reproches, continua-t-il avec une voix affaiblie par la maladie et par la douleur; mais je meurs du cruel déplaisir que vous m'avez donné. Fallait-il qu'une action aussi extraordinaire que celle que vous aviez faite de me parler à Coulommiers eût si peu de suite? Pourquoi m'éclairer sur la

passion que vous aviez pour M. de Nemours, si votre
vertu n'avait pas plus d'étendue pour y résister? Je
vous aimais jusqu'à être bien aise d'être trompé, je
l'avoue à ma honte; j'ai regretté ce faux repos dont
vous m'avez tiré. Que ne me laissiez-vous dans cet
aveuglement tranquille dont jouissent tant de maris?
J'eusse, peut-être, ignoré toute ma vie que vous
aimiez M. de Nemours. Je mourrai, ajouta-t-il; mais
sachez que vous me rendez la mort agréable, et
qu'après m'avoir ôté l'estime et la tendresse que
j'avais pour vous, la vie me ferait horreur. Que
ferais-je de la vie, reprit-il, pour la passer avec une
personne que j'ai tant aimée, et dont j'ai été si cruellement trompé, ou pour vivre séparé de cette même
personne, et en venir à un éclat et à des violences si
opposées à mon humeur et à la passion que j'avais
pour vous? Elle a été au-delà de ce que vous en avez
vu, Madame; je vous en ai caché la plus grande partie,
par la crainte de vous importuner, ou de perdre
quelque chose de votre estime, par des manières qui
ne convenaient pas à un mari. Enfin je méritais votre
cœur; encore une fois, je meurs sans regret, puisque
je n'ai pu l'avoir, et que je ne puis plus le désirer.
Adieu, Madame, vous regretterez quelque jour un
homme qui vous aimait d'une passion véritable et
légitime. Vous sentirez le chagrin que trouvent les
personnes raisonnables dans ces engagements, et vous
connaîtrez la différence d'être aimée, comme je vous
aimais, à l'être par des gens qui, en vous témoignant
de l'amour, ne cherchent que l'honneur de vous
séduire. Mais ma mort vous laissera en liberté, ajouta-
t-il, et vous pourrez rendre M. de Nemours heureux,
sans qu'il vous en coûte des crimes. Qu'importe,
reprit-il, ce qui arrivera quand je ne serai plus, et
faut-il que j'aie la faiblesse d'y jeter les yeux!

Mme de Clèves était si éloignée de s'imaginer que

son mari pût avoir des soupçons contre elle qu'elle écouta toutes ces paroles sans les comprendre, et sans avoir d'autre idée, sinon qu'il lui reprochait son inclination pour M. de Nemours; enfin, sortant tout d'un coup de son aveuglement :

— Moi, des crimes! s'écria-t-elle; la pensée même m'en est inconnue. La vertu la plus austère ne peut inspirer d'autre conduite que celle que j'ai eue; et je n'ai jamais fait d'action dont je n'eusse souhaité que vous eussiez été témoin.

— Eussiez-vous souhaité, répliqua M. de Clèves, en la regardant avec dédain, que je l'eusse été des nuits que vous avez passées avec M. de Nemours? Ah! Madame, est-ce de vous dont je parle, quand je parle d'une femme qui a passé des nuits avec un homme?

— Non, Monsieur, reprit-elle; non, ce n'est pas de moi dont vous parlez. Je n'ai jamais passé ni de nuits ni de moments avec M. de Nemours. Il ne m'a jamais vue en particulier; je ne l'ai jamais souffert, ni écouté, et j'en ferais tous les serments...

— N'en dites pas davantage, interrompit M. de Clèves; de faux serments ou un aveu me feraient peut-être une égale peine.

Mme de Clèves ne pouvait répondre; ses larmes et sa douleur lui ôtaient la parole; enfin, faisant un effort :

— Regardez-moi du moins; écoutez-moi, lui dit-elle. S'il n'y allait que de mon intérêt, je souffrirais ces reproches; mais il y va de votre vie. Écoutez-moi, pour l'amour de vous-même : il est impossible qu'avec tant de vérité, je ne vous persuade mon innocence.

— Plût à Dieu que vous me la puissiez persuader! s'écria-t-il; mais que me pouvez-vous dire? M. de Nemours n'a-t-il pas été à Coulommiers avec sa sœur? Et n'avait-il pas passé les deux nuits précédentes avec vous dans le jardin de la forêt?

— Si c'est là mon crime, répliqua-t-elle, il m'est aisé de me justifier. Je ne vous demande point de me croire; mais croyez tous vos domestiques, et sachez si j'allai dans le jardin de la forêt la veille que M. de Nemours vint à Coulommiers, et si je n'en sortis pas le soir d'auparavant deux heures plus tôt que je n'avais accoutumé.

Elle lui conta ensuite comme elle avait cru voir quelqu'un dans ce jardin. Elle lui avoua qu'elle avait cru que c'était M. de Nemours. Elle lui parla avec tant d'assurance, et la vérité se persuade si aisément lors même qu'elle n'est pas vraisemblable, que M. de Clèves fut presque convaincu de son innocence.

— Je ne sais, lui dit-il, si je me dois laisser aller à vous croire. Je me sens si proche de la mort que je ne veux rien voir de ce qui me pourrait faire regretter la vie. Vous m'avez éclairci trop tard; mais ce me sera toujours un soulagement d'emporter la pensée que vous êtes digne de l'estime que j'ai eue pour vous. Je vous prie que je puisse encore avoir la consolation de croire que ma mémoire vous sera chère et que, s'il eût dépendu de vous, vous eussiez eu pour moi les sentiments que vous avez pour un autre.

Il voulut continuer; mais une faiblesse lui ôta la parole. Mme de Clèves fit venir les médecins; ils le trouvèrent presque sans vie. Il languit néanmoins encore quelques jours et mourut enfin avec une constance admirable.

Mme de Clèves demeura dans une affliction si violente qu'elle perdit quasi l'usage de la raison. La reine la vint voir avec soin et la mena dans un couvent sans qu'elle sût où on la conduisait. Ses belles-sœurs la ramenèrent à Paris, qu'elle n'était pas encore en état de sentir distinctement sa douleur. Quand elle commença d'avoir la force de l'envisager et qu'elle vit quel mari elle avait perdu, qu'elle considéra

qu'elle était la cause de sa mort, et que c'était par la
passion qu'elle avait eue pour un autre qu'elle en
était cause, l'horreur qu'elle eut pour elle-même et
pour M. de Nemours ne se peut représenter.

Ce prince n'osa, dans ces commencements, lui
rendre d'autres soins que ceux que lui ordonnait la
bienséance. Il connaissait assez Mme de Clèves pour
croire qu'un plus grand empressement lui serait désagréable; mais ce qu'il apprit ensuite lui fit bien voir
qu'il devait avoir longtemps la même conduite.

Un écuyer qu'il avait lui conta que le gentilhomme
de M. de Clèves, qui était son ami intime, lui avait
dit, dans sa douleur de la perte de son maître, que le
voyage de M. de Nemours à Coulommiers était cause
de sa mort. M. de Nemours fut extrêmement surpris
de ce discours; mais après y avoir fait réflexion, il
devina une partie de la vérité, et il jugea bien quels
seraient d'abord les sentiments de Mme de Clèves et
quel éloignement elle aurait de lui, si elle croyait que
le mal de son mari eût été causé par la jalousie. Il
crut qu'il ne fallait pas même la faire sitôt souvenir
de son nom; et il suivit cette conduite, quelque
pénible qu'elle lui parût.

Il fit un voyage à Paris et ne put s'empêcher néanmoins d'aller à sa porte pour apprendre de ses nouvelles. On lui dit que personne ne la voyait et qu'elle
avait même défendu qu'on lui rendît compte de ceux
qui l'iraient chercher. Peut-être que ses ordres si
exacts étaient donnés en vue de ce prince, et pour ne
point entendre parler de lui. M. de Nemours était trop
amoureux pour pouvoir vivre si absolument privé de
la vue de Mme de Clèves. Il résolut de trouver des
moyens, quelque difficiles qu'ils pussent être, de sortir
d'un état qui lui paraissait si insupportable.

La douleur de cette princesse passait les bornes
de la raison. Ce mari mourant, et mourant à cause

d'elle et avec tant de tendresse pour elle, ne lui sortait point de l'esprit. Elle repassait incessamment tout ce qu'elle lui devait, et elle se faisait un crime de n'avoir pas eu de la passion pour lui, comme si c'eût été une chose qui eût été en son pouvoir. Elle ne trouvait de consolation qu'à penser qu'elle le regrettait autant qu'il méritait d'être regretté et qu'elle ne ferait dans le reste de sa vie que ce qu'il aurait été bien aise qu'elle eût fait s'il avait vécu.

Elle avait pensé plusieurs fois comment il avait su que M. de Nemours était venu à Coulommiers; elle ne soupçonnait pas ce prince de l'avoir conté, et il lui paraissait même indifférent qu'il l'eût redit, tant elle se croyait guérie et éloignée de la passion qu'elle avait eue pour lui. Elle sentait néanmoins une douleur vive de s'imaginer qu'il était cause de la mort de son mari, et elle se souvenait avec peine de la crainte que M. de Clèves lui avait témoignée en mourant qu'elle ne l'épousât; mais toutes ces douleurs se confondaient dans celle de la perte de son mari, et elle croyait n'en avoir point d'autre.

Après que plusieurs mois furent passés, elle sortit de cette violente affliction où elle était et passa dans un état de tristesse et de langueur. Mme de Martigues fit un voyage à Paris, et la vit avec soin pendant le séjour qu'elle y fit. Elle l'entretint de la cour et de tout ce qui s'y passait; et, quoique Mme de Clèves ne parût pas y prendre intérêt, Mme de Martigues ne laissait pas de lui en parler pour la divertir.

Elle lui conta des nouvelles du vidame, de M. de Guise et de tous les autres qui étaient distingués par leur personne ou par leur mérite.

— Pour M. de Nemours, dit-elle, je ne sais si les affaires ont pris dans son cœur la place de la galanterie; mais il a bien moins de joie qu'il n'avait

accoutumé d'en avoir, il paraît fort retiré du commerce des femmes. Il fait souvent des voyages à Paris
et je crois même qu'il y est présentement.

Le nom de M. de Nemours surprit Mme de Clèves
et la fit rougir. Elle changea de discours, et Mme de
Martigues ne s'aperçut point de son trouble.

Le lendemain, cette princesse, qui cherchait des
occupations conformes à l'état où elle était, alla
proche de chez elle voir un homme qui faisait des
ouvrages de soie d'une façon particulière; et elle
y fut dans le dessein d'en faire de semblables. Après
qu'on les lui eut montrés, elle vit la porte d'une
chambre où elle crut qu'il y en avait encore; elle dit
qu'on la lui ouvrît. Le maître répondit qu'il n'en
avait pas la clef et qu'elle était occupée par un homme
qui y venait quelquefois pendant le jour pour dessiner
de belles maisons et des jardins que l'on voyait de ses
fenêtres.

— C'est l'homme du monde le mieux fait, ajouta-
t-il; il n'a guère la mine d'être réduit à gagner sa vie.
Toutes les fois qu'il vient céans, je le vois toujours
regarder les maisons et les jardins; mais je ne le vois
jamais travailler.

Mme de Clèves écoutait ce discours avec une grande
attention. Ce que lui avait dit Mme de Martigues,
que M. de Nemours était quelquefois à Paris, se
joignit, dans son imagination, à cet homme bien
fait qui venait proche de chez elle, et lui fit une idée
de M. de Nemours, et de M. de Nemours appliqué
à la voir, qui lui donna un trouble confus, dont elle
ne savait pas même la cause. Elle alla vers les fenêtres
pour voir où elles donnaient; elle trouva qu'elles
voyaient tout son jardin et la face de son appartement. Et, lorsqu'elle fut dans sa chambre, elle remarqua aisément cette même fenêtre où l'on lui avait
dit que venait cet homme. La pensée que c'était

M. de Nemours changea entièrement la situation de
son esprit; elle ne se trouva plus dans un certain triste
repos qu'elle commençait à goûter, elle se sentit
inquiète et agitée. Enfin ne pouvant demeurer avec
elle-même, elle sortit et alla prendre l'air dans le
jardin hors des faubourgs, où elle pensait être seule.
Elle crut en y arrivant qu'elle ne s'était pas trompée;
elle ne vit aucune apparence qu'il y eût quelqu'un
et elle se promena assez longtemps.

Après avoir traversé un petit bois, elle aperçut,
au bout d'une allée, dans l'endroit le plus reculé
du jardin, une manière de cabinet ouvert de tous
côtés, où elle adressa ses pas. Comme elle en fut
proche, elle vit un homme couché sur des bancs,
qui paraissait enseveli dans une rêverie profonde,
et elle reconnut que c'était M. de Nemours. Cette
vue l'arrêta tout court. Mais ses gens qui la suivaient
firent quelque bruit, qui tira M. de Nemours de sa
rêverie. Sans regarder qui avait causé le bruit qu'il
avait entendu, il se leva de sa place pour éviter
la compagnie qui venait vers lui et tourna dans une
autre allée, en faisant une révérence fort basse qui
l'empêcha même de voir ceux qu'il saluait.

S'il eût su ce qu'il évitait, avec quelle ardeur
serait-il retourné sur ses pas; mais il continua à
suivre l'allée, et Mme de Clèves le vit sortir par une
porte de derrière où l'attendait son carrosse. Quel
effet produisit cette vue d'un moment dans le cœur
de Mme de Clèves! Quelle passion endormie se ralluma
dans son cœur, et avec quelle violence! Elle s'alla
asseoir dans le même endroit d'où venait de sortir
M. de Nemours; elle y demeura comme accablée.
Ce prince se présenta à son esprit, aimable au-dessus
de tout ce qui était au monde, l'aimant depuis
longtemps avec une passion pleine de respect et de
fidélité, méprisant tout pour elle, respectant jusqu'à

sa douleur, songeant à la voir sans songer à en être vu,
quittant la cour, dont il faisait les délices, pour aller
regarder les murailles qui la renfermaient, pour venir
rêver dans des lieux où il ne pouvait prétendre de la
rencontrer; enfin un homme digne d'être aimé par son
seul attachement, et pour qui elle avait une inclination si violente qu'elle l'aurait aimé quand il ne
l'aurait pas aimée; mais, de plus, un homme d'une
qualité élevée et convenable à la sienne. Plus de
devoir, plus de vertu qui s'opposassent à ses sentiments; tous les obstacles étaient levés, et il ne restait
de leur état passé que la passion de M. de Nemours
pour elle et que celle qu'elle avait pour lui.

Toutes ces idées furent nouvelles à cette princesse.
L'affliction de la mort de M. de Clèves l'avait assez
occupée pour avoir empêché qu'elle n'y eût jeté
les yeux. La présence de M. de Nemours les amena
en foule dans son esprit; mais, quand il en eut été
pleinement rempli et qu'elle se souvint aussi que
ce même homme, qu'elle regardait comme pouvant
l'épouser, était celui qu'elle avait aimé du vivant
de son mari et qui était la cause de sa mort; que
même, en mourant, il lui avait témoigné de la crainte
qu'elle ne l'épousât, son austère vertu était si blessée
de cette imagination qu'elle ne trouvait guère moins
de crime à épouser M. de Nemours qu'elle en avait
trouvé à l'aimer pendant la vie de son mari. Elle
s'abandonna à ces réflexions si contraires à son
bonheur; elle les fortifia encore de plusieurs raisons
qui regardaient son repos et les maux qu'elle prévoyait en épousant ce prince. Enfin, après avoir
demeuré deux heures dans le lieu où elle était, elle
s'en revint chez elle, persuadée qu'elle devait fuir
sa vue comme une chose entièrement opposée à son
devoir.

Mais cette persuasion, qui était un effet de sa

raison et de sa vertu, n'entraînait pas son cœur. Il
demeurait attaché à M. de Nemours avec une violence
qui la mettait dans un état digne de compassion
et qui ne lui laissa plus de repos; elle passa une des
plus cruelles nuits qu'elle eût jamais passées. Le
matin, son premier mouvement fut d'aller voir s'il
n'y aurait personne à la fenêtre qui donnait chez elle;
elle y alla, elle y vit M. de Nemours. Cette vue la
surprit, et elle se retira avec une promptitude qui
fit juger à ce prince qu'il avait été reconnu. Il
avait souvent désiré de l'être, depuis que sa passion
lui avait fait trouver ces moyens de voir Mme de
Clèves; et, lorsqu'il n'espérait pas d'avoir ce plaisir,
il allait rêver dans le même jardin où elle l'avait
trouvé.

Lassé enfin d'un état si malheureux et si incertain,
il résolut de tenter quelque voie d'éclaircir sa destinée.
Que veux-je attendre? disait-il; il y a longtemps
que je sais que j'en suis aimé; elle est libre, elle
n'a plus de devoir à m'opposer. Pourquoi me réduire
à la voir sans en être vu et sans lui parler? Est-il
possible que l'amour m'ait si absolument ôté la
raison et la hardiesse et qu'il m'ait rendu si différent
de ce que j'ai été dans les autres passions de ma vie?
J'ai dû respecter la douleur de Mme de Clèves; mais
je la respecte trop longtemps et je lui donne le loisir
d'éteindre l'inclination qu'elle a pour moi.

Après ces réflexions, il songea aux moyens dont
il devait se servir pour la voir. Il crut qu'il n'y avait
plus rien qui l'obligeât à cacher sa passion au vidame
de Chartres. Il résolut de lui en parler et de lui dire
le dessein qu'il avait pour sa nièce.

Le vidame était alors à Paris : tout le monde y
était venu donner ordre à son équipage et à ses
habits, pour suivre le roi qui devait conduire la
reine d'Espagne. M. de Nemours alla donc chez

le vidame et lui fit un aveu sincère de tout ce qu'il
lui avait caché jusqu'alors, à la réserve des sentiments
de Mme de Clèves, dont il ne voulut pas paraître
instruit.

Le vidame reçut tout ce qu'il lui dit avec beaucoup
de joie et l'assura que, sans savoir ses sentiments,
il avait souvent pensé, depuis que Mme de Clèves
était veuve, qu'elle était la seule personne digne de
lui. M. de Nemours le pria de lui donner les moyens de
lui parler et de savoir quelles étaient ses dispositions.

Le vidame lui proposa de le mener chez elle; mais
M. de Nemours crut qu'elle en serait choquée, parce
qu'elle ne voyait encore personne. Ils trouvèrent qu'il
fallait que M. le vidame la priât de venir chez lui,
sur quelque prétexte, et que M. de Nemours y vînt
par un escalier dérobé, afin de n'être vu de personne.
Cela s'exécuta comme ils l'avaient résolu : Mme de
Clèves vint, le vidame l'alla recevoir et la conduisit
dans un grand cabinet, au bout de son appartement.
Quelque temps après, M. de Nemours entra, comme
si le hasard l'eût conduit. Mme de Clèves fut extrêmement surprise de le voir; elle rougit, et essaya de
cacher sa rougeur. Le vidame parla d'abord de choses
différentes et sortit, supposant qu'il avait quelque
ordre à donner. Il dit à Mme de Clèves qu'il la priait
de faire les honneurs de chez lui et qu'il allait rentrer
dans un moment.

L'on ne peut exprimer ce que sentirent M. de
Nemours et Mme de Clèves de se trouver seuls et
en état de se parler pour la première fois. Ils demeurèrent quelque temps sans rien dire; enfin, M. de
Nemours, rompant le silence :

— Pardonnerez-vous à M. de Chartres, Madame,
lui dit-il, de m'avoir donné l'occasion de vous voir
et de vous entretenir, que vous m'avez toujours si
cruellement ôtée?

— Je ne lui dois pas pardonner, répondit-elle, d'avoir oublié l'état où je suis et à quoi il expose ma réputation.

En prononçant ces paroles, elle voulut s'en aller; et M. de Nemours, la retenant :

— Ne craignez rien, Madame, répliqua-t-il, personne ne sait que je suis ici et aucun hasard n'est à craindre. Écoutez-moi, Madame, écoutez-moi; si ce n'est par bonté, que ce soit du moins pour l'amour de vous-même, et pour vous délivrer des extravagances où m'emporterait infailliblement une passion dont je ne suis plus le maître.

Mme de Clèves céda pour la dernière fois au penchant qu'elle avait pour M. de Nemours et, le regardant avec des yeux pleins de douceur et de charmes :

— Mais qu'espérez-vous, lui dit-elle, de la complaisance que vous me demandez? Vous vous repentirez, peut-être, de l'avoir obtenue et je me repentirai infailliblement de vous l'avoir accordée. Vous méritez une destinée plus heureuse que celle que vous avez eue jusques ici et que celle que vous pouvez trouver à l'avenir, à moins que vous ne la cherchiez ailleurs!

— Moi, Madame, lui dit-il, chercher du bonheur ailleurs! Et y en a-t-il d'autre que d'être aimé de vous? Quoique je ne vous aie jamais parlé, je ne saurais croire, Madame, que vous ignoriez ma passion et que vous ne la connaissiez pour la plus véritable et la plus violente qui sera jamais. A quelle épreuve a-t-elle été par des choses qui vous sont inconnues? Et à quelle épreuve l'avez-vous mise par vos rigueurs?

— Puisque vous voulez que je vous parle et que je m'y résous, répondit Mme de Clèves en s'asseyant, je le ferai avec une sincérité que vous trouverez malaisément dans les personnes de mon sexe. Je

ne vous dirai point que je n'ai pas vu l'attachement
que vous avez eu pour moi; peut-être ne me croiriez-
vous pas quand je vous le dirais. Je vous avoue
donc, non seulement que je l'ai vu, mais que je
l'ai vu tel que vous pouvez souhaiter qu'il m'ait paru.

— Et si vous l'avez vu, Madame, interrompit-il,
est-il possible que vous n'en ayez point été touchée?
Et oserais-je vous demander s'il n'a fait aucune
impression dans votre cœur?

— Vous en avez dû juger par ma conduite, lui
répliqua-t-elle; mais je voudrais bien savoir ce que
vous en avez pensé.

— Il faudrait que je fusse dans un état plus heureux pour vous l'oser dire, répondit-il; et ma destinée
a trop peu de rapport à ce que je vous dirais. Tout
ce que je puis vous apprendre, Madame, c'est que
j'ai souhaité ardemment que vous n'eussiez pas
avoué à M. de Clèves ce que vous me cachiez et
que vous lui eussiez caché ce que vous m'eussiez
laissé voir.

— Comment avez-vous pu découvrir, reprit-elle en
rougissant, que j'aie avoué quelque chose à M. de
Clèves?

— Je l'ai su par vous-même, Madame, répondit-il;
mais, pour me pardonner la hardiesse que j'ai eue
de vous écouter, souvenez-vous si j'ai abusé de ce que
j'ai entendu, si mes espérances en ont augmenté
et si j'ai eu plus de hardiesse à vous parler?

Il commença à lui conter comme il avait entendu
sa conversation avec M. de Clèves; mais elle l'interrompit avant qu'il eût achevé.

— Ne m'en dites pas davantage, lui dit-elle; je
vois présentement par où vous avez été si bien
instruit. Vous ne me le parûtes déjà que trop chez
Mme la dauphine, qui avait su cette aventure par
ceux à qui vous l'aviez confiée.

M. de Nemours lui apprit alors de quelle sorte la chose était arrivée.

— Ne vous excusez point, reprit-elle; il y a long-temps que je vous ai pardonné sans que vous m'ayez dit de raison. Mais puisque vous avez appris par moi-même ce que j'avais eu dessein de vous cacher toute ma vie, je vous avoue que vous m'avez inspiré des sentiments qui m'étaient inconnus devant que de vous avoir vu, et dont j'avais même si peu d'idée qu'ils me donnèrent d'abord une surprise qui augmentait encore le trouble qui les suit toujours. Je vous fais cet aveu avec moins de honte, parce que je le fais dans un temps où je le puis faire sans crime et que vous avez vu que ma conduite n'a pas été réglée par mes sentiments.

— Croyez-vous, Madame, lui dit M. de Nemours, en se jetant à ses genoux, que je n'expire pas à vos pieds de joie et de transport?

— Je ne vous apprends, lui répondit-elle, en souriant, que ce que vous ne saviez déjà que trop.

— Ah! Madame, répliqua-t-il, quelle différence de savoir par un effet du hasard ou de l'apprendre par vous-même, et de voir que vous voulez bien que je le sache!

— Il est vrai, lui dit-elle, que je veux bien que vous le sachiez et que je trouve de la douceur à vous le dire. Je ne sais même si je ne vous le dis point, plus pour l'amour de moi que pour l'amour de vous. Car enfin cet aveu n'aura point de suite et je suivrai les règles austères que mon devoir m'impose.

— Vous n'y songez pas, Madame, répondit M. de Nemours; il n'y a plus de devoir qui vous lie, vous êtes en liberté; et si j'osais, je vous dirais même qu'il dépend de vous de faire en sorte que votre devoir vous oblige un jour à conserver les sentiments que vous avez pour moi.

— Mon devoir, répliqua-t-elle, me défend de penser jamais à personne, et moins à vous qu'à qui que ce soit au monde, par des raisons qui vous sont inconnues.

— Elles ne me le sont peut-être pas, Madame, reprit-il; mais ce ne sont point de véritables raisons. Je crois savoir que M. de Clèves m'a cru plus heureux que je n'étais et qu'il s'est imaginé que vous aviez approuvé des extravagances que la passion m'a fait entreprendre sans votre aveu.

— Ne parlons point de cette aventure, lui dit-elle, je n'en saurais soutenir la pensée; elle me fait honte et elle m'est aussi trop douloureuse par les suites qu'elle a eues. Il n'est que trop véritable que vous êtes cause de la mort de M. de Clèves; les soupçons que lui a donnés votre conduite inconsidérée lui ont coûté la vie, comme si vous la lui aviez ôtée de vos propres mains. Voyez ce que je devrais faire, si vous en étiez venus ensemble à ces extrémités, et que le même malheur en fût arrivé. Je sais bien que ce n'est pas la même chose à l'égard du monde; mais au mien il n'y a aucune différence, puisque je sais que c'est par vous qu'il est mort et que c'est à cause de moi.

— Ah! Madame, lui dit M. de Nemours, quel fantôme de devoir opposez-vous à mon bonheur? Quoi! Madame, une pensée vaine et sans fondement vous empêchera de rendre heureux un homme que vous ne haïssez pas? Quoi! j'aurais pu concevoir l'espérance de passer ma vie avec vous; ma destinée m'aurait conduit à aimer la plus estimable personne du monde; j'aurais vu en elle tout ce qui peut faire une adorable maîtresse; elle ne m'aurait pas haï et je n'aurais trouvé dans sa conduite que tout ce qui peut être à désirer dans une femme? Car enfin, Madame, vous êtes peut-être la seule personne en qui ces deux choses se soient jamais trouvées au degré qu'elles

sont en vous. Tous ceux qui épousent des maîtresses
dont ils sont aimés, tremblent en les épousant, et
regardent avec crainte, par rapport aux autres, la
conduite qu'elles ont eue avec eux; mais en vous,
Madame, rien n'est à craindre, et on ne trouve que
des sujets d'admiration. N'aurai-je envisagé, dis-je,
une si grande félicité que pour vous y voir apporter
vous-même des obstacles? Ah! Madame, vous oubliez
que vous m'avez distingué du reste des hommes, ou
plutôt vous ne m'en avez jamais distingué : vous vous
êtes trompée et je me suis flatté.

— Vous ne vous êtes point flatté, lui répondit-elle;
les raisons de mon devoir ne me paraîtraient peut-
être pas si fortes sans cette distinction dont vous vous
doutez, et c'est elle qui me fait envisager des malheurs
à m'attacher à vous.

— Je n'ai rien à répondre, Madame, reprit-il, quand
vous me faites voir que vous craignez des malheurs;
mais je vous avoue qu'après tout ce que vous avez
bien voulu me dire, je ne m'attendais pas à trouver
une si cruelle raison.

— Elle est si peu offensante pour vous, reprit
Mme de Clèves, que j'ai même beaucoup de peine à
vous l'apprendre.

— Hélas! Madame, répliqua-t-il, que pouvez-vous
craindre qui me flatte trop, après ce que vous venez
de me dire?

— Je veux vous parler encore, avec la même sincérité que j'ai déjà commencé, reprit-elle, et je vais
passer par-dessus toute la retenue et toutes les déli-
catesses que je devrais avoir dans une première
conversation; mais je vous conjure de m'écouter sans
m'interrompre.

Je crois devoir à votre attachement la faible récompense de ne vous cacher aucun de mes sentiments et
de vous les laisser voir tels qu'ils sont. Ce sera appa-

remment la seule fois de ma vie que je me donnerai
la liberté de vous les faire paraître; néanmoins je ne
saurais vous avouer, sans honte, que la certitude de
n'être plus aimée de vous, comme je le suis, me paraît
un si horrible malheur que, quand je n'aurais point
des raisons de devoir insurmontables, je doute si je
pourrais me résoudre à m'exposer à ce malheur. Je
sais que vous êtes libre, que je le suis, et que les choses
sont d'une sorte que le public n'aurait peut-être pas
sujet de vous blâmer, ni moi non plus, quand nous
nous engagerions ensemble pour jamais. Mais les
hommes conservent-ils de la passion dans ces engagements éternels? Dois-je espérer un miracle en ma
faveur et puis-je me mettre en état de voir certainement finir cette passion dont je ferais toute ma félicité? M. de Clèves était peut-être l'unique homme du
monde capable de conserver de l'amour dans le
mariage. Ma destinée n'a pas voulu que j'aie pu profiter de ce bonheur; peut-être aussi que sa passion
n'avait subsisté que parce qu'il n'en aurait pas trouvé
en moi. Mais je n'aurais pas le même moyen de
conserver la vôtre : je crois même que les obstacles
ont fait votre constance. Vous en avez assez trouvé
pour vous animer à vaincre et mes actions involontaires, ou les choses que le hasard vous a apprises,
vous ont donné assez d'espérance pour ne vous pas
rebuter.

— Ah! Madame, reprit M. de Nemours, je ne saurais garder le silence que vous m'imposez; vous me
faites trop. d'injustice et vous me faites trop voir
combien vous êtes éloignée d'être prévenue en ma
faveur.

— J'avoue, répondit-elle, que les passions peuvent
me conduire; mais elles ne sauraient m'aveugler. Rien
ne me peut empêcher de connaître que vous êtes né
avec toutes les dispositions pour la galanterie et

toutes les qualités qui sont propres à y donner des succès heureux. Vous avez déjà eu plusieurs passions, vous en auriez encore; je ne ferais plus votre bonheur; je vous verrais pour une autre comme vous auriez été pour moi. J'en aurais une douleur mortelle et je ne serais pas même assurée de n'avoir point le malheur de la jalousie. Je vous en ai trop dit pour vous cacher que vous me l'avez fait connaître et que je souffris de si cruelles peines le soir que la reine me donna cette lettre de Mme de Thémines, que l'on disait qui s'adressait à vous, qu'il m'en est demeuré une idée qui me fait croire que c'est le plus grand de tous les maux.

Par vanité ou par goût, toutes les femmes souhaitent de vous attacher. Il y en a peu à qui vous ne plaisiez; mon expérience me ferait croire qu'il n'y en a point à qui vous ne puissiez plaire. Je vous croirais toujours amoureux et aimé et je ne me tromperais pas souvent. Dans cet état néanmoins, je n'aurais d'autre parti à prendre que celui de la souffrance; je ne sais même si j'oserais me plaindre. On fait des reproches à un amant; mais en fait-on à un mari, quand on n'a qu'à lui reprocher de n'avoir plus d'amour? Quand je pourrais m'accoutumer à cette sorte de malheur, pourrais-je m'accoutumer à celui de croire voir toujours M. de Clèves vous accuser de sa mort, me reprocher de vous avoir aimé, de vous avoir épousé et me faire sentir la différence de son attachement au vôtre? Il est impossible, continua-t-elle, de passer par-dessus des raisons si fortes : il faut que je demeure dans l'état où je suis et dans les résolutions que j'ai prises de n'en sortir jamais.

— Hé! croyez-vous le pouvoir, Madame? s'écria M. de Nemours. Pensez-vous que vos résolutions tiennent contre un homme qui vous adore et qui est assez heureux pour vous plaire? Il est plus difficile

que vous ne pensez, Madame, de résister à ce qui
nous plaît et à ce qui nous aime. Vous l'avez fait par
une vertu austère, qui n'a presque point d'exemple;
mais cette vertu ne s'oppose plus à vos sentiments et
j'espère que vous les suivrez malgré vous.

— Je sais bien qu'il n'y a rien de plus difficile que
ce que j'entreprends, répliqua Mme de Clèves; je me
défie de mes forces au milieu de mes raisons. Ce que
je crois devoir à la mémoire de M. de Clèves serait
faible s'il n'était soutenu par l'intérêt de mon repos;
et les raisons de mon repos ont besoin d'être soutenues
de celles de mon devoir. Mais, quoique je me défie de
moi-même, je crois que je ne vaincrai jamais mes
scrupules et je n'espère pas aussi de surmonter l'inclination que j'ai pour vous. Elle me rendra malheureuse et je me priverai de votre vue, quelque violence
qu'il m'en coûte. Je vous conjure, par tout le pouvoir
que j'ai sur vous, de ne chercher aucune occasion de
me voir. Je suis dans un état qui me fait des crimes
de tout ce qui pourrait être permis dans un autre
temps, et la seule bienséance interdit tout commerce
entre nous.

M. de Nemours se jeta à ses pieds, et s'abandonna
à tous les divers mouvements dont il était agité. Il
lui fit voir, et par ses paroles, et par ses pleurs, la
plus vive et la plus tendre passion dont un cœur ait
jamais été touché. Celui de Mme de Clèves n'était pas
insensible et, regardant ce prince avec des yeux un
peu grossis par les larmes :

— Pourquoi faut-il, s'écria-t-elle, que je vous puisse
accuser de la mort de M. de Clèves? Que n'ai-je
commencé à vous connaître depuis que je suis libre,
ou pourquoi ne vous ai-je pas connu devant que
d'être engagée? Pourquoi la destinée nous sépare-
t-elle par un obstacle si invincible?

— Il n'y a point d'obstacle, Madame, reprit M. de

Nemours. Vous seule vous opposez à mon bonheur;
vous seule vous imposez une loi que la vertu et la
raison ne vous sauraient imposer.

— Il est vrai, répliqua-t-elle, que je sacrifie beaucoup à un devoir qui ne subsiste que dans mon imagination. Attendez ce que le temps pourra faire.
M. de Clèves ne fait encore que d'expirer, et cet objet
funeste est trop proche pour me laisser des vues
claires et distinctes. Ayez cependant le plaisir de vous
être fait aimer d'une personne qui n'aurait rien aimé,
si elle ne vous avait jamais vu; croyez que les sentiments que j'ai pour vous seront éternels et qu'ils
subsisteront également, quoi que je fasse. Adieu, lui
dit-elle; voici une conversation qui me fait honte:
rendez-en compte à M. le vidame; j'y consens, et je
vous en prie.

Elle sortit en disant ces paroles, sans que M. de
Nemours pût la retenir. Elle trouva M. le vidame dans
la chambre la plus proche. Il la vit si troublée qu'il
n'osa lui parler et il la remit en son carrosse sans lui
rien dire. Il revint trouver M. de Nemours, qui était
si plein de joie, de tristesse, d'étonnement et d'admiration, enfin, de tous les sentiments que peut donner
une passion pleine de crainte et d'espérance, qu'il
n'avait pas l'usage de la raison. Le vidame fut longtemps à obtenir qu'il lui rendît compte de sa conversation. Il le fit enfin; et M. de Chartres, sans être
amoureux, n'eut pas moins d'admiration pour la
vertu, l'esprit et le mérite de Mme de Clèves que
M. de Nemours en avait lui-même. Ils examinèrent ce
que ce prince devait espérer de sa destinée; et,
quelques craintes que son amour lui pût donner, il
demeura d'accord avec M. le vidame qu'il était
impossible que Mme de Clèves demeurât dans les
résolutions où elle était. Ils convinrent, néanmoins,
qu'il fallait suivre ses ordres, de crainte que, si le

public s'apercevait de l'attachement qu'il avait pour elle, elle ne fît des déclarations et ne prît des engagements vers le monde, qu'elle soutiendrait dans la suite, par la peur qu'on ne crût qu'elle l'eût aimé du vivant de son mari.

M. de Nemours se détermina à suivre le roi. C'était un voyage dont il ne pouvait aussi bien se dispenser, et il résolut à s'en aller, sans tenter même de revoir Mme de Clèves, du lieu où il l'avait vue quelquefois. Il pria M. le vidame de lui parler. Que ne lui dit-il point pour lui dire? Quel nombre infini de raisons pour la persuader de vaincre ses scrupules! Enfin, une partie de la nuit était passée devant que M. de Nemours songeât à le laisser en repos.

Mme de Clèves n'était pas en état d'en trouver; ce lui était une chose si nouvelle d'être sortie de cette contrainte qu'elle s'était imposée, d'avoir souffert, pour la première fois de sa vie, qu'on lui dît qu'on était amoureux d'elle, et d'avoir dit elle-même qu'elle aimait, qu'elle ne se connaissait plus. Elle fut étonnée de ce qu'elle avait fait; elle s'en repentit; elle en eut de la joie : tous ses sentiments étaient pleins de trouble et de passion. Elle examina encore les raisons de son devoir qui s'opposaient à son bonheur; elle sentit de la douleur de les trouver si fortes et elle se repentit de les avoir si bien montrées à M. de Nemours. Quoique la pensée de l'épouser lui fût venue dans l'esprit sitôt qu'elle l'avait revu dans ce jardin, elle ne lui avait pas fait la même impression que venait de faire la conversation qu'elle avait eue avec lui; et il y avait des moments où elle avait de la peine à comprendre qu'elle pût être malheureuse en l'épousant. Elle eût bien voulu se pouvoir dire qu'elle était mal fondée, et dans ses scrupules du passé, et dans ses craintes de l'avenir. La raison et son devoir lui montraient, dans d'autres moments, des choses tout

opposées, qui l'emportaient rapidement à la résolution de ne se point remarier et de ne voir jamais
M. de Nemours. Mais c'était une résolution bien violente à établir dans un cœur aussi touché que le sien
et aussi nouvellement abandonné aux charmes de
l'amour. Enfin, pour se donner quelque calme, elle
pensa qu'il n'était point encore nécessaire qu'elle se
fît la violence de prendre des résolutions; la bienséance lui donnait un temps considérable à se déterminer; mais elle résolut de demeurer ferme à n'avoir
aucun commerce avec M. de Nemours. Le vidame la
vint voir et servit ce prince avec tout l'esprit et
l'application imaginables; il ne la put faire changer
sur sa conduite, ni sur celle qu'elle avait imposée à
M. de Nemours. Elle lui dit que son dessein était de
demeurer dans l'état où elle se trouvait; qu'elle
connaissait que ce dessein était difficile à exécuter;
mais qu'elle espérait d'en avoir la force. Elle lui fit
si bien voir à quel point elle était touchée de l'opinion
que M. de Nemours avait causé la mort à son mari, et
combien elle était persuadée qu'elle ferait une action
contre son devoir en l'épousant, que le vidame craignit qu'il ne fût malaisé de lui ôter cette impression.
Il ne dit pas à ce prince ce qu'il pensait et, en lui
rendant compte de sa conversation, il lui laissa toute
l'espérance que la raison doit donner à un homme
qui est aimé.

Ils partirent le lendemain et allèrent joindre le roi.
M. le vidame écrivit à Mme de Clèves, à la prière de
M. de Nemours, pour lui parler de ce prince; et, dans
une seconde lettre qui suivit bientôt la première,
M. de Nemours y mit quelques lignes de sa main.
Mais Mme de Clèves, qui ne voulait pas sortir des
règles qu'elle s'était imposées et qui craignait les
accidents qui peuvent arriver par les lettres, manda
au vidame qu'elle ne recevrait plus les siennes, s'il

continuait à lui parler de M. de Nemours; et elle lui
manda si fortement que ce prince le pria même de ne
le plus nommer.

La cour alla conduire la reine d'Espagne jusqu'en
Poitou. Pendant cette absence, Mme de Clèves
demeura à elle-même et, à mesure qu'elle était éloignée de M. de Nemours et de tout ce qu'il en pouvait
faire souvenir, elle rappelait la mémoire de M. de
Clèves, qu'elle se faisait un honneur de conserver. Les
raisons qu'elle avait de ne point épouser M. de
Nemours lui paraissaient fortes du côté de son devoir
et insurmontables du côté de son repos. La fin de
l'amour de ce prince, et les maux de la jalousie qu'elle
croyait infaillibles dans un mariage, lui montraient
un malheur certain où elle s'allait jeter; mais elle
voyait aussi qu'elle entreprenait une chose impossible, que de résister en présence au plus aimable
homme du monde qu'elle aimait et dont elle était
aimée, et de lui résister sur une chose qui ne choquait
ni la vertu, ni la bienséance. Elle jugea que l'absence
seule et l'éloignement pouvaient lui donner quelque
force; elle trouva qu'elle en avait besoin, non seulement pour soutenir la résolution de ne se pas engager,
mais même pour se défendre de voir M. de Nemours;
et elle résolut de faire un assez long voyage, pour
passer tout le temps que la bienséance l'obligeait à
vivre dans la retraite. De grandes terres qu'elle avait
vers les Pyrénées lui parurent le lieu le plus propre
qu'elle pût choisir. Elle partit peu de jours avant
que la cour revînt; et, en partant, elle écrivit à
M. le vidame, pour le conjurer que l'on ne songeât
point à avoir de ses nouvelles, ni à lui écrire.

M. de Nemours fut affligé de ce voyage, comme
un autre l'aurait été de la mort de sa maîtresse. La
pensée d'être privé pour longtemps de la vue de
Mme de Clèves lui était une douleur sensible, et

surtout dans un temps où il avait senti le plaisir
de la voir et de la voir touchée de sa passion. Cependant il ne pouvait faire autre chose que s'affliger,
mais son affliction augmenta considérablement. Mme
de Clèves, dont l'esprit avait été si agité, tomba
dans une maladie violente sitôt qu'elle fut arrivée
chez elle; cette nouvelle vint à la cour. M. de Nemours
était inconsolable; sa douleur allait au désespoir
et à l'extravagance. Le vidame eut beaucoup de peine
à l'empêcher de faire voir sa passion au public; il en
eut beaucoup aussi à le retenir et à lui ôter le dessein
d'aller lui-même apprendre de ses nouvelles. La
parenté et l'amitié de M. le vidame fut un prétexte
à y envoyer plusieurs courriers; on sut enfin qu'elle
était hors de cet extrême péril où elle avait été; mais
elle demeura dans une maladie de langueur, qui ne
laissait guère d'espérance de sa vie.

Cette vue si longue et si prochaine de la mort fit
paraître à Mme de Clèves les choses de cette vie de
cet œil si différent dont on les voit dans la santé.
La nécessité de mourir, dont elle se voyait si proche,
l'accoutuma à se détacher de toutes choses et la
longueur de sa maladie lui en fit une habitude.
Lorsqu'elle revint de cet état, elle trouva néanmoins
que M. de Nemours n'était pas effacé de son cœur;
mais elle appela à son secours, pour se défendre
contre lui, toutes les raisons qu'elle croyait avoir
pour ne l'épouser jamais. Il se passa un assez grand
combat en elle-même. Enfin, elle surmonta les restes
de cette passion qui était affaiblie par les sentiments
que sa maladie lui avait donnés. Les pensées de la
mort lui avaient rapproché la mémoire de M. de
Clèves. Ce souvenir, qui s'accordait à son devoir,
s'imprima fortement dans son cœur. Les passions et
les engagements du monde lui parurent tels qu'ils
paraissent aux personnes qui ont des vues plus

grandes et plus éloignées. Sa santé, qui demeura considérablement affaiblie, lui aida à conserver ses sentiments; mais comme elle connaissait ce que peuvent les occasions sur les résolutions les plus sages, elle ne voulut pas s'exposer à détruire les siennes, ni revenir dans les lieux où était ce qu'elle avait aimé. Elle se retira, sur le prétexte de changer d'air, dans une maison religieuse, sans faire paraître un dessein arrêté de renoncer à la cour.

A la première nouvelle qu'en eut M. de Nemours, il sentit le poids de cette retraite, et il en vit l'importance. Il crut, dans ce moment, qu'il n'avait plus rien à espérer; la perte de ses espérances ne l'empêcha pas de mettre tout en usage pour faire revenir Mme de Clèves. Il fit écrire la reine, il fit écrire le vidame, il l'y fit aller; mais tout fut inutile. Le vidame la vit : elle ne lui dit point qu'elle eût pris de résolution. Il jugea néanmoins qu'elle ne reviendrait jamais. Enfin M. de Nemours y alla lui-même, sur le prétexte d'aller à des bains. Elle fut extrêmement troublée et surprise d'apprendre sa venue. Elle lui fit dire, par une personne de mérite qu'elle aimait et qu'elle avait alors auprès d'elle, qu'elle le priait de ne pas trouver étrange si elle ne s'exposait point au péril de le voir et de détruire, par sa présence, des sentiments qu'elle devait conserver; qu'elle voulait bien qu'il sût, qu'ayant trouvé que son devoir et son repos s'opposaient au penchant qu'elle avait d'être à lui, les autres choses du monde lui avaient paru si indifférentes qu'elle y avait renoncé pour jamais; qu'elle ne pensait plus qu'à celles de l'autre vie et qu'il ne lui restait aucun sentiment que le désir de le voir dans les mêmes dispositions où elle était.

M. de Nemours pensa expirer de douleur en présence de celle qui lui parlait. Il la pria vingt fois de retourner à Mme de Clèves, afin de faire en sorte qu'il la vît; mais cette personne lui dit que Mme de Clèves lui avait non seulement défendu de lui aller redire aucune chose de sa part, mais même de lui rendre compte de leur conversation. Il fallut enfin que ce prince repartît, aussi accablé de douleur que le pouvait être un homme qui perdait toutes sortes d'espérances de revoir jamais une personne qu'il aimait d'une passion la plus violente, la plus naturelle et la mieux fondée qui ait jamais été. Néanmoins il ne se rebuta point encore, et il fit tout ce qu'il put imaginer de capable de la faire changer de dessein. Enfin, des années entières s'étant passées, le temps et l'absence ralentirent sa douleur et éteignirent sa passion. Mme de Clèves vécut d'une sorte qui ne laissa pas d'apparence qu'elle pût jamais revenir. Elle passait une partie de l'année dans cette maison religieuse et l'autre chez elle; mais dans une retraite et dans les occupations plus saintes que celles des couvents les plus austères; et sa vie, qui fut assez courte, laissa des exemples de vertu inimitables.

LA COMTESSE
DE TENDE

Mlle de Strozzi, fille du maréchal et proche parente de Catherine de Médicis, épousa, la première année de la régence de cette reine, le comte de Tende, de la maison de Savoie, riche, bien fait, le seigneur de la cour qui vivait avec le plus d'éclat et plus propre à se faire estimer qu'à plaire. Sa femme néanmoins l'aima d'abord avec passion. Elle était fort jeune; il ne la regarda que comme une enfant, et il fut bientôt amoureux d'une autre. La comtesse de Tende, vive, et d'une race italienne, devint jalouse; elle ne se donnait point de repos; elle n'en laissait point à son mari; il évita sa présence et ne vécut plus avec elle comme l'on vit avec sa femme.

La beauté de la comtesse augmenta; elle fit paraître beaucoup d'esprit; le monde la regarda avec admiration; elle fut occupée d'elle-même et guérit insensiblement de sa jalousie et de sa passion.

Elle devint l'amie intime de la princesse de Neufchâtel, jeune, belle et veuve du prince de ce nom, qui lui avait laissé en mourant cette souveraineté qui la rendait le parti de la cour le plus élevé et le plus brillant.

Le chevalier de Navarre, descendu des anciens souverains de ce royaume, était aussi alors jeune, beau, plein d'esprit et d'élévation; mais la fortune ne lui avait donné d'autre bien que la naissance. Il jeta les yeux sur la princesse de Neufchâtel, dont il connaissait l'esprit, comme sur une personne

capable d'un attachement violent et propre à faire
la fortune d'un homme comme lui. Dans cette vue,
il s'attacha à elle sans en être amoureux et attira
son inclination : il en fut souffert, mais il se trouva
encore bien éloigné du succès qu'il désirait. Son
dessein était ignoré de tout le monde; un seul de ses
amis en avait la confidence et cet ami était aussi
intime ami du comte de Tende. Il fit consentir
le chevalier de Navarre à confier son secret au comte,
dans la vue qu'il l'obligerait à le servir auprès de la
princesse de Neufchâtel. Le comte de Tende aimait
déjà le chevalier de Navarre; il en parla à sa femme,
pour qui il commençait à avoir plus de considération
et l'obligea, en effet, de faire ce qu'on désirait.

La princesse de Neufchâtel lui avait déjà fait
confidence de son inclination pour le chevalier de
Navarre; cette comtesse la fortifia. Le chevalier la
vint voir, il prit des liaisons et des mesures avec
elle; mais, en la voyant, il prit aussi pour elle une
passion violente. Il ne s'y abandonna pas d'abord;
il vit les obstacles que ces sentiments partagés entre
l'amour et l'ambition apporteraient à son dessein;
il résista; mais, pour résister, il ne fallait pas voir
souvent la comtesse de Tende et il la voyait tous
les jours en cherchant la princesse de Neufchâtel;
ainsi il devint éperdument amoureux de la comtesse.
Il ne put lui cacher entièrement sa passion; elle s'en
aperçut; son amour-propre en fut flatté et elle se
sentit une inclination violente pour lui.

Un jour, comme elle lui parlait de la grande
fortune d'épouser la princesse de Neufchâtel, il lui
dit en la regardant d'un air où sa passion était
entièrement déclarée : Et croyez-vous, Madame, qu'il
n'y ait point de fortune que je préférasse à celle
d'épouser cette princesse? La comtesse de Tende
fut frappée des regards et des paroles du chevalier;

elle le regarda des mêmes yeux dont il la regardait,
et il y eut un trouble et un silence entre eux, plus
parlant que les paroles. Depuis ce temps, la comtesse
fut dans une agitation qui lui ôta le repos; elle sentit
le remords d'ôter à son amie le cœur d'un homme
qu'elle allait épouser uniquement pour en être aimée,
qu'elle épousait avec l'improbation de tout le monde,
et aux dépens de son élévation.

Cette trahison lui fit horreur. La honte et les
malheurs d'une galanterie se présentèrent à son
esprit; elle vit l'abîme où elle se précipitait et elle
résolut de l'éviter.

Elle tint mal ses résolutions. La princesse était
presque déterminée à épouser le chevalier de Navarre;
néanmoins elle n'était pas contente de la passion
qu'il avait pour elle et, au travers de celle qu'elle
avait pour lui et du soin qu'il prenait de la tromper,
elle démêlait la tiédeur de ses sentiments. Elle s'en
plaignit à la comtesse de Tende; cette comtesse
la rassura; mais les plaintes de Mme de Neufchâtel
achevèrent de troubler la comtesse; elles lui firent
voir l'étendue de sa trahison, qui coûterait peut-être
la fortune de son amant. La comtesse l'avertit des
défiances de la princesse. Il lui témoigna de l'indifférence pour tout, hors d'être aimé d'elle; néanmoins
il se contraignit par ses ordres et rassura si bien la
princesse de Neufchâtel qu'elle fit voir à la comtesse
de Tende qu'elle était entièrement satisfaite du
chevalier de Navarre.

La jalousie se saisit alors de la comtesse. Elle
craignit que son amant n'aimât véritablement la
princesse; elle vit toutes les raisons qu'il avait de
l'aimer; leur mariage, qu'elle avait souhaité, lui fit
horreur; elle ne voulait pourtant pas qu'il le rompît,
et elle se trouvait dans une cruelle incertitude. Elle
laissa voir au chevalier tous ses remords sur la

princesse de Neufchâtel; elle résolut seulement de lui
cacher sa jalousie et crut en effet la lui avoir cachée.

La passion de la princesse surmonta enfin toutes
ses irrésolutions; elle se détermina à son mariage et
se résolut de le faire secrètement et de ne le déclarer
que quand il serait fait.

La comtesse de Tende était prête à expirer de
douleur. Le même jour qui fut pris pour le mariage,
il y avait une cérémonie publique; son mari y assista.
Elle y envoya toutes ses femmes; elle fit dire qu'on
ne la voyait pas et s'enferma dans son cabinet,
couchée sur un lit de repos et abandonnée à tout ce
que les remords, l'amour et la jalousie peuvent faire
sentir de plus cruel.

Comme elle était dans cet état, elle entendit ouvrir
une porte dérobée de son cabinet et vit paraître
le chevalier de Navarre, paré et d'une grâce au-dessus
de ce qu'elle ne l'avait jamais vu : Chevalier, où
allez-vous? s'écria-t-elle, que cherchez-vous? Avez-
vous perdu la raison? Qu'est devenu votre mariage,
et songez-vous à ma réputation? Soyez en repos
de votre réputation, Madame, lui répondit-il; personne ne sait que je suis ici et personne ne le peut
savoir; il n'est pas question de mon mariage; il ne
s'agit plus de ma fortune, il ne s'agit que de votre
cœur, Madame, et d'être aimé de vous; je renonce à
tout le reste. Vous m'avez laissé voir que vous ne
me haïssiez pas, mais vous m'avez voulu cacher que
je suis assez heureux pour que mon mariage vous
fasse de la peine. Je viens vous dire, Madame, que
j'y renonce, que ce mariage me serait un supplice et
que je ne veux vivre que pour vous. L'on m'attend à
l'heure que je vous parle, tout est prêt, mais je vais
tout rompre, si, en le rompant, je fais une chose qui
vous soit agréable et qui vous prouve ma passion.

La comtesse se laissa tomber sur son lit de repos,

dont elle s'était relevée à demi et, regardant le
chevalier avec des yeux pleins d'amour et de larmes :
Vous voulez donc que je meure? lui dit-elle. Croyez-
vous qu'un cœur puisse contenir tout ce que vous
me faites sentir? Quitter à cause de moi la fortune
qui vous attend! je n'en puis seulement supporter
la pensée. Allez à Mme la princesse de Neufchâtel,
allez à la grandeur qui vous est destinée; vous aurez
mon cœur en même temps. Je ferai de mes remords,
de mes incertitudes et de ma jalousie, puisqu'il faut
vous l'avouer, tout ce que ma faible raison me
conseillera; mais je ne vous verrai jamais si vous
n'allez tout à l'heure achever votre mariage. Allez,
ne demeurez pas un moment, mais, pour l'amour
de moi et pour l'amour de vous-même, renoncez à une
passion aussi déraisonnable que celle que vous me
témoignez et qui nous conduira peut-être à d'horribles
malheurs.

Le chevalier fut d'abord transporté de joie de se
voir si véritablement aimé de la comtesse de Tende;
mais l'horreur de se donner à une autre lui revint
devant les yeux. Il pleura, il s'affligea, il lui promit
tout ce qu'elle voulut, à condition qu'il la reverrait
encore dans ce même lieu. Elle voulut savoir, avant
qu'il sortît, comment il y était entré. Il lui dit qu'il
s'était fié à un écuyer qui était à elle, et qui avait été
à lui, qu'il l'avait fait passer par la cour des écuries
où répondait le petit degré qui menait à ce cabinet
et qui répondait aussi à la chambre de l'écuyer.

Cependant, l'heure du mariage approchait et le
chevalier, pressé par la comtesse de Tende, fut enfin
contraint de s'en aller. Mais il alla, comme au supplice, à la plus grande et à la plus agréable fortune où
un cadet sans bien eût été jamais élevé. La comtesse
de Tende passa la nuit, comme on se le peut imaginer,
agitée par ses inquiétudes; elle appela ses femmes

sur le matin et, peu de temps après que sa chambre
fut ouverte, elle vit son écuyer s'approcher de son lit
et mettre une lettre dessus, sans que personne s'en
aperçût. La vue de cette lettre la troubla et, parce
qu'elle la reconnut être du chevalier de Navarre, et
parce qu'il était si peu vraisemblable que, pendant
cette nuit qui devait avoir été celle de ses noces, il
eût eu le loisir de lui écrire, qu'elle craignit qu'il n'eût
apporté, ou qu'il ne fût arrivé quelques obstacles à
son mariage. Elle ouvrit la lettre avec beaucoup
d'émotion et y trouva à peu près ces paroles :

« *Je ne pense qu'à vous, madame, je ne suis occupé que
de vous; et dans les premiers moments de la possession
légitime du plus grand parti de France, à peine le jour
commence à paraître que je quitte la chambre où j'ai
passé la nuit, pour vous dire que je me suis déjà repenti
mille fois de vous avoir obéi et de n'avoir pas tout abandonné pour ne vivre que pour vous.* »

Cette lettre, et les moments où elle était écrite,
touchèrent sensiblement la comtesse de Tende; elle
alla dîner chez la princesse de Neufchâtel, qui l'en
avait priée. Son mariage était déclaré. Elle trouva
un nombre infini de personnes dans la chambre;
mais, sitôt que cette princesse la vit, elle quitta tout
le monde et la pria de passer dans son cabinet. A
peine étaient-elles assises, que le visage de la princesse se couvrit de larmes. La comtesse crut que
c'était l'effet de la déclaration de son mariage et
qu'elle la trouvait plus difficile à supporter qu'elle
ne l'avait imaginé; mais elle vit bientôt qu'elle se
trompait. Ah! Madame, lui dit la princesse, qu'ai-je
fait? J'ai épousé un homme par passion; j'ai fait un
mariage inégal, désapprouvé, qui m'abaisse; et celui
que j'ai préféré à tout en aime une autre! La comtesse

de Tende pensa s'évanouir à ces paroles; elle crut que
la princesse ne pouvait avoir pénétré la passion de
son mari sans en avoir aussi démêlé la cause; elle ne
put répondre. La princesse de Navarre (on l'appela
ainsi depuis son mariage) n'y prit pas garde et, continuant : M. le prince de Navarre, lui dit-elle, Madame,
bien loin d'avoir l'impatience que lui devait donner
la conclusion de notre mariage, se fit attendre hier au
soir. Il vint sans joie, l'esprit occupé et embarrassé;
il est sorti de ma chambre à la pointe du jour sur je
ne sais quel prétexte. Mais il venait d'écrire; je l'ai
connu à ses mains. A qui pouvait-il écrire qu'à une
maîtresse? Pourquoi se faire attendre, et de quoi
avait-il l'esprit embarrassé?

L'on vint dans le moment interrompre cette conversation, parce que la princesse de Condé arrivait; la
princesse de Navarre alla la recevoir et la comtesse
de Tende demeura hors d'elle-même. Elle écrivit dès
le soir au prince de Navarre pour lui donner avis
des soupçons de sa femme et pour l'obliger à se
contraindre. Leur passion ne se ralentit pas par les
périls et par les obstacles; la comtesse de Tende
n'avait point de repos et le sommeil ne venait plus
adoucir ses chagrins. Un matin, après qu'elle eut
appelé ses femmes, son écuyer s'approcha d'elle et lui
dit tout bas que le prince de Navarre était dans son
cabinet et qu'il la conjurait qu'il lui pût dire une
chose qu'il était absolument nécessaire qu'elle sût.
L'on cède aisément à ce qui plaît; la comtesse savait
que son mari était sorti; elle dit qu'elle voulait dormir et dit à ses femmes de refermer ses portes et de ne
point revenir qu'elle ne les appelât.

Le prince de Navarre entra par ce cabinet et se jeta
à genoux devant son lit. Qu'avez-vous à me dire?
lui dit-elle. Que je vous aime, madame, que je vous
adore, que je ne saurais vivre avec Mme de Navarre.

Le désir de vous voir s'est saisi de moi ce matin avec
une telle violence que je n'ai pu y résister. Je suis
venu ici au hasard de tout ce qui pourrait en arriver
et sans espérer même de vous entretenir. La comtesse
le gronda d'abord de la commettre si légèrement et
ensuite leur passion les conduisit à une conversation
si longue que le comte de Tende revint de la ville. Il
alla à l'appartement de sa femme; on lui dit qu'elle
n'était pas éveillée. Il était tard; il ne laissa pas
d'entrer dans sa chambre et trouva le prince de
Navarre à genoux devant son lit, comme il s'était mis
d'abord. Jamais étonnement ne fut pareil à celui du
comte de Tende, et jamais trouble n'égala celui de sa
femme; le prince de Navarre conserva seul de la présence d'esprit et, sans se troubler ni se lever de la
place : Venez, venez, dit-il au comte de Tende, m'aider
à obtenir une grâce que je demande à genoux et que
l'on me refuse.

Le ton et l'air du prince de Navarre suspendit
l'étonnement du comte de Tende. Je ne sais, lui
répondit-il du même ton qu'avait parlé le prince, si
une grâce que vous demandez à genoux à ma femme,
quand on dit qu'elle dort et que je vous trouve seul
avec elle, et sans carrosse à ma porte, sera de celles
que je souhaiterais qu'elle vous accorde. Le prince de
Navarre, rassuré et hors de l'embarras du premier
moment, se leva, s'assit avec une liberté entière, et la
comtesse de Tende, tremblante et éperdue, cacha son
trouble par l'obscurité du lieu où elle était. Le prince
de Navarre prit la parole et dit au comte :

— Je vais vous surprendre, vous m'allez blâmer,
mais il faut néanmoins me secourir. Je suis amoureux
et aimé de la plus belle personne de la cour; je me
dérobai hier au soir de chez la princesse de Navarre
et de tous mes gens pour aller à un rendez-vous où
cette personne m'attendait. Ma femme, qui a déjà

démêlé que je suis occupé d'autre chose que d'elle, et qui a de l'attention à ma conduite, a su par mes gens que je les avais quittés; elle est dans une jalousie et un désespoir dont rien n'approche. Je lui ai dit que j'avais passé les heures qui lui donnaient de l'inquiétude, chez la maréchale de Saint-André, qui est incommodée et qui ne voit presque personne; je lui ai dit que Mme la comtesse de Tende y était seule et qu'elle pouvait lui demander si elle ne m'y avait pas vu tout le soir. J'ai pris le parti de venir me confier à Mme la comtesse. Je suis allé chez la Châtre, qui n'est qu'à trois pas d'ici; j'en suis sorti sans que mes gens m'aient vu et on m'a dit que Madame était éveillée. Je n'ai trouvé personne dans son antichambre et je suis entré hardiment. Elle me refuse de mentir en ma faveur; elle dit qu'elle ne veut pas trahir son amie et me fait des réprimandes très sages : je me les suis faites à moi-même inutilement. Il faut ôter à Mme la princesse de Navarre l'inquiétude et la jalousie où elle est, et me tirer du mortel embarras de ses reproches.

La comtesse de Tende ne fut guère moins surprise de la présence d'esprit du prince qu'elle l'avait été de la venue de son mari; elle se rassura et il ne demeura pas le moindre doute au comte. Il se joignit à sa femme pour faire voir au prince l'abîme des malheurs où il s'allait plonger et ce qu'il devait à cette princesse; la comtesse promit de lui dire tout ce que voulait son mari.

Comme il allait sortir, le comte l'arrêta : Pour récompense du service que nous vous allons rendre aux dépens de la vérité, apprenez-nous du moins quelle est cette aimable maîtresse. Il faut que ce ne soit pas une personne fort estimable de vous aimer et de conserver avec vous un commerce, vous voyant embarqué avec une personne aussi belle que Mme la princesse de Navarre, vous la voyant épouser et voyant ce que vous lui devez. Il faut que cette personne n'ait ni esprit, ni courage, ni délicatesse et, en vérité, elle ne mérite pas que vous troubliez un aussi grand bonheur que le vôtre et que vous vous rendiez si ingrat et si coupable. Le prince ne sut que répondre; il feignit d'avoir hâte. Le comte de Tende le fit sortir lui-même afin qu'il ne fût pas vu.

La comtesse demeura éperdue du hasard qu'elle avait couru, des réflexions que lui faisaient faire les paroles de son mari et de la vue des malheurs où sa passion l'exposait; mais elle n'eut pas la force de s'en dégager. Elle continua son commerce avec le prince; elle le voyait quelquefois par l'entremise de La Lande, son écuyer. Elle se trouvait et était en effet une des plus malheureuses personnes du monde. La princesse de Navarre lui faisait tous les jours confidence d'une jalousie dont elle était la cause; cette jalousie la pénétrait de remords et, quand la princesse de Navarre était contente de son mari, elle-même était pénétrée de jalousie à son tour.

Il se joignit un nouveau tourment à ceux qu'elle avait déjà : le comte de Tende devint aussi amoureux d'elle que si elle n'eût point été sa femme; il ne la quittait plus et voulait reprendre tous ses droits méprisés.

La comtesse s'y opposa avec une force et une aigreur qui allaient jusqu'au mépris : prévenue pour le prince de Navarre, elle était blessée et offensée de toute autre passion que de la sienne. Le comte de Tende sentit son procédé dans toute sa dureté, et piqué jusqu'au vif, il l'assura qu'il ne l'importunerait de sa vie et, en effet, il la laissa avec beaucoup de sécheresse.

La campagne s'approchait; le prince de Navarre devait partir pour l'armée. La comtesse de Tende commença à sentir les douleurs de son absence et la crainte des périls où il serait exposé; elle résolut de se dérober à la contrainte de cacher son affliction et prit le parti d'aller passer la belle saison dans une terre qu'elle avait à trente lieues de Paris.

Elle exécuta ce qu'elle avait projeté; leur adieu fut si douloureux qu'ils en devaient tirer l'un et l'autre un mauvais augure. Le comte de Tende demeura auprès du roi, où il était attaché par sa charge.

La cour devait s'approcher de l'armée; la maison de Mme de Tende n'en était pas bien loin; son mari lui dit qu'il y ferait un voyage d'une nuit seulement pour des ouvrages qu'il avait commencés. Il ne voulut pas qu'elle pût croire que c'était pour la voir; il avait contre elle tout le dépit que donnent les passions. Mme de Tende avait trouvé dans les commencements le prince de Navarre si plein de respect et elle s'était senti tant de vertu qu'elle ne s'était défiée ni de lui, ni d'elle-même. Mais le temps et les occasions avaient triomphé de sa vertu et du respect et, peu de temps après qu'elle fut chez elle, elle s'aperçut qu'elle était grosse. Il ne faut que faire réflexion à la réputation qu'elle avait acquise et conservée et à l'état où elle était avec son mari, pour juger de son désespoir. Elle fut pressée plusieurs fois d'attenter à sa vie; cependant elle conçut quelque légère espérance sur le voyage que son mari devait faire auprès d'elle, et résolut d'en attendre le succès. Dans cet accablement, elle eut encore la douleur d'apprendre que La Lande, qu'elle avait laissé à Paris pour les lettres de son amant et les siennes, était mort en peu de jours, et elle se trouvait dénuée de tout secours, dans un temps où elle en avait tant de besoin.

Cependant l'armée avait entrepris un siège. Sa passion pour le prince de Navarre lui donnait de continuelles craintes, même au travers des mortelles horreurs dont elle était agitée.

Ses craintes ne se trouvèrent que trop bien fondées; elle reçut des lettres de l'armée; elle y apprit la fin du siège, mais elle apprit aussi que le prince de Navarre avait été tué le dernier jour. Elle perdit la connaissance et la raison; elle fut plusieurs fois privée de l'une et de l'autre. Cet excès de malheur lui paraissait dans des moments une espèce de consolation. Elle ne craignait plus rien pour son repos, pour sa réputation, ni pour sa vie; la mort seule lui paraissait désirable : elle l'espérait de sa douleur ou était résolue de se la donner. Un reste de honte l'obligea à dire qu'elle sentait des douleurs excessives, pour donner un prétexte à ses cris et à ses larmes. Si mille adversités la firent retourner sur elle-même, elle vit qu'elle les avait méritées, et la nature et le christianisme la détournèrent d'être homicide d'elle-même et suspendirent l'exécution de ce qu'elle avait résolu.

Il n'y avait pas longtemps qu'elle était dans ces violentes douleurs, lorsque le comte de Tende arriva. Elle croyait connaître tous les sentiments que son malheureux état lui pouvait inspirer; mais l'arrivée de son mari lui donna encore un trouble et une confusion qui lui fut nouvelle. Il sut en arrivant qu'elle était malade et, comme il avait toujours conservé des mesures d'honnêteté aux yeux du public et de son domestique, il vint d'abord dans sa chambre. Il la trouva comme une personne hors d'elle-même, comme une personne égarée et elle ne put retenir ses larmes, qu'elle attribuait toujours aux douleurs qui la tourmentaient. Le comte de Tente, touché de l'état où il la voyait, s'attendrit pour elle et, croyant faire quelque diversion à ses douleurs, il lui parla de la mort du prince de Navarre et de l'affliction de sa femme.

Celle de Mme de Tende ne put résister à ce discours; ses larmes redoublèrent d'une telle sorte que le comte

de Tende en fut surpris et presque éclairé; il sortit de
la chambre plein de trouble et d'agitation; il lui sembla que sa femme n'était pas dans l'état que causent
les douleurs du corps; ce redoublement de larmes,
lorsqu'il lui avait parlé de la mort du prince de
Navarre, l'avait frappé et, tout d'un coup, l'aventure
de l'avoir trouvé à genoux devant son lit se présenta
à son esprit. Il se souvint du procédé qu'elle avait eu
avec lui, lorsqu'il avait voulu retourner à elle, et
enfin il crut voir la vérité; mais il lui restait néanmoins ce doute que l'amour-propre nous laisse toujours pour les choses qui coûtent trop cher à croire.

Son désespoir fut extrême, et toutes ses pensées
furent violentes; mais comme il était sage, il retint
ses premiers mouvements et résolut de partir le lendemain à la pointe du jour sans voir sa femme, remet-
tant au temps à lui donner plus de certitude et à
prendre ses résolutions.

Quelque abîmée que fût Mme de Tende dans sa
douleur, elle n'avait pas laissé de s'apercevoir du peu
de pouvoir qu'elle avait eu sur elle-même et de l'air
dont son mari était sorti de sa chambre; elle se douta
d'une partie de la vérité et, n'ayant plus que de l'horreur pour sa vie, elle se résolut de la perdre d'une
manière qui ne lui ôtât pas l'espérance de l'autre.

Après avoir examiné ce qu'elle allait faire, avec des
agitations mortelles, pénétrée de ses malheurs et du
repentir de sa vie, elle se détermina enfin à écrire ces
mots à son mari :

« *Cette lettre me va coûter la vie; mais je mérite
la mort et je la désire. Je suis grosse. Celui qui est
la cause de mon malheur n'est plus au monde,
aussi bien que le seul homme qui savait notre commerce;
le public ne l'a jamais soupçonné. J'avais résolu de
finir ma vie par mes mains, mais je l'offre à Dieu*

*et à vous pour l'expiation de mon crime. Je n'ai pas
voulu me déshonorer aux yeux du monde, parce que
ma réputation vous regarde; conservez-la pour l'amour
de vous. Je vais faire paraître l'état où je suis; cachez-en
la cause et faites-moi périr quand vous voudrez et
comme vous le voudrez. »*

Le jour commençait à paraître lorsqu'elle eut écrit
cette lettre, la plus difficile à écrire qui ait peut-être
jamais été écrite; elle la cacheta, se mit à la fenêtre
et, comme elle vit le comte de Tende dans la cour,
prêt à monter en carrosse, elle envoya une de ses
femmes la lui porter et lui dire qu'il n'y avait rien
de pressé et qu'il la lût à loisir. Le comte de Tende
fut surpris de cette lettre; elle lui donna une sorte
de pressentiment, non pas de tout ce qu'il y devait
trouver, mais de quelque chose qui avait rapport
à ce qu'il avait pensé la veille. Il monta seul en
carrosse, plein de trouble et n'osant même ouvrir
la lettre, quelque impatience qu'il eût de la lire;
il la lut enfin et apprit son malheur; mais que ne
pensa-t-il point après l'avoir lue! S'il eût eu des
témoins, le violent état où il était l'aurait fait croire
privé de raison ou prêt de perdre la vie. La jalousie
et les soupçons bien fondés préparent d'ordinaire
les maris à leurs malheurs; ils ont même toujours
quelques doutes, mais ils n'ont pas cette certitude
que donne l'aveu, qui est au-dessus de nos lumières.

Le comte de Tende avait toujours trouvé sa
femme très aimable, quoiqu'il ne l'eût pas également
aimée; mais elle lui avait toujours paru la plus
estimable femme qu'il eût jamais vue; ainsi il n'avait
pas moins d'étonnement que de fureur et, au travers
de l'un et de l'autre, il sentait encore, malgré lui,
une douleur où la tendresse avait quelque part.

Il s'arrêta dans une maison qui se trouva sur son

chemin, où il passa plusieurs jours, agité et affligé, comme on peut se l'imaginer. Il pensa d'abord tout ce qu'il était naturel de penser en cette occasion; il ne songea qu'à faire mourir sa femme, mais la mort du prince de Navarre et celle de La Lande, qu'il reconnut aisément pour le confident, ralentit un peu sa fureur. Il ne douta pas que sa femme ne lui eût dit vrai, en lui disant que son commerce n'avait jamais été soupçonné; il jugea que le mariage du prince de Navarre pouvait avoir trompé tout le monde, puisqu'il avait été trompé lui-même. Après une conviction si grande que celle qui s'était présentée à ses yeux, cette ignorance entière du public pour son malheur lui fut un adoucissement; mais les circonstances, qui lui faisaient voir à quel point et de quelle manière il avait été trompé, lui perçaient le cœur, et il ne respirait que la vengeance. Il pensa néanmoins que, s'il faisait mourir sa femme et que l'on s'aperçût qu'elle fût grosse, l'on soupçonnerait aisément la vérité. Comme il était l'homme du monde le plus glorieux, il prit le parti qui convenait le mieux à sa gloire et résolut de ne rien laisser voir au public. Dans cette pensée, il envoya un gentilhomme à la comtesse de Tende, avec ce billet :

« *Le désir d'empêcher l'éclat de ma honte l'emporte présentement sur ma vengeance; je verrai, dans la suite, ce que j'ordonnerai de votre indigne destinée. Conduisez-vous comme si vous aviez toujours été ce que vous deviez être.* »

La comtesse reçut ce billet avec joie; elle le croyait l'arrêt de sa mort et, quand elle vit que son mari consentait qu'elle laissât paraître sa grossesse, elle sentit bien que la honte est la plus violente de toutes les passions. Elle se trouva dans une sorte de calme de se croire assurée de mourir et de voir sa réputation en sûreté; elle ne songea plus qu'à se préparer à la mort; et, comme c'était une personne dont tous les sentiments étaient vifs, elle embrassa la vertu et la pénitence avec la même ardeur qu'elle avait suivi sa passion. Son âme était, d'ailleurs, détrompée et noyée dans l'affliction; elle ne pouvait arrêter les yeux sur aucune chose de cette vie qui ne lui fût plus rude que la mort même; de sorte qu'elle ne voyait de remède à ses malheurs que par la fin de sa malheureuse vie. Elle passa quelque temps en cet état, paraissant plutôt une personne morte qu'une personne vivante. Enfin, vers le sixième mois de sa grossesse, son corps succomba, la fièvre continue lui prit et elle accoucha par la violence de son mal. Elle eut la consolation de voir son enfant en vie, d'être assurée qu'il ne pouvait vivre et qu'elle ne donnait pas un héritier illégitime à son mari. Elle expira elle-même peu de jours après et reçut la mort avec une joie que personne n'a jamais ressentie; elle chargea son confesseur d'aller porter à son mari la nouvelle de sa mort, de lui demander pardon de sa part et de le supplier d'oublier sa mémoire, qui ne lui pouvait être qu'odieuse.

Le comte de Tende reçut cette nouvelle sans inhumanité, et même avec quelques sentiments de pitié, mais néanmoins avec joie. Quoiqu'il fût fort jeune, il ne voulut jamais se remarier, les femmes lui faisant horreur, et il a vécu jusqu'à un âge fort avancé.

HISTOIRE
ESPAGNOLE

Le soleil n'était pas encore levé dans la saison où il nous éclaire le plus longtemps, lorsque la jeune Léonore, fille d'un riche bourgeois de Tolède qui passait l'été dans une maison qu'il avait entre Tolède et Madrid, entendit sous ses fenêtres un bruit qui interrompit son sommeil.

Elle n'avait pas accoutumé d'être éveillée si matin; de fâcheuses pensées ne troublaient point son repos, et ses soins les plus pressants étaient pour des fleurs ou pour des oiseaux.

Elle était dans sa première jeunesse; sa personne était aimable, ses traits étaient assez beaux sans être parfaitement réguliers; mais il y avait dans son visage et dans toutes ses actions un air de modestie et de langueur mêlé de vivacité, qui la pouvait faire préférer à des beautés au-dessus de la sienne. La grande richesse de son père la faisait vivre autrement que ses pareilles; sa demeure était simple, mais propre et même assez ornée.

Cette fille couchait dans un corps de logis ouvert sur le jardin. Le jardin était bordé d'un côté par un bois, et de l'autre part par le grand chemin de Madrid.

Léonore quitta le lit pour voir la cause du bruit qu'elle avait entendu; elle fut surprise de voir un beau cheval attaché au milieu du parterre. Ses yeux cherchèrent le maître de ce cheval : elle vit un homme parfaitement bien fait et richement habillé, monté sur le piédestal d'une statue, contre laquelle il s'appuyait pour regarder du côté du chemin, par-dessus une palissade dont ce jardin était environné.

Comme il était en cette situation, son cheval fit quelque bruit; il tourna la tête et vit que son cheval allait se détacher. Il s'élança à terre, avec une grâce et une légèreté qui ne surprirent pas moins Léonore que la beauté du visage de ce chevalier.

Elle se sentit troublée à cette vue et, avec une agitation qu'elle ne connaissait point, elle le suivit des yeux : elle vit qu'après avoir rattaché son cheval, il était remonté sur le même piédestal et qu'il regardait vers le grand chemin avec la même attention.

Elle ne put résister à la curiosité de s'instruire de cette aventure. Elle éveilla une jeune fille qui la servait et, après lui avoir ordonné de la suivre, elle s'habilla négligemment, non sans avoir consulté son miroir, et elle descendit ensuite dans le jardin.

Son dessein était d'aborder celui qu'elle y voyait; mais elle sentit un embarras qui ne lui en laissa pas la liberté. Elle parla tout haut à celle qui la suivait, afin d'obliger ce chevalier à tourner la tête.

Son dessein réussit. Il descendit du piédestal et vint à elle.

— Je crois, Madame, lui dit-il, que je dois vous faire des excuses d'être entré dans un lieu dont vous me paraissez la maîtresse; mais j'ai de si grandes raisons de n'être pas vu, et de si grandes raisons aussi de ne me pas éloigner du grand chemin, que la nécessité m'a contraint d'entrer dans ce jardin pour attendre quelqu'un qui doit passer avant qu'il soit peu.

Léonore répondit à ce que lui disait ce cavalier avec une grâce qui le surprit; elle l'assura qu'elle

aurait de la joie que le lieu lui fût commode. Elle
chercha ensuite des expédients pour lui faire voir
ceux qui passaient dans le grand chemin, sans courir
le hasard d'en être vu. Elle appela un domestique
de son père et ordonna d'exécuter ce qu'on lui allait
commander.

Le cavalier lui dit d'observer s'il ne verrait pas une
dame à cheval, accompagnée d'un cavalier dont il
marqua l'habillement, et que, sitôt qu'il les verrait,
il vînt en diligence l'en avertir.

Léonore parut surprise quand elle l'entendit parler
d'une dame; elle ordonna cependant qu'on ouvrît
une petite porte du jardin, afin qu'on pût l'avertir
plus promptement. Sa vivacité parut dans les soins
qu'elle prit pour favoriser les désirs du cavalier.

Ils commencèrent ensuite une conversation. Léonore l'observait avec soin; il lui paraissait tout
occupé à écouter s'il ne venait personne, et elle remarqua que son attention paraissait plutôt une impatience mêlée de joie, qu'une inquiétude pleine de
tristesse.

— Il ne m'est point permis, lui dit-elle, de pénétrer
dans l'aventure qui vous retient ici; mais je ne puis
m'empêcher de croire que ce n'est pas une chose
désagréable.

— Il est vrai, Madame, lui répondit-il. J'attends
le plus grand bonheur qui me pouvait jamais arriver;
mais permettez-moi de vous dire que je ne compte
pas pour un médiocre celui de vous avoir rencontrée.
Je ne croyais pas que la campagne pût produire
une personne telle que vous me le paraissez, et par
votre esprit et par votre beauté.

— Je connais trop mon visage pour me flatter,
répondit-elle; et, pour mon esprit, il serait bien
difficile, quand il serait vrai que j'en eusse, que
la nourriture obscure d'un couvent, où j'ai passé

ma vie dans une entière ignorance des choses du
monde, m'eût laissé quelque lumière. Mon père a passé
la plus grande partie de sa vie dans les pays étrangers
où le conduisit le désespoir de la mort de ma mère,
qui mourut en me mettant au monde; il est revenu
dans ce lieu depuis peu de temps, et il n'y connaît
personne, non plus que moi.

Comme elle parlait, celui qu'on avait envoyé dans le
chemin revint dire qu'il avait vu un cavalier qui s'ar-
rêtait d'espace en espace, et qui paraissait attendre
ou chercher quelqu'un. Le cavalier, qui parlait
à Léonore, courut avec précipitation pour reconnaître
ce qu'on venait de lui dire; il jugea, autant qu'une
distance assez éloignée lui pouvait permettre, que
celui dont on venait de lui parler était celui qu'il
attendait. Il ordonna au domestique de Léonore
de l'amener à la petite porte du jardin et, sitôt qu'il
le vit paraître :

— Ah! Don Sanche, s'écria-t-il, d'où vient que
vous êtes seul?

— Il faudrait trop de temps pour vous en instruire,
répondit don Sanche, mais n'ayez pas d'inquiétude;
je ne suis venu que pour vous ôter la peine que
quelques heures de retardement vous auraient pu
donner. On ne viendra qu'à l'entrée de la nuit, et l'on
ne courra nul péril; je retourne sur mes pas, attendez-
moi ici. Je vous y amènerai bientôt la personne que
vous y attendez.

— Il faut savoir, répliqua le cavalier, si la maîtresse
de cette maison voudra bien que j'y demeure.

Léonore témoigna par sa réponse qu'elle y consentait avec joie. Don Sanche s'en retourna. Le cavalier
le conduisit le plus loin qu'il put et l'instruisit de la
sûreté qu'il pouvait trouver dans ce lieu, à en juger
par ce que la maîtresse lui en avait dit. Il revint
ensuite à Léonore.

Son esprit n'était plus partagé par la même inquiétude qui l'occupait auparavant. Il l'entretint avec attention; sa beauté et son esprit l'étonnèrent. La vue d'une jolie personne n'est jamais un objet désagréable à un jeune homme, quelque amoureux qu'il soit d'ailleurs. Le cavalier eut de la vivacité et de l'enjouement; son esprit et son visage étaient pleins de charmes. L'innocente Léonore but à longs traits le mortel poison du malheureux amour qui lui dura autant que sa vie. La journée ne lui parut qu'un moment.

Le soleil étant couché, le cavalier reprit son impatience, et il était tout attentif pour entendre s'il ne venait point de chevaux vers la porte du jardin; enfin, il y en entendit et y accourut avec un transport de joie qui ne se peut exprimer. Il aida à descendre de cheval à une personne dont le visage était caché d'un voile. Sitôt qu'elle fut à terre, elle leva le voile et fit voir à Léonore une beauté si parfaite et si au-dessus de ce qu'elle avait jamais imaginé que, soit par étonnement ou par quelque autre sentiment qu'elle ne connaissait pas, il lui fut impossible de parler.

Son silence ne fut pas remarqué; le cavalier et la personne qui venait d'arriver n'avaient d'attention que pour eux-mêmes. La dame jeta les yeux sur Léonore; elle lui trouva un charme et un agrément que l'on voit en peu de personnes :

— Si vous m'attendiez avec une telle compagnie, dit-elle au cavalier en souriant, je ne crois pas que vous vous ennuyassiez à m'attendre; vous étiez avec une personne propre à donner de la distraction dans les plus grandes impatiences.

La jeune Léonore rougit et baissa les yeux et fit voir plus de modestie par son silence qu'elle n'en avait pu témoigner par ses paroles. Après quelque autre discours, la dame qui venait d'arriver demanda au cavalier s'il n'avait pas reçu la lettre qu'elle lui avait écrite le soir d'auparavant; il répondit qu'il l'avait reçue, et sembla néanmoins la chercher avec quelque espèce de trouble.

— Il me semble, dit-il alors, que vous pouvez prendre ici en toute sûreté le repos dont vous avez besoin par le secours de cette aimable hôtesse. Le ciel nous l'a envoyée, sa physionomie en ferait espérer toute sorte de discrétion, et la manière dont elle a été élevée ne lui donne aucune connaissance de la cour et du monde, en sorte que, nous livrant entièrement à elle, elle n'en saurait faire nul usage. Cependant, continua-t-il, il me semble que je pourrais retourner à Madrid me montrer encore ce soir chez le roi; ma présence détruirait tous les soupçons qu'il nous est si important de détruire.

— Vous conservez bien de la raison, dit l'inconnue; si vous trouvez que vous devez me quitter et me laisser ici, je consens de vous y attendre.

La manière dont la dame avait répondu dut faire sentir au chevalier qu'elle n'approuvait pas ce qu'il venait de dire; mais il ne parut pas y avoir fait d'attention. Il l'assura qu'il serait de retour avant que le jour parût. Il partit même avec quelque impatience, et emmena celui qui avait accompagné cette dame : elle demeura immobile et éperdue en le voyant partir.

Quand Léonore l'eut perdu de vue, elle crut qu'il emportait son âme avec lui. L'amour est par lui-même honteux et timide; il aime à être caché. Léonore n'avait jamais ouï dire que la bienséance ne permettait pas aux femmes de faire voir leurs sentiments; néanmoins elle retint ses cris et ses larmes, et, pendant toute cette journée qu'elle avait passée avec lui, elle ne lui avait donné aucune louange. L'inconnue s'alla seoir dans un cabinet du jardin et y demeura

jusqu'à ce que Léonore l'en vînt retirer pour lui proposer de prendre quelque chose et d'aller prendre du
repos. Cette dame se laissa conduire et ne mangea
point, quoique le repas fût très propre. Léonore
l'emmena dans une chambre qui ne l'était pas moins
et commença à lui vouloir rendre toutes sortes de
services; l'inconnue ne le voulut point souffrir. Léonore fut contrainte de lui laisser la jeune fille qui la
servait et se retira dans sa chambre.

Sitôt qu'elle y fut, elle se jeta sur son lit, pénétrée
de sentiments douloureux, qui n'étaient pas mieux
démêlés dans son esprit que dans son cœur. Elle
sentait tout d'un coup une passion violente, née au
milieu de la jalousie et du désespoir. Mais elle ne
savait ce que c'était, ni que la jalousie, ni que la passion; et ainsi, elle ignorait entièrement les causes de
sa douleur. Elle ne pouvait donner aucun moment
au sommeil; alors elle se souvint des tranquilles nuits
qu'elle avait accoutumé de passer et, se trouvant si
éloignée du même repos, elle ne savait à quoi attribuer
son agitation.

« Mais pourquoi suis-je si triste et si inquiète?
disait-elle. Que m'est-il arrivé dans cette journée?
J'ai vu deux personnes qui me paraissent l'une et
l'autre dignes d'admiration. Je n'en avais jamais vu
de semblables. Je devrais au contraire en avoir de la
joie. Pourquoi ai-je été percée de douleur, quand le
cavalier s'en est allé? Il n'est ni mon frère ni mon
parent, je n'étais point accoutumée à le voir; quel
mal me fait son absence? Selon les apparences, l'inconnue et lui se dérobent de leurs parents et vont se
marier. Ai-je quelque intérêt à ce mariage? Pourquoi
leur liaison me déplaît-elle? D'où vient que j'envie
cette dame? Il s'en faut peu que je ne la haïsse.
J'admire sa beauté, et elle me déplaît sans que je
sache pourquoi; et je n'ai aucun intérêt que je

connaisse à tout ce qui la regarde. C'est sans doute la nouveauté de cette aventure qui m'a frappé l'esprit; je n'ai qu'à en éloigner ma pensée, et je trouverai le même repos que j'ai accoutumé d'avoir. »

Elle ne pouvait dormir néanmoins; elle ignorait encore que toutes les raisons qu'on se dit à soi-même ne détruisent jamais ce que les passions font sentir.

La nuit était déjà avancée quand elle entendit l'inconnue qui se plaignait et qui parlait assez haut. Leurs chambres étaient proches; Léonore eut la curiosité de l'aller entendre.

« Où suis-je? disait cette inconnue, seule dans une campagne, séparée de tout ce que je connais, abandonnée de la seule personne dont la présence me pouvait soutenir? Par quelle raison m'a-t-il quittée? Bon Dieu! quel embarras était le sien! La mauvaise raison qu'il m'a dite devait me livrer à l'horreur de mes réflexions, à la pensée de la colère de mon père, à l'image de ma réputation perdue, aux craintes de me voir errante et vagabonde, et à la honte d'avoir suivi un homme qui n'est pas encore mon mari. Sa présence, hélas! me cachait toutes mes fautes et tous mes malheurs. Pourquoi m'a-t-il ôtée et, encore une fois, pourquoi a-t-il voulu me laisser? Les moments de me voir lui étaient autrefois si chers... »

Elle s'arrêta à ces paroles et ne prononça plus que quelques mots sans suite. Léonore se remit dans son lit, n'ayant rien appris de plus que ce que les événements de cette journée lui avaient fait pénétrer; elle passa la nuit sans trouver un moment de repos. Sur le matin, elle entendit du bruit dans la chambre de l'inconnue; elle jugea qu'elle pouvait y entrer. Elle la vit dans un abattement et dans une tristesse conforme aux paroles qu'elle avait prononcées pendant la nuit. Elles descendirent ensemble dans le jardin. L'inconnue tourna ses pas du côté de la petite porte qui don-

nait sur le grand chemin, écoutant toujours si elle
n'entendait point de chevaux. Enfin, après y avoir
été longtemps, elle pria la jeune Léonore de la laisser
entretenir ses pensées, de ne se pas ennuyer avec elle
et d'aller où ses occupations ordinaires l'appelaient;
mais Léonore n'avait plus d'autre occupation que de
penser à cette dame : elle s'en alla dans le bois pour
rêver à son aventure, sans s'éloigner néanmoins.

Elle avait les sentiments si confus pour cette personne, qu'elle ne savait si elle la haïssait, ou si elle
était touchée de ses peines. Sa grande beauté, son air
noble et relevé, son extrême douceur et d'autres sentiments qu'elle ne pouvait démêler, lui donnaient de
l'éloignement pour elle et quelque aversion qu'elle
condamnait en même temps. Elle était ensevelie dans
ces pensées. Si l'inconnue eût été en état de remarquer quelque chose, elle aurait aisément vu le changement extraordinaire qui paraissait sur le visage de
Léonore, de ce qu'il était le jour d'auparavant.

La journée se passa tout entière comme le matin
s'était passé. Le jour d'après fut pareil, mais la tristesse de l'inconnue ne fut pas pareille : elle augmenta
jusqu'au désespoir. Ses larmes coulaient en abon-
dance sans cesse; chaque jour les augmentait, et,
pendant quinze jours, sa douleur n'eut pas un moment
de relâche. Enfin, elle ne put demeurer davantage
dans cet état : elle voulut chercher quelque éclaircissement de ce qu'était devenu celui qui l'avait attendue. Malgré la grande répugnance qu'elle avait à
apprendre à Léonore le nom de l'inconnu et le sien,
vaincue par son inquiétude, elle surmonta toutes ces
difficultés et se résolut à se découvrir à Léonore, ne
pouvant avoir recours qu'à elle pour envoyer à
Madrid savoir des nouvelles de ce qu'elle souhaitait
savoir.

Léonore lui parut si sage, si discrète et si attachée

à elle, qu'elle trouva quelque consolation à s'y
confier; elle la conjura de garder inviolablement le
secret qu'elle allait lui révéler, et commença ainsi
l'histoire de sa vie.

Histoire de Don Carlos d'Astorgas et de Félismène de Villamediana

Vous êtes si peu instruite de la cour de Castille
qu'il faut que je vous instruise de ce qui la compose,
comme si je parlais à une étrangère. Le roi passe
de peu quarante ans. Le prince son fils, qu'on appelle
l'infant, en a vingt-deux, en sorte que l'on peut dire
qu'ils sont de même âge. Le roi est plein de douceur
et de bonté, soupçonneux néanmoins à un tel point
que si l'infant, qui a un esprit et une capacité
au-dessus de son âge, ne savait le ménager, il en
serait bientôt haï, encore qu'il en soit tendrement
aimé. Mais ce jeune prince agit comme un ministre
habile; il a part aux affaires et aux grâces, et il se
conserve les avantages en faisant voir au roi qu'il
n'agit que par ses ordres, et qu'il n'a de volonté
que la sienne.

Le marquis d'Astorgas et le comte de Villamediana
sont les deux hommes de la cour qui sont le plus
avant dans le gouvernement des affaires. Ces deux
hommes se sont haïs en naissant. Ils ont toujours
eu de l'émulation l'un pour l'autre. Ils étaient de
même qualité, relevés en même dignité et ils avaient
eu de pareils emplois dans la guerre. Ils se trouvaient
dans des places à peu près égales et ils avaient
la même autorité dans les affaires. Cette émulation
naturelle, augmentée par tout ce que je viens de dire,
leur donna une opposition et, enfin, produisit une

haine que toute leur raison pouvait à peine retenir. Ils étaient rarement de même avis dans le conseil, et si l'intérêt de l'État, qu'ils aimaient, leur faisait quelquefois approuver les mêmes choses, les moyens en étaient toujours différents.

Le marquis se sentait fier d'être aimé du roi, qui a la souveraine puissance, et le comte d'être aimé de l'infant, à qui elle était destinée. Le dernier ne jouissait pas en repos de la faveur du prince; il fallait de grands ménagements pour éviter que le roi n'en fût blessé, parce que le roi voulait que le fils du marquis eût la familiarité et la confiance de l'infant. Le fils s'appelle don Carlos; c'est celui que vous avez vu, et c'est à mes yeux et au sentiment de toute la cour le mérite le plus parfait et l'homme le plus aimable qui ait paru il y a longtemps.

Le comte de Villamediana est le père de cette infortunée qui vous parle, et mon nom est Félismène. J'avais un frère, et ce frère, après Carlos, est ce que le soleil a jamais vu de plus accompli. Aussi avaient-ils une inclination l'un pour l'autre aussi naturelle qu'avait été l'aversion de leurs pères. Ils étaient contraints de cacher leur amitié comme l'on cache la passion. Ils s'écrivaient, ils se voyaient mystérieusement, et le mystère donnait à leur amitié une vivacité peu commune. Mon père n'eût pas souffert que mon frère eût eu des liaisons avec don Carlos, non seulement par rapport à sa haine, mais par rapport à l'infant à qui mon frère et lui étaient attachés, et ce prince haïssait le marquis d'Astorgas, et aurait appréhendé son fils.

J'étais élevée par une mère dont la beauté avait été célèbre; elle en conservait encore, et son esprit était au-dessus de son sexe. Elle n'avait d'autre vue et d'autre application que de cultiver ce qui lui paraissait que la nature avait mis en moi, de

tâcher de me rendre parfaite et de m'inspirer une
vertu austère qui me distinguât de toutes les personnes de mon âge et de ma sorte. Vous voyez
comme elle y a réussi, juste Ciel!

Mon frère avait un esprit vif qui lui donnait
beaucoup d'ouverture pour les lettres et pour les
sciences. Il me l'inspirait; il me donnait des livres,
et il me tira de cette ignorance grossière où l'on
nous élève. Nous dansions ensemble; nous nous
aimions tendrement, et nous ne nous voyions pas
autant que nous l'eussions désiré. Il était logé comme
dans une maison séparée, qui donnait sur la rue
et qui ne tenait à celle de mon père que par un
jardin, dont mon père seul avait la clef. J'étais
renfermée avec mes femmes dans un autre appartement. Une duegna ne coucha pas même dans ma
chambre, mais je n'en pouvais sortir qu'en passant
par la sienne.

Mon frère qui avait en moi beaucoup de confiance
et qui avait toute celle de l'infant, souhaitait ardemment de me pouvoir entretenir de tout ce qu'il
avait dans le cœur et dans l'esprit. Il aperçut que
ma fenêtre n'était pas haute du côté du jardin. Il fit
faire en diligence une échelle de corde, et me dit
d'être attentive le soir lorsqu'il viendrait heurter
à ma fenêtre et de la lui ouvrir. Je lui obéis. Nous
fûmes transportés de joie de nous pouvoir parler
sans témoin, mais la duegna qui était tout proche
de nous nous donnait une si grande contrainte,
que mon frère voulut qu'au lieu de venir dans ma
chambre, je passasse dans la sienne. Il m'apprit à
descendre de l'échelle de corde, à l'attacher et à m'en
servir, de sorte que j'allais dans sa chambre qui était
à plain-pied du jardin et, après être rentrée, je
cachais l'échelle.

Je crus alors que je n'avais vécu que depuis que

j'avais cette liberté. J'allais presque toutes les nuits
dans sa chambre. Il m'instruisit de toutes les nouvelles de la cour, des galanteries de l'infant et des
siennes propres, et m'ouvrit l'esprit sur toutes ces
choses qui m'étaient inconnues. Il me confia la
liaison de Carlos et de lui. Il ne me pouvait assez
parler de son mérite, de son agrément et de la douceur
qu'il trouvait dans son amitié.

Un jour (plût à Dieu que ce jour eût été retranché
de ma vie, ou que ma vie eût fini ce jour!) j'allais,
la nuit, comme je faisais souvent, dans la chambre
de mon frère. En approchant, j'entendis jouer de la
guitare. Je crus que c'était mon frère ou un gentilhomme à lui; j'ouvris la porte, je vis un homme
magnifiquement habillé danser la sarabande. Je ne
doutai point que ce ne fût mon frère. Il avait le visage
tourné; jeune et enjouée comme j'étais, je me mis
à danser aussi en suivant celui qui dansait.

Celui qui dansait se retourna de mon côté : il
me vit et je le vis. Je connus que ce n'était pas
mon frère, et je sentis que c'était Carlos. De quels
charmes il me parut environné! Quels yeux et quels
regards s'offrirent aux miens! J'ai lieu de croire
dès ce moment qu'il avait été frappé de ma vue.
Il demeura immobile, mes yeux s'attachèrent sur
lui; mais, le moment d'après, effrayée de la vue
d'un homme qui n'était pas mon frère, honteuse
de l'habillement négligé où j'étais, je courus vers
la porte pour sortir. Mon frère, que je n'avais point
aperçu, vint à moi. Il me retint; il m'apprit que
c'était Carlos que je voyais et me témoigna une
grande joie de ce que faisait le hasard. Il me ramena
vers Carlos : son trouble était visible. Mon frère
lui en fit la guerre et lui dit qu'il était plus honteux
que moi.

La gaîté avec laquelle Carlos dansait quand j'en-

trai, et celle que j'avais en dansant, s'effacèrent
entièrement. Nous demeurâmes dans une situation
douce et néanmoins agitée. Sans le secours de mon
frère et tout ce qu'il put mêler d'agréable dans
la conversation, nous n'aurions pas été éloignés du
silence. Carlos commença à se plaindre de mon frère,
qui ne lui avait pas assez parlé de moi. Je l'assurai
qu'il m'avait souvent parlé de lui. Je m'aperçus de
temps en temps que je devais m'en aller. Mon frère
me rassurait par me dire qu'avec son frère on était
dans les règles de la bienséance, et je n'étais pas
fâchée d'être retenue : je demeurai. Cette aventure
nous inspira de la joie et de la gaîté; nous recommen-
çâmes à danser et enfin le jour était prêt de paraître
quand je rentrai dans ma chambre. Que je dormis
peu le reste de la nuit!

J'étais occupée et agitée de cette aventure; elle
me donnait de la joie et me troublait. J'avais une
impatience extrême de revoir mon frère. Je lui fis des
reproches de m'avoir caché qu'il voyait Carlos dans
sa chambre. Il me répondit qu'il n'y avait pas
longtemps et ne me parla que de la surprise que
ma beauté et mon esprit lui avaient donnée.

Peu de jours après, il me dit que Carlos me voulait
revoir et que je ne manquasse pas de retourner
dans sa chambre la nuit prochaine. Je demeurai
assez irrésolue sur ce que je devais faire. Je trouvai
que les leçons de ma mère ne s'accordaient pas à aller
voir un homme la nuit. Je trouvais la bienséance
entièrement choquée; et, enfin, je résolus de n'y
point aller. Mon frère, voyant que je ne venais point,
vint à la fenêtre de ma chambre : il eut aisément
le pouvoir de m'emmener. On ne résiste guère à ce qui
plaît, quand quelque prétexte de devoir l'autorise.
Je suivis mon frère, je trouvai Carlos; nous passâmes
toute la nuit ensemble, qui nous sembla courte. Il me

parut que je plaisais à Carlos, et je sentis qu'il me plaisait aussi.

Je le revis plusieurs fois de la même sorte. Il trouva le moyen de me dire qu'il m'aimait et de se faire aimer de moi. Comme sa passion augmenta, il prit la résolution d'en parler à mon frère. Mon frère l'embrassa mille fois, lui témoigna combien il approuvait son amour et combien il lui était cher. Il m'en parla en présence de Carlos, et l'assura que, de son consentement, je ne serais jamais qu'à lui. Je lui représentai la haine de nos pères et les obstacles insurmontables que nous trouverions; mais l'amitié qu'il avait pour Carlos et pour moi ne lui permit pas de faire de sérieuses réflexions sur l'engagement qu'il prenait.

Quand je me vis engagée par la volonté de mon frère, je ne résistai plus à ma passion. Je brûlai de l'ardeur la plus vive dont un cœur ait jamais été allumé. Les romans que j'avais tant aimés me devinrent fades, tant les sentiments m'en paraissaient tièdes et émoussés auprès des miens. Tous les moments qui me conduisaient à voir Carlos m'étaient doux, et je les passais sans ennuis, contente de l'espérance de le voir. Mon impatience était tranquille. Enfin j'étais abîmée dans ma passion. Je ne prenais plus de plaisirs à aller aux églises, ni à suivre ma mère au Palais. Je ne voulais que rêver et encore rêver dans ma chambre, parce que je voyais de ma fenêtre le lieu où je voyais Carlos.

Ce fut un tel changement en moi que ma mère s'en aperçut, comme je vous dirai bientôt. Mais il faut vous dire encore ceci auparavant. Un soir que j'étais dans la chambre de mon frère, avec lui et Carlos, nous entendîmes ouvrir assez brusquement la porte de l'antichambre qui répondait sur le jardin par où j'étais entrée; mais je la refermais toujours

en entrant, et j'en gardais la clef parce qu'elle m'ouvrait le chemin pour voir Carlos. Il n'y avait que
mon père qui eût cette même clef. Jugez quelle idée
pour nous de voir mon père trouver Carlos avec
mon frère et moi. La frayeur me fit jeter brusquement
sur le lit de mon frère, dont les rideaux étaient
baissés; Carlos, ne pouvant se cacher lui-même, prit
un grand manteau de mon frère et s'en cacha entièrement le visage. Mon frère courut à la porte de sa
chambre, où il trouva mon père. Il ne put lui cacher
ni son trouble, ni la vue de Carlos, ni l'empêcher
d'entendre le murmure qui se fait lorsque des personnes se cachent. Néanmoins mon père s'arrêta et dit
à mon frère :

— Vous avez meilleure compagnie que je ne pensais et si je crois que je ne vois pas tout, j'ai à vous
parler d'une chose importante qui vient d'arriver.
Venez avec moi.

Mon frère se trouva assez embarrassé; il ne savait
que dire à mon père et ne voulait pas me laisser
seule avec Carlos. Il dit à mon père qu'il savait la
complaisance que les jeunes gens ont pour leurs amis.

— Ou pour leurs amies, lui répondit mon père;
car je suis bien trompé si je n'ai entrevu une femme.

Mon frère souffrit et supplia mon père de s'en
aller, et qu'il le suivrait dans le moment qu'il aurait
fait sortir les personnes qui étaient avec lui; mon
père y consentit. Mon frère revint à nous, et commença par faire sortir Carlos en diligence et devant
que mon père pût le faire suivre. Carlos se développa
du manteau de mon frère en grand'hâte et reprit
le sien. Mais en se débarrassant, il s'accrocha un des
boutons du manteau de mon frère à un ruban,
le ruban suivit le manteau et emporta avec lui
une cartère qui y était attachée. Cette vue n'échappa
pas à mes yeux; je me saisis de la cartère sans qu'il

le vît, ni mon frère aussi. Il était aisé dans le trouble
où nous étions.

Carlos sortit par la porte de la rue, et moi, toute
tremblante, je me remis dans ma chambre. Je ne
tremblais pas moins alors par la frayeur que me
donnait la cartère que je tenais, que par celle que
m'avait donnée l'arrivée de mon père. Avec quelle
précipitation j'ouvris la cartère! J'étais dans un
trouble qui ne me laissait pas distinguer les objets,
et à peine pouvais-je lire la première lettre, tant
j'étais avide de la voir! En y jetant les yeux, je vis
une écriture de femme, un beau caractère et un
style très passionné. Que devins-je à cette vue?
Je jetai la lettre, je pleurai, je criai, je fus hors de moi,
j'accusai Carlos avec mon frère, et moi-même encore
plus.

L'espérance se fait sentir dans les plus grands
maux; nous voulons nous tirer de la douleur. Je
pensai que ces lettres étaient peut-être écrites avant
que Carlos m'eût vue. Je les repris, je les lus toutes,
j'y trouvai quelque consolation par les plaintes et les
reproches dont elles étaient remplies; mais je vis
qu'elles étaient écrites depuis peu, et j'y trouvai
un rendez-vous marqué pour la nuit de la fête des
taureaux, qui était la nuit suivante. Cette connaissance me rejeta dans mes premières larmes. Je passai
la nuit comme une personne éperdue; je cherchai
mon frère et, sans lui expliquer de quoi je me plaignais
de Carlos, je lui dis que je ne voulais jamais le voir,
que je le priais de le lui dire de ma part; et j'accom-
pagnai cet ordre de tous les reproches que la colère
et le désespoir me purent fournir. Mon frère fut
surpris. Il crut néanmoins que ma colère se passerait;
il alla chercher Carlos et s'acquitta de sa commission.

Carlos se douta aisément de ce qui faisait ma colère;
il s'était aperçu de ce qu'il avait perdu sans s'expli-

quer davantage. Il dit à mon frère qu'il ne demandait
qu'à me voir encore une fois, qu'il me priait que ce
fût la nuit suivante et que s'il ne se justifiait pas
pleinement, il consentait à ne me voir jamais. Il
savait bien quel adoucissement il apporterait à ma
colère.

Le temps qu'il prenait pour me voir était l'heure
du rendez-vous. Malgré l'aigreur de mon ressentiment, il parut à mon frère qu'il me rendait la vie
par ce message, où il ne trouvait rien qui me dût
faire un si grand soulagement; aussi ce soulagement
ne dura pas. Je pensai que quelque obstacle avait
changé ce rendez-vous. Je trouvai que ce n'était pas
assez de me préférer à celle qui lui écrivait; je trouvai
qu'il ne fallait aimer que moi, et que quand on était
aimé d'une personne telle que j'étais, il ne fallait
conserver aucun autre amusement. Enfin, le soir
que j'allai voir Carlos, j'étais aussi irritée que je
l'avais été dans les premiers moments. Il se jeta
d'abord à mes genoux et, versant un torrent de
larmes qui m'attendrirent malgré moi :

— J'ai tort, Madame, me dit-il, en me regardant
languissamment, et j'ai tort vers vous que j'adore,
et vous pour qui j'ai eu de la fidélité.

La vue de Carlos redonnait des forces à ma passion;
je l'aimais plus que moi-même. J'avais espéré sa
justification et quand je l'entendis avouer qu'il avait
tort, je perdis presque la connaissance et, répétant
autant que la faiblesse me le pouvait permettre :

— Vous avez tort, Carlos, vous avez tort vers
moi et vous me l'avouez. Je n'ai plus qu'à mourir.

Carlos vit ce que produisait son aveu et, reprenant
la parole :

— J'ai tort, Madame, dit-il, de vous avoir caché
une chose que je ne croyais pas qu'un honnête
homme dût révéler; mais mon cœur n'a jamais eu

de tort envers vous, mon procédé a suivi mon cœur. Écoutez-moi, Madame, je vous en conjure, et puis, condamnez-moi si vous pouvez. J'étais amoureux, continua-t-il, il y avait quelque temps, de la comtesse de Lerme. Il me paraissait qu'elle ne me haïssait pas, mais je n'en recevais que de légères marques. Je vous vis, Madame, je vous aimai de la plus vive et de la plus parfaite passion qui sera jamais. A peine me pus-je souvenir de la comtesse de Lerme, je lui écrivis encore quelques lettres faibles; j'évitai de me trouver où elle était. Je lui fis dire que j'étais à la campagne, je m'attirai ses reproches; et enfin, persuadée que ses rigueurs m'avaient éloigné d'elle, elle résolut de m'accorder ce qu'elle m'avait toujours refusé. Prenez ces lettres, Madame, et les relisez. Voyez si elles ne vous prouvent pas ce que je viens de vous dire.

Je commençai à douter s'il avait tort : les raisons dites par ce que l'on aime sont toujours bonnes. Je relus toutes ces lettres : elles confirmaient ce que disait Carlos; mais que ne trouvais-je point qu'il devait faire? Il devait m'en parler, il devait couper plus court, il ne devait point porter ces lettres sur lui : c'était un crime. Je ne pouvais croire que le rendez-vous n'eût pas été rompu par quelque obstacle. Je ne pouvais croire qu'il n'eût pas le dessein de s'y rendre cette nuit. Carlos toujours à mes pieds était hors de lui-même par l'impossibilité qu'il trouvait à m'apaiser.

— Vous irez cette nuit, lui disais-je, après m'avoir apaisée. Je ne saurais me fier à vos paroles.

— Mais, Madame, me disait-il, quelle sûreté puis-je vous donner? Je voudrais que vous puissiez venir vous-même, être témoin que je ferai voir que je suis au rendez-vous et que je ne voudrai pas me servir d'une échelle de corde que l'on me doit jeter.

— Je voudrais bien voir de mes propres yeux ce que vous me dites, répondis-je; ce serait la seule chose qui pourrait me mettre en repos.

— Eh! venez-y, Madame, s'écria Carlos. Vous avez un frère qui viendra avec vous : que pouvez-vous craindre?

— Je crois que vous extravaguez, lui répondis-je, de faire cette proposition sérieusement. Ce serait une étrange chose qu'une femme dans les rues à l'heure qu'il est.

— Je n'oserais vous dire, répliqua Carlos, que si vous voulez bien prendre un habit de votre frère, cette proposition n'aurait nul risque.

Je rejetai la proposition de m'habiller en homme aussi loin que je le devais. Je la vis comme il la fallait voir. Carlos la soutenait toujours. Enfin, mon frère, qui lisait proche de nous, comme il faisait d'ordinaire pour nous laisser la liberté de parler :

— Vous pouvez finir votre démêlé comme il vous plaira, ma sœur; mais il faut que je sorte. Vous croyez qu'il n'y a que Carlos qui ait des rendez-vous? Mais j'en ai un, et je n'y veux pas manquer.

Carlos prit la parole et lui conta la proposition qu'il me faisait. Mon frère était jeune et ne voyait rien que de l'innocence; enfin, il fut de l'avis de Carlos. Pressée par l'un et par l'autre, et pressée par ma jalousie, j'y consentis. Je passai dans un autre lieu, et je m'habillai en homme. Je suis encore honteuse quand je m'en souviens.

Carlos et mon frère furent surpris de ce que cet habillement augmentait à des charmes aussi médiocres que les miens. Carlos en était éperdu, et plus encore par la marque assurée que ce déguisement lui donnait de ma passion. Il ne se trompait pas. J'avais une honte et une confusion qui ne pouvaient être surmontées que par quelque chose de bien violent. Quand je fus dans les rues, je ne voulus plus marcher, et je croyais que ceux qui ne me voyaient pas, me reconnaissaient.

Nous arrivâmes au pied de la maison de la comtesse de Lerme, et, à un certain signal qui était marqué dans le rendez-vous, la fenêtre s'ouvrit. Je crus entrevoir une échelle de corde qui tombait. Le cœur me battit; je fus saisie d'une agitation, je me sentis hors de moi, je crus que Carlos allait monter. Mon imagination me présenta...

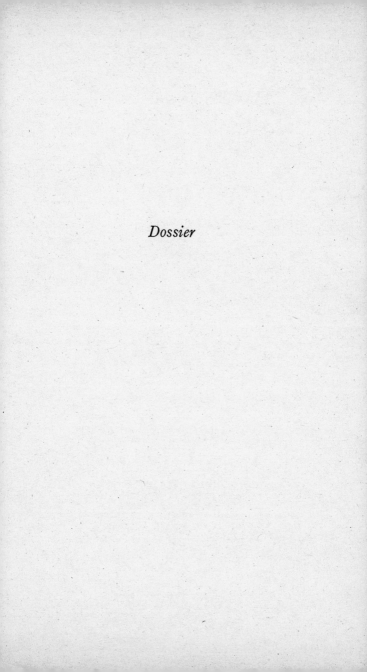

Dossier

VIE DE MADAME DE LA FAYETTE

1634 Naissance de Marie-Madeleine Pioche de La Vergne, fille de Marc Pioche, écuyer, sieur de La Vergne, et d'Élisabeth Pena.

1649 Mort de Marc Pioche.

1650 La veuve de Marc Pioche se remarie avec le chevalier Renaud de Sévigné. Marie-Madeleine devient demoiselle d'honneur de la Reine.

1652 Renaud de Sévigné, compromis dans la Fronde, est obligé de s'exiler en Anjou, avec sa famille. Mlle de La Vergne fait de fréquents séjours à Paris. Elle se lie d'amitié avec Henriette d'Angleterre.

1655 Mlle de La Vergne épouse le comte François de La Fayette, de dix-huit ans son aîné, et s'installe avec lui dans le Bourbonnais, au château d'Espinasse.

1656 Mort d'Élisabeth de Sévigné, mère de Mme de La Fayette.

1658 M. et Mme de La Fayette viennent à Paris, où naît leur premier fils, Louis.

1659 Mme de La Fayette donne naissance à un second fils, Armand. Elle vit désormais à Paris, tandis que son mari reste dans sa province. Déjà liée depuis longtemps avec Ménage, qui lui servait de précepteur, elle devient l'amie de Huet et Segrais. On la voit beaucoup dans le monde. Mme de Sévigné écrit son « portrait ».

1661 Henriette d'Angleterre épouse Monsieur, frère du Roi. Mme de La Fayette fréquente la Cour et commence à écrire.

1662 Elle publie, sans nom d'auteur, *La Princesse de Montpensier*, nouvelle qui est accueillie avec beaucoup de faveur.

1664 M. de La Rochefoucauld publie ses *Maximes*. Il devient, dans les années qui suivent, le plus intime ami de Mme de La Fayette.

1665 A la demande de Madame, Mme de La Fayette commence à écrire son *Histoire d'Henriette d'Angleterre*.

1669 Aidée par La Rochefoucauld et Segrais, elle écrit *Zaïde*, roman espagnol en deux volumes. Le premier paraît en 1669, le second en 1671.

1670 Mort de Madame.

1672 Mme de La Fayette commence à écrire *La Princesse de Clèves*.

1675 Elle devient l'agent diplomatique de la duchesse de Savoie à Paris.

1678 Publication de *La Princesse de Clèves*. Le roman suscite des controverses passionnées. Le chevalier de Valincour le critique dans ses *Lettres sur « la Princesse de Clèves »*, auxquelles l'abbé de Charnes, poussé par Mme de La Fayette elle-même, répond, en 1679, par des *Conversations sur la critique de La Princesse de Clèves*.

1680 Mort de La Rochefoucauld.

1683 Mort de M. de La Fayette.

1689 Mme de La Fayette marie son fils Armand. Elle écrit ses *Mémoires de la cour de France pour les années 1688 et 1689*.

1693 Mort de Mme de La Fayette.

NOTE DE L'ÉDITEUR

Il ne pouvait être question, sous peine de composer un volume double de celui-ci, de publier les œuvres complètes de Mme de La Fayette. L'intérêt de l'entreprise eût d'ailleurs été mince, car plusieurs d'entre elles supportent malaisément la lecture. Mais il nous a paru utile de présenter une édition qui, groupant à côté des œuvres principales, des extraits d'autres romans, nouvelles ou Mémoires, permettra au lecteur de se faire une idée plus précise et plus complète de l'art de cet écrivain. La plupart des grands romanciers construisent tous leurs livres autour d'un même thème. Les désordres causés par l'amour semblent avoir été l'obsession de Mme de La Fayette. C'est le thème de *La Princesse de Clèves;* c'est aussi celui des œuvres satellites, qui la précèdent ou la suivent, et qu'elle a éclipsées. Notre choix tend à le mettre en évidence.

Le Triomphe de l'indifférence a été publié pour la première fois dans le numéro de *Mesures* du 15 octobre 1937. André Beaunier avait recopié le manuscrit à la bibliothèque Sainte-Geneviève, sans rien modifier d'une syntaxe parfois boiteuse et d'une orthographe fantaisiste. Nous nous sommes permis de corriger le texte au moins sur le second point.

La Princesse de Montpensier a paru en 1662. Dès réception du volume, Mme de La Fayette se plaignait à Ménage, qu'elle avait chargé de revoir le manuscrit, d'une « faute épouvantable » à la page 58. Mais elle ne précisait pas quelle était cette faute. Les érudits l'ont cherchée. André Beaunier, après une étude attentive de plusieurs copies de la nouvelle qui, — nous le savons par une autre lettre de Mme de La Fayette — ont circulé avant sa publication, a cru pouvoir, non seulement la corriger, mais établir pour l'ensemble de l'œuvre un texte nouveau, beaucoup plus proche du manuscrit original. Il semble bien, en effet, que Ménage, homme de lettres habile mais sans génie, ait eu la main souvent malheureuse dans sa revision du travail de Mme de La Fayette. Le texte publié par André Beaunier, aux éditions de la Connaissance, en 1926, est plus naïf, plus maladroit, mais aussi plus frais et plus vivant que celui qui a paru en 1662 et qui est reproduit dans toutes les éditions ultérieures. C'est pourquoi nous l'avons retenu.

L'*Histoire d'Alphonse et de Bélasire*, tirée de *Zaïde* (1670-71), et *La Princesse de Clèves* (1678) sont publiés dans le texte établi par Émile Magne pour son édition des *Romans et Nouvelles* chez Garnier. C'est celui de l'édition originale, sous réserve de quelques corrections dont on a tout lieu de penser qu'elles ont été faites par Mme de La Fayette elle-même.

L'édition de l'*Histoire d'Henriette d'Angleterre* publiée en 1720 est remplie de fautes. Anatole France en 1882, Eugène Asse en 1890 en ont corrigé un certain nombre. L'examen de plusieurs manuscrits qu'ils ne connaissaient pas a permis à Robert Lejeune de compléter leur travail dans son édition des *Œuvres* parue à la Cité des livres en 1930. Plus récemment, Mme M.-Th. Hipp a préféré prendre pour texte de base la copie d'un manuscrit inédit qu'elle a découvert dans une collection privée et qui lui semble plus authentique (« Textes littéraires français », Droz, 1967). En fait, les conditions très particulières dans lesquelles Mme de La Fayette a composé son récit (élaborant, à partir de notes dictées par Madame elle-même, un brouillon dont on a dû faire de nombreuses copies) rendent malaisé le choix entre les sept ou huit manuscrits connus. Il n'est même pas certain que nous disposions du texte original. Pour cette raison, et aussi pour des raisons de commodité, nous avons donc retenu, ici, la version Lejeune. Les différences entre les deux textes sont d'ailleurs minces.

La Comtesse de Tende a paru en juin 1724 dans le *Mercure de France*. C'est ce texte qui sert de base à toutes les éditions ultérieures. Mais les bibliothèques de Sens et de Munich possèdent deux manuscrits qui en diffèrent sur un certain nombre de points. D'autre part, M. Bernard Petit a signalé récemment (*Revue d'histoire littéraire de la France*, janvier 1972) qu'une première version du récit de Mme de La Fayette avait été publiée dès 1718, sans titre ni nom d'auteur, dans le *Nouveau Mercure*. Parmi les variantes, en général mineures, proposées par ces trois textes, nous avons retenu celles qui nous paraissent améliorer la leçon de 1724.

Enfin, l'*Histoire espagnole*, récit inachevé dont la bibliothèque de Munich possède le manuscrit, est publiée dans le texte qui a paru en 1909 dans la revue allemande *Archiv für das Studium der neueren Sprachen und Literaturen*.

L'ouvrage de base, pour quiconque veut étudier la vie et l'œuvre de Mme de La Fayette, reste la thèse de H. Ashton, publiée en 1922, à la Cambridge University Press. On la complétera par la lecture des ouvrages d'Émile Magne, *Mme de La Fayette en ménage* et *Le Cœur et l'esprit de Mme de La Fayette* (Émile-Paul, 1926 et 1927), et d'André Beaunier, *La Jeunesse de Mme de La Fayette* et *L'Amie de La Rochefoucauld* (Flammarion, 1921 et 1927). Ces deux auteurs, — le second surtout — ont eu connaissance de documents qu'ignorait Ashton.

André Beaunier avait préparé une édition complète de la correspondance de Mme de La Fayette. Cette édition, qui regroupe et commente toutes les lettres déjà parues dans divers articles ou ouvrages, a été publiée après sa mort chez Gallimard (2 volumes, 1942). C'est un outil de travail essentiel.

La Princesse de Clèves a suscité, depuis bientôt trois siècles, une abondante littérature critique. Le premier de ces commentaires, les fameuses *Lettres à la marquise *** sur le sujet de la Princesse de Clèves*, publiées par Valincour en 1678 et rééditées en 1926, chez Bossard, reste un document précieux sur la théorie du roman au XVIIe. Les études de Sainte-Beuve *(Portraits de femmes)*, de Taine *(Essais de critique et d'histoire)* ou d'Anatole France *(La Vie littéraire*, quatrième série) n'ont plus qu'un intérêt historique.

Parmi les ouvrages ou articles récents, facilement accessibles au lecteur français, on retiendra surtout :

A. Camus : *L'Intelligence et l'échafaud* (publié en 1943 dans *Confluences* et repris dans le premier volume de la Pléiade).

J. Fabre : *L'Art de l'analyse dans La Princesse de Clèves* (Travaux de la Faculté des Lettres de Strasbourg, Les Belles Lettres, 1946).

G. Poulet : *Mme de La Fayette (Études sur le temps humain*, Plon, 1950).

B. Pingaud : *Madame de La Fayette par elle-même* (Le Seuil, « Écrivains de toujours », 1959).

S. Doubrovsky : *La Princesse de Clèves : une interprétation existentielle* (La Table Ronde, juin 1959).

C. Vigée : *La Princesse de Clèves et la tradition du refus (Critique*, août-septembre 1960).

M. Butor : *Sur La Princesse de Clèves (Répertoire I*, Minuit, 1960).

J. Rousset : *La Princesse de Clèves (Forme et Signification*, Corti, 1962).

M.-J. Durry : *Mme de La Fayette* (Mercure de France, 1962).

M.-Th. Hipp : *Le Mythe de Tristan et Iseut et La Princesse de Clèves* (*Revue d'histoire littéraire de la France*, juillet 1965).

G. Genette : *Vraisemblance et Motivation* (*Figures II*, Seuil, 1969).

S. Lotringer : *La Structuration romanesque* (*Critique*, juin 1970).

Le livre de M. Laugaa : *Lectures de Mme de La Fayette* (A. Colin, U2, 1971) constitue une remarquable synthèse des études consacrées, depuis le xviie siècle, à Mme de La Fayette.

NOTICES

LE TRIOMPHE DE L'INDIFFÉRENCE

Il peut sembler paradoxal d'ouvrir une édition des œuvres de Mme de La Fayette par un texte dont l'attribution est très douteuse. Mais le même « brouillard » qui entoure la vie privée de la comtesse règne aussi sur ce qu'elle a écrit. L'auteur du manuscrit no 3213 conservé à la bibliothèque Sainte-Geneviève, sous le titre *Le Triomphe de l'indifférence*, est inconnu. André Beaunier a cru qu'il s'agissait de Mme de La Fayette et l'a laissé entendre en publiant ce court roman dans *Mesures*. Les arguments qu'il avance sont minces, et quand il date l'œuvre des années 1653-1655, il oublie que l'on y trouve citée, de façon d'ailleurs très inexacte, toute une tirade du *Misanthrope*. Mais nous savons, par une lettre de Mme de La Fayette elle-même, qu'au printemps 1663, elle a composé « sur le bout d'une table » un « raisonnement contre l'amour ». Il est bien dommage que cette improvisation ait été perdue, car c'est précisément un raisonnement de ce genre que Mme de Saint-Ange, préfigurant la princesse de Clèves, tient ici à son amie Mlle de La Tremblaye. « L'indifférence, déclare-t-elle, est un état assez languissant; mais la paix ou le repos dont il est accompagné le rend infiniment préférable aux douleurs de l'amour. »

Les pages que nous reproduisons, extraites du *Triomphe de l'indifférence*, qu'elles aient ou non pour auteur Mme de La Fayette, nous paraissent la meilleure introduction à une œuvre tout entière consacrée à l'apologie du « repos ».

HISTOIRE DE LA PRINCESSE DE MONTPENSIER

Dans ses *Nouvelles françaises*, parues en 1657, Segrais fait dire à une de ses héroïnes : « Il me semble que c'est la différence qu'il y a entre le roman et la nouvelle que le roman écrit les choses comme la bienséance le veut et à la manière du poète; mais que la nouvelle doit un peu davantage tenir de l'histoire et s'attacher plutôt à donner des images des choses comme d'ordinaire nous les voyons arriver que comme notre imagination se les figure. » *La Princesse de Montpensier*, que Mme de La Fayette écrivit sans doute au cours de l'été 1661, est une nouvelle. Le décor — comme celui de *La Princesse de Clèves* — est emprunté à l'histoire de France, les personnages ont réellement existé; c'est l'intrigue amoureuse qui est inventée. L'auteur a trouvé dans l'*Histoire des guerres civiles de France* de Davila les éléments fondamentaux de son récit; les sentiments, l'atmosphère, il lui a suffi d'observer autour d'elle pour pouvoir les décrire. Les analogies entre la liaison de la princesse et du duc de Guise et celle d'Henriette d'Angleterre et du comte de Guiche sont évidentes. Elles expliquent, pour une part, le succès que connut l'œuvre dès sa publication, et peut-être aussi les précautions que Mme de La Fayette, amie et confidente d'Henriette, prit pour conserver un anonymat très relatif.

Ce qui nous intéresse aujourd'hui dans ce bref récit un peu sec, parfois maladroit, qui est comme l'ébauche d'une histoire plus longue et plus subtile, ce ne sont pas ces rapprochements historiques. C'est la naissance d'un talent. Dès 1661, Mme de La Fayette connaît ses personnages et a choisi le thème qu'elle ne cessera de traiter dans toute son œuvre. Une femme mariée, qui n'a pour son époux que de l'estime, aime en secret un autre homme. Les hasards de la vie mondaine l'obligent à le rencontrer et sa vertu est bientôt sans force pour lui résister. La trahison de l'homme qu'elle aime, l'éloignement de son mari, seront sa punition. L' « incommodité » de l'amour est ici démontrée de façon exemplaire et les deux maux qu'il entraîne toujours avec lui, l'inconstance et la jalousie, trouvent en la personne du duc de Guise et en celle du prince de Montpensier leur parfaite illustration. Mais Montpensier n'est que jaloux. A côté de M. de Clèves, c'est un personnage falot, comme apparaissent grêles et un peu simples, à côté de ceux de la princesse de Clèves, les sentiments de sa femme. L'originalité de la nouvelle est dans le personnage de Chabanes, l'ami parfait, qui finit par s'offrir en holocauste à la passion de Mme de Montpensier.

Émile Magne a voulu voir Ménage derrière ce héros mélancolique et vaguement ridicule. On ne le retrouvera plus, en tout cas, dans les œuvres ultérieures.

ZAÏDE

On s'est étonné qu'après avoir donné, dans *La Princesse de Montpensier*, l'exemple de la concision et de la simplicité, Mᵐᵉ de La Fayette soit retombée, avec *Zaïde* (1670), dans les défauts habituels du roman précieux. C'est oublier que *La Princesse* est une « nouvelle » et *Zaïde* un « roman », d'ailleurs notablement plus court que *Cyrus* ou la *Clélie*. Mais surtout, il faut se garder d'imputer à Mᵐᵉ de La Fayette les longueurs et des invraisemblances dont elle n'est que partiellement responsable. Nous savons par Segrais lui-même que l'auteur des *Nouvelles françaises* a « veillé à la disposition du roman, où les règles de l'art sont observées avec une grande exactitude ». Il est probable que Segrais ne s'est pas contenté d'arranger le canevas imaginé par Mᵐᵉ de La Fayette et qu'il a quelque peu brodé dessus. M. de La Rochefoucauld, de son côté, a dû donner les conseils d'un spécialiste du cœur humain : comme Mᵐᵉ de La Fayette, il aimait les romans et *Zaïde* a peut-être été mis sur le chantier pour distraire sa mélancolie. Enfin le travail des trois amis a été également revu par Huet, un érudit, familier de Segrais et de la comtesse, qui composa, pour le placer en tête du livre, son curieux *Traité sur l'origine des romans*.

Comme la plupart des œuvres de cette époque, *Zaïde* est un roman à tiroirs. Les deux héros, Alphonse et Consalve, que le hasard et une commune « aversion pour la société des hommes » ont fait se rencontrer en un lieu désert, situé au bord de la mer, n'ont rien de plus pressé que de se raconter l'un à l'autre la triste histoire de leur vie. Alphonse est un jaloux. Quoique sa maîtresse ne lui ait jamais donné aucun motif de croire à une trahison, dévoré par cette passion meurtrière, il détruira son propre bonheur, tuera son meilleur ami et obligera Bélasire à se retirer du monde. Je ne crois pas qu'avant Proust, le pouvoir dévastateur de la jalousie, la lente dégradation qu'elle inflige à une âme, l'espèce de folie dans laquelle elle entraîne ses victimes aient jamais été dépeints avec autant de rigueur. « Nous sommes loin, dit Beaunier, des élégantes et inoffensives tendresses du roman précieux. » Cette vision effrayante de l'amour est bien ce que Mme de La Fayette apporte de plus neuf et ce qui, malgré l'apparence très conventionnelle d'un roman où la galanterie joue le rôle principal, la distingue le mieux de ses contemporains. Il semble bien d'ailleurs que ceux-ci l'aient compris. « La jalousie d'Alphonse qui paraît extraordinaire est dépeinte sur le vrai, écrit Segrais, mais moins outrée qu'elle ne l'était en effet. » Aujourd'hui, c'est l' « outrance » que nous apprécions. Mme de La Fayette est le Mauriac du XVIIe. Mais c'est un Mauriac qui n'a pas besoin pour imposer ses héros de les plonger dans une atmosphère satanique : il lui suffit d'analyser impitoyablement leurs faiblesses.

HISTOIRE D'HENRIETTE D'ANGLETERRE

C'est en 1665 qu'Henriette d'Angleterre, devenue par son mariage la belle-sœur du Roi, fit confidence à Mme de La Fayette de « quelques circonstances extraordinaires » de sa passion pour le comte de Guiche. « Ne trouvez-vous pas, lui dit-elle, que si tout ce qui m'est arrivé, et les choses qui y ont relation, était écrit, cela composerait une jolie histoire? Vous écrivez bien, ajouta-t-elle, écrivez; je vous fournirai de bons mémoires. » L'*Histoire d'Henriette d'Angleterre*, ébauchée en 1665, fut écrite au cours de l'été 1669. Les deux amies y travaillaient ensemble, l'une racontant, l'autre rédigeant. « Je lui montrais ce que j'avais fait le matin sur ce qu'elle m'avait dit le soir; elle en était très contente. C'était un ouvrage assez difficile que de tourner la vérité, en de certains endroits, d'une manière qui la fît connaître et qui ne fût pas, néanmoins, offensante et désagréable à la princesse. » La mort de Madame mit fin à cette collaboration. L'histoire s'achève donc en mars 1665, au moment où le comte de Guiche, après avoir revu la princesse une dernière fois, part pour la Hollande. Certains passages donnent à penser que Mme de La Fayette avait l'intention de la pousser plus loin; seule, elle n'en eut pas le courage. Mais quinze ans plus tard, probablement en 1684, elle reprit son manuscrit et y ajouta une émouvante *Relation de la mort de Madame*.

Cette *Histoire* est donc un livre de mémoires. Mais c'est aussi un roman où les affaires de cœur comptent plus que celles de l'État, et où les personnages réels recourent aux mêmes ruses, échafaudent les mêmes intrigues et succombent aux mêmes faiblesses que les héros de romans. Lorsque le comte de Guiche s'introduit chez elle déguisé, Madame s'en amuse : « Elle n'en voyait point les conséquences; elle y trouvait de la plaisanterie de roman. » Il n'y a donc aucun changement de ton, il y a au contraire une continuité significative entre l'*Histoire d'Henriette* et les œuvres romanesques proprement dites. Les « histoires » inventées par Mme de La Fayette ressemblent singulièrement à celles qu'elle a pu connaître, et derrière la Cour de Charles IX ou de Henri II, il n'est pas difficile d'apercevoir celle de Louis XIV. On oublie trop souvent d'ailleurs que *La Princesse de Clèves* commence par un tableau de la France à la fin du règne de Henri II, comme l'*Histoire* par une description de la Cour sous Mazarin.

Ainsi, la réalité et la fiction se prêtent appui mutuellement, Mme de La Fayette écrit toujours des mémoires imaginaires. Lorsque, à la fin de sa vie, dans une lettre à Lescheraine, secrétaire de la duchesse de Savoie, elle dira son sentiment au sujet de *La Princesse de Clèves*, ce mot de « Mémoires » viendra spontanément sous sa plume : « Ce que j'y trouve, c'est une parfaite imitation du monde de la cour et de la manière dont on y vit; il n'y a rien de romanesque ni de grimpé; aussi n'est-ce pas un roman, c'est proprement des mémoires, et c'était, à ce que l'on m'a dit, le titre du livre, mais on l'a changé. »

LA PRINCESSE DE CLÈVES

Peu de romans français ont connu une fortune comparable à *La Princesse de Clèves* (1678). On compte six éditions de ce livre entre 1678 et 1700, une vingtaine au XVIIIe siècle, autant au XIXe, et l'époque contemporaine n'a pas démenti ce succès. L'œuvre de Mme de La Fayette passe pour le modèle d'une certaine tradition française du roman, et il suffit qu'un jeune écrivain publie un récit court, écrit dans un style châtié, et faisant une large place à l'analyse sentimentale, pour que la critique évoque aussitôt l'ombre de la comtesse.

D'où vient cette étonnante réputation? On a fait à Mme de La

Fayette un grand mérite de sa brièveté. Mais, en 1670, l'ère
des grands romans est déjà close. La plupart des œuvres parues
après cette date tiennent en un ou deux volumes. Le goût de
Mᵐᵉ de La Fayette pour l'histoire n'est pas non plus original :
à partir de 1660, le roman historique, où la réalité et la fiction
sont adroitement mélangées, connaît une vogue en tous points
comparable à celle que connaissait le roman héroïque et pas-
toral au temps des précieux. Enfin, Mᵐᵉ de La Fayette n'a pas
inventé l' « analyse ». Disserter sur les étapes et les accidents
de la carte du Tendre était une des occupations favorites de ses
contemporains. L'analyse n'est absente ni de *L'Astrée* ni des
interminables récits de Mˡˡᵉ de Scudéry, et les romans et nouvelles de Mᵐᵉ de Villedieu, qui paraissent aux alentours de
1670, sont consacrés exclusivement à la peinture des « désordres
de l'amour ».

Mais personne avant Mᵐᵉ de La Fayette n'a osé faire ce que
nous appelons aujourd'hui un roman avec un sujet qui — voyez
Segrais — passait alors pour un sujet de nouvelle et qu'elle
avait effectivement traité en nouvelle dans *La Princesse de
Montpensier*. La composition du livre, où interviennent, comme
dans *Zaïde*, quatre histoires racontées par les principaux personnages, montre d'ailleurs qu'elle a, elle-même, hésité devant
cette nouveauté. Le prologue du roman est fort lourd : on
rêverait d'une *Princesse de Clèves* qui commencerait par les
mots : « Il parut une beauté à la cour, qui attira les yeux de
tout le monde » et nous épargnerait les récits des amours de
Henri II, de Henri VIII et de Catherine de Médicis. Ces récits
ont toutefois leur utilité dans la mesure où ils révèlent à
Mᵐᵉ de Clèves le vrai visage de l'amour.

Plus original encore est l'usage que Mᵐᵉ de La Fayette fait
de l'investigation psychologique. Avant elle, les héros de
romans cessaient d'agir pour s'analyser; quand elle n'était pas
le prétexte à des discussions mondaines ou à des morceaux de
bravoure galants, l'analyse servait à expliquer le comportement
des personnages; elle ornait une intrigue qui pouvait se passer
d'elle. Au contraire, dans *La Princesse de Clèves*, pour la première fois, l'analyse devient un moyen de progression et la
substance même du récit. C'est parce que Mᵐᵉ de Clèves réflé-
chit sur ses sentiments, parce qu'elle cherche à les comprendre
et à les dominer que l'histoire avance. L'échec de ses réflexions,
l'impuissance où elle se trouve d'enrayer le développement du
mal font le tragique de son aventure. Pourquoi ne lisons-nous
plus *Cyrus* ou *Clélie* ? Parce que les précieux, prisonniers d'une
conception purement décorative du roman, n'ont pas su
résoudre le problème fondamental du *temps romanesque*. Les

événements qu'ils nous racontent ne s'insèrent pas dans une histoire dont nous pourrions suivre la lente et difficile progression. Les héros n'ont ni âge, ni condition, ni figure, et le commentaire qu'ils font de leurs aventures reste extérieur à celles-ci : c'est le conteur en réalité qui commente, comme il parlerait dans un salon du coup de foudre et de la jalousie, ce ne sont pas les personnages jaloux et amoureux. Mme de La Fayette apporte au problème du temps sa première solution, une solution si ingénieuse et si forte qu'on en usera encore plusieurs siècles plus tard : le temps, l'histoire, le mouvement intérieur sans lesquels le roman ne saurait nous donner l'indispensable impression de réalité, sans lesquels il serait dépourvu de poids, d'épaisseur — l'analyse les prend à son compte. L'angoisse que nous ressentons à suivre les progrès de la passion dans le cœur de Mme de Clèves est tout intellectuelle : c'est l'angoisse lucide d'un raisonnement qui va son chemin de chute en chute, de contradiction en contradiction, d'un bout à l'autre du livre. De là vient le sentiment de pureté que laisse le roman et qui fascine ses imitateurs : les événements et les passions y sont réduits à leur idée, une idée que le génie de Mme de La Fayette est d'arriver à rendre *touchante*. Le repos sur lequel il s'achève, cette « indifférence » dont nous avons vu que Mme de La Fayette la jugeait « infiniment préférable aux douleurs de l'amour », ce n'est pas seulement l'apaisement du cœur, c'est aussi le calme de l'esprit, et, si l'on peut dire, la *fin de l'analyse*. Retirée dans un couvent où elle se consacre aux « occupations les plus saintes », Mme de Clèves peut enfin cesser de s'interroger. Les passions et les engagements du monde se présentent alors à ses yeux « tels qu'ils paraissent aux personnes qui ont des vues plus grandes et plus éloignées ». Bref, elle ne raisonne plus. Il faut saluer, dans *La Princesse de Clèves*, cette découverte psychologique et romanesque capitale que Proust, deux siècles et demi plus tard, retrouvera et développera : l'amour n'est pas seulement « cruel, inconstant, malheureux » comme le veut Mlle de Saint-Ange, il n'est pas seulement « incommode » comme l'écrit Mme de La Fayette à Ménage, il est aussi *raisonneur* et ce défaut englobe et résume tous les autres. Le raisonnement use l'amour en multipliant ses désordres. On déraisonne parce qu'on raisonne. Mais pour arriver au-delà de l'amour, en ce lieu tranquille où les passions enfin se taisent, quel autre fil d'Ariane suivre, sinon le raisonnement encore ? Comme dit un philosophe, la main qui inflige la blessure est aussi celle qui la guérit.

LA COMTESSE DE TENDE

On pense généralement que cette nouvelle est postérieure à *La Princesse de Clèves*. Touchée par les reproches qui lui avaient été faits au sujet de l'aveu de Mme de Clèves à son mari, Mme de La Fayette aurait voulu, en traitant une seconde fois ce thème, prouver sa vraisemblance. André Beaunier pense au contraire que *La Comtesse de Tende* date de 1663. Il se fonde, pour l'affirmer, sur une lettre à Ménage où Mme de La Fayette parle d'une « petite histoire » qui ne vaut pas la peine qu'on la récrive. Mais rien ne prouve qu'il s'agisse, en l'occurrence, de *La Comtesse de Tende*. Les qualités d'écriture dont témoigne ce bref récit, sa violence presque janséniste m'inclineraient plutôt à penser qu'il date des dernières années de la vie de Mme de La Fayette.

Le sujet est exactement celui de *La Princesse de Clèves*, avec cette différence que l'héroïne ne se contente plus d'aimer : elle trompe son mari, et si elle lui avoue sa passion, ce n'est plus pour chercher refuge auprès de lui, c'est parce qu'elle ne peut pas cacher sa faute. L'amour est ici dépeint sous des couleurs plus sombres encore que dans les précédentes nouvelles : il est synonyme de honte et de trahison, et l'on peut difficilement imaginer conclusion plus cruelle que les quelques lignes où Mme de La Fayette expose les sentiments du mari après la mort de sa femme : « Le comte de Tende reçut cette nouvelle sans inhumanité, et même avec quelques sentiments de pitié, mais néanmoins avec joie. Quoiqu'il fût fort jeune, il ne voulut jamais se remarier, les femmes lui faisant horreur, et il a vécu jusqu'à un âge fort avancé. »

HISTOIRE ESPAGNOLE

La Bibliothèque de Munich possède un manuscrit du XVIIIe siècle où figure, à la suite de l'*Histoire d'Henriette d'Angleterre* et de *La Comtesse de Tende*, une nouvelle inachevée intitulée *Histoire espagnole*. Ce récit a été publié pour la première fois en 1909 par un érudit allemand qui l'attribue à

Mme de La Fayette. Son sujet évoque *Zaïde* et l'on y trouve des réflexions sur l'amour qui ne seraient pas déplacées dans *La Princesse de Clèves*. C'est tout ce que l'on peut en dire. Hasardons une hypothèse : Mme de La Fayette, après le succès de *Zaïde*, aurait envisagé d'écrire un second roman espagnol, en utilisant la même documentation. L'élégance du style donne à croire, en tout cas, qu'il s'agit d'une œuvre ultérieure.

Nous ne saurons jamais ce que l'imagination de la belle Félismène de Villamediana lui présenta lorsque s'ouvrit devant elle et son amant Carlos la fenêtre de la comtesse de Lerme. Faut-il le regretter? Une fois de plus, semble-t-il, Mme de La Fayette avait dessein de peindre « une passion violente, née au milieu de la jalousie et du désespoir ».

Les précautions prises par Mme de La Fayette pour garder l'anonymat ont eu deux conséquences. On a contesté qu'elle fût l'auteur de la plupart de ses œuvres. *Zaïde* a été attribuée à Segrais qui, nous l'avons vu, participa certainement à la préparation de ce roman. Il n'est pas jusqu'à *La Princesse de Clèves* qui n'ait soulevé des polémiques. Dans un article publié en 1939 par le *Mercure de France*, M. Jean Langlois a prétendu démontrer que cette œuvre était de Fontenelle. Mais il n'a aporté aucun argument sérieux à l'appui de sa thèse. A défaut d'une certitude de fait, de nombreuses allusions des amis de Mme de La Fayette et surtout l'évidente unité de ton — on pourrait même parler de monotonie — qui caractérise ses romans et nouvelles donnent à penser qu'ils ont tous été écrits par la même personne et que cette personne, à qui sa haute situation mondaine interdisait de se révéler, est bien Mme de La Fayette.

Inversement, plusieurs romans publiés du vivant de la comtesse ou après sa mort lui ont été attribués. C'est le cas notamment des *Mémoires de Hollande*, parus en 1678 chez Michallet. On sait aujourd'hui que ce livre est de Sandraz de Courtils.

Reste un manuscrit dont la disparition a longtemps intrigué les érudits. Le catalogue de la bibliothèque du duc de La Vallière, publié en 1783, mentionne son existence. Il s'agit d'une « histoire » intitulée *Caraccio*. Après la mort du duc, les pièces précieuses qu'il avait rassemblées ont été vendues aux enchères et personne n'a plus entendu parler de *Caraccio*. Émile Magne, Harry Ashton y font pourtant allusion. Le hasard a permis à un bibliophile, M. Yves Lévy, de retrouver ce manuscrit, il y a quelques années, sur les rayons d'un libraire. M. Lévy a bien voulu me communiquer *Caraccio*. L'œuvre est, hélas! d'une insigne médiocrité. Autant qu'on en peut juger, c'est une copie hâtive et maladroite, faite à la fin du XVIIe siècle, d'un brouillon de roman qui, comme l'*Histoire espagnole*, mais avec beaucoup moins d'élégance, s'apparente à *Zaïde*. Il est probable que nous sommes là en présence d'un des tout premiers essais de Mme de La Fayette, qui, comme M. Yves Lévy l'écrit lui-même, « n'ajoutera rien à sa gloire ». C'est pourquoi, malgré l'intérêt de cette découverte, je n'ai pas cru devoir en publier un extrait.

Cet ouvrage a été composé
et achevé d'imprimer par l'Imprimerie Floch
à Mayenne le 19 novembre 1986.
Dépôt légal : novembre 1986.
1ᵉʳ dépôt légal dans la même collection : juin 1972.
Numéro d'imprimeur : 24891.

ISBN 2-07-036778-9 / Imprimé en France.